L'imposteur

Chère lectrice,

Grâce à vous, la collection Les Historiques a le plaisir de fêter ce mois-ci son 200e titre, *Passion blessée*, de Susan Wiggs. Situé en 1854, cet émouvant roman vous fera vivre les amours clandestines de Lester, un éleveur de chevaux en Virginie, et d'Eliza, une jeune sauvageonne qui possède le don de murmurer à l'oreille des chevaux. Un talent fort peu prisé dans la haute société dont est issu Lester !

Vos quatre autres romans de ce mois d'octobre sont, eux aussi, placés sous le double signe de l'amour et du secret. *L'imposteur*, d'abord, troisième et dernière partie de la saga des Chilton de Candace Camp, vous entraînera à la rencontre d'un mystérieux cavalier masqué qui, la nuit venue, détrousse les riches voyageurs. Les bandits de grands chemins, me direz-vous, étaient légion en 1812. Certes, mais bien peu avaient, comme John Chilton, du sang bleu dans les veines ! Puis vous partirez en Arizona, en 1886, où vous ferez la connaissance de Sarah, une charmante institutrice bien sous tous rapports — à un détail près : la jeune femme a malencontreusement tué son mari. Un geste fatal qui met son *Bonheur en péril* en la condamnant, croit-elle, à porter à jamais le poids d'un trop lourd secret... Secrètes, les noces de lady Meleri et lord Robert, héros du *Clan des seigneurs*, le sont aussi — et pour cause ! Afin d'échapper au joug paternel, Meleri s'enfuit de chez elle avec l'intention d'épouser le premier homme venu — lequel se trouve être un seigneur écossais qui, de son côté, a reçu ordre du roi de convoler dans les meilleurs délais ! Une rencontre providentielle, donc... jusqu'à ce que l'amour s'en mêle ! Puis vous ferez un bond dans le temps avec *L'aigle et la colombe*, qui vous entraînera en Angleterre médiévale où vous assisterez à une tendre joute...

Enfin, ne manquez pas *Les amants des Hautes-Terres* et *Cœurs de rebelles*, les deux romans spécialement réédités à votre intention.

Bonne lecture et rendez-vous en décembre,

La responsable de collection

CANDACE CAMP

L'imposteur

HARLEQUIN

LES HISTORIQUES

Cet ouvrage a été publié en langue anglaise
sous le titre :
NO OTHER LOVE

Traduction française de
SAINT-FOLQUIN

Illustration de couverture
© THOMAS SCHLÜCK / JOHN ENNIS

83-85, boulevard Vincent-Auriol, 75013 Paris — Tél. · 01 42 16 63 63
Service Lectrices — Tél : 01 45 82 47 47
ISBN 2-280-16319-5 — ISSN 1159-5981

À cette époque...

Attaquée par un bandit de grand chemin, Nicole, l'héroïne de ce roman, n'a d'autre choix que de lui donner sa bourse, cachée dans un petit sac nommé "réticule", très en vogue en 1812...
En effet, si, à l'époque des crinolines, les amples jupes des femmes permettaient d'y dissimuler des poches, le retour au goût antique qui prône la noble simplicité de toilettes épousant les lignes du corps rendent impossible cet artifice. Vêtue d'une robe "à l'Athénienne", "à la Romaine", "à la vestale", "à la Cérès", "à la Minerve", on accroche donc à l'épaule, on porte à l'avant-bras, on suspend à la taille des réticules bientôt baptisés "ridicules" ou "balantines" s'ils balancent au rythme de la marche. Qu'ils soient en maille, en filet ou en étoffe, on les aime pour leur fermeture à fronces. Souvent, ils sont égayés de fleurs brodées, d'initiales, de devises, de rébus, ou même de scènes mythologiques.

Prologue

Dartmoor, 1789.

— Veux-tu être bonne fille, Hélène ?

Dans la paume rugueuse du cocher la servante vit briller une pièce jaune. Se pouvait-il que cela fût une pièce d'or ?

— Tu n'as rien à dire, rien à savoir, reprit l'homme. On l'a mis hier dans le coffre de la berline. Mlle Willa... Enfin, qu'importe. Je devais le laisser dans un fossé, ou le jeter d'un pont dans une rivière, mais ce maudit Malcolm, qui dort à présent, ne m'a jamais laissé seul. Prends cette pièce, Hélène. Il fait sombre. J'ai laissé la berline au bord des arbres, tu la vois d'ici. En passant près d'elle, tu vas ouvrir le coffre et prendre le paquet, il n'est pas bien lourd. Il faudra l'enterrer dans la forêt, loin des clairières et des sentiers.

Pensive, Hélène hocha la tête.

— Il sera mieux en terre que dans l'eau, observa-t-elle d'un ton placide. Et avec la pièce, je fais dire des prières ?

Un tel désintéressement avait quelque chose de si déconcertant que l'homme ne sut d'abord que répondre.

— Tu les diras toi-même, si tu veux, ce sera un secret entre nous. La pièce, tu la gardes pour élever tes enfants, quand tu en auras.

Une lueur s'éveilla dans le regard placide de l'innocente. Des perspectives nouvelles lui apparaissaient.

— Même si j'en ai plusieurs, ils ne manqueront de rien, conclut-elle.

— Tu es une brave fille. Et maintenant va, et pas un mot, à personne !

Hélène en se levant glissa la pièce sous son jupon, dans quelque poche discrète. Le cocher la suivit des yeux. Elle traversa l'arrière-cour déserte, disparut derrière la voiture dételée, et s'effaça enfin furtivement dans l'ombre du sous-bois, son léger fardeau sur l'épaule. Le cocher venu de Londres soupira, à la fois soulagé d'avoir mené à bien son étrange mission, et un peu honteux quoi qu'il en eût d'exploiter tant de candeur et d'innocence.

Dans la chaumière au cœur de la forêt, l'air tiède embaumait de senteurs aromatiques. Suspendue à une crémaillère au-dessus des tisons, une marmite à la panse noircie murmurait dans l'âtre. Hélène, accroupie près du grabat, couvait des yeux le visage émacié du petit garçon. Il perdait son expression désespérée. Pendant deux jours il avait gémi, les traits convulsés par l'ardeur de la fièvre, le corps frémissant de contractions incoercibles. Et voilà que soudain son visage venait de se détendre, et qu'il ne bougeait plus.

— Mamie Rose ! Mamie Rose ! Il est mort ! sanglota-t-elle.

Les yeux extraordinairement bleus de sa grand-mère brillèrent d'un éclat plus vif. Sans quitter le siège où elle trônait en permanence, elle étendit la main pour caresser la chevelure de sa chère Hélène.

— Il est sauvé, ma chérie. La fièvre l'a quitté. Vois comme il respire doucement !

La vieille femme, dont le visage parcouru d'innombrables rides semblait paradoxalement juvénile à force de bonté et de vivacité, s'attendrit au spectacle de sa petite-fille. Hélène pleurait de bonheur. L'avant-veille, elle était revenue du village dans un état d'excitation profonde, porteuse d'un garçonnet que, disait-elle, lui avait confié un cocher dont elle ignorait le nom, afin qu'elle lui donne une sépulture. L'enfant supposé mort depuis des heures avait bénéficié des soins éclairés de celle que dans tout le comté les braves gens nommaient Mamie Rose. Les décoctions, tisanes et cataplasmes préparés par l'experte guérisseuse étaient venus à bout d'une fièvre infectieuse dont le garçonnet souffrait depuis des jours, et peut-être des semaines, à en juger par sa maigreur et son état d'abattement. Sa présence soulevait cependant des problèmes dont la naïve Hélène ne soupçonnait pas l'importance.

— Que vas-tu en faire, ma fille ?

Le regard ému de la jeune femme se durcit soudain.

— On me l'a donné, il est à moi, je le garde. Il s'appelle Gilles, c'est mon fils.

Mamie Rose baissa les yeux. Sa petite-fille resterait sans descendance, et en souffrait. Dans une pulsion irraisonnée, Hélène compensait d'un coup cette frustration, sans songer aux risques encourus. Car l'enfant, à en juger par ses vêtements souillés mais luxueux, était issu d'une famille riche. Il portait sous sa chemise, en sautoir, un large anneau d'or.

— De toute façon, poursuivit Hélène, personne n'en veut, puisqu'il fallait l'enterrer.

Mamie Rose hocha la tête. Le souverain d'or offert en cadeau avec le petit corps n'impliquait pas un attachement particulier. Sans doute valait-il mieux en effet, dans l'intérêt même de ce jeune inconnu, ne pas trop approfondir la question. Il s'éveillait à présent. Ses cils très longs se soulevaient. Ses yeux pleins des brumes de la longue souffrance semblaient fascinés par le doux visage d'Hélène. Il parla, d'une voix rauque, étrangement distinguée.

— A qui ai-je l'honneur, je vous prie ?

Hélène lui caressa la main, et lui sourit tendrement. L'intonation précieuse ne la rebutait pas.

— Je suis ta maman, mon Gilles.

— Ma mère ? Vraiment ? J'ai tout oublié... Pardonnez-moi !

Il se mit à pleurer. Hélène le prit entre ses bras et le serra contre son sein.

— Tu as été très malade, mon chéri. Mais nous sommes là pour bien te soigner, Mamie Rose et moi.

Les joues inondées de larmes, le petit garçon se blottit étroitement dans sa chaleur.

— Maman...

— Maman est là, mon chéri. Tu l'as retrouvée.

1.

Novembre 1811.

A chaque tour de roue, Nicole Falcourt sentait augmenter son angoisse. Après tant de refus, tant d'opiniâtres atermoiements, par quelle aberration s'était-elle laissé convaincre ? Effectuer un séjour prolongé à Tidings, chez le comte d'Exmoor, son détestable beau-frère, n'était-ce pas s'exposer à d'éprouvantes contrariétés ? Comme elle aurait préféré demeurer à Londres, où se préparaient les mariages de Marianne et de Pénélope, ses amies, les petites-filles de l'adorable comtesse douairière ! Mais pour cette fois la commisération l'avait emporté sur les griefs anciens. Nicole cédait aux sollicitations de sa sœur Deborah qui, recluse au château de Tidings, espérait enfin donner un héritier à Richard, son époux, celui dont venait tout le mal.

Le souvenir de leurs anciennes querelles avait quelque chose de tellement dérangeant que, presque dix ans après l'événement, Nicole en éprouvait encore une crispation désagréable. Lorsque Deborah s'était mis en tête d'épouser Richard Montford, il avait été impossible à Nicole, sa sœur cadette, de lui faire entendre raison. Qu'elle-même ait repoussé les avances de l'inquiétant personnage ne pouvait être tenu pour un argument en sa défaveur, tant les raisons du cœur sont incertaines, et la persuasion difficile en des matières si délicates.

Imputant à la jalousie l'hostilité de Nicole, Deborah s'était, pour son malheur, obstinée. Les deux sœurs ne se rencontraient plus guère, Nicole se refusant à fréquenter Tidings, demeure que Deborah ne quittait qu'en de rares occasions. Mais pour cette fois les circonstances avaient quelque chose d'exceptionnel. Après trois grossesses infructueuses, l'épouse de Richard Montford vivait dans la hantise de ne pouvoir mener à son terme la quatrième. Sensible à ses angoisses, Nicole passait outre à ses griefs, à ses répugnances, et se résignait à vivre pendant quelques mois sous le toit de celui qui jadis avait brisé son existence de la façon la plus cruelle, en faisant périr l'homme qu'elle aimait.

Nicole ne pouvait en effet apercevoir le comte d'Exmoor ou penser à lui sans que ne s'impose à sa mémoire le souvenir du drame dont jamais Deborah n'aurait connaissance.

Il faisait nuit. Pour abréger les tourments que faisait naître en elle l'attente d'un aussi fâcheux événement, Nicole s'était résolue à brûler les étapes, et à ne pas faire halte dans une auberge, à Exeter par exemple. Elle commençait à le regretter confusément, en entendant les basses branches d'arbres perdus dans la pénombre frôler comme pour les griffer les flancs laqués de la berline que le comte avait courtoisement mise à sa disposition. Dans ce luxueux véhicule, elle éprouvait l'impression dérangeante de se trouver en quelque sorte prisonnière.

Il y eut soudain un cahot plus prononcé que les précédents. Le cocher relança d'une voix de stentor son équipage, dont les sabots ferrés crissaient en se dérobant. Il y eut des hennissements, un appel, et pour finir un coup de feu, tout proche, qui paralysa de surprise et d'effroi la passagère solitaire. La lourde voiture s'immobilisa en grinçant. Sur leur siège surélevé, au-dessus de la caisse, le cocher et son auxiliaire s'agitaient en s'exclamant.

— A ta place, mon garçon, je ne jouerais pas au héros, dit une voix claire et bien timbrée. Tu n'as qu'un tromblon, et tu trembles. Mes six hommes te tiennent en joue, et ils ignorent la peur.

Avant de comprendre qu'elle en était la victime, Nicole Falcourt s'étonna d'assister à une attaque à main armée, épisode jadis assez courant sur les routes d'Angleterre, mais depuis longtemps tombé en désuétude. Autre sujet d'étonnement, le porte-parole des bandits s'exprimait avec l'ironie distinguée et condescendante que l'on ne trouve d'ordinaire que chez les aristocrates. Son intonation se fit conciliante et protectrice lorsqu'il commenta après un court silence la scène que Nicole ne pouvait que deviner.

— Voilà qui est raisonnable. La crosse en avant, s'il te plaît, et doucement. Un mauvais coup est si vite parti !

Nicole écarta de quelques millimètres le rideau qui l'isolait du monde extérieur et la préservait en principe des atteintes du froid. Un mince croissant de lune éclairait chichement l'étonnant spectacle. On voyait au premier plan un cavalier qui levait haut le bras pour saisir l'arme que lui tendait depuis son siège le valet invisible. D'autres cavaliers surveillaient l'opération, leurs pistolets levés. Tous étaient vêtus de sombre, et montaient des chevaux noirs, si bien qu'ils semblaient se fondre dans la nuit, où n'apparaissaient furtivement que le reflet métallique des armes ou des ferrures de harnachement. L'ensemble ne manquait pas de pittoresque, d'autant qu'un masque noir dissimulait les traits de chacun des protagonistes. Ce détail inquiétant arracha à Nicole une courte exclamation de surprise, qui retentit dans le silence ambiant avec tant de netteté qu'elle laissa retomber le rideau, de crainte d'être vue. La voix ironique du meneur retentit aussitôt.

— Nous ne sommes pas seuls, messieurs, on nous épie ! Voyez ces nobles armoiries. La Providence nous accorderait-elle la grâce de croiser le chemin du comte d'Exmoor en personne ? Ce serait trop d'honneur, en vérité ! Sa seigneurie daignera-t-elle paraître à nos yeux ? Qu'elle sorte !

Nicole se sentit prise au piège, et maudit les attentions de son beau-frère qui, en mettant à sa disposition son propre équipage, l'exposait à ce genre de mésaventure. Plus discrète, une simple chaise de poste aurait peut-être laissé indifférents les hors-la-loi. Ne risquaient-ils pas de la prendre en otage, d'exiger la remise d'une rançon ? En prenant une profonde inspiration, elle ouvrit de l'intérieur la portière et se dressa, aussi impassible et digne qu'elle le put, dans son encadrement. De toute évidence fort étonné de se trouver en présence d'une femme, le cavalier le plus proche sursauta vivement et porta la main à son masque, comme pour s'assurer de sa présence. Nicole voulut pousser son avantage.

— Mes félicitations, messieurs. Des pistolets levés contre une femme désarmée...

— Les armes de la féminité sont plus que d'autres redoutables, ironisa plaisamment le hardi personnage.

Il mit pied à terre avec tant de souplesse et salua avec tant d'élégance que la jeune fille en resta un moment interdite. On ne pouvait distinguer ses traits, mais sa seule présence suggérait une beauté virile et conquérante. Il s'avança, fit basculer le marchepied de la berline et lui tendit ses deux mains gantées de noir. Sans songer à protester, Nicole accepta son aide et descendit les trois degrés. Elle vit alors de près le regard sombre de l'homme, un regard profond, fascinant, mais insondable. Nul éclat ne l'animait. Les yeux dans ceux de Nicole, il gardait les mains fermées sur les siennes.

— Ne me retenez pas, je vous prie, dit-elle aussi calmement qu'elle le put.

— Je m'en garderai bien !

Bien qu'il ait répondu avec une sorte de hâte agressive,

il maintint quelques instants sa prise, sans doute pour affirmer son pouvoir.

— Vous êtes libre, reprit-il en reculant d'un pas. Il ne vous reste, milady, qu'à vous acquitter du droit de passage sur mes terres.

Plus attentive au désordre des pulsions contradictoires qui la bouleversaient qu'aux exigences prévisibles du bandit, Nicole ne s'indigna que pour la forme.

— Sur vos terres, monsieur? J'ai toutes les raisons de penser que nous nous trouvons présentement sur celles de Richard Montford, comte d'Exmoor.

L'homme esquissa un salut ironique.

— Il en est lui aussi persuadé, madame. Mais la terre n'appartient-elle pas à ceux qui y vivent?

— En admettant ce principe, de quel droit y exerceriez-vous le pouvoir de collecter un impôt?

Amusé, il haussa les épaules.

— Ce droit, je le tiens de ma légitimité, il me semble.

— Si on les interrogeait, la plupart des habitants de ce comté vous reconnaîtraient seulement la qualité de hors-la-loi ou de chef de bande. Je doute fort qu'ils se soient mis en tête de faire de vous leur représentant légitime. Si tel était le cas, à quoi bon ces masques, et ces armes?

Elle eut la satisfaction d'entendre plusieurs des complices de son adversaire s'égayer de cette remarque. L'un d'eux rit même franchement.

— Tu as baissé ta garde et Milady marque le point, mon cher. Si cette joute n'était oratoire, tu mordrais la poussière.

Tout comme le meneur, cet autre personnage s'exprimait avec une élégance surprenante. Ni son intonation ni son vocabulaire n'étaient ceux de la pègre, vivier ordinaire du banditisme. Nicole osa s'en étonner.

— Voilà bien des mondanités, messieurs. Est-ce à croire que les élites s'encanaillent pour se donner des sensations?

Il y eut quelques rires, auxquels son principal adversaire ne jugea pas utile de s'associer.

— Ne plaisantons plus et venons au fait, madame. Votre aumônière, je vous prie.

Nicole ouvrit sans hésiter son réticule pour le présenter au voleur, qui se saisit diligemment de la bourse qu'elle avait avant son départ garnie en prévision d'une assez longue absence.

— Voilà qui laisse bien augurer du reste, dit-il en la soupesant, avant de la faire disparaître.

Nicole frissonna. Pour rien au monde ce bandit ne devait découvrir l'anneau d'or qu'elle portait en pendentif sous son corsage, à même la peau. Elle se hâta d'enlever ses gants et étendit les mains, pour montrer qu'elle ne portait que deux bagues.

— Je ne porte en voyage ni bracelet ni collier, précisa-t-elle.

— Les bijoux que l'on ne porte pas, on les transporte, ironisa-t-il.

Sur un geste, deux de ses complices escaladèrent la galerie de la voiture, d'où ils redescendirent presque aussitôt, l'un brandissant un coffret de bois précieux, l'autre chargé d'une petite malle bardée de fer. Nicole, en les voyant charger leurs montures de ce butin, éprouva paradoxalement une sorte de soulagement : ils ne poursuivraient pas plus loin leurs investigations. Très calmement, leur chef ôta ses gants. Lorsqu'il prit la main gauche de Nicole pour la dépouiller de ses bagues, elle sursauta vivement, non qu'elle souffrît de cette confiscation, mais parce que la chaleur et la fermeté de sa peau éveillaient en elle un émoi extraordinaire, hors de proportion avec sa cause.

Le souffle coupé, elle leva les yeux vers le visage masqué. Il paraissait sévère, et son regard mystérieux était insondable. Saisie d'une sorte de panique, elle retira sa main, avec une excessive vivacité.

— Cela suffit, dit-elle sèchement. Laissez-moi, maintenant.

— Cela ne me suffit pas, répondit-il d'une voix sourde. Il me faut autre chose, encore.

Elle l'interrogea du regard, et faillit crier, parce qu'il lui étreignait les épaules, les yeux soudain éclairés d'un éclat sauvage... Nicole cessa de respirer : la bouche du bandit prenait la sienne.

Scandalisée, elle se raidit, soulevée d'un élan de révolte impuissante. Actives et souples, les lèvres de son agresseur s'appuyaient à ses propres lèvres, les provoquaient, les caressaient avec tant d'ardeur qu'elle sentait tout son corps s'amollir, s'échauffer, pendant que le traversaient d'étranges pulsions, tout aussi inattendues et étonnantes que l'agression qui l'avait surprise. Jamais Nicole Falcourt ne se serait crue sujette à des réactions aussi charnelles.

L'homme la libéra de son étreinte tout aussi brusquement qu'il l'avait prise. Dans l'ombre de la nuit, ses yeux dardaient un regard brûlant. A n'en pas douter conscient de son pouvoir, il triomphait sans doute d'une soumission si aisément acquise. Orgueilleuse et humiliée, Nicole se redressa et de toutes ses forces appliqua sur le visage de l'insolent une gifle retentissante.

Pendant de longs instants, acteurs et spectateurs de cette scène se tinrent cois et immobiles. Le cœur battant, éperdue, Nicole attendait son châtiment.

Celui qu'elle avait frappé s'inclina soudain pour la saluer, sans prononcer un mot, se remit en selle et quitta le premier la clairière, suivi des siens. Nicole contempla son départ, les lèvres brûlantes, le cœur en révolte à l'égard de sa propre faiblesse.

— L'insolent ! Le misérable !

Sous le poing de Richard Montford, comte d'Exmoor,

la fragile table de jeu s'écroula avec fracas. D'ordinaire impassible jusqu'à la froideur, le svelte et élégant quinquagénaire laissait libre cours à la fureur qui déformait ses traits fins et aristocratiques. Nicole, qui venait de lui apprendre l'essentiel de sa mésaventure, l'observait avec gêne, tandis que son épouse Deborah, livide de crainte et d'inquiétude, semblait prête à défaillir.

— Attaquer mon propre équipage ! Sur mes terres ! Quelle audace ! Ce cocher aura le fouet !

— Ce serait à tort, Richard, car vous n'avez absolument rien à lui reprocher, dit fermement Nicole. Ces gens avaient abattu un arbre en travers du chemin. Les chevaux se sont dérobés devant l'obstacle, et il les a gardés en main, alors qu'ils auraient pu se blesser.

Contrarié, son beau-frère lui jeta un regard menaçant, en repoussant du pied les débris du meuble brisé.

— Billevesées ! Et ce valet à qui je confie une arme, et qui n'ose tirer ! Qui la perd, qui l'abandonne !

— Heureusement, Richard. S'il l'avait utilisée, ni le cocher ni lui-même n'auraient survécu, et je me serais trouvée seule et abandonnée au milieu du chemin. Me voici arrivée à destination saine et sauve. N'est-ce pas l'essentiel ? Qu'importent quelques bijoux et quelques pièces ?

Les lèvres serrées, Richard Montford hocha la tête, ses yeux perçants scrutant le visage de Nicole avec une sorte d'hostile curiosité.

— Votre indifférence m'étonne en effet, maugréa-t-il. Vous me semblez prendre les choses fort à la légère.

— J'ai craint un moment pour ma vie, Richard, et je sais maintenant que mes craintes étaient vaines. Cela suffit à mon bonheur.

— Tu es là, Dieu merci, murmura Deborah.

Nicole vint caresser la main que lui tendait sa sœur, et la prit par le cou pour la cajoler et la rassurer. Le comte, comme jaloux de leur bonne entente, observait les deux femmes avec réticence.

— Soyez indulgentes tant qu'il vous plaira, dit-il sans cacher son mépris. En ce qui me concerne, je serai implacable. Ce misérable expiera son offense.

— Ne prenez pas ainsi les choses à cœur, Richard, protesta Nicole. Après tout, je suis la seule victime de cet attentat.

— C'est moi seul au contraire qui suis atteint. En attaquant mon équipage et mes gens, ce misérable a voulu me ridiculiser, me placer en position d'infériorité, comme il se plaît à le faire. Mais pour cette fois il est allé trop loin. J'aurai sa tête, je le ferai pendre ! J'attends précisément un policier de Bow Street, dont j'ai loué les services. Dès son arrivée, il se mettra sur la piste de ce provocateur, qui me paiera au centuple le prix de ses offenses !

En parfait égoïste, Richard Montford ne se préoccupait que des atteintes dirigées contre lui-même, ou qu'il imaginait telles, plutôt que des dommages infligés à ses proches. Nicole, à la dérobée, examina le visage de sa sœur. Se pouvait-il que Deborah nourrisse encore quelque illusion à l'égard de son mari ?

— Deborah n'avait besoin ni de ces émotions ni de ces discussions, dit-elle. Voulez-vous nous excuser, Richard ? Je vais la conduire à sa chambre, elle a besoin de repos.

— Excellente idée, fit distraitement le comte. Je vais aller interroger mes gens. Bonne nuit à toutes deux.

Il gagna le premier la porte mais se ravisa, et fit halte afin de réparer sa négligence.

— Nous sommes heureux de vous recevoir à Tidings, Nicole, dit-il sur un ton compassé. J'aurais souhaité que votre voyage se fît dans de meilleures conditions.

Lorsqu'il fut sorti, Nicole et Deborah quittèrent à leur tour le salon pour gravir le grand escalier qui menait aux appartements. Deborah semblait inquiète et préoccupée.

— Pourvu que Richard ne brutalise pas ces pauvres

garçons ! murmura-t-elle. Il n'est plus vraiment lui-même, depuis que ce bandit le persécute.

— C'est la rançon de la richesse. N'est-il pas naturel que les voleurs s'en prennent de préférence aux personnes les plus fortunées ?

— Sans doute. Mais pour cette fois, Richard fait figure de victime de prédilection. On dérobe l'argent des fermiers, on pille les charrois qui viennent des mines, ceux qui s'y rendent. Il s'agit d'un véritable acharnement, tout à fait inexplicable. La diligence a bien été attaquée deux ou trois fois, des voyageurs égarés ont été dépouillés de leur argent ou privés de leurs chevaux, mais les méfaits qui nous lèsent directement sont systématiques.

Dans le corridor qui desservait les appartements, Deborah dut faire une halte.

— Richard est d'autant plus furieux, poursuivit-elle, que les gens d'alentour semblent tenir en grande estime son ennemi, dont aucune enquête n'a permis de découvrir le repaire. Les employés les plus dévoués prétendent ne pouvoir fournir aucun renseignement. C'est étrange, n'est-ce pas ? Les gens du village sont pourtant à l'affût du moindre ragot, et rien ne leur échappe. Richard les croit complices du malfaiteur, qu'ils protègent et traitent en véritable héros.

Deborah, accoutumée à vivre en recluse, s'enchantait de bavarder pour une fois à son aise. Sa sœur l'écoutait complaisamment, et dans son for intérieur ne s'étonnait pas de l'impopularité dont souffrait Richard Montford. Plein de morgue et d'arrogance à l'égard de ses pairs, il ne manquait sans doute pas d'écraser de son mépris les gens du peuple, qui pouvaient légitimement considérer le mystérieux bandit comme un vengeur.

— C'est un étrange personnage, dit-elle pour entretenir la conversation. Il s'exprime avec une élégance étonnante pour une personne de sa condition.

— Aussi le nomme-t-on « le Gentleman », dit Deborah. Toutes sortes d'anecdotes donnent de lui une image flatteuse, et vantent son beau langage, et sa courtoisie.

Nicole ne crut pas nécessaire de ternir le tableau en révélant les mauvaises manières de son agresseur. Peut-on sans usurper sa bonne réputation dérober de vive force un baiser ?

— Personne ne sait d'où il vient. Il ne sévit dans la région que depuis quelques mois, et ne semble pas s'y déplaire. La femme du pasteur voit en lui un fils de famille qui aurait dilapidé sa fortune. Pour Richard, ce n'est qu'un valet singe de son maître, qui jouerait au gentilhomme pour le narguer. Le mystère dont il s'entoure lui confère un certain charme, en vérité. Tout cela semble si romanesque !

Nicole se souvint de ses propres réactions, et en frémit.

— Romanesque, si l'on veut, murmura-t-elle.

En la sentant tressaillir, Deborah se méprit.

— Pardon, ma chérie. Je ne devrais pas parler aussi légèrement de ce criminel. Comme tu as dû avoir peur ! De nous deux, tu es la plus courageuse, mais il n'empêche ! A la réflexion, j'en tremble. N'en parlons plus, s'il te plaît. Je vais te montrer ta chambre, juste à côté de la mienne.

Dans la vaste pièce dont les rideaux étaient tirés pour la nuit, une femme de chambre achevait de bassiner le lit. Pour le plus grand plaisir de sa sœur, Nicole loua l'élégance de la décoration et le confort de l'ensemble.

— Dans la journée, nous avons toutes les deux vue sur le parc et la lande, au loin, dit Deborah, c'est ravissant. Viens voir ma chambre, et la future nursery !

Dans la pièce voisine, qui ressemblait en tout point à celle qu'elle allait occuper, Nicole écouta les explications de sa sœur, qui envisageait de transformer une annexe en chambre d'enfant. En l'écoutant discourir, elle s'interrogeait : presque dix ans après son mariage, Deborah avait-elle percé à jour la véritable personnalité de son mari, ou l'aimait-elle encore d'amour ?

— Comme je suis heureuse de t'avoir près de moi, conclut Deborah. Il me semble que cette fois... je vais être maman. Et maintenant, raconte-moi les aventures de Pénélope, les fiançailles du cousin Buckminster, et celles de Justin, aussi !

— C'est une trop longue histoire, dit Nicole, tu en sauras demain tous les détails. Pour l'instant, il faut que tu prennes du repos.

Lasse mais souriante, Deborah se soumit volontiers à la volonté de sa sœur. Nicole en était bien consciente : indolente jusqu'à l'inertie, Deborah ne pouvait en quelque sorte exister sans une impulsion extérieure. Lorsqu'elles se furent souhaité la bonne nuit, Nicole, en refermant la porte de sa chambre, éprouva un profond sentiment de tristesse ; il faisait bon dans la pièce, la lueur tiède des lampes était accueillante, mais elle détestait Tidings, et son exil.

Son cœur était à Londres, parmi ceux qu'elle avait choisi d'aimer, et de secourir, parmi les femmes des quartiers pauvres et les employés des dispensaires qu'elle organisait. Il y avait aussi les réunions amicales, l'opéra, les concerts et les discussions sérieuses ou joyeuses avec des amis choisis, qui partageaient ses goûts et appréciaient son dynamisme. A Londres, Nicole Falcourt vivait dans son élément, elle se sentait utile, heureuse, d'une certaine façon...

Mais à Tidings, Richard régnait en maître, imposait sa présence, rappelait, quoi qu'il en eût, les anciens souvenirs. Et puis ce soir il y avait eu cette étrange confrontation avec le bandit, et ce baiser accepté surtout, le premier depuis des temps si lointains...

Dans un effort pour rester raisonnable, elle s'ébroua. Cette rencontre accidentelle, l'insolence de ce forban, à quoi bon s'en soucier ?

Elle alla à la fenêtre, écarta les lourdes tentures pour appuyer le front à la vitre froide, et scruter les ténèbres de la nuit. Les arbres et les massifs dessinaient des silhouettes noires, fantomatiques. Elle sentit s'éveiller en elle et s'épanouir l'ancienne langueur, l'ancien désir, l'attente inassouvie, si violente qu'elle en aurait crié. Gilles, ô Gilles...

Cette douleur, insupportable et surprenante après tant d'années, elle l'avait souvent ressentie. On aurait dit que la plaie mal cicatrisée se rouvrait soudain, et que le chagrin l'étouffait, comme au premier jour. Mais le désespoir s'était peu à peu mué en nostalgie. C'est avec une mélancolique tendresse que dans son souvenir Nicole entendait le rire joyeux de Gilles, qu'elle voyait l'éclat de son regard. Mais ce soir, la souffrance la poignait avec une énergie nouvelle, aussi forte que dans les premiers temps.

Ce soir, en faisant résonner les pavés de la cour d'honneur, les sabots des chevaux et le roulement de la berline avaient réveillé le plus ancien souvenir de ses amours, celui de sa rencontre avec Gilles. Toute jeune, Nicole revenait avec les autres d'une chasse à courre. Il s'était emparé de la bride de son hongre pour l'immobiliser, et lui avait offert la main et le genou pour qu'elle mette pied à terre. En l'espace d'un éclair s'étaient imposés à sa vue le beau visage du garçon, ses yeux noirs et rieurs, le désordre de ses cheveux sombres sur son front. Elle avait ri, sans se douter qu'en cet instant, elle lui donnait son cœur.

Seule dans cette chambre vide, les souvenirs l'assaillaient, l'obsédaient. Tidings... Gilles... Le funeste, le haïssable Richard... Eveillés par ce cruel pèlerinage, une douleur, un désir latents la taraudaient derechef...

En étouffant un sanglot, Nicole quitta l'embrasure de la fenêtre et se laissa tomber sur le lit. Pelotonnée comme un petit enfant, elle observa sans les voir les braises mourantes dans l'âtre, et s'abandonna à la magie des souvenirs...

2.

1800.

C'est à seize ans que Nicole avait découvert la région du Dartmoor, à la suite du décès de son père. Dans les premiers temps de son deuil, lady Falcourt s'était réfugiée en compagnie de ses deux filles à Buckland Manor, résidence de la baronne de Buckminster, sa sœur, veuve elle aussi, et résolument attachée à la vie campagnarde. D'une façon très paradoxale, la jeune Nicole avait vécu cet exil comme une sorte de délivrance. Loin de Londres et de ses contraintes, chaleureusement accueillie par sa tante Adélaïde et par Archibald, huitième baron de Buckminster, son jovial et distrait cousin, elle avait pu laisser librement s'épanouir sa personnalité. Uniquement préoccupée de chasse, de chiens et d'équitation, la robuste baronne ne se souciait pas plus de contrôler les faits et gestes de ses nièces que ne le faisait leur mère, qui pour sa part se consacrait à l'indolence.

Libre de toute entrave, Nicole avait pu se livrer sans retenue à son passe-temps favori : elle trouvait une distraction généralement interdite aux jeunes filles de son âge et de sa condition, et fort peu prisée par leurs éducateurs, dans la fréquentation des domestiques. Non qu'elle partageât les goûts des frivoles soubrettes ou se complût à recevoir les confidences des dames de la lingerie. Familière des domestiques par curiosité et sympathie à l'égard de leur simplicité, c'est dans la cuisine et ses dépendances qu'elle les fréquentait le plus assidûment.

A Londres déjà, dans l'hôtel particulier des Falcourt, Nicole considérait en effet la maîtresse des fourneaux, femme à plus d'un égard imposante, comme son initiatrice dans le domaine de la botanique et de la thérapeutique. Experte en plantes aromatiques dans l'exercice de ses activités culinaires, Mme George se flattait de connaître les propriétés curatives de la flore locale. Flattée de l'admiration attentive que lui prodiguait la jeune fille, l'habile matrone ne s'était pas fait faute de lui enseigner la culture des plantes, leur cueillette, leur séchage, leur stockage et leur mode d'utilisation. Au moment de son installation dans le Dartmoor, Nicole pouvait se targuer déjà d'une compétence certaine.

Le séjour à Buckland Manor aurait pu passer pour idyllique, n'eût été la proximité du château de Tidings, résidence du comte d'Exmoor. Membre de l'aristocratie la plus distinguée, Richard Montford participait naturellement à chacune des réunions mondaines données dans la région. Nicole Falcourt, pour sa part, en vertu de la permissivité régnant dans les mœurs provinciales, s'y trouvait régulièrement invitée malgré son extrême jeunesse. A dix-sept ans, elle ne manquait pas de soupirants enthousiastes et naïfs, dont les hommages ne prêtaient ni à équivoque, ni à conséquence.

Avec le comte, il en allait tout autrement. Raffiné, expert en séduction et rompu aux usages du monde, il faisait à Nicole une cour irréprochable mais pressante, soucieux de ne déplaire en aucune façon à lady Falcourt, mais attentif à faire sentir en toute occasion l'ardeur de sa passion à la jeune fille, qu'offusquait souvent son insistance.

Si les manœuvres du comte laissaient Nicole indifférente, lorsqu'elles ne l'irritaient pas, elles enchantaient sa mère, qui voyait dans le seigneur de Tidings le parti le plus flatteur et le plus glorieux dont pût rêver une maman.

— Sans doute es-tu bien jeune encore, ma chérie, mais quel homme, quelle distinction ! Le chef de la maison des Montford ! Quel titre, et quelle fortune !

— Et quel âge ! Il a déjà quarante ans !

— Déjà ? Je n'en suis pas certaine. Mais soit ! C'est le bel âge, pour faire un bon mari, crois-en mon expérience.

Nicole n'avait pas eu la cruauté de rappeler à sa mère que lord Falcourt, désertant très tôt le foyer conjugal, s'était particulièrement consacré à l'amélioration de la race chevaline ainsi qu'au bien-être des danseuses du corps de ballet, à l'Opéra royal. Pour éviter des pleurs et des criailleries, elle s'était contentée d'une déclaration de principe qui permettait tous les atermoiements.

— Je ne me marierai pas de sitôt, maman, et je ne ferai qu'un mariage d'amour.

— L'amour ? Billevesées ! On en fait des chansons, pas des mariages !

— Eh bien, je resterai célibataire !

Cette discussion se répétait fréquemment. Trop paresseuse pour défendre avec ardeur son point de vue, lady Falcourt l'abandonnait généralement à ce stade, espérant sans doute en secret que Nicole se laisserait convaincre après que sa sœur Deborah, de six ans son aînée, aurait la première convolé en justes noces.

En attendant que sa mère accepte de mettre fin à son deuil et revienne s'installer avec ses filles à Londres, Nicole s'était vue contrainte de côtoyer encore le comte, en de nombreuses occasions. C'est dans son domaine de Tidings, à l'issue d'une chasse à courre organisée par lui, qu'avait eu lieu l'inoubliable rencontre.

Après l'hallali et la curée, les sonneries des cors saluaient le retour des cavaliers et cavalières. Dans une joyeuse effervescence, les palefreniers et les lads, tous mobilisés pour la circonstance, s'affairaient autour des chevaux et rivalisaient d'ardeur pour acquérir, avec la charge des soins à leur prodiguer, l'espoir d'une récompense. Encore sous le charme de la course, Nicole s'était ainsi trouvée en présence du plus joli visage masculin qu'elle ait jamais vu.

Le jeune homme était d'une taille exceptionnellement élevée, svelte et finement musclé, élégant plutôt que rustique, comme la plupart de ses camarades. Il levait vers elle le regard malicieux de ses yeux noirs, qui faisaient avec sa peau mate et sa chevelure épaisse et sombre un fort charmant ensemble. Ses lèvres, qui souriaient de la façon la plus engageante, semblaient étonnamment mobiles et spirituelles. Brusquement sourde aux rumeurs et aux rires qui fusaient autour d'elle, insensible aux odeurs fauves des chiens et des chevaux après l'effort, Nicole s'était sentie hors du monde, délivrée de ses contingences et de ses nécessités, seulement sensible aux battements précipités de son cœur, dans un état de fascination proche de l'hypnose.

Une main levée vers elle, une jambe à demi pliée, le garçon lui souriait. Des lueurs espiègles dansaient dans ses prunelles.

— On descend en douceur, mademoiselle ?

Incapable d'articuler un son, Nicole s'était contentée de dégager le pied de l'étrier et de pivoter sur la selle d'amazone, jusqu'au point de déséquilibre. Des deux mains, sans effort, le lad l'avait retenue par la taille et déposée légèrement sur le sol. Inutilement appuyée à ses robustes épaules, elle avait senti tout au long de son corps la chaleur de l'homme et, sous ses paumes et ses doigts, à travers le rude tissu de sa veste, la force et la souplesse de sa musculature. L'espace d'un instant, leurs visages avaient été si proches qu'elle avait senti son souffle, et observé de tout près les longs cils sombres qui ombraient son regard. Mais le comte survenait déjà et lui offrait son bras. L'épisode magique prenait fin.

Nicole ne gardait aucun souvenir de la réception et de la soirée qui avaient complété la fête. Indifférente aux mets et aux propos, uniquement obsédée par la brève rencontre faite avec le lad, elle s'était efforcée, en vain, de découvrir un moyen d'enquêter sur lui sans encourir le risque du ridicule ou de la honte. Mais comment découvrir le nom d'un simple domestique parmi des dizaines d'autres, également inconnus de leur orgueilleux et lointain employeur ?

Dans les jours suivants, lady Falcourt put se féliciter de la métamorphose de sa fille qui, loin de les fuir, recherchait désormais les occasions de se rendre à Tidings. Visites de courtoisie, dîners en petit comité, parties de campagne, rien ne la rebutait plus.

Mais aucun de ces sacrifices ne lui permit d'apercevoir de nouveau le mystérieux personnage, qui sans doute n'occupait dans la hiérarchie domestique qu'un rôle fort subalterne, et n'avait participé que par exception au service des maîtres, en ce jour de grande presse. A quoi bon d'ailleurs se préoccuper d'un inconnu qui n'attendait rien d'elle, et vivait à proprement parler dans un autre monde ? Que dire, ou ordonner, à une personne qui ne peut faire naître en vous que le sentiment d'une absurde insatisfaction ?

De la façon la plus étrange, la rencontre tant désirée avait eu lieu à l'improviste assez loin de Tidings, en pleine forêt.

Peu de temps après l'installation de lady Falcourt et de ses filles à Buckland Manor, il avait suffi à la jeune Nicole d'offrir à une femme de chambre un sirop de sa composition pour combattre la toux, et à un jardinier une pommade cicatrisante, pour que les bénéficiaires de ses bontés lui fassent part de l'existence d'une guérisseuse célèbre dans les environs.

Chacun vantait l'efficacité des remèdes préparés par Mamie Rose, considérée par les uns comme une bonne fée et par d'autres comme une redoutable sorcière. Sa flatteuse réputation s'étendait à des lieues à la ronde. A en croire les bonnes gens, nombre de nourrissons, ainsi que leurs mères, lui devaient d'être restés en vie. Aucune contracture ne résistait à ses onguents, et la légende voulait même que le défunt lord Buckminster n'eût pas eu à se plaindre de ses services.

La botaniste passionnée qu'était Nicole se devait de rencontrer une spécialiste d'aussi grand renom. Par curiosité aussi bien que par intérêt pratique, elle se fit un jour conduire à la chaumière de Mamie Rose.

Bâti au centre d'une vaste clairière, le logis très ancien s'appuyait à un vestige de rempart et à un amas rocheux que dans le Dartmoor on appelle un tor. De vieux arbres dont les racines noueuses avaient disjoint les pierres semblaient consolider l'ensemble. La vigne vierge tapissait les parois de cette espèce de cocon végétal. Divisé en parterres et en planches, un joli jardin carré embaumait de toutes ses senteurs, et faisait comme un bouquet de parfums.

Ridée et chenue, la chevelure abondante et neigeuse, Mamie Rose semblait n'avoir pas quitté la maison depuis les temps les plus anciens. Mais dans le regard bleu clair de ses yeux vifs brillaient tant de gaieté et de jeunesse qu'elle irradiait le bonheur, et que les plus atrabilaires se trouvaient sans doute guéris à la seule vue de son sourire édenté mais joyeux.

Absolument opposées par leur âge et leur condition sociale, mais réunies par leur passion des plantes médicinales, les deux femmes éprouvèrent dès leur première rencontre une affinité si profonde qu'il semblait qu'à partir de cet instant leur existence, et celle de Nicole surtout, s'était élargie. A la fin de sa vie, l'aînée trouvait une disciple à qui transmettre une science qui aurait pu disparaître avec elle. La cadette rencontrait miraculeusement la spécialiste qui pouvait parfaire son éducation, et poursuivre l'initiation reçue naguère à Londres.

Nicole aidait à la culture du jardin, visitait avec Mamie Rose les sous-bois, en quête de plantes sauvages dont la guérisseuse lui enseignait les vertus. Infusions, décoctions, macérations, trempage, séchage et broyage, aucun procédé technique n'était étranger à la jeune aristocrate. La vieille femme, qui ne savait pas écrire, s'enchantait de voir Nicole rédiger diligemment chacune de ses recettes et de ses formules, qui grâce à cette collaboration inattendue lui survivraient.

Subjuguée par la sagesse et la bonté de Mamie Rose, Nicole lui faisait part de réflexions ou de confidences que personne dans sa propre famille ne méritait véritablement de recevoir. Elle lui avait parlé du décès de lord Falcourt son père, des caprices de sa mère, et même des assiduités du comte d'Exmoor.

— Un mauvais, un vénéneux, avec rien de bon dedans.

Ce jugement péremptoire avait alors surpris la jeune Nicole. Non qu'elle éprouvât quelque sympathie à l'égard du comte. Mais elle ne trouvait rien de particulier à lui reprocher.

— Personne ne se plaint de lui, Mamie Rose.

— Chez vous, dans la haute, parce qu'il cache son jeu. Mais les pauvres gens qui vivent sur ses terres, ils le connaissent du dedans. Un poison !

Après avoir assuré à la vieille femme que de toute façon elle n'épouserait jamais le comte, Nicole n'avait su lui expliquer les raisons de ses fréquentes visites à Tidings. Elle ne pouvait non plus la mettre dans la confidence de son étrange curiosité à l'égard d'un simple palefrenier. Partageant en cela les préjugés des gens du monde, une femme du peuple ne pouvait imaginer qu'une relation, si innocente et superficielle fût-elle, pût exister entre des personnes de conditions si opposées. Aussi bien Nicole entendait-elle préserver jalousement le secret de ses émotions intimes.

Quelques semaines après la partie de chasse, en dégustant dans la chaumière le thé qu'elle venait d'offrir à Mamie Rose, Nicole surprit chez la vieille dame, qui lançait vers l'extérieur des regards furtifs, une sorte d'impatience ou d'inquiétude fort étonnante. Comme elle accélérait son départ et se hâtait de prendre congé, cette impression se trouva confirmée par l'attitude de Mamie Rose, qui se rassérénait. Sans doute, pensa la jeune fille, attendait-elle un visiteur soucieux de discrétion. Un membre de la bonne société, peut-être, qui souhaitait recourir aux services de la guérisseuse tout en prétendant les mépriser ? Cette hypothèse avait quelque chose de rassurant.

A peine la porte refermée derrière elle, Nicole se figea. Un homme caressait l'encolure du hongre qu'elle avait attaché à un piquet, en lui parlant doucement. Au bruit de la porte, il tourna la tête, et ses sourcils se soulevèrent d'étonnement.

Le souffle coupé, Nicole resta pétrifiée et muette, comme paralysée. Elle se trouvait en présence du jeune homme de Tidings, qui pour cette fois s'était vêtu avec recherche et portait sur sa belle chevelure noire un coquet tricorne. On voyait la peau bronzée de son torse par l'échancure de sa chemise blanche, et les muscles puissants de ses avant-bras nus, car il avait retroussé ses manches et portait sur l'épaule sa jaquette négligemment pliée. Tout aussi surpris que la jeune fille mais, semblait-il, moins impressionné, il se découvrit en souriant, le plus naturellement du monde.

— Une Diane chasseresse en visite chez ma Mamie Rose ? Une princesse dans sa chaumière ? C'est jour de fête, assurément !

Il la dominait de la tête, et se moquait sans doute. Son regard sombre et lumineux était bien tel que Nicole s'en souvenait, et ses fossettes se creusaient, très nettement. Quelle émotion ! Mais rien ne devait paraître de son embarras. Elle releva le menton.

— Ma visite vous surprend ? De quel droit, je vous prie ?

— Les autres dames envoient leurs femmes de chambre... à moins qu'elles ne recherchent un remède à des maladies... secrètes !

Prise de court, Nicole retint sa respiration, les yeux écarquillés d'indignation. Quel était le sens de cette plaisanterie, mauvaise, assurément ? Que devait-elle comprendre ? Pour son bonheur, le garçon, en riant, la rassura d'un geste.

— Mais bien sûr Mamie Rose ne peut rien pour vous, mademoiselle. A la plus jolie fille, de quel usage seraient les fards et les élixirs d'amour, puisque le monde entier chante sa beauté et son charme ?

Venant d'un simple serviteur, le compliment avait quelque chose de bien hardi. La fille de lady Falcourt ne jugea pas utile de s'en formaliser, et préféra en rire.

— Aux compliments d'un beau parleur, la raison reste sourde, monsieur. Mais je n'attends en effet de Mamie Rose ni onguent ni médication.

Levant les bras et les yeux au ciel, il exprima par une mimique emphatique et compliquée un soulagement extrême.

— Eh bien, tant mieux ! Mamie m'arracherait les oreilles, si elle apprenait que son petit-fils importune ses clientes !

Nicole s'étonna.

— Mamie Rose serait donc... votre véritable grand-mère ?

— Mon arrière-grand-mère, mademoiselle.

— Je ne vous ai pourtant jamais vu chez elle.

— C'est que je loge dans mon coin d'écurie, à Tidings. Je rends visite à Mamie Rose chaque dimanche.

— Je vois, dit-elle d'un air entendu.

Il y eut un moment de silence. Nicole prit conscience de l'étrangeté de la situation. Cette conversation inutile et absurde, à quoi rimait-elle ? Mais aussi, comment la prolonger ?

— Avec maman, on habitait à Twyndel jusqu'à l'année dernière, reprit-il précipitamment, comme si la chose avait eu de l'importance. Après sa mort, je me suis rapproché de Mamie Rose.

Nicole hocha la tête, pour souligner l'intérêt de l'information, qui valait bien une autre confidence.

— Je ne suis pas d'ici. Nous résidons chez ma tante, à Buckland Manor.

— Il m'est arrivé de soigner à Tidings une jument qui appartient à Mme la baronne. Grâce aux pommades de Mamie Rose, j'en ai reçu des félicitations.

— Voilà qui ne m'étonne pas. Eh bien, je...

Nicole se tut et laissa son regard errer sur les alentours. Rien ne la retenait en ces lieux, et pourtant...

— Eh bien, je vais y aller, n'est-ce pas...

— Oh oui ! bien sûr...

Eprouvait-il, lui aussi, cette étrange sensation de contrariété ? Nicole fit sans entrain quelques pas vers sa monture. Il la suivit.

— Vous venez ici... souvent ? demanda-t-il, comme distraitement.

Le ton était désinvolte, mais au regard qu'elle lui jeta Nicole le vit fort attentif.

— Souvent, en effet. La botanique et les vertus curatives des plantes me passionnent. Votre grand-mère a la gentillesse de compléter mon instruction. Elle me laisse même cultiver un coin de son jardin.

Il ouvrit de grands yeux.

— Vous faites du jardinage ?

— Bien sûr. Je fais aussi des mélanges, des extraits, des préparations. Les filles ne sont pas nécessairement des imbéciles, voyez-vous.

Nicole se félicita d'avoir employé un terme dont la vigueur faisait très agréablement rougir les joues du garçon, sous son hâle.

— Loin de moi cette pensée, mademoiselle ! Mais dans le monde, de telles occupations sont tellement... inhabituelles !

— Eh bien, disons que je suis un peu... originale.

— Je m'en étais rendu compte, dit-il en souriant. Une jeune lady qui ne craint pas de discuter avec un lad, ce n'est pas banal...

— Ma mère me reproche souvent mes mauvaises manières, reconnut complaisamment Nicole, en détachant la bride de son cheval. Eh bien... Je rentre, maintenant. Contente de vous avoir revu !

— Moi aussi. Je... Je viens ici chaque dimanche, ajouta-t-il très vite.

— Vraiment ?

Elle sentait son cœur battre soudain très fort. Cette indication, que signifiait-elle ? Qu'il désirait la revoir, sans doute. La gorge soudain sèche, elle dut s'éclaircir la voix.

— Dans ce cas... Nous nous reverrons peut-être ?

En l'observant à la dérobée d'un rapide coup d'œil, elle vit son visage s'épanouir, et se trouva d'un coup libérée d'une sorte d'appréhension.

— Je vous aide à monter, dit-il avec détermination.

Sans avoir le temps d'y penser, Nicole se trouva en selle, toute tremblante d'émoi. Au lieu de lui soutenir le pied, l'entreprenant personnage venait de poser ses deux mains au creux de sa taille et de la soulever, sans effort. Il la contemplait avec satisfaction, sans prendre garde apparemment au fait qu'elle ressentait encore, comme imprimée dans sa chair, la brûlure de ses doigts. Mais comment ne pas lui pardonner ?

— Je... Je ne connais pas votre nom, murmura-t-elle.

— Gilles, pour vous servir, mademoiselle. Gilles Martin.

Pourquoi se montrait-il si respectueux, donc si distant ?

— Ne m'appelez pas « mademoiselle », dit Nicole avec un peu d'impatience.

— D'accord, répondit-il posément. Je vous appelle comment ?

— Je me nomme Nicole Falcourt.

Il lui sourit alors sans ironie aucune et sans arrière-pensée, d'un sourire chaleureux et sincère, qui réchauffait le cœur.

— A vous revoir bientôt, Nicole.

Le dimanche suivant, lorsque Mamie Rose ouvrit sa porte à Nicole, Gilles l'avait précédée, et l'attendait en compagnie de son aïeule. Celle-ci, qu'au privilège de l'âge Nicole traitait en égale, se trouva d'abord mal à l'aise, car il lui semblait sans doute inconvenant de réunir dans la même pièce une jeune lady et un simple domestique.

Gilles s'était levé, et n'avait d'yeux que pour Nicole, qui sentit monter en elle une chaleur si indiscrète qu'elle en rougit. Elle parvint cependant à se ressaisir, et l'on s'assit autour de la table pour prendre le thé en échangeant des propos conventionnels et guindés. Mais un peu plus tard, lorsque Nicole prit congé, Gilles l'accompagna sur le chemin, qu'ils prirent tous deux à pied, en tenant le cheval par la bride. Ils parlèrent librement des sujets les plus divers, de Mamie Rose et de ses remèdes, du décès de lord Falcourt, d'un poulain qui venait de naître à Tidings. Nicole se surprit à évoquer tout naturellement des préoccupations ignorées de ses relations les plus intimes, et même de sa sœur Deborah.

Lorsqu'ils parvinrent à l'endroit où leurs chemins se séparaient, il y eut un moment de flottement, ni l'un ni l'autre ne prenant la décision des adieux.

— Au bal de vendredi, vous y venez ? dit soudain le garçon.

Il avait accompagné sa question d'un regard aigu, aussitôt rabattu vers le sol.

— Le bal ?

Trop préoccupée par l'observation des reflets du soleil sur la chevelure noire de Gilles, Nicole ne pénétra qu'avec peine le sens de son interrogation.

— Au bal de Tidings ? Oui, bien sûr, il le faut bien.

Puisqu'elle avait découvert le moyen de rencontrer Gilles, sa présence à Tidings n'offrait plus d'intérêt. Mais comment faire valoir cet argument ?

Perdu dans la contemplation d'un silex entre ses pieds, il ne la regardait pas.

— Les autres, à Tidings, disent que le comte vous fait les yeux doux.

— Et alors ?

Il releva brusquement les yeux, pour la scruter sans indulgence.

— Et vous ? Qu'est-ce que vous en pensez ?

— Du comte ? Ma foi, rien. Que voulez-vous que j'en pense ?

— Il y en a qui disent qu'il vous plaît bien.

— Ils se trompent.

— Alors vous n'en voulez pas ?

— Absolument pas.

— A la bonne heure ! C'est mieux comme ça.

— Qu'entendez-vous par là ?

Un peu confus, il sourit, et battit en retraite.

— Rien du tout. Bon, il faut que j'y aille. Il y a des tas de gens qui passent par ici.

Il y eut encore un moment d'hésitation. Nicole eut l'impression que Gilles observait sa bouche, et s'imagina sans effort qu'il allait l'embrasser.

Mais à ce moment il se déroba tout à fait en s'éloignant à grands pas, se retournant une seule fois pour faire de la main un grand signe d'adieu. Nicole, paralysée d'émotion, le regarda partir, tourmentée et inquiète. Avait-il voulu l'embrasser ? Avait-elle désiré ce baiser ? Lorsqu'il avait évoqué le bal, elle s'était vue, dans le délire de son imagination, valsant entre ses bras sur le parquet ciré au son des violons, sous le regard approbateur de la foule joyeuse.

Quelle sottise ! A Tidings, elle le verrait panser un cheval, resserrer des courroies ou ramasser la cravache d'un maladroit. Elle le verrait accomplir des tâches serviles, spectacle haïssable entre tous.

Un muret lui permit de se remettre en selle, et elle reprit le chemin de Buckland, perdue dans ses pensées. Ce garçon, elle avait voulu l'embrasser, éprouver le goût de ses lèvres. Elle l'avait imaginé soupirant pour elle, au bal du comte, et dansant entre ses bras.

Autant de chimères. Personne ne peut renier ses origines, échapper aux siens, fréquenter ceux d'un autre monde. Un palefrenier et une lady ne sauraient avoir une ambition, un projet commun. Ils n'ont rien à attendre de l'avenir, ni d'ailleurs du présent. Qu'espérer de plus que quelques promenades, et quelques bavardages sans conséquence ? A cœur brisé, rien n'est possible, en ce cas.

Les larmes aux yeux, elle résolut d'éviter le pire. La passion qui la menaçait, Nicole n'y succomberait pas. Pour en éviter les tumultes et les tourments, pour l'étouffer, elle ne reverrait plus jamais le jeune homme, et s'abstiendrait désormais de fréquenter le dimanche la chaumière de Mamie Rose, quoi qu'il lui en coûtât.

Le vendredi suivant, lorsque la calèche fit halte devant le perron de Tidings, Nicole constata avec soulagement que seuls étaient en vue les valets de pied en livrée, habilités par privilège à accueillir les invités du comte lors des réunions en petit comité.

Il y avait à Tidings ce jour-là quelques personnalités venues de Londres, les membres agréés de la petite noblesse locale, lady Buckminster, lady Falcourt et ses filles. Nicole dansa le premier quadrille avec le doyen de l'assemblée, personnage austère que le veuvage avait rendu muet. Il lui fallut ensuite accorder au comte d'Exmoor la première valse, sous le regard approbateur de lady Falcourt. Les espoirs vagues que l'on aurait pu mettre dans les messieurs venus de Londres se trouvèrent bientôt déçus, tant ils s'enchantaient d'eux-mêmes. Les jeunes gens du cru, par une sorte de mimétisme, semblaient avoir perdu pour cette fois tout entrain. Nicole regrettait profondément de ne pas être demeurée à Buckland, pour y lire tranquillement quelque roman français, ou jouer secrètement aux cartes avec deux ou trois femmes de chambre.

Pour aggraver la situation, la chaleur se faisait insupportable, bien que les portes-fenêtres donnant sur le jardin fussent restées ouvertes. Profitant d'une lacune dans son carnet de bal, Nicole parvint à s'éclipser discrètement sur la terrasse. Elle en gagna l'extrémité, puis s'engagea dans une allée qui descendait en pente douce. On ne voyait plus le château, mais l'air tiède portait semblait-il jusque dans les lointains les rythmes et les accords d'une valse entraînante. En la fredonnant, Nicole s'avança sur l'allée qu'éclairait la lune, et obliqua à droite.

— Fausse route ! fit une voix venue de la gauche.

— Gilles !

Soudain joyeuse, elle s'approcha de lui.

— Je ne pensais pas vous voir, murmura-t-elle.

Il feignit aussitôt le désespoir.

— Triste révélation ! Moi qui vous imaginais à ma recherche ! Moi qui voulais absolument vous rencontrer !

Il était là, tout proche. La lumière de la lune argentait son visage d'une lueur pâle, immatérielle. Ses longs cils ombraient son regard, l'agrandissaient. Il sourit, et Nicole songea que dans la salle de bal aucun homme n'avait l'élégance, la prestance de cet homme-là.

— Quelqu'un pourrait nous voir, dit-elle.

— Personne ne nous voit, répondit-il. M'accordez-vous cette valse, mademoiselle ?

Il l'avait saluée avec beaucoup de grâce. Nicole, rieuse, lui fit la révérence.

— Volontiers, monsieur !

L'allée large et bien entretenue faisait une piste commode. Dans les bras de Gilles, Nicole admira qu'il connût cette danse, pratiquée par l'aristocratie, alors que les gens du peuple se plaisaient à gesticuler la gigue ou à frapper la bourrée. Moins raffiné sans doute que les gandins venus de Londres, ce danseur était en tout cas le plus merveilleux que Nicole Falcourt ait jamais rencontré. Quel plaisir elle éprouvait, à joyeusement virevoleter sur le sable fin, à empiéter sur le gazon, en évitant les massifs de fleurs !

Sans transition, les cuivres de l'orchestre lancèrent en fanfare les premiers appels d'une danse écossaise particulièrement endiablée. Lorsque le dernier éclat retentit, les deux danseurs solitaires, qui au risque de s'asphyxier n'en avaient pas manqué une mesure, s'écroulèrent ensemble sur le banc le plus proche, en riant de plaisir.

— Pauvre Mamie Rose, dit Gilles tout à trac. Quand je pense qu'elle m'a conseillé de vous fuir !

Etonnée aussi bien que blessée, Nicole sursauta.

— De me fuir ? Mais... Elle ne me déteste pourtant pas !

— Elle vous adore ! Elle vous trouve intelligente, attentive, généreuse, assez douée pour la remplacer un jour...

— Eh bien ? Je ne comprends pas...

— Elle dit que nous ne sommes pas faits l'un pour l'autre. Que l'on n'a pas le droit de déroger, ou de s'intéresser à quelque chose... ou à quelqu'un... que l'on ne peut atteindre... l'inaccessible, en somme.

Impulsivement, Nicole se rebella.

— Inaccessible ? Comment l'être, lorsque... Lorsqu'on ne s'appartient plus ?

A ces mots, le regard de Gilles s'éclaira d'un tout autre

feu. Métamorphosé, son visage avait une expression primitive et sauvage. Nicole sentit en tremblant la pression de son doigt replié, qui lui soulevait le menton. Elle aurait dû s'enfuir, mais tout son être était suspendu à cet instant, à cette attente. Gilles s'inclina vers elle, leurs lèvres s'effleurèrent, puis se prirent avec émerveillement. Les mains à ses épaules, Gilles n'exerçait sur elle aucune contrainte, aucune pression. Ce fut Nicole qui se blottit contre lui, les mains crispées sur les revers de sa veste, toute à l'étonnement du baiser.

Il l'étreignit alors, et ses lèvres, sa bouche, se firent plus exigeantes. Dans les bras l'un de l'autre au clair de lune, baignant dans la même chaleur, la même lumière, ils ne furent plus qu'un seul être, qu'un seul cœur. Le temps n'existait plus, ils étaient seuls au monde.

Lorsque après ce premier baiser leurs regards seuls les réunirent, ivres de leur découverte, Nicole comprit que ni les conventions ni les usages n'importaient plus. Elle avait découvert l'homme de sa vie.

— Je vous aime, murmura-t-elle dans un souffle.

3.

1811.

A travers le rideau de larmes qui l'aveuglait, les braises mourantes ne faisaient plus qu'une étendue ondoyante et pourpre. Nicole avait connu l'amour, le seul de son existence. Plus jamais elle n'aimerait ainsi.

Elle se redressa et s'essuya les yeux à gestes rapides et rageurs. Cette blessure qui soudain se rouvrait, lui déchirait la poitrine, qu'avait-elle fait pour la mériter ? Aussi cruel que la mort, le souvenir la torturait. Après dix années de deuil, la souffrance ardente renaissait, intacte, dévorante, telle qu'elle s'était révélée à la mort de Gilles.

A quoi bon se perdre en lamentations, puisque désormais elle acceptait la vie incomplète et mutilée que le destin avait voulu pour elle. Une vie sans mariage, sans enfants, sans amour, sans l'espérance d'un bonheur partagé jusque dans la vieillesse. Sa vie s'était trouvée amputée de tout ce qui en fait le prix alors que Nicole n'était âgée que de dix-sept ans.

Mais elle avait survécu et, à vingt-sept ans, elle pouvait considérer sans embarras comme sans regrets le chemin parcouru. Une existence utile, altruiste, efficace, n'apporte-t-elle pas de sérieuses satisfactions ? Les dispensaires, les centres d'accueil organisés dans les quartiers les plus misérables pouvaient légitimement faire sa fierté. Férue de littérature et de musique, elle brillait dans les cercles les plus réputés et, à l'opéra comme dans les salons, se livrait sans restriction à tous les divertissements mondains qui donnent de la grâce à l'existence.

Une existence bien remplie. Raisonnablement remplie, à tout le moins. Sans rien à envier à d'autres femmes de son milieu, mariées sans amour, inutiles à elles-mêmes comme aux autres, et intellectuellement confinées à des préoccupations dérisoires.

Seule dans la vaste chambre, Nicole prit une profonde inspiration, et rassembla son énergie. Elle n'était pas à plaindre, puisqu'elle avait survécu à son deuil et menait sa vie à sa guise. Le retour à Tidings, après tant d'années, expliquait sans doute cette courte défaillance, qui n'aurait pas de suite. La force d'âme ne permet-elle pas de supporter vaillamment les atteintes du destin ?

Sur cette bonne résolution, Nicole se prépara pour la nuit et, une fois sa lampe éteinte, ferma résolument les yeux. Mais elle attendit longtemps le sommeil, et lorsque enfin elle s'endormit, ses joues étaient humides de larmes.

Ouvert à l'orient, le petit jardin d'agrément se trouvait le matin baigné de lumière. Fermé sur deux côtés par l'angle d'un antique rempart et sur le troisième par la masse du château, il se trouvait en permanence abrité du vent. En cette belle matinée d'automne finissant, l'air y paraissait tiède à force de calme et de clarté.

Nicole sourit à sa sœur, qui pour une fois semblait se détendre et revivre. Sans doute Deborah avait-elle bien dormi, car ses joues se coloraient d'un léger incarnat, et elle ne s'était pas fait prier pour venir prendre le thé du matin en plein air.

— Je suis heureuse, dit-elle en souriant à son tour à Nicole. Il fait si beau, et tu es là, près de moi... Tu vas pouvoir me raconter tous les ragots, de première main, ajouta-t-elle avec un air de gourmandise extrême. J'en suis réduite aux lettres de maman, qui me cache des choses, sans doute ! Allons au plus pressé. Il paraît que la timide Pénélope Castlereigh a pris le cousin Buckminster dans ses filets, et que lord Lambeth s'est fait piéger par une aventurière ?

Nicole Falcourt soupira. Elle reconnaissait bien là le goût immodéré de leur mère pour les commérages désobligeants qui, avec d'éternelles considérations sur les maladies innombrables mais heureusement fictives qui l'affligeaient, constituaient l'essentiel de son activité intellectuelle. Sa passion pour la correspondance et la quête de confidences indiscrètes en aurait fait un remarquable bureau de renseignements, si la malveillance systématique n'avait terni sa crédibilité.

— Mettons les choses au point, dit fermement Nicole. Notre cousin Bucky a fini par reconnaître les mérites de Pénélope, qui a perdu de sa timidité depuis qu'elle ne s'habille plus en Ophélie. Nous avons considérablement favorisé l'idylle, Marianne et moi.

— Marianne ?

— Marianne Montford, naguère Cotterwood, celle que maman appelle, à tort, une aventurière. Une rousse superbe, la plus belle femme d'Angleterre. Richard ne te l'a pas décrite ? Il l'a rencontrée plusieurs fois ces dernières semaines, à Buckland Manor.

— Tu sais comment sont les hommes, toujours distraits. Et puis Richard a peut-être passé l'âge de s'intéresser aux jouvencelles...

Pour ne pas laisser paraître son embarras, Nicole reprit du thé en affectant des précautions assez contraignantes pour expliquer son silence. La naïveté de sa sœur ne cessait de la surprendre.

— Marianne a précisément mon âge, dit-elle incidemment. Ce n'est pas une aventurière, mais son existence n'a pas été facile. Elle a une petite fille de neuf ans, déjà.

— Comme c'est étrange ! Le mariage de Bucky aura lieu à l'église de Tidings, au milieu des champs, n'est-ce pas ?

— Bien sûr, puisque Pénélope appartient par sa mère à la famille des Montford.

— C'est vrai, dit Deborah. J'oublie parfois que lady Ursula et sa mère sont des cousines de Richard. Je porte pourtant le même titre et le même nom que la comtesse douairière. Nous les voyons si rarement...

Nicole se garda de commenter cette réflexion. De notoriété publique, la comtesse douairière détestait Richard Montford, qui avait par surprise hérité du titre de son mari, à la faveur du décès de son fils unique, lord Chilton, et de son petit-fils. Des événements récents avaient conforté cette inimitié vieille de vingt-deux ans, dont Nicole ne connaissait qu'imparfaitement la genèse.

— La comtesse est actuellement à Londres, dit Nicole. A l'occasion du double mariage, elle va bientôt venir s'établir dans le voisinage, à Fingle Manor. Nous pourrons peut-être arranger une rencontre.

— J'en serais ravie. Mais pourquoi célébrer en même temps les deux mariages ?

Nicole soupira. Hypocrite au-delà de toute mesure, Richard avait donc dissimulé à son épouse des événements qui le dérangeaient sans doute, mais qui ne pourraient rester éternellement inconnus, fût-ce d'une recluse.

— Il me semble, avança-t-elle prudemment, que Richard ne t'a pas mise dans la confidence.

Toujours prête à prendre la défense de son mari, Deborah lui trouva une excuse.

— Les hommes ne s'intéressent guère aux mariages, voilà tout.

— Mais il a toutes les raisons de s'intéresser à Marianne, puisqu'elle est sa cousine, la petite-fille de la comtesse douairière.

Pour cette fois surprise, Deborah réagit avec moins de désinvolture, et sursauta.

— Comment ? Mais c'est une plaisanterie !

— Pas du tout. La famille ignorait son existence. Mais elle est bien la fille aînée du pauvre lord Chilton.

— D'Emerson Chilton ? Le fils de la comtesse ? C'est celui qui est mort en France, au moment de la Révolution, n'est-ce pas ? S'il avait vécu, Richard n'aurait pas hérité du titre, ni de Tidings.

— Lord Chilton est bien mort, ainsi que sa femme. On croyait leurs trois enfants morts le même jour qu'eux, mais c'était une erreur.

— Voilà qui est fort extraordinaire ! Comment peut-on se tromper si longtemps ?

— Je ne connais pas tous les détails. En fait, les enfants, un garçon et deux filles, avaient été confiés à une Américaine, Mme Ward, qui les a ramenés à Londres. John, l'aîné, est mort de maladie. Mme Ward a fait passer la plus jeune des filles, qui n'était qu'un bébé, pour son propre enfant, et l'a emmenée avec elle à Boston. La fille aînée a été secrètement confiée à un orphelinat. Elle n'a appris sa véritable identité que très récemment, juste après que Justin, je veux dire lord Lambeth, lui avait demandé sa main. C'est un mariage d'amour, puisqu'il l'a d'abord connue sous un autre nom.

Il fallut à Deborah un moment de réflexion pour assimiler l'information. Nicole ne crut pas utile de mentionner les soupçons, fondés mais non confirmés, que nourrissaient la comtesse douairière et ses proches à l'encontre de Richard Montford. En se voyant mourir, la dame de compagnie de la comtesse était passée aux aveux : maîtresse de Richard en 1789, elle avait dissimulé à la veuve du comte le retour de ses petits-enfants, et favorisé dans des conditions confuses l'accession de Richard à un titre qui de toute façon lui serait revenu, puisque le jeune fils de lord Chilton n'avait pas longtemps survécu à son père.

— Quel étrange destin ! murmura Deborah. Ne retrouver son nom et sa famille qu'après avoir vécu vingt-deux ans dans l'ignorance, quelle aventure !

— Tout a commencé il y a quelques mois, lorsque la comtesse douairière a reconnu en la personne d'Alexandra Ward, une Américaine, le sosie de lady Chilton, sa belle-fille. Alexandra, qui a récemment épousé lord Thorpe, était bien la petite-fille de lady Exmoor. C'est à la suite de ces retrouvailles que des recherches ont permis de découvrir l'existence de Marianne. Les deux filles de Chilton ont ainsi réintégré le cercle familial. La comtesse, qui s'était résignée, en exulte positivement de joie.

— J'espère la voir bientôt. Quand je pense que Richard ne m'a pas tenue au courant... Cette histoire est si intéressante, si romanesque pourtant...

Nicole songea que Richard aurait pu aussi raconter à sa femme le rôle éminent qu'il avait joué à Buckland Manor en abattant de sang-froid un dément qui était peut-être son complice. Comment Deborah pouvait-elle accepter de vivre ainsi démunie de tout contact avec la réalité ?

— Tu devrais sortir davantage, dit-elle. Pourquoi depuis tant d'années n'as-tu pas accompagné Richard à Londres ?

Le visage de Deborah se couvrit soudain d'un voile de tristesse qui annonçait une confidence. Mais elle garda le silence en entendant résonner la voix énergique de son mari, qui intervenait dans le dialogue.

— Excellent conseil, que je ne cesse de répéter à ma chère Deborah. Mais nous autres maris ne savons nous faire entendre, n'est-ce pas ? Espérons que l'avis d'une sœur aura la chance d'être écouté !

Le comte d'Exmoor, très à l'aise et souriant, était suivi d'un personnage massif et austère, qui semblait méditer des idées noires.

— Il me semble nécessaire que vous fassiez la connaissance de ma nouvelle recrue, poursuivit-il. Mesdames, voici George Stone, enquêteur officiel de Bow Street. Stone, voici mon épouse, lady Exmoor, et mademoiselle Nicole Falcourt, sa sœur.

Stone salua avec raideur. Il compensait une taille assez courte par une carrure impressionnante, si bien que l'habit noir qui l'engonçait semblait trop étroit.

— M. Stone enquête sur le vol dont vous avez été victime hier soir, Nicole. J'espère que vos indications lui seront utiles.

Bien qu'il l'ait dépouillée de son argent et d'une partie de ses bijoux, Nicole nourrissait moins de griefs à l'égard du bandit de grands chemins qu'à celui de son beau-frère. Et Stone avait l'air assez redoutable et résolu pour lui paraître parfaitement antipathique.

— Je crains de ne pouvoir être d'un grand secours, répondit-elle évasivement.

— Au moins pouvez-vous m'en faire une description, affirma Stone avec l'aplomb qui est de mise dans les commissariats et les postes de police.

Nicole haussa les sourcils, comme pour s'étonner que ce manant ose lui adresser la parole.

— Il faisait sombre, et il portait un loup sur le visage. Je n'ai donc rien vu qui puisse vous intéresser.

— Etait-il grand ?

— Un homme à cheval me domine, monsieur Stone, cela va de soi.

— Mais d'après le cocher et son assistant, l'individu

a mis pied à terre, et vous a fait face d'assez près pendant un certain temps. Vous lui avez même donné une gifle.

— Je le reconnais volontiers, monsieur. Certaines attitudes m'insupportent, voyez-vous.

D'un simple hochement de la tête, Stone indiqua qu'il comprenait cette disposition d'esprit, sans pour autant renoncer à se montrer lui-même désagréable.

— Ce geste vous met en mesure d'estimer sa taille, conclut-il avec une imparable logique.

— Eh bien... taille moyenne, corpulence moyenne.

— Le cocher l'a vu très grand, et très solidement bâti, mademoiselle.

— Parce qu'il est lui-même trop petit, rétorqua Nicole en fixant au-dessus de la tête du policier un point idéal qui donnait à Stone la mesure de sa propre insuffisance.

Sans se départir de son flegme, celui-ci acheva son interrogatoire.

— Des signes particuliers ? Langage, allure, tenue ?

Connaissant la réputation du personnage, Nicole ne craignit pas de le trahir.

— Des manières d'homme bien élevé, si étrange que cela puisse paraître. Pour le reste... Je n'ai rien remarqué. J'avais trop peur, voyez-vous.

— C'est tout à fait naturel, mademoiselle. Je ne vous importunerai pas davantage. Mes respects, madame, mademoiselle. Je poursuis mon enquête, monsieur le comte.

Exmoor attendit que Stone se fût éloigné pour se tourner vers Nicole.

— Ce bandit n'a rien à craindre de témoins aussi peu coopératifs, ma chère belle-sœur.

— Votre séide ne m'inspire aucune sympathie, Exmoor. Je n'aime ni les mouchards ni les espions. Pour le reste, les membres de cette bande, tout en noir sur des chevaux noirs, font des efforts méritoires pour passer inaperçus. Est-il si étonnant qu'ils y parviennent ? Et puis, comme je l'ai dit, j'avais peur.

— Vous, ma chère, avoir peur ? Je vous en crois fort incapable.

— Grossière erreur, mon cher. Je suis allergique aux rats. Aux rats des villes et des salons, surtout.

Richard Montford soutint le regard qui le défiait, et sourit ironiquement.

— Voilà qui va fort bien, dit-il avec cynisme. N'est-il pas l'heure de passer à table ? Nous pourrions faire une promenade en calèche sur la lande, cet après-midi.

Nicole sentit passer la menace. Il ne fallait pas que sa journée se trouve gâchée par cette présence insupportable.

— Vous m'excuserez, s'il vous plaît. On m'attend dans les fermes.

Indulgent mais dédaigneux, Richard s'esclaffa discrètement.

— Chez les paysans, encore ! Que de bonté, vraiment ! A force de hauteur d'âme, ne craignez-vous pas le vertige ?

— J'aime les gens du peuple, Richard. Ils m'ont bien accueillie, il y a dix ans, et me gardent leur confiance. Je leur en suis reconnaissante.

— La belle affaire ! Vous êtes la nièce de lady Buckminster, tout simplement.

— Pas du tout, Richard. Il ne s'agit de leur part ni de flagornerie ni de soumission. Il s'agit d'affection, et de chaleur humaine, que ni la crainte ni la menace ne font naître.

— Je ne me ferai jamais à vos humeurs populacières, ma bonne amie. Puis-je cependant espérer qu'avant d'aller guérir les écrouelles vous daignerez déjeuner en notre compagnie ?

Nicole écarta exagérément les lèvres, pour se forcer à sourire niaisement.

— Je daignerai, Richard, avec plaisir.

— J'en suis ravi, dit-il en imitant sa grimace.

Sans doute Exmoor voulait-il plaisanter. Mais ses traits aigus et son regard vigilant devenaient ceux d'un carnassier lorsqu'il découvrait ainsi les dents. Il se tourna vers Deborah et lui offrit son bras. En les suivant, Nicole songea que l'épreuve serait plus pénible encore qu'elle ne l'avait imaginé. Sans doute lui plaisait-il de soutenir sa sœur aînée dans l'épreuve. Mais la fréquentation quotidienne et permanente de Richard risquait d'excéder sa patience.

Dès la fin du repas, qui fut rapidement dépêché, Nicole se retira dans sa chambre pour garnir un grand bissac des pommades, poudres et potions qui lui seraient utiles au cours de ses visites. Quelques semaines auparavant, lors de son séjour à Buckland Manor en compagnie de Pénélope Castlereigh et de Marianne Montford, elle avait pu évaluer les besoins de ses protégés, qu'elle connaissait tous de longue date. Depuis le décès de Mamie Rose, qui était intervenu si peu de temps après celui de Gilles que Nicole ne l'avait jamais revue, elle s'efforçait d'assurer l'essentiel de ses fonctions. On n'osait lui demander des élixirs d'amour ou des panacées magiques, mais son arsenal médicinal accomplissait les mêmes merveilles.

Lorsque le bissac eut été installé à l'arrière-selle d'un hongre assez fringant, Nicole quitta seule Tidings, en refusant catégoriquement d'être accompagnée par un domestique, comme le voulaient les usages. Aussi bien allait-elle se déplacer en plein jour, à travers la lande familière, pour aller de ferme en hameau, en terrain de connaissance.

Dès qu'elle eut quitté les abords immédiats de Tidings, Nicole respira plus librement. Sans doute allait-elle subir pendant des semaines et des mois la présence d'un beau-frère qui lui était odieux. Mais au moins trouverait-elle dans des escapades solitaires de bienfaisantes compensations. En cavalière accomplie, elle eut tôt fait d'entrer en connivence avec le superbe cheval que lui avait confié le maître d'écurie. Sensible à ses talents, le hongre donna la mesure des siens en franchissant de bonne grâce une série de murets et de haies, avec tant de fougue et d'adresse que Nicole, transportée d'allégresse, connut une sorte d'enthousiasme.

Parvenue au chemin de terre familier, elle eut une hésitation. Il descendait à droite vers Buckland Manor et quelques hameaux dispersés. A gauche, il montait vers le sommet du plateau que traversaient la gorge de la Lyd, toute sonore du vacarme de la chute de la Dame Blanche. Personne ne l'attendait dans ce désert, chargé de si cruels souvenirs. Avertis de sa présence à Tidings, les paysans escomptaient sans doute sa visite. Ils attendraient.

D'une impulsion, elle lança sa monture au trot soutenu, vers la gauche. Elle voulait revoir la chute. A y bien réfléchir, sans qu'elle se l'avouât, Nicole avait décidé d'accomplir ce pèlerinage dès son départ de Londres. Inconsciemment, elle en avait éprouvé la nécessité. Bien avant d'y être parvenue, elle s'y trouvait déjà, par la pensée. Indifférente au pittoresque du paysage parsemé de buttes rocheuses, les tors, elle ne voyait dans son souvenir que des images anciennes, et d'autres, plus récentes. Quelques semaines plus tôt, avant même que le mystère de Marianne Cotterwood ne fût éclairci, lady Buckminster avait réuni l'ensemble de ses invités sur les rives de la Lyd, pour un pique-nique campagnard. Nicole n'avait pas ce jour-là escaladé le sentier de la falaise jusqu'à son sommet, lieu redoutable entre tous. Elle allait à présent s'y rendre par les hauteurs, sur le lieu même du drame. L'épreuve serait douloureuse. Nicole l'estimait nécessaire. La paix intérieure était à ce prix.

Bien avant d'y parvenir, elle perçut le grondement de la cataracte, qui se faisait de plus en plus sonore. Et puis soudain elle vit les rochers, l'herbe verte et les coussins de mousse. Un brouillard de gouttelettes s'irisait au soleil, comme jadis. Eperdue d'émotion, elle mit pied à terre.

C'est dans ce cadre enchanteur qu'elle avait souvent rencontré Gilles, après le bal de Tidings. A l'ombre du tilleul, allongés sur la mousse, ils avaient échafaudé des plans d'avenir, entre deux baisers, entre deux caresses. Lorsque Nicole aurait dix-huit ans, ils allaient s'épouser, et partir en Amérique. Dans ce pays neuf, tout préjugé social se trouvait aboli, et chaque individu pouvait donner la pleine mesure de ses talents, quelle que fût son origine.

Pour célébrer leurs fiançailles, Gilles avait offert à Nicole une bague d'or, son seul trésor, son seul héritage. Sur son lit de mort, sa mère la lui avait donnée, en lui assurant sous serment qu'il s'agissait de celle de son père, personnage inconnu dont elle évitait de parler. Cette bague de fiançailles, trop grande pour son doigt gracile, Nicole la portait en sautoir à même la peau, sous son corsage.

Bouleversée, Nicole ferma les yeux, pour revoir plus nettement la scène. Assise sur le coussin de mousse, appuyée contre le torse de Gilles et prisonnière des bras qui l'étreignaient, elle vivait dans un cocon d'amour. A ce souvenir vivace et poignant, elle ne put retenir une plainte.

— Gilles, Gilles, pourquoi m'as-tu abandonnée ?

Le fracas du torrent et de la cataracte couvrit ses sanglots. Jamais elle ne s'était sentie aussi vivante que dans les bras de Gilles, attentive à ses caresses comme à autant de découvertes merveilleuses. Sous cet arbre, sur cette mousse, ils avaient échangé des baisers, de tendres effleurements, des hardiesses aussi qui les rendaient l'un et l'autre fous de désir. Mais Gilles s'était toujours refusé à lui faire l'amour. Il entendait respecter sa fiancée jusqu'au mariage, si pénible que ce fût.

Nicole pour sa part ne s'embarrassait pas de tels scrupules, affirmait son indifférence aux préjugés et aux conventions, multipliait les agaceries et les provocations dans l'espoir de vaincre les résistances de son amoureux. Le dernier jour, elle était allée jusqu'à ouvrir son corsage pour exposer son buste, pour le bonheur de voir Gilles haleter, les yeux lourds de désir, enivré et torturé de fascination.

— Tu n'as pas envie de moi ?

A sa voix câline, Gilles avait répondu par un gémissement.

— Si vous saviez... Je meurs...

Il avait avancé une main tremblante et touché son sein, il avait tressailli en le voyant se durcir et sa pointe s'ériger au moment même où, de la paume, il en éprouvait la résistance. La bague d'or et sa chaînette avaient heurté son poignet.

— Voir ma bague entre vos seins... Toute chaude de votre chaleur... Je vous appartiens, Nicole...

Elle lui avait pris le poignet, pour effleurer, presser ses doigts, sa paume, à toute la surface de son torse tumultueux de passion.

— Alors, prends-moi, fais-moi l'amour. Je veux te sentir en moi, je veux savoir...

— Pas encore, Nicole, par pitié ! Pas avant le mariage ! Dieu vous préserve de la honte... Fermez ce corsage, bon sang !

Impudique, elle s'était alanguie sur la mousse.

— Et s'il me plaît de le laisser ouvert ?

— Alors je vais m'en occuper !

Un rugissement sauvage retentit, brisant son élan et paralysant le couple. Le comte d'Exmoor, pourpre de rage, se dressait au-dessus d'eux.

Gilles se redressa. Un coup de botte le frappa à la face et le fit rouler sur le sol. Exmoor hurlait.

— Quoi ! Cette bague ?

— Gilles me l'a donnée, avait crié Nicole. Nous allons nous marier !

Elle se levait, tentait de refermer son corsage. En un éclair, Richard avait arraché la bague et la chaîne, les serrait dans son poing, en blasphémant.

— Rendez-la moi ! Elle est à moi !

— Jamais, jamais ! avait tonné le comte en jetant la bague dans la cataracte.

Nicole avait bondi à l'extrême bord. L'eau en tombant bouillonnait. La bague engloutie était perdue. Le souffle coupé, elle était restée un moment hébétée, comme foudroyée par cette disparition. Désespérée, elle avait voulu invectiver Richard. En se retournant, elle l'avait vu sur le sol combattant avec Gilles en silence, transporté de haine, ivre de meurtre.

Les deux hommes roulaient sur la terre et les cailloux, se déchirant, se frappant en aveugles. Nicole épouvantée poussait des cris, sans espoir de se faire entendre, sans savoir qu'exprimer. Ils furent soudain à l'extrême bord du gouffre, sur le terrain meuble en voie d'érosion permanente. Elle vint hurler contre leurs visages, et à ce moment le sol se déroba sous eux, s'éboulant et ruisselant. Gilles et Richard, appelés par le vide, rompirent leur combat pour s'agripper désespérément. Richard se rétablit, mais Gilles glissa et disparut en arrière. On ne vit plus que l'une de ses mains, crispée sur une racine noueuse.

— Gilles !

Hors d'haleine, Exmoor se pencha sur le gouffre, s'allongea rapidement, la tête et les épaules estompées par la poussière liquide du torrent.

— Tiens bon, crapule ! Je te sors de là !

Tétanisée, Nicole vit le corps de Richard se raidir sous l'effort, s'incliner sous la charge de son bras tendu. Il semblait à la limite de la chute. Et puis il y eut un cri, et toute tension prit fin. Inerte et relâché, le bras de Richard ne supportait plus rien.

Nicole éprouva une violente commotion intérieure. Elle se sentit mourir et s'écroula, hagarde et muette. Les yeux écarquillés, elle vit Richard Montford se relever avec effort, blême et poussiéreux.

— Dommage, avait-il dit sombrement. Il n'aura pas le fouet.

4.

Aveuglée par ses larmes, Nicole ne voyait plus rien autour d'elle. Elle revivait avec une affreuse précision la scène qui, dix années plus tôt, avait si affreusement brisé son existence. Elle retrouvait la sensation de vide intérieur qui l'anéantissait. Fascinée par le sol piétiné et l'échancrure que faisait au bord de la falaise l'éboulement fatal, elle avait souffert les affres du deuil, pendant que son esprit refusait l'évidence. Non, Gilles ne pouvait avoir disparu !

Un espoir fou l'avait fait bondir, prête à tous les élans.

— Il n'est que blessé, peut-être. Il attend des secours...

— C'est impossible. Les rochers sont à trente mètres en contrebas.

— Mais il a pu tomber dans l'eau profonde. Je vais voir...

— N'y allez pas. Evitez un spectacle effrayant.

Sans tenir compte de cette recommandation, Nicole avait sauté en selle et descendu au galop le chemin cavalier, jusqu'à l'entrée de la gorge, afin de la remonter jusqu'à la chute de la Dame Blanche. Richard, qui l'avait suivie et rejointe, fit avec elle ce parcours, au long des rives étroites ou dans le lit du torrent. Parvenus tard dans l'après-midi au bassin de réception de la chute, ils n'avaient rien découvert. Les falaises baignaient dans l'ombre, et à la surface des eaux sombres de la cuvette creusée par l'érosion aucun corps ne flottait. Exmoor, qui était resté jusque-là silencieux, avait proposé à Nicole de la ramener chez elle.

— Il n'y a plus rien à tenter, vous le voyez bien. S'il n'a pas coulé au fond du bassin, le torrent l'a emporté au loin. Dans un cas comme dans l'autre, ce pauvre garçon a cessé de vivre. En supposant qu'il ne s'est pas tué sur le coup, il s'est nécessairement noyé. Croyez-moi...

— Il n'est pas mort ! Je refuse de le croire ! Je le saurais, je le sentirais ! Cherchons encore !

Ils avaient redescendu le lit de la rivière en examinant avec soin ses détours, sans découvrir un seul indice. La nuit tombait. Brusquement déprimée, Nicole avait accepté d'abandonner les recherches, que l'obscurité rendait vaines. A Buckland Manor, Richard avait retenu un instant Nicole, en l'aidant à mettre pied à terre.

— Sachez que je regrette cet accident. Ce garçon a provoqué ma colère, mais je n'ai pas voulu sa mort. C'est un accident, rien de plus.

Nicole, le visage morne, avait acquiescé.

— J'ai tenté de lui venir en aide, vous pouvez en témoigner. Mais il a lâché prise.

Comme elle restait muette, les yeux baissés, il lui avait pris le poignet.

— Je vais prévenir le juge. Ne vous inquiétez de rien. Votre réputation n'aura pas à en souffrir. Personne ne doit savoir qu'il était seul avec vous.

— Je me moque de ma réputation ! Il n'est pas mort, j'en suis certaine !

— Mais bien sûr, vous avez raison. Voici votre mère. Laissez-moi la rassurer.

Il avait donné calmement à lady Falcourt des explications rapides que Nicole n'avait pas écoutées. Après quoi tout s'était passé très vite : après lui avoir administré une boisson douceâtre, on l'avait conduite à son lit, et elle ne s'était réveillée que le lendemain en début d'après-midi.

Sans doute lady Falcourt avait-elle utilisé sans discrétion sa réserve de laudanum.

Sans désemparer, et bravant tous les conseils, Nicole était aussitôt repartie explorer les rives de la Lyd, sans résultat. Revenue en hâte à Buckland, dans l'espoir fou d'y retrouver Gilles miraculeusement indemne, ou d'en avoir au moins des nouvelles, elle s'était trouvée déçue. Faute d'avoir accepté de nouveau la potion préparée par sa mère, elle avait passé une nuit d'insomnie, en ressassant tous les détails de l'accident, et en se répétant toutes les bonnes raisons qui lui commandaient de croire Gilles vivant.

Mais les jours s'étaient écoulés sans qu'aucune nouvelle ne parvienne, et le poids du deuil avait accablé la jeune amoureuse. Toutes les hypothèses qui auraient pu justifier un aussi long silence laissaient apparaître leur inanité. Ni la fièvre, ni une fracture, ni la folie même ne pouvaient être invoquées.

A la longue, sa conviction, malgré elle, s'était faite. Gilles était mort. S'abandonnant au désespoir, Nicole avait cessé de s'alimenter, refusant de quitter sa chambre, et de recevoir quiconque.

Après trois semaines de dépression profonde, l'une de ses tantes, appelée par lady Falcourt, était venue de Londres et, sourde à ses protestations, l'avait autoritairement emmenée avec elle. Aussi bien Nicole avait-elle compris que la macération de ses souvenirs, dans le cadre même du drame, ne pouvait la conduire qu'à la folie.

Résignée à quitter le Dartmoor, elle avait tenu à se rendre seule une dernière fois à la chute de la Dame Blanche, pour faire à Gilles ses adieux. Longtemps elle était restée en contemplation depuis les hauteurs, suivant du regard le cours du torrent tortueux, son écrin de verdure et ses sentiers abrupts. Et soudain le soleil en perçant les nuages avait lancé dans un buisson tout proche, au bord du gouffre, un minuscule éclat doré. Se jetant à genoux, le cœur battant, elle avait tendu une main tremblante. La bague d'or offerte par Gilles, arrachée et jetée par Richard, s'était trouvée retenue par le feuillage torturé d'un épineux, et l'attendait là, depuis des semaines !

Rétrospectivement épouvantée par la pensée qu'elle aurait pu ne pas la voir, Nicole avait saisi sans trop de difficulté le seul objet qui devait lui rester de Gilles. Jamais elle ne s'en était séparée.

Le cœur moins lourd, elle était rentrée à Buckland. Le lendemain, elle partait à Londres avec sa tante.

Nicole prit la bride de son cheval et descendit à pied le raidillon. A travers sa robe, elle palpa machinalement le petit écrin qui contenait le bijou. Elle n'avait pas perdu l'habitude de porter toujours sur elle la bague, sous son corsage, ou dans une poche lorsque l'échancrure de sa robe, comme c'était le cas en ce jour, aurait laissé voir la chaînette. Dans les premiers temps, l'anneau d'or opérait sur elle une sorte de magie. Il la protégeait, il symbolisait la présence permanente de Gilles. Depuis des années il faisait en quelque sorte partie d'elle-même, et ne symbolisait plus que sa résignation. En quelques circonstances cependant, comme lors d'une récente excursion sur les bords de la Lyd, le souvenir reprenait de son intensité. La fréquentation forcée de Richard réveillait elle aussi de fâcheuses réminiscences. Que dire du baiser que lui avait imposé le bandit, le seul qu'elle ait reçu après tant d'années ? Certes l'émotion était forte. Mais un attentat de cette sorte n'influe pas durablement sur le cours de la vie.

Lorsqu'elle parvint à l'auberge d'Evansford, Nicole s'entendit saluer par un rugissement de bienvenue. Le contremaître des valets d'écurie traversa la cour avec empressement afin d'écarter ses jeunes séides et d'être le premier à offrir la main à Nicole pour l'aider à mettre pied à terre.

— Mademoiselle Falcourt ! On m'a dit qu'vous étiez à Tidings, mais j'ai pas voulu l'croire. Jamais qu'elle y va, j'ai dit, et à Buckland elle y était y'a pas plus d'un mois !

— C'est vrai. Je suis venue voir ma sœur.

— Comme ça, elle a d'la distraction. Y a pas meilleure que vous ! On lui en veut pas, mais on la voit pas souvent, la lady de Tidings. Jem ! Panse-moi le cheval de Mlle Falcourt, et comme y faut !

Il donna les rênes à un jeune valet d'écurie et, familièrement, accompagna Nicole en direction de l'auberge.

— Comment va votre œil, Malcolm ?

— C'est bien de vous, ça, vous souvenir d'une bêtise pareille ! s'exclama-t-il, le visage épanoui. Mon œil il est guéri, avec la liqueur que vous m'avez donnée. Une liqueur magique, qu'on dirait ! Y a plus que vous pour faire des miracles, mademoiselle, depuis dix ans que Mamie Rose elle a passé, Dieu ait son âme !

Le seuil de l'auberge marquant la limite de son domaine, Malcolm se garda de le franchir et salua Nicole sur de nouvelles protestations de sympathie et de reconnaissance. Multipliant les sourires, Lydia Hinton ouvrait déjà sa porte en tapotant son tablier.

— Mademoiselle Falcourt ! Déjà de retour ! C'est pas croyable ! Je vais ouvrir le salon des dames !

Soucieuse du respect des convenances et de la hiérarchie sociale, jamais Mme Hinton n'aurait eu l'idée de recevoir Nicole dans l'atmosphère chaleureuse de sa confortable cuisine. Une dame, même jeune et célibataire, avait droit aux honneurs du petit salon, pièce inhabitée et solennelle où quelques bibelots et sièges cirés vieillissaient solitairement, dans l'attente hypothétique d'une illustre clientèle. Respectant un rituel compliqué, Mme Hinton refusa par trois fois de prendre un siège avant d'accepter enfin de s'attabler pour le thé en face de sa visiteuse, afin de se livrer avec elle aux joies tant attendues de l'échange d'informations, exercice pratiqué par chacune avec délectation.

Nicole s'acquitta des préliminaires en s'enquérant des activités récentes de Jaspers, l'époux de l'aubergiste, ainsi que de ses enfants, sans en excepter un seul. Elle put ensuite s'aventurer hors des sentiers battus, sur des pistes nouvelles.

— Et ce bandit de grands chemins, qu'en pensez-vous, madame Hinton ?

Le visage avenant de l'hôtesse afficha instantanément la candeur de l'innocence surprise.

— Un bandit de grands chemins ? s'étonna-t-elle, l'œil naïf.

— Celui dont tout le monde parle, voyons ! Celui qui a attaqué ma voiture, l'autre jour...

— Il aurait pas dû vous faire ça, s'exclama Mme Hinton. Pas à vous ! L'autre, d'accord... enfin... Une dame comme vous... C'est qu'il ne vous connaît pas, à tous les coups. De toute façon, on ne sait rien, bien sûr.

Nicole hocha la tête d'un air entendu, pour signifier qu'elle n'était pas dupe.

— Rien de ce que je pourrais apprendre ne parviendra aux oreilles du comte, madame Hinton, vous pouvez en être certaine. Je n'éprouve aucune sympathie à son égard.

— C'est vrai qu'on vous avait jamais vue à Tidings, reconnut l'aubergiste. Mais dans la haute, c'est comme ailleurs, tout le monde se tient...

— Je n'ai rien de commun avec Exmoor, s'indigna Nicole. Que ma sœur ait voulu l'épouser ne me lie à lui en aucune façon. Et vous devriez me connaître assez pour savoir que jamais je n'ai trahi un secret. Lorsque le mois dernier j'ai soigné la fièvre que votre jeune Harry a contractée en recevant du plomb dans les fesses, je ne suis pas allée vanter à lord Buckminster l'adresse de son garde-chasse à combattre les braconniers. Si je fais des cachotteries à mon cousin Buckminster, qui est pour moi comme un frère, je ne risque pas de faire des confidences à Exmoor, qui ne m'est rien, et pour lequel je n'éprouve aucune sympathie.

— C'est pas ma faute, dit Mme Hinton en rougissant. Vous savez comme on voit les gens : ceux de Tidings, on s'en méfie, et il y a des choses...

Nicole lui sourit, pour la dispenser de chercher à ses réticences des explications complexes. Les préventions des gens du peuple à l'égard de l'aristocratie ne l'étonnaient pas, d'autant que leur châtelain ne donnait aux braves gens d'Evansford aucune raison de le chérir.

— Ne vous excusez pas. Et pour vous rassurer tout à fait, sachez que mon voleur aura moins à se plaindre de moi que moi de lui. Il m'a dérobé mes bijoux, et cependant je n'ai fait de lui qu'une description très imprécise, lorsque l'enquêteur spécial venu de Londres m'a interrogée.

— Venu de Londres ! s'alarma Mme Hinton.

— De Bow Street. Le comte a loué ses services pour traquer toute la bande. Il s'appelle Stone, et s'en laissera d'autant moins conter qu'il a sans doute une réputation à soutenir. C'est un personnage dangereux, à n'en pas douter.

Lydia Hinton semblait tout à coup accablée.

— Si vous voulez mon avis, le Gentleman, il prend trop de risques. A force de narguer le comte, il va le pousser à bout. Le comte est déjà méchant. Il va le rendre pire.

Nicole abonda dans son sens.

— Comme vous avez raison ! Vous semblez bien le connaître, ce « Gentleman » ? Vous l'avez rencontré ?

— Le connaître ? On ne peut pas dire connaître, enfin si, tout le monde en parle, quoi, fit Mme Hinton en s'agitant sur son siège, fort embarrassée. Disons qu'il s'est fait une réputation, dans les alentours.

— Une mauvaise réputation, sans doute ?

— Au contraire ! Pas du tout ! On l'aime bien ! Voyez Ernest Macken, vous le connaissez, avec sa femme et ses cinq gamins. Il a travaillé quinze ans aux mines d'étain, et puis il a pris du mal aux poumons, alors le comte, comme de juste, il l'a renvoyé, et il voulait lui reprendre sa maison, attendu qu'Ernest peut plus payer son loyer. Eh bien, une nuit, on frappe à la porte, alors Jenny elle va voir. Une bourse pleine était posée sur le seuil, de quoi garder la maison et vivre au moins un an !

— Elle a aperçu le Gentleman ?

— Non, mais il y a que lui pour faire des tours pareils. De l'argent, il n'y a que le comte et lord Buckminster qui en ont, par ici, et ils ne viennent pas en distribuer en pleine nuit.

Nicole dut en convenir.

— C'est arrivé à d'autres aussi, plus ou moins, selon les besoins. Sally Burkin, elle l'a vu, tout en noir, avec un masque.

— Comme Robin des Bois ?

— C'est tout à fait ça ! Pour donner aux pauvres, il vole aux riches... Enfin... Surtout au comte, que personne n'a l'idée de plaindre. Les anciens, ils se souviennent du comte d'avant le nôtre, il y a plus de vingt ans. Il était moins rapace. Celui-ci, il a baissé les payes et augmenté les loyers des mineurs. Ses fermiers aussi, il les mène à la dure. Un vrai péché, un homme pareil !

Nicole opina vigoureusement. Témoin des véritables exactions dont se rendait coupable Exmoor à l'encontre de ses gens, elle avait trouvé dans ce spectacle désolant la confirmation des idées généreuses dont elle assurait la promotion et l'application dans les quartiers misérables de Londres.

— Personne ne songe à le plaindre, et cela se comprend, dit-elle. Il a d'ailleurs le sentiment d'être personnellement visé par les bandits.

— C'est bien vrai, mademoiselle. Ils ont bien volé un cheval de passage, la diligence, une ou deux fois. Mais en général, c'est Exmoor qui en pâtit.

— Je me demande pourquoi.

— Il l'a bien mérité !

— Sans doute, mais les voleurs n'ont pas coutume de choisir leurs victimes, et de jouer les justiciers. On dirait que leur chef est animé d'une rancune personnelle. Il est originaire de la région ?

Lydia Hinton, sans relever l'habileté de la question, hocha négativement la tête.

— Pas du tout. On l'a vu arriver il y a six ou dix mois. Au début, il n'y avait que lui et ses cinq ou six camarades, mais il y en a d'autres avec eux, depuis un moment.

— Des hommes de la région ?

Mme Hinton, soudain mystérieuse, acquiesça d'un battement de paupières.

— Les malheureux ! soupira Nicole. Ils risquent le pire. Si l'enquêteur découvre leur identité...

— Moi, je n'ai pas trop peur, mademoiselle. Le Gentleman, c'est un malin. Il a un repaire sûr, que personne ne connaît, pour lui et ceux qui sont venus d'ailleurs. Ses amis d'ici, ils le rencontrent quelque part, en pleine forêt. Pas moyen de le surprendre, ou de les suivre.

— Et... à quoi ressemble-t-il ?

Nicole avait posé cette question le plus distraitement et le plus innocemment du monde, les yeux baissés sur sa tasse, en prenant un gâteau. Confiante, mais animée surtout par la satisfaction et la gloire de la confidence, Lydia Hinton s'y abandonna.

— C'est difficile à dire, je l'ai vu qu'une fois, dit-elle en se penchant pour parler à voix basse. Voilà comment. Une nuit, Stew..., enfin n'importe, un gars vient à l'auberge et veut parler à mon Jaspers et à personne d'autre. Alors mon Jaspers descend, et moi je le suis de loin, et je m'assieds sur le bord du palier, dans le noir, pour tout voir en douce. Et voilà que Stewart, le gars, quoi, il dit à Jaspers qu'il a besoin d'un coup de whisky pour un autre gars qu'est dehors. Il faisait un temps de chien, faut dire. Alors mon Jaspers il dit que pour boire au sec l'autre n'a qu'à rentrer, mais Stewart ne veut pas, alors Jaspers verse le whisky. Alors tout d'un coup la porte s'ouvre, j'ai eu un choc !

Pour éviter d'avoir à rechercher le vocabulaire convenable à une description fidèle, Mme Hinton préféra mimer l'événement : la main droite sur le sein gauche, le poing droit dans la bouche béante et les yeux écarquillés, elle oscilla sur son siège comme elle avait naguère vacillé.

— Un homme très grand, il remplissait la porte, bien plus grand que Jaspers et l'autre gars dont je ne dis pas le nom. Tout en noir, du haut en bas, avec un masque noir en tissu. Je l'ai reconnu tout de suite, bien sûr.

— Vous l'avez reconnu !

L'attente de Nicole, qui espérait entendre un nom, fut aussitôt déçue.

— C'était lui, le Gentleman. D'abord j'ai eu peur pour Jaspers, parce qu'on ne sait jamais, hein ? Alors le Gentleman il a dit comme ça très poliment : « Vous avez raison, monsieur, cet excellent breuvage ne saurait être dégusté sous des trombes d'eau ». Alors il a pris le verre, il l'a vidé en deux gorgées, et il a posé une pièce sur le coin de la table. Quand j'ai vu qu'elle était en or, j'ai cru défaillir et rouler dans l'escalier. Et puis il a dit poliment adieu à Jaspers, et il a tourné les talons. Mais le plus fort c'est qu'en sortant il a ajouté, sans me regarder : « Bonsoir à vous aussi, madame Hinton ! » J'arrive toujours pas à le croire ! Il m'a repérée, pendant que les deux autres ils ne m'avaient pas vue.

— Vous n'avez donc pas aperçu son visage ?

— Personne l'a jamais vu. D'ailleurs personne n'en sait rien, ni surtout d'où il sort. Si quelqu'un savait quelque chose, ce serait moi, bien sûr.

— Bien sûr, dit Nicole. Je me demande si ce Gentleman mérite bien son nom. Croyez-vous qu'il appartienne, ou qu'il ait appartenu, à... comment dire... à la haute société ?

— Pas du tout ! décréta l'aubergiste. J'ai vu ses mains, quand il a retiré ses gants en entrant. Ce sont des mains fortes, des mains de travailleur.

— Il s'exprime pourtant avec élégance.

— A tous les coups, c'est pour intriguer son monde. Moins on le connaît, plus il est tranquille.

— Et moins il risque d'être livré à la police, suggéra Nicole.

— Le livrer ? C'est pas possible ! Tout le monde le voit comme un champion, par ici.

— L'appât d'une prime est puissant, madame Hinton. Exmoor veut absolument se venger. Il en viendra bientôt, je gage, à ce genre d'expédient.

— Prime ou pas, il aura bien du mal à lui mettre la main dessus. Et s'il se trouve un mouchard, je ne donne pas cher de sa peau.

— Si ses complices se font surprendre, leur vie ne vaudra pas davantage. Ils risquent la pendaison, voyez-vous. Je pense surtout aux nouvelles recrues, aux garçons du village.

Le visage de l'hôtesse s'assombrit un instant, puis s'éclaira de nouveau.

— Personne ne les attrapera. Le Gentleman veille sur eux, faites-lui confiance !

Le sujet une fois épuisé, la conversation prit un autre tour, et l'on en vint tout naturellement à l'essentiel. Mme Hinton avait établi mentalement un répertoire des différentes personnes victimes des maladies les plus diverses, et accompagnait chaque citation de la même question.

— Vous avez la recette de Mamie Rose ?

Nicole les avait toutes. Une servante étant allée quérir le bissac de Nicole, le petit salon se transforma d'un coup en cabinet de consultation où défilèrent en priorité les membres du personnel victimes d'accidents de santé, puis les voisins et les villageois avertis par la rumeur publique de la présence de Nicole. En fin de consultation, elle se rendit dans plusieurs maisons proches au chevet de personnes qui ne pouvaient se déplacer.

Les journées sont courtes, à la fin de l'automne. Le crépuscule s'annonçait lorsque Nicole quitta le chevet d'une vieille dame qui, ne nécessitant aucun soin particulier, s'était trouvée ragaillardie par sa seule présence. Elle se dirigea vers l'auberge, pour y reprendre son cheval. Au bruit de pas qui couraient derrière elle, elle comprit que sa monture aurait encore à l'attendre.

— Madame, madame, attendez !

Nicole se retourna, et reconnut l'époux de l'une des anciennes femmes de chambre du château de Buckland. Marié depuis cinq ans, le couple élevait quatre enfants.

— Eh bien, Frank, vous avez un malade à la maison ?

— C'est Lucie qui veut vous voir, madame. Elle a veillé le petit toute la nuit, mais il empire. Elle dit que si vous le voyez, il guérira. Vous pouvez le guérir, madame ?

Comme c'était toujours le cas en pareilles circonstances, Nicole éprouva un serrement de cœur. En lui accordant leur confiance, les braves gens avaient parfois le sentiment d'acquérir la certitude d'une guérison, et risquaient de se trouver cruellement déçus, tant la mortalité infantile exerçait de ravages.

Dans la chaumière proche, Nicole fut accueillie avec des transports de joie. La maman, qui berçait entre ses bras un bébé haletant et congestionné, le lui offrit avec une sorte d'emportement.

— Vous êtes venue, Dieu soit loué ! Mon Tom, vous n'allez pas le laisser mourir, n'est-ce pas ?

Nicole avait pris l'enfant et l'examinait en le berçant à son tour, desserrant un peu les linges et les bandelettes qui l'engonçaient étroitement.

— Frank va faire boullir de l'eau, dit-elle, et nous allons aider cet enfant à respirer, il étouffe !

Un moment plus tard, le jeune Tom en partie dévêtu baignait dans un nuage de vapeur aromatique, sous une tente improvisée, et sa mère apprenait l'art de fabriquer des cataplasmes, pendant que des écorces de prunier sauvage infusaient dans un bol.

— A chaque crise, vous lui faites respirer cette vapeur, et boire un peu d'infusion. Demain je vous ferai porter d'autres poudres, puisque j'ai épuisé ma réserve. Vous saurez faire les cataplasmes, Lucie ?

— Oh oui ! mademoiselle, oh oui ! Dieu vous bénisse.

— Et faites-moi appeler, si c'est nécessaire.

— J'oserai jamais.

— Promettez-le moi.

— C'est promis, mademoiselle, je le jure !

Pour se délivrer des protestations de reconnaissance, Nicole dut arguer de l'heure tardive. Frank tint à l'accompagner jusqu'à l'auberge, car la nuit tombait.

Là, il lui fallut combattre les bonnes intentions de Mme Hinton, qui voulait la faire escorter d'un palefrenier jusqu'à Tidings. Au contraire des villageois, accoutumés à se calfeutrer la nuit derrière leurs portes verrouillées, Nicole ne redoutait ni le loup-garou, ni les monstres cracheurs de feu, ni le carrosse fantôme que traînent les squelettes galopants de chevaux morts au combat. Il y avait bien le Gentleman et ses complices. Mais que craindre d'eux ? Dépouillée de son coffre et de ses bijoux, Nicole n'offrait, de toute évidence, plus aucun intérêt.

Elle quitta le village à la pâle lueur de la nouvelle lune, dont aucun nuage n'occultait le croissant. En vertu d'une confiance réciproque, le hongre choisit son allure et la dispensa de toute initiative, lui permettant ainsi de rêver à son aise sous le ciel étoilé. Un peu lasse, Nicole jouissait du bonheur tranquille qui naît du devoir accompli. Elle avait fait le bien, et l'enfant de Lucie allait survivre.

De la silhouette noire et informe d'un buisson se détacha soudain celle d'un cavalier qui venait à sa rencontre.

Le souffle suspendu, Nicole tira les rênes. Sans se presser, il s'approcha silencieusement, laissant à la jeune femme le loisir de l'observer. Tout de noir vêtu, il portait un masque noir. Nicole sentit sa gorge se dessécher. Devait-elle opérer une volte et prendre la fuite vers le village ? Ce serait reconnaître sa peur. Aussi bien risquait-elle d'être aisément rejointe. Par choix autant que par nécessité, elle allait donc affronter l'ennemi.

Apparemment impassible, elle attendit. Arrivé à quelques pas, le cavalier fit halte à son tour et se découvrit pour la saluer d'un geste large. Sous son masque, il semblait sourire.

— Eh bien, milady, vous voici seule dans la nuit ? Quelle imprudence !

5.

— Je n'ai peur ni de la nuit ni de la solitude, répondit-elle d'une voix qui ne tremblait pas.

— J'en suis fort aise. Il me semble cependant convenable de vous faire escorte jusqu'au seuil de votre logis. Il serait malséant qu'une mésaventure vînt troubler la tranquillité de notre dame patronnesse, je veux dire de notre fée bienfaisante.

Sans s'attarder à cette considération, Nicole nota que le brigand se trouvait informé avec précision des activités les plus immédiates du village. Elle lui répondit sans s'émouvoir.

— Dans la mesure où vous constituez la seule menace que j'aie à redouter, cette attention me semble inutile, monsieur.

— Moi ? Vous menacer ? Quelle méprise ! Quelle injustice ! Vous me percez le cœur, milady.

A la faveur d'un mouvement, Nicole crut apercevoir sous le masque ses dents blanches, signe qu'il souriait.

— Pour accomplir une attaque à main armée, il faut avoir le cœur bien endurci, ce me semble.

— Rendez-moi cette justice, je n'en voulais qu'à vos bijoux.

L'insolent avait-il oublié ? Jouait-il les amnésiques ? Nicole le foudroya du regard.

— Vous m'avez fait violence.

— Le mot me semble bien fort, protesta-t-il en riant sans vergogne. Un simple petit baiser volé ! Vous m'en avez châtié... au centuple !

Il se frottait énergiquement la joue.

— Ma joue tuméfiée, mon orgueil bafoué... et, circonstance aggravante, devant témoins !

— Vous n'en avez pas, ce soir. Votre vengeance ne peut qu'être incomplète.

— Pourquoi me prêter d'aussi sombres desseins ? Ne vous ai-je pas dit que le souci de votre tranquillité est ce soir le seul qui m'anime ?

— En effet, pardonnez-moi, je l'avais oublié, ironisa-t-elle.

Elle lui jeta un regard à la dérobée. Masqué, vêtu de noir et nécessairement hostile à cette heure tardive, en ce lieu solitaire, il incarnait le péril. Nicole sentait son cœur battre plus vite, sa gorge se serrer. Mais ce n'étaient ni la peur ni l'angoisse qui s'exprimaient ainsi. Elle se sentait émue d'une sorte d'excitation intime, d'une curiosité hardie qui la ravissait alors même qu'elle la déplorait. En présence de ce personnage hostile et malfaisant, elle avait des réactions étranges et déplacées. Sa taille, la largeur de ses épaules, la profondeur de sa voix, le rendaient redoutable. Par quelle aberration, sans même avoir vu son visage, se trouvait-elle désarmée, et pour ainsi dire conquise, par son charme troublant ?

Comme s'il lisait dans ses pensées, le bandit la défia d'un regard souriant, tout à fait insupportable. Nicole s'impatienta.

— Qui êtes-vous, à la fin ?

— Me croyez-vous soucieux de me faire connaître ?

— Je n'aime pas les anonymes. J'aimerais mettre un nom sur votre visage, ou à défaut sur votre masque.

— Vous marquez le point, dit-il en saluant. J'aime votre présence d'esprit, et votre personnalité. Disons que je ne conçois pas la vie sans risques. Un peu comme vous-même, ajouta-t-il après un court silence.

— Des risques ? Loin de moi cette pensée !

— J'oubliais en effet que vous n'êtes qu'une faible femme, prisonnière des conventions, trop timide pour chevaucher seule dans la nuit, comme le ferait une aventurière.

— La nuit dernière, ni ma voiture ni mon escorte armée ne m'ont mise à l'abri de vos agissements, n'est-ce pas ? Autant sortir seule, dans ce pays qui est si paisible et accueillant, lorsque vous n'y êtes pas.

— La plupart des femmes éviteraient de sortir seules, le soir surtout, après une expérience aussi éprouvante.

Nicole devait-elle considérer cete remarque comme un hommage ? Quoi qu'elle en eût, elle éprouvait à cette étrange conversation un certain plaisir.

— J'ai eu la naïveté de croire qu'un bandit de grands chemins ne se soucierait pas d'importuner une passante solitaire qui ne fréquente précisément pas les grands chemins, mais une modeste route de campagne.

Comme il ne répondait pas, Nicole ne crut pas mauvais de poursuivre son avantage.

— Il me semble d'ailleurs surprenant de voir un malfaiteur de votre envergure écumer les sous-bois du Dartmoor. Pourquoi ne pas prospecter à Londres un champ d'action qui soit à la mesure de vos capacités ? Entre nous, combien de prises intéressantes pouvez-vous mettre à votre actif, en l'espace d'un mois ?

— Votre sollicitude me touche, dit-il sans perdre de sa bonne humeur. Soyez rassurée cependant : nous ne sommes pas à plaindre.

— Il n'empêche que votre choix reste mystérieux. On trouve en Angleterre des régions autrement peuplées, et prospères.

— Mais mieux contrôlées par les autorités. Et les mines locales sont une valeur sûre.

— Si l'on en extrayait des pépites d'or, votre acharnement serait plus compréhensible. Vous semblez surtout prendre un malin plaisir à tourmenter le comte.

— Loin de moi cette pensée ! Il faudrait avoir l'âme bien basse pour persécuter un si charitable et généreux seigneur !

Au risque d'étonner l'homme au masque, Nicole ne songea pas un seul instant à corriger son jugement ironique.

— S'il est victime d'un voleur, un avare n'inspire aucune pitié, sans doute. Mais que le vol lèse un avare ou un honnête homme, il n'en est pas moins puni. Lorsqu'on vous aura arrêté, monsieur, la rapacité d'Exmoor ne vous évitera pas la corde. Votre popularité ne vous survivra pas, lorsque les braves gens des alentours verront leurs fils ou leurs frères, vos complices, pendus avec vous.

— Raison de plus pour échapper aux poursuites...

— Tous les criminels y succombent, s'ils s'obstinent. Vous narguez Exmoor, vous le provoquez. Vous souhaitez sans doute qu'il vous affronte personnellement. Il n'en fera rien, malgré le camouflet que vous lui avez infligé hier. Ses basses œuvres, il les fera exécuter par des mercenaires, aussi nombreux qu'il le faudra. Savez-vous qu'il s'est acquis les services d'un policier professionnel et assermenté ?

Il y eut un instant de silence, et le mystérieux personnage hocha la tête.

— Un professionnel ?

— Je l'ai rencontré ce matin. Il se nomme Stone, et semble bien déterminé à mériter son salaire.

— Eh bien, cela ne fera que donner plus d'intérêt au jeu. Un fin limier venu de Bow Street... voilà sans doute un adversaire à ma mesure.

— Vous n'avez donc rien compris ? Jamais Richard ne s'avouera battu. Si vous échappez à Stone, si vous allez jusqu'à l'assassiner, Exmoor en recrutera un autre. Il offrira pour votre arrestation une récompense assez élevée pour justifier toutes les trahisons. Ne le sous-estimez pas. Il est prêt à tout pour ne rien perdre de ce qui lui appartient.

— Il serait donc bien fâché de vous perdre ?

Nicole se raidit.

— Moi ? Quelle audace ! Sachez que je ne suis la propriété de personne.

— Votre mari ne partagerait sans doute pas ce point de vue.

— Il le partagerait. Je ne suis pas femme à épouser un maître.

— Il s'agirait alors d'un mari plus moderne et libéral que je ne l'aurais cru.

— Que vous importe, et qu'en savez-vous ? Vous ne me connaissez même pas !

— Vous êtes la sœur de la comtesse d'Exmoor, et la cousine de lord Buckminster. Une authentique aristocrate, qui sans nul doute a fait un beau mariage. J'ai cru d'abord avoir affaire à la comtesse. Mes hommes m'ont détrompé. Mais vous avez sans doute fait un mariage plus prestigieux encore. Ne seriez-vous pas duchesse ? Faut-il vous nommer « Altesse », ou « Votre Grâce » ?

Ces manifestations d'humour devenaient importunes. Nicole s'impatienta.

— « Mademoiselle » suffit, répondit-elle sèchement.

— Vous n'êtes donc pas mariée ?

A en juger par son attitude et son intonation, on aurait pu croire que cette information revêtait pour lui un intérêt véritable.

— Les filles de l'aristocratie ont pourtant coutume de nouer les alliances les plus profitables, poursuivit-il. Il me semble que...

Dans l'incapacité de le souffleter comme il l'aurait mérité, Nicole réunit ses rênes.

— Débitez vos sornettes tant qu'il vous plaira, dit-elle en coupant court. Il me déplaît de les entendre. Adieu.

Elle voulut talonner sa monture, mais l'homme était déjà près d'elle et lui prenait le poignet, pour la retenir.

— Je sais de quoi je parle, mademoiselle Les filles de la noblesse ont le cœur sec.

— Et vous l'un de ces esprits étroits où l'on ne trouve rien de bon, et presque rien de mauvais.

Loin de le fâcher, cette épigramme l'égaya. Il se détendit et lui libéra le poignet. Le cheval de Nicole se mit au pas, et celui de l'importun avança avec lui.

— Vous êtes insupportable, déplora Nicole.

— On me le répète si souvent que je finirai par le croire.

— Lorsqu'on méprise à ce point une catégorie de la population, il est étrange de lui imposer sa compagnie.

— Pas autant que vous le croyez, mademoiselle. Un homme averti se tient sur ses gardes. Il peut jouir... de la compagnie de ses représentantes sans y perdre son cœur, ou sa tête.

— Voilà qui suppose beaucoup de prétention, et d'égoïsme.

— Les femmes le savent bien, et nous prennent tels que nous sommes.

— Vraiment ? Qu'en savez-vous ? Que d'infatuation, et de cynisme !

— Parlons plutôt de lucidité. L'hypocrisie des femmes est patente. Elles mettent en avant leurs beaux sentiments, prétendent ne rien devoir qu'à l'amour, méprisent l'argent et les titres. En vérité, elles ne font que des mariages d'intérêt, et peuvent s'adonner à la passion sensuelle sans que l'amour y prenne la moindre part.

Nicole s'indigna.

— Quelle sottise, ou plutôt quelle ridicule généralisation ! Je n'ai rien à voir avec cette engeance !

— Votre jolie bouche profère des mensonges, dit l'homme au masque avec une étonnante froideur.

— Vous insinuez...

— Je n'insinue rien, je constate. Vous mentez, sciemment. Je vais vous le prouver. M'aimez-vous ?

Il posait cette question imprévue avec une désinvolture presque offensante. Nicole s'empressa de lui donner la réponse qui s'imposait.

— Non, bien sûr !

— Vous ne m'apprenez rien. Et pourtant, hier soir, vous m'avez embrassé... passionnément.

— Comment osez-vous prétendre une telle... horreur ? Je...

Elle se tut, consciente de sa défaite. Sa voix sonnait si faux que son démenti était pire qu'un aveu. Le cavalier noir saisit la bride de son cheval et fit halte, en se penchant vers elle. Cette proximité rendait la présence du masque plus insupportable encore, d'autant que la brûlure du regard ardent semblait s'y concentrer, exprimant une conviction et une force presque insoutenables.

— Cela s'est passé ainsi, nous le savons tous deux. Je vous ai baisé les lèvres et vous m'avez rendu mon baiser avec fièvre, sans amour, sans me connaître, sans avoir vu mon visage. Je n'étais qu'un inconnu, et vos lèvres ont frémi sous les miennes, elles les ont caressées avec toute la suavité, la douceur, l'énergie de la passion.

Nicole parvint à ne rien laisser paraître de son émoi, et à répliquer avec calme :

— Vous oubliez sans doute que c'est par une gifle que j'ai répondu à votre insolence. S'il faut parler de passion, la colère en est une !

Il lui prit l'avant-bras et scruta ses prunelles, avec intensité.

— La colère en second lieu, je vous l'accorde. Colère à mon égard ? Colère contre vous-même, surtout !

Pour cette fois, elle ne put s'empêcher de frémir.

— Vous ne manquez pas de prétention, balbutia-t-elle.

— Je n'imagine rien, vous le savez, vous devez l'admettre.

Il se pencha plus près encore. Nicole aurait voulu détourner les yeux, se débattre, mais elle s'en trouvait incapable. Comme fascinée, elle le regardait dans les yeux, en réunissant toute sa volonté pour ne pas baisser les siens.

— Non, je n'admets rien.

— Alors embrassez-moi, et restez indifférente. Prouvez-moi qu'en l'absence d'amour, votre corps reste sans réaction.

— Je ne veux absolument pas vous embrasser !

Nicole se sentit rougir de honte, parce qu'elle mentait. Une étrange chaleur montait en elle, pendant que sous ses gants ses mains se glaçaient. Elle ne pensait plus qu'à la bouche dont elle apercevait maintenant les dents blanches et la lèvre inférieure délicatement ourlée, prometteuse de délices oubliées. Elle se souvint du baiser de la veille, et son corps se tendit dans l'espoir d'en retrouver la sensation troublante.

Conscient de sa victoire, le cavalier sourit, et dans l'instant leurs lèvres s'unirent. C'étaient la même chaleur, la même douceur veloutée, et la même jouissance fragile et délicate. Un frisson de bonheur la parcourut tout entière, si intense que l'homme en ressentit le frémissement et l'accueillit d'un soupir reconnaissant. D'un bras il lui enveloppa la taille et l'entraîna contre lui, si bien que Nicole, enlevée à sa monture, se trouva pressée contre son torse, abandonnée, consentante, assistant dans une sorte de contemplation ravie à la conquête de sa bouche, qui tout naturellement s'ouvrait à la caresse et y participait.

La veille, elle avait pu croire à un effet extraordinaire du hasard qui lui faisait subir une épreuve étrange et unique, qui ne l'engageait pas. Quelle erreur ! Ce baiser brûlant la consumait sans doute, mais en lui redonnant la vie. Sa chaleur n'enflammait pas seulement ses lèvres, elle éveillait en elle un foyer qu'elle aurait pu croire éteint. Emerveillée, épouvantée, elle était la proie d'un enchantement magique. Soudain étrangère à elle-même, elle se complaisait dans cette bienheureuse métamorphose, et se refusait à en rompre le charme.

Comme de leur propre initiative, ses bras se nouèrent

derrière la nuque de celui qui l'étreignait. Il se départit pour cette fois de sa nonchalance, de ce détachement étudié qui semblait si essentiel à son caractère. Son baiser se fit intense, exigeant, et sa main fermement appuyée à sa chevelure lui maintint la tête, comme pour lui interdire toute dérobade. Précaution inutile, puisqu'elle ne vivait que dans l'attente de nouvelles félicités, savourant avec fièvre le goût du baiser, les lèvres et la langue actives, palpant et combattant celles de l'homme dans une lutte forte et subtile, avec autant de gourmandise que de délicatesse. Elle l'entendit gémir, et ressentit cet encouragement comme une récompense.

Elle gémit à son tour de surprise heureuse en éprouvant sur son corsage, sous sa jaquette d'amazone, la pression des doigts et de la paume qui enveloppaient tour à tour ses seins, en parcouraient le galbe. Elle émit une faible plainte de protestation lorsque leur contact s'interrompit, mais ce fut pour gémir aussitôt de bonheur : insinuée sous le tissu, la main du séducteur palpait la chair nue de sa gorge, déclenchait jusque dans ses reins des pulsions puissantes. Enfermée sous la soie, retenue par la pression de la chair haletante, cette main semblait prisonnière. En respirant profondément, par coups saccadés, Nicole éprouvait l'ivresse d'une victoire, d'un supplice infligé.

Cette exaltation la conduisit, comme un remords, à une soudaine indulgence, mais aussi à un désir plus grand de jouissance et de liberté. D'un geste naïf et audacieux, elle défit d'elle-même la fermeture de sa robe, et permit à la main conquérante de parcourir sans entrave son buste, de palper à loisir les seins gonflés, d'en titiller les pointes durcies. L'homme au masque écarta un instant sa main et prit un peu de recul, pour contempler dans sa plénitude la poitrine offerte.

— Si vous saviez comme j'ai...

Sa voix rauque se tut. Il se pencha, posa la pointe de la langue sur la pointe d'un sein, d'abord avec délicatesse puis avec emportement. Eperdue, les mains crispées sur la nuque de l'homme, les reins en feu, Nicole se sentait emportée dans une aventure exaltante, vers l'inconnu. Elle balbutia des mots indistincts, qui étaient comme une prière.

Il releva la tête pour scruter son regard.

— Le désir, la passion, murmura-t-il âprement, c'est bien cela, n'est-ce pas ? Sans amour, cependant...

Instantanément dégrisée, Nicole émit un cri de colère et de honte. Elle sentait maintenant sur sa chair nue la fraîcheur de la nuit. Un inconnu, un étranger la palpait sans vergogne. Rageuse et empourprée, elle referma tant bien que mal son corsage dégrafé, en se débattant si vivement qu'elle sauta sur le sol. Pour s'en faire un abri, elle courut à son cheval qui paissait placidement. Quelle crise de démence venait-elle de traverser ? Par quel accident inouï venait-elle de céder aux caprices du libertinage ?

Nicole ne se reconnaissait plus. La seule présence de cet homme la dépouillait de sa personnalité, de son caractère. Il la méprisait sans doute. Ne lui en avait-elle pas donné toutes les raisons ? Cet individu, elle le haïssait, autant qu'elle se haïssait elle-même.

Elle chercha des yeux quelque muret ou quelque tronc abattu sur lequel se jucher pour se mettre en selle. N'en voyant pas, elle poursuivit son chemin en tenant son cheval par la bride, en détournant la tête pour ne pas apercevoir au moment où elle le croisait le bandit, qui ne la quittait pas des yeux. Il mit pied à terre et entreprit de la suivre.

— Disparaissez ! cria-t-elle sans se retourner.

— Je vais vous remettre en selle...

— Pas vous !

— Vous allez contraindre ce pauvre animal à marcher à votre pas jusque Tidings ?

— Ne vous en souciez pas. Je trouverai bien une bosse ou un rocher.

— Laissez-moi vous aider, ce sera plus commode. Ne vous fâchez pas, voyons. On peut sans s'offenser perdre un pari !

Ulcérée, elle fit volte-face, et l'affronta.

— Un pari, vraiment ? Ce n'est pas un pari ! Une humiliation. Vous n'avez pas tort, je me déteste, autant que je vous déteste vous-même. M'abandonner à cette indécence, à cette grossièreté... Je vous ai laissé porter la main sur moi... J'en suis malade de dégoût !

— Vos amis aristocrates ont sans doute des mains plus douces, qui ne vous inspirent aucune répugnance.

— Pas un homme ne m'a jamais touchée ainsi, pas un seul, entendez-vous !

Nicole eut pour Gilles et ses baisers enjôleurs une pensée fugitive. Il l'avait caressée par-dessus sa robe, elle lui avait offert sa poitrine, la dernière fois... Mais Gilles, son premier, son seul amour n'était pas un homme ordinaire. Ils s'aimaient. leurs caresses, si fiévreuses qu'elles fussent, étaient chastes, légitimes. Le délire sensuel qui venait de l'emporter relevait de la basse luxure. Le souvenir de Gilles ne pouvait y être associé.

— Vous me traitez en dévergondée, en fille facile, et jamais... Non, jamais personne...

Des sanglots désespérés l'étouffèrent. Elle dut se taire pour retrouver son souffle et retenir ses larmes. Jamais ce malfaiteur ne pourrait se flatter de lui avoir fait verser des pleurs. En respirant profondément, elle parvint à dominer son angoisse, et à exprimer son amertume.

— Je viens de me conduire en femme irresponsable et stupide, dit-elle. Mais on ne m'y reprendra pas, je vous le jure, et surtout pas en votre compagnie.

Il osa la scruter, avec une sorte d'arrogance.

— En êtes-vous bien certaine ? demanda-t-il sans s'émouvoir.

Suffocant d'indignation, Nicole laissa libre cours à sa rancœur.

— Absolument certaine, en effet ! La seule pensée de... de vos sales entreprises me donne la nausée. Vous êtes le plus méprisable des êtres. Ce nom de « Gentleman » dont on vous affuble, quelle dérision ! Je ne vois en vous qu'un voleur de la dernière espèce, qui porte un masque, pour faire illusion ! Les naïfs voient en vous un Robin des Bois, le chevaleresque défenseur des pauvres. Vous ne faites qu'usurper votre réputation, pour obtenir le soutien populaire. L'aumône faite à une veuve, à un malade, c'est un prix bien modeste à payer, lorsqu'il s'agit de se concilier toute une population, qui vous aide, qui vous dissimule, qui vous fournit des complices. Que vous importe d'en faire des criminels, de les conduire au gibet ?

L'homme au masque frémit sous ce dernier assaut, et s'insurgea.

— Jamais je n'ai contraint personne...

— Vous êtes trop habile pour cela. Ils viennent à vous par conviction, parce qu'ils vous prennent pour leur défenseur, leur héros, alors que seules vous animent la cupidité et la paresse. Plutôt que d'exercer une profession honorable, vous préférez vivre de rapines en exerçant quelque obscure rancune à l'égard de votre victime, vous satisfaisant ainsi doublement !

Elle se tut, hors d'haleine. Raide et crispé, l'homme avait visiblement bronché sous la mercuriale.

— A ce compte, répliqua-t-il sèchement, je vous ressemble singulièrement. Vous parlez d'expérience, mademoiselle. Vos bonnes actions ne servent que votre gloire. L'encens des actions de grâce vous enivre, la déférence des humbles vous grandit dans l'estime que vous avez de vous-même. Passer pour une amie du peuple laborieux, quelle satisfaction, lorsqu'on appartient à la caste des parasites institutionnels ! Mais si l'on en vient aux choses sérieuses, alors les liens sont rompus. Que le monde crève dans la boue, pourvu que la noblesse survole les sommets !

— Quelle audace ! Vous ne connaissez rien de moi, ni de mes idées, ni de mes intentions !

— Je vous connais... Autant que vous pouvez me connaître, dit-il en s'approchant dangereusement.

A l'improviste, il lui prit à deux mains la taille, et Nicole, épouvantée par sa force et sa détermination, se trouva d'un seul coup installée sur sa selle, le pied gauche dans l'étrier. Au sourire ironique de son tourmenteur, elle comprit qu'il avait vu passer la peur dans son regard.

— Pendant que nous y sommes, ajouta-t-il sardoniquement, si vous vous demandez qui vous a tenu compagnie ce soir, sachez que je porte le nom de Jack Moore.

Le rouge au front, Nicole talonna le hongre en rendant les rênes. Il s'élança au galop, laissant sur place le malfaiteur solitaire.

Sur le chemin de Tidings, Nicole s'abandonna au remords. Comme pour l'exorciser, elle prit dans sa poche l'écrin qui contenait la bague de Gilles, et en passa la chaînette autour de son cou. Il lui semblait que l'or contre sa peau la purifiait. En portant ce symbole d'un bonheur perdu, elle défiait le destin, en conjurant ses coups.

Parvenue à proximité du château, elle crut assister à une émeute. Des torches éclairaient comme en plein jour la cour des communs, le manège et les abords des écuries. On sellait des chevaux, piqueurs et chiens qu'on sortait des chenils rivalisaient d'aboiements et de vociférations. Stone, massif sur un gros cheval, se tenait prêt au départ qu'Exmoor, debout dans ses étriers, brûlait visiblement de donner. Tous deux portaient des carabines. L'animation était si intense que Nicole parvint à traverser une partie de la foule avant qu'un valet ne l'aperçoive.

— La v'là, milord, la v'là, elle est là !

Loin d'apaiser l'excitation du comte, la présence de Nicole ne fit que l'aviver.

— Mais que faites-vous, bon Dieu ? Seule dans la nuit à cette heure ! Folle, vous êtes folle ! Nous partions vous secourir, et vous voilà... Et ces abrutis qui m'écoutent... Donnegal, Rangers, faites rentrer les chiens, les chevaux...

Il s'approcha de Nicole pour l'entendre et ne plus avoir à hurler, pendant que l'annulation de l'expédition restaurait un calme relatif.

— Excusez-moi, dit nerveusement Nicole, qui ne voulait paraître ni désinvolte ni repentante avec excès. J'aurais dû vous faire prévenir de mon retard. Je n'y ai pas pensé, je l'avoue. J'ai tellement l'habitude de ne rendre de comptes à personne...

— Si vous en usez aussi... cavalièrement à Londres, je comprends les angoisses de lady Falcourt.

— Maman ne s'intéresse qu'à ses vapeurs, rassurez-vous. Mais pour ce soir, sérieusement, je suis désolée d'avoir provoqué tout ce remue-ménage.

— Deborah en fait toute une histoire. Elle vous imaginait déjà aux prises avec ce bandit masqué.

Comme on éteignait les flambeaux, Nicole put espérer que l'incarnat soudain de son visage allait passer inaperçu.

— Tout va bien et je n'ai rien à craindre, dit-elle bravement.

— Vous avez tout à craindre, corrigea Richard. Il vous a déjà attaquée.

— Dépouillée de mes bijoux et de mon argent, je ne risque plus d'intéresser des voleurs.

— Une jeune femme peut éveiller d'autres convoitises, fit observer Stone d'une voix triste et sévère.

— Merci de me le rappeler, monsieur. Mais ce voleur n'importune pas les femmes, semble-t-il.

— Le crime appelle le crime, et il y a un commencement à tout, rétorqua doctement Stone.

— La prochaine fois, je vous ferai accompagner, décréta Richard.

Pour le coup, Nicole s'impatienta.

— Voilà beaucoup de bruit pour rien. Il ne s'agit que d'un retard, après tout. Si vous le permettez, je vais rassurer Deborah.

Nicole mit pied à terre, mais pour son plus grand désagrément Exmoor l'imita et l'accompagna dans le château, jusqu'au salon où Deborah se morfondait. A leur entrée, elle se leva, transportée de soulagement.

— Nicole ! Richard ! C'est merveilleux ! Elle est saine et sauve ! Vous avez réussi ?

— Merveilleux en effet, dit-il froidement. Nicole est arrivée quelques instants avant notre départ.

— Je suis désolée, dit Nicole en embrassant sa sœur. On m'a appelée au chevet d'un bébé malade, juste au moment où j'allais quitter Evansford. Il m'a retardée.

Richard haussa les épaules.

— Je ne parviens pas à comprendre votre acharnement, ma chère. Ce village n'a jamais appartenu aux Falcourt. Que vous importent ces gens ? Vous n'en êtes pas responsable.

— Nous avons tous des obligations à l'égard de nos semblables, Richard. Songez que si vous traitiez plus humainement vos mineurs et vos paysans, ils ne feraient pas du « Gentleman » leur champion.

Les sourcils ordinairement rectilignes du comte s'incurvèrent en se soulevant, et Nicole comprit mais un peu tard qu'elle venait de commettre un impair.

— Comme c'est intéressant, murmura-t-il. Où donc avez-vous entendu proférer cette intéressante déclaration ?

— Nulle part en particulier, dit-elle évasivement. Comme il était partout question de ma mésaventure d'hier, tout le monde en parle, naturellement.

— Ils l'admirent donc comme un héros ?

Peu soucieuse d'irriter davantage son beau-frère, Nicole ne lui répondit qu'avec prudence.

— Pas exactement, puisqu'il n'est qu'un voleur. Mais on le compare volontiers à Robin des Bois.

— Qui fait ces comparaisons ? Vous connaissez des noms ?

Pour se tirer d'embarras et éviter une dispute, Nicole songea qu'elle pouvait sans trop de scrupules fausser quelque peu la vérité.

— Comment les connaîtrais-je ? Ces gens m'accueillent volontiers, parce que je leur suis utile. Mais ils savent que Deborah est ma sœur, et que j'appartiens à l'aristocratie. Cela les rend méfiants, et discrets.

Sans sourire, le comte hocha pensivement la tête.

— Voilà qui me surprend, ma chère. Je vous croyais plus familière que cela avec... avec les gens du peuple.

Sournoisement, mais avec quelle cruauté, Richard faisait sans doute allusion à ses anciennes amours, à ses fiançailles secrètes, qu'il ne lui avait jamais pardonnées. Le souffle suspendu, Nicole éprouva au cœur comme un coup de poignard. Les yeux pleins de larmes qu'elle ne pouvait laisser couler, elle porta spasmodiquement la main à son corsage, pour palper sous le tissu sa bague, et trouver dans ce talisman la force de ne pas défaillir.

Les sourcils froncés, Richard surprit ce mouvement insolite, qu'elle voulut lui dissimuler en se détournant.

— Je suis bien lasse, murmura-t-elle d'une voix brisée. Permettez-moi de me retirer.

Deborah, sensible à son désarroi, se leva pour l'accompagner, mais Nicole lui baisa seulement la joue et, de la main, lui demanda de la laisser seule.

— Vous avez vu ce geste ? dit le comte dès que la porte se fut refermée derrière elle.

— Un geste ? Quel geste ? Celui-là ? Mais oui, bien sûr. Elle le faisait souvent, jadis. Elle touchait une sorte de pendentif.

— Jadis ? Qu'appelez-vous jadis ?

— Eh bien... Il y a longtemps, avant notre mariage, je

suppose. J'ai vu si rarement Nicole, depuis. Un porte-bonheur, sans doute. J'ai pensé un moment que cette vieille guérisseuse qui portait un nom de fleur, je ne sais plus lequel, le lui avait donné, comme un fétiche. Nicole la voyait presque chaque jour, pour apprendre les plantes. J'ai aperçu le pendentif deux ou trois fois. C'était une bague très ordinaire, trop grande pour être portée, et trop épaisse, une bague d'homme, une véritable horreur.

— Et quand l'avez-vous vue pour la dernière fois ?

— Mais... Je ne sais pas. Quelle importance ?

— Aucune.

— Je me souviens qu'elle la portait le jour de notre mariage, en tout cas. Son décolleté laissait voir la chaînette, elle a dû l'enlever.

Le visage anguleux du comte s'assombrit.

— Le jour de notre mariage... Comme c'est étrange. Mais qu'importe, en effet. Vous devez être recrue d'émotions, ma bonne amie. Je crois nécessaire à ma... à notre descendance que vous alliez prendre quelque repos.

Inquiète mais souriante et docile, Deborah approuva silencieusement son mari.

6.

Un bruissement ténu, le choc minuscule d'un bibelot ou d'un peigne... Nicole dormait d'un sommeil si léger qu'elle se trouva dans l'instant éveillée, tous ses sens en alerte. Elle n'était pas seule. Un homme qu'elle voyait de profil semblait trier le désordre des menus objets qui jonchaient sa table de toilette. De haute taille et tout de noir vêtu, un masque noir voilait son visage.

— Ne vous gênez pas !

L'homme sursauta, lui fit face et, sans demander son reste, courut à la porte. Frustrée d'une explication et indignée de cette dérobade, Nicole bondit comme l'eût fait un fauve, bien décidée à châtier l'indiscret personnage.

— Pas si vite ! cria-t-elle en lui agrippant la manche. Pas si vite !

Pour toute réponse, l'intrus fit une volte en balançant le bras. Durement frappée d'un revers de poing à la pommette, Nicole tomba en arrière, n'entendant que dans un bourdonnement confus la porte qui se refermait. Presque inconsciente, en proie à un bref vertige, elle resta figée quelques instants dans une pose ridicule, sur le tapis. Galvanisée par la colère, elle rouvrit dès qu'elle le put la porte et cria à l'aide.

— Arrêtez-le !

Dans le vestibule et aux abords du grand escalier, on

ne voyait personne. Nicole courut à la rampe et s'y pencha sur le vide. Derrière elle, il y eut des exclamations. Deborah, convulsée d'inquiétude, n'osait visiblement pas se risquer hors de son appartement. Richard, sanglé dans une robe de chambre luxueusement brodée, ne perdait rien de son calme ni de son efficacité.

— Vous avez appelé, Nicole ? Qui faut-il arrêter ?

— Un homme ! Il y avait un homme dans ma chambre !

Deborah, prête à défaillir, portait déjà la main à son front. Richard s'approcha de Nicole en quelques pas rapides.

— C'est un cauchemar, décréta-t-il. Vous venez de faire un cauchemar, ma chère. Ce n'est rien.

Indignée, Nicole se retint cependant de le contredire. Le regard d'intelligence qu'il lui adressait désignait Deborah. Livide, la pauvre femme était au bord de la crise de nerfs. Pour son bien, Nicole renonça à protester.

— C'était un rêve, oui, sans doute. Il n'y a rien à craindre, pardonnez-moi. Retourne à ton lit, Deborah, tu risques de prendre froid.

— Mais je ne peux te laisser seule, puisque tu fais des cauchemars...

— Je vais rassurer Nicole, ne vous inquiétez de rien, s'impatienta Richard.

Le regard incertain de Deborah le contempla, en même temps que Nicole, qui acquiesçait avec une bonne volonté méritoire. La future maman se résigna enfin à refermer sa porte.

— Merci, dit sommairement le comte. Votre sœur est si fragile... Tout doit lui être épargné, vous l'avez compris. Venons-en au fait. Ce bandit vous a menacée, frappée peut-être ?

— Il n'a rien dit, et ne m'a frappée que pour pouvoir s'enfuir. J'espère que cela ne se verra pas trop, demain.

— Le misérable ! Toujours le même, bien sûr.

— C'est ce qu'il m'a d'abord semblé. Mais je n'en suis plus aussi certaine.

— Ce ne peut être que lui. Les hors-la-loi ne sont pas si nombreux, dans le Dartmoor !

— En effet. Mais j'ai l'impression... J'ai trouvé celui-ci différent.

Pour donner plus de crédit à son opinion, elle ne pouvait naturellement informer Exmoor de la conversation très particulière qui lui avait permis de faire plus ample connaissance du « Gentleman » quelques heures plus tôt. Elle ne pouvait non plus lui expliquer que l'homme au masque semblait féru de discussions, de raisonnements et de démonstrations plutôt que de violence. Et si le bandit de grands chemins faisait régner autour de lui une atmosphère romanesque et mystérieuse, celui qu'elle venait de surprendre presque à son chevet n'avait pour sa part fait naître en elle que de la répulsion.

Richard semblait à la fois sceptique et agacé.

— En quoi différent ? Vous n'avez pas même pu en donner une description satisfaisante.

— Je ne sais pas. Son allure, peut-être... Et pourquoi viendrait-il dans ma chambre, alors qu'il a déjà volé mon petit coffre ?

— Pour me narguer, bien sûr, dit amèrement le comte. Il n'y a que lui pour prendre un tel risque. Je vais renforcer la surveillance, et mettre Stone devant ses responsabilités. Vous pourrez peut-être lui fournir un indice intéressant, cette fois.

— Je ne vois pas lequel. Il faisait sombre, il portait un masque, et je ne suis pas certaine d'avoir eu affaire au même individu.

— Sottises ! Il n'y en a pas deux de cette trempe !

Après cet éclat, il se fit un silence. Lorsque le comte reprit la parole, il baissa le ton, comme envahi par une sorte de tristesse, ou de découragement.

— Vous n'éprouvez aucune sympathie à mon égard, Nicole, et vous répugnez à me venir en aide. Depuis ce malheureux accident...

— Un malheureux accident ? Vous avez tué mon amoureux et vous appelez ce meurtre un « malheureux accident » ! Quelle audace !

Nerveux et tendu, Richard releva la tête.

— Un accident, c'est le mot qui convient, et vous ne pouvez le nier, Nicole. Je n'ai pu le retenir, il est tombé. Je le regrette profondément, mais il me semble exclu de consacrer mon existence à une sorte de contrition perpétuelle, et inutile.

— Je ne vous demande rien, murmura Nicole, et Dieu seul a le pouvoir de vous juger. Mais lui seul aussi détient celui de vous absoudre, et vous devez comprendre que depuis cette mort il m'est difficile de vous accorder mon affection.

— Je le comprends volontiers. Mais vous ne pouvez en priver votre sœur et l'enfant qu'elle porte. Les agissements de ce bandit sont de nature à la troubler, et vous savez comme elle est de santé délicate. Le moindre incident pourrait provoquer une nouvelle catastrophe.

Etonnée, Nicole ne craignit pas de manifester son scepticisme.

— Un accouchement compromis par les méfaits d'un voleur ? Voilà bien les délires de l'imagination, il me semble !

Les sourcils soulevés du comte exprimèrent sa surprise et son mépris.

— Quel vocabulaire, quelle brutalité de langage ! dit-il en pinçant les lèvres. J'oubliais que vous fréquentez les femmes perdues de Londres.

— Vous seriez étonné de les entendre. Rassurez-vous, Richard, je m'efforce de tenir Deborah à l'écart des dures réalités de l'existence. Vous me semblez moins fragile qu'elle, et plus apte à les affronter. Quelles que soient les raisons de ses échecs précédents, il me semble invraisemblable qu'un voleur de grands chemins y soit pour quelque chose. N'imputez pas à ce personnage tous vos malheurs pour le rendre plus odieux qu'il n'est raisonnable.

— Que vous preniez la défense de ce forban, voilà qui ne m'étonne qu'à demi, persifla Richard. Ce qui vous est arrivé ce soir vous donnerait à réfléchir, si les fumées de l'idéalisme n'obnubilaient votre intelligence.

— Je ne prends la défense de personne, et ce n'est pas vous qui trouverez ma lucidité en défaut, Richard. A la réflexion, l'homme de ce soir n'est effectivement pas le « Gentleman ». Vous aviez l'intention tout à l'heure de lancer des recherches, je crois ? Il doit être loin. Avec votre permission, je vais prendre un peu de repos.

— Je m'en occupe, dit froidement le comte. Bonne nuit.

Il la salua avec raideur et se dirigea vers l'escalier. Nicole lui fit dans le dos une grimace et se réfugia dans sa chambre, non qu'elle eût sommeil, mais pour jouir d'une solitude et d'une sérénité que la fréquentation de son détestable beau-frère rendait plus précieuses. Elle alluma une lampe pour inventorier les objets dispersés sur sa table de toilette. Il n'en manquait aucun. Elle chercha ensuite, et jusque sur le dessus d'une armoire, la clé qui lui aurait permis de condamner la serrure de sa porte, mais ses recherches restèrent vaines. Une chaise au dossier droit inclinée contre la porte et qui s'appliquait étroitement à la poignée lui servit de rempart fragile. Un tel appareil ne résisterait pas à une intrusion brutale, mais la signalerait en se fracassant.

Cette précaution prise, elle se rendit à la fenêtre et en écarta le rideau, pour trouver dans le spectacle de la campagne endormie au clair de lune l'apaisement de ses émotions et le décor convenant à la réflexion que le dernier incident rendait nécessaire.

La conviction d'Exmoor était faite. mais il avait tort. Le visiteur nocturne n'était pas Jack Moore. Fallait-il imaginer l'existence d'un autre personnage ? Quels motifs pouvaient, sinon justifier, du moins expliquer une entreprise aussi risquée ? Nicole se trouvait provisoirement dépourvue de tout objet précieux. En l'absence de tentative d'approche, il ne pouvait non plus s'agir de concupiscence. Avait-on voulu fouiller sa chambre ? Il aurait été facile de le faire en son absence.

L'aventure semblait pour tout dire si invraisemblable que Nicole aurait pu croire l'avoir rêvée en effet, si le coup reçu au visage ne lui en avait rappelé la réalité. Ce coup excluait d'ailleurs la présence de Jack Moore. Si grands que fussent ses torts, la lâcheté et la brutalité lui étaient étrangères, elle en était persuadée.

Quoi qu'elle en eût, Nicole ne put s'empêcher de sourire à demi. Le « Gentleman » s'était-il montré véritablement courtois, quelques heures plus tôt ? Le regard perdu dans les ténèbres lointaines, elle revécut par la pensée leur entrevue. Dans l'ensemble, Jack Moore s'était assez mal tenu, et elle devait se féliciter de n'avoir sans doute plus jamais à le rencontrer. Dans une telle éventualité toutefois, la raison et l'expérience acquise la garantiraient de tout abandon et de toute folie.

Hypothèse absurde, au demeurant. Jamais elle n'aurait l'occasion de le revoir, et il en allait bien ainsi.

Débarrassée de ce souci, son imagination ne pouvait-elle vagabonder en toute liberté ? Gentleman ou fripon, de quel bouge, de quel château venait-il ? Quelles circonstances l'avaient-elles jeté sur les routes ?

Et, surtout, pourquoi fallait-il que de tous les hommes du royaume, il fût le seul capable d'émouvoir ses sens, jusqu'au ravissement ?

⁂

Le lendemain matin, Nicole constata qu'elle s'éveillait un peu tard, et que la chaise qui garantissait sa tranquillité avait si bien rempli son office que la femme de chambre s'était vue contrainte d'abandonner sur un guéridon du vestibule le plateau du thé matinal. Elle apprit un moment plus tard que Deborah, trop lasse pour se lever, l'attendait dans sa chambre.

Sur son grand lit, trop massif et trop large, la future maman semblait perdue, et comme amenuisée. Ses yeux, à force d'être soulignés de cernes, paraissaient immenses, et son sourire avait quelque chose de désespéré.

— Nicole, je ne me sens pas bien ce matin...

Une voix aigre retentit, en même temps que se dressait, de l'autre côté du lit, une silhouette austère.

— C'est ainsi que le futur petit lord s'annonce, milady, soyez heureuse !

Nicole faillit ajouter que s'il se montrait aussi désagréable le futur rejeton de Richard n'aurait rien à envier à son père, mais elle préféra se taire. De toutes les vertus, le sens de l'humour n'est pas la mieux partagée. La garde-malade semblait emprisonnée dans un carcan d'épingles et de peignes qui retenaient étroitement sa chevelure incolore. Une guimpe et des manchettes blanches rendaient incertaine la nuance de sa robe, et ses yeux évoquaient l'opacité du ciel en hiver, si bien qu'elle semblait uniformément froide et grise. De haute taille, elle se tenait très droite, comme pour faire oublier son grand âge. A l'évidence, les rides fines et régulières qui parcouraient son visage ne devaient rien à la malice, ni à la bonne humeur. Aucun sourire ne les avait creusées.

— Nicole, voici Nounou Grégoire. C'est elle qui a guidé les premiers pas de Richard. Lorsque je me sens faible, Nounou Grégoire vient me tenir compagnie.

Nicole jeta à ce témoin d'une époque lointaine un regard respectueux mais dubitatif. Le comte d'Exmoor étant quinquagénaire, la préposée aux naissances familiales devait être sensiblement plus âgée que la comtesse douairière.

— Sa Seigneurie a bien voulu me loger sur ses terres, précisa la vieille matrone avec componction. Je saurai m'occuper dignement de son héritier. En attendant, je fais de mon mieux pour distraire la maman.

Nicole hocha la tête. En fait de distraction, on pouvait imaginer mieux que cette face de carême, qui de toute évidence indisposait la fragile Deborah et la tenait sous sa coupe.

— Vous êtes très aimable, dit-elle avec désinvolture. Mais puisque je suis à Tidings, nous n'abuserons pas de vos bontés. Veux-tu que je te fasse la lecture, Deborah ?

— Quelle bonne idée ! s'exclama sa sœur, qui aussitôt se reprit. Il ne faut pas faire de peine à Nounou Grégoire, poursuivit-elle, déjà repentante.

L'intéressée n'eut pas le loisir de s'exprimer, car Nicole le fit pour elle.

— Nounou Grégoire est déjà partie, trop contente de prendre un peu de repos. Au revoir, madame. Je suis très heureuse de vous avoir rencontrée.

Domptée par son regard placide mais impérieux, l'ancienne gouvernante rangea son ouvrage de couture et sortit d'assez mauvaise grâce, sous les regards inquiets de Deborah.

— Tu ne l'as pas fâchée, j'espère. Richard voudrait tant que je la trouve sympathique ! Mais je n'y suis jamais parvenue, hélas !

— On comprend mieux Richard, lorsqu'on voit sa nounou. Elle a dû mettre du vinaigre dans son biberon.

Soudain égayée, Deborah ne put s'empêcher de rire.

— Tu n'as pas honte ? Mais elle est sinistre, on ne peut le nier.

— Ce n'est pas comme notre brave Gladys. Tu te souviens ? Des yeux noisette, des joues comme des pommes, elle était à croquer !

— Et toujours rieuse, elle chantait comme un pinson, et faisait un chocolat... J'en ai encore l'eau à la bouche.

— Eh bien, décida Nicole, nous allons demander qu'on nous en prépare, pour célébrer ce souvenir.

Ragaillardie, Deborah la laissa appeler une soubrette.

— Je suis bien sotte, déplora-t-elle. Sans cesse inquiète, déprimée quelquefois, je ne ressemble guère aux autres femmes. La plupart vivent ces moments dans l'espérance et la bonne humeur, tandis que je semble m'acharner à déranger tout le monde, et toi surtout, ma petite sœur. Par ma faute, te voici pour ainsi dire cloîtrée à Tidings, loin de tes amis, de tes distractions...

— Buckland Manor n'est pas loin, et Mamie Rose m'a légué assez de malades à soigner pour me distraire et m'en faire autant d'amis, s'ils veulent bien guérir. Hier déjà je t'ai laissée bien seule... Mais j'y songe, pourquoi ne pas demander à Gladys de venir à Tidings pour te tenir compagnie, te faire rire, et préparer son excellent chocolat ?

Deborah sourit spontanément à cette suggestion, mais se reprit aussitôt. Comme vouée à la résignation, elle se fermait à toute espérance.

— C'est impossible, bien sûr. Nounou Grégoire en serait fâchée, et Richard ne jure que par elle.

— Je vais lui parler, décida Nicole. Richard est certainement prêt à te rendre la vie plus facile, ne serait-ce que par égard pour l'héritier qu'il espère. En ce moment, il cèderait à tous tes caprices. Encore faut-il qu'il connaisse tes goûts. Nounou Grégoire lui rappelle son enfance, il n'imagine donc pas qu'elle puisse déplaire à quiconque. Il ne connaît pas notre Gladys, ni ses talents.

— Mais il ne faudrait pas que Richard...

— Nous n'allons pas le fâcher, rassure-toi. Quand bien même nous lui forcerions un peu la main, il prendra en personne la décision de convoquer Gladys. Elle ne saurait donc lui déplaire. Voici le chocolat. L'avant-goût des délectations futures !

Un peu plus tard dans la matinée, après la séance de lecture, Nicole laissa sous la garde d'une femme de chambre Deborah, qui s'assoupissait, et se hâta d'aller rendre des visites qui lui tenaient à cœur.

La première la conduisit à Buckland Manor, où lady Buckminster sa tante l'accueillit avec chaleur et entra sans difficulté aucune dans ses vues. La seconde fut pour l'enfant soigné la veille dont la mère reçut une nouvelle provision d'écorce séchée. Pendant son retour à Tidings, par l'itinéraire emprunté au début de la nuit précédente, Nicole s'appliqua à scruter les bosquets et les rochers d'alentour, afin qu'aucun mouvement de surprise ne lui échappe, si par le plus grand des hasards elle venait à croiser le chemin de Jack Moore. Elle parvint à Tidings sans avoir fait de mauvaise rencontre. Une personne ordinaire en aurait ressenti du soulagement. Nicole s'en trouva un peu déçue, sans doute parce qu'elle aurait aimé mettre à l'épreuve la maîtrise de soi dont elle se targuait.

Lorsque après une soirée paisible passée dans la chambre de sa sœur elle eut remis en place la chaise protectrice, il lui fut difficile de trouver le sommeil. Plus tard, l'homme au masque vint hanter ses rêves.

Le lendemain, Deborah se trouva si bien rétablie qu'elle put faire honneur au déjeuner, et recevoir dans l'après-midi la châtelaine de Buckland Manor, qu'accompagnait l'épouse du pasteur. L'importance de cette visite contraignit Richard à descendre dans le salon, pour saluer ces dames. Il fut question bien sûr du prochain mariage du fils de la baronne, et ensuite de la santé de Deborah. Femme de plein air et de cheval, lady Buckminster en déplorait la fragilité.

— Votre présence a sur Deborah les effets les plus heureux, ma tante, constata Nicole en lui adressant un regard d'intelligence assez appuyé.

— Pardon ? fit étourdiment la baronne. Ah oui ! Il me vient soudain une idée, Deborah. Je me souviens parfaitement de la personne qui vous a élevées, Nicole et toi. Elle respire la santé et la bonne humeur, comme moi. Pourquoi ne pas la rappeler, pour t'assurer ses services ?

Richard s'agita avec impatience.

— Ma propre gouvernante veille sur Deborah, et me donne toute satisfaction, dit-il avec froideur.

— Elle vous a mis au berceau ? A force de longévité, elle risque de vous mettre au tombeau, s'esclaffa sans discrétion lady Buckminster. Triste compagnie, que celle d'une vétuste haridelle ! Celle qui a vu naître Deborah est autrement fringante !

Deborah lança à son mari un regard oblique, et par avance résigné.

— Nounou Grégoire est très bien, Richard a raison, dit-elle platement.

— Ainsi parle l'épouse soumise, dit la baronne. Tu meurs d'envie de revoir ton ancienne nurse et tu n'oses pas en parler, ma chère. Ne prends Richard ni pour un sot ni pour un monstre. Il sait qu'en certaines circonstances, nos caprices font loi. N'est-ce pas, Exmoor ?

Les lèvres minces du comte dessinèrent une amorce de sourire.

— Comment y résister, milady... Si Deborah y tient...

— Eh bien, voilà une affaire conclue, et rondement, décida lady Buckminster. J'envoie quelqu'un la chercher, cette perle. Où ? Son nom ? Je ne m'en souviens pas.

Nicole s'empressa.

— Owens, Gladys Owens, à Larchmont.

Elle surprit le regard ironique que lui jetait Richard. Un moment plus tard, lorsque les visiteuses eurent pris congé, il ne cacha pas son amusement.

— Eh bien, ma chère, ces grandes manœuvres vous ont-elles donné satisfaction ? Etait-il vraiment indispensable de construire une telle intrigue pour parvenir à vos fins, et faire entrer à Tidings la merveille des merveilles ?

— Une intrigue, vraiment ? Je ne vois pas...

— Que dis-je, une intrigue ? Une machination ! Et avec quelle complicité ! Qu'Adélaïde l'amazone s'intéresse à un autre élevage qu'à celui des poulains, voilà qui ne lui ressemble guère ! Vous lui avez dicté son rôle, sinon son texte, qui souffre de quelques lacunes...

— Si vous le préférez, nous pouvons revenir sur cette invitation, proposa Deborah. Je ne voudrais pas...

— Ne soyez pas ridicule, dit le comte en s'efforçant de sourire. Tout ce qui peut concourir à votre confort vous est acquis d'avance. Encore faut-il m'en informer — sans détour, poursuivit-il en s'adressant à Nicole. Dans les intrigues que vous échafaudez, il m'est pénible de jouer toujours le rôle du méchant ou du traître.

Aussitôt alarmée, Deborah s'empressa d'assumer le poids d'une faute qu'elle n'avait pas commise.

— Il n'en est pas question ! s'exclama-t-elle.

— Je ne m'adresse qu'à Nicole, dit Exmoor en s'agaçant un peu.

— Rassurez-vous, lui répondit Nicole. Vous ne jouez aucun rôle, Richard. Vous vous contentez de rester vous-même, tout naturellement.

Féru de joutes oratoires et assez imbu de ses propres talents pour ne pas redouter les échanges un peu vifs, le comte allait donner la réplique, lorsque le majordome attira son attention.

— M. Stone veut vous parler, milord.

Richard s'excusa, et le suivit.

— J'espère que Richard ne m'en veut pas trop, dit Deborah lorsque la porte se fut refermée sur lui.

— Sois sans crainte. Il me considère sans doute comme une insupportable petite peste, mais je ne fais rien pour amender son opinion.

— Gladys va venir demeurer près de moi... Quelle chance ! J'ai l'impression d'aller déjà beaucoup mieux !

Les deux sœurs, si différentes mais si proches, se sourirent, dans une communion silencieuse. Grâce à Stone, songea Nicole, elles se trouvaient seules.

— Il me semble, dit-elle incidemment, que M. Stone déploie beaucoup d'activité.

Deborah acquiesça, en prenant un air mystérieux.

— Il vient à Tidings chaque jour. Je crois savoir que Richard voudrait l'installer au château, mais je n'y tiens pas. Ce policier me fait peur.

— A moi aussi, il est antipathique. Tu crois qu'il va réussir à arrêter le chef des bandits ?

— Je ne sais pas. Il ne sourit jamais, parce qu'il est très sérieux, sans doute. Il ne pense pas pouvoir combattre seul les brigands. Son plan, c'est de recruter des gardes venus d'ailleurs, et de les cacher dans les voitures. Richard lui fait confiance.

— Tu veux dire des gardes... armés ?

— Bien sûr, avec des pistolets et des carabines.

— Mon Dieu, quelle horreur... J'espère que personne ne sera blessé...

Nicole ferma les yeux, et son imagination lui montra un homme en noir, dressé dans un élan d'agonie sur un cheval noir, avec sur la poitrine une tache rouge d'un effet saisissant.

— Parmi les brigands, il y a peut-être des gens du village, murmura-t-elle.

— C'est une certitude, confirma Deborah avec la

chaleur propre aux personnes bien renseignées. C'est pour cela que M. Stone veut recruter des gardes en dehors du comté. Ils n'auront pas scrupule à tirer sur des gens qu'ils ne connaîtront pas. Il envisage aussi de proposer une forte récompense à qui trahira le « Gentleman ». Il dit qu'à partir d'une certaine somme la fidélité n'existe plus. Richard le savait déjà, paraît-il, mais il n'en fera la dépense que si l'autre plan échoue.

Malgré son angoisse, Nicole observa sa sœur avec un étonnement admiratif et amusé. Pour être aussi bien renseignée, la naïve Deborah avait dû écouter aux portes avec une constance remarquable. Ce soupçon se trouva aussitôt confirmé par l'indiscrète en personne.

— Je n'ai pas pu tout entendre, ajouta Deborah comme pour s'excuser. Mais je crois que, ce soir, il y a un transfert de fonds, et que certains gardes sont déjà en place. Pourvu que tout se passe bien...

Nicole approuva silencieusement, sans demander à Deborah de préciser sa pensée, et en gardant secrète l'image affreuse qui l'obsédait absurdement.

Après le dîner, le majordome vint de nouveau annoncer au comte la visite de M. Stone. Restées seules dans le salon, les deux femmes se turent. On entendit alors des vociférations, et le claquement d'une porte violemment refermée. L'entrevue avait pris fin. Nicole se sentit soudain soulagée.

— Richard est mécontent, soupira craintivement Deborah. Comme c'est ennuyeux ! Je crois que je vais me réfugier dans ma chambre.

— Et moi dans la mienne, répondit gaiement Nicole.

Elles se hâtèrent de gagner le grand escalier, et quelques instants plus tard Nicole, le cœur léger, put remettre en place la chaise qui garantissait sa tranquillité. Installée devant sa table de toilette, elle entreprit machinalement d'enlever une à une les épingles qui retenaient sa chevelure, dont la blondeur inonda bientôt ses épaules. Mais son esprit vagabondait ailleurs. Jack Moore avait échappé à Stone, puisque Richard enrageait plus violemment encore que de coutume. Le bandit était-il parvenu à ses fins, malgré la présence des gardes ? Considération fort accessoire, au prix du sang qui peut-être avait été versé. La pensée qu'au cours d'une telle attaque un pauvre complice ou un pauvre mercenaire recruté dans un comté voisin ait pu se trouver blessé lui était insupportable.

Toutes les épingles se trouvaient rassemblées sur la table. Nicole prit sa brosse d'argent et entreprit de la passer dans ses longs cheveux blonds, à coups lents et réguliers, la tête penchée en avant, l'esprit ailleurs. Il y eut un léger froissement. Aussitôt aux aguets, elle aperçut dans son miroir la silhouette d'un homme en noir. A peine reprenait-elle sa respiration que d'un élan rapide il venait contre elle, la bâillonnait de la main et l'arrachait à son siège pour l'étreindre étroitement contre son corps. Elle était prisonnière.

7.

L'espace d'un instant, Nicole resta paralysée. A la première esquisse d'un mouvement de révolte, on lui maintint les deux bras collés au corps, si étroitement qu'elle ne pouvait respirer ni même frémir. Elle lança cependant une ruade qui ne fut pas sans effet, à en juger par le grognement sourd qui la suivit. Contre son oreille, elle éprouva la caresse du satin.

— La paix, bon Dieu ! On ne va pas se battre. On ne crie pas, on n'ameute pas la garde, c'est tout !

Elle reconnut la voix de Jack Moore, et dans le miroir l'éclat de ses yeux noirs. Comme celui d'un pirate, son masque lui enveloppait le visage et lui faisait une sorte de turban. Renonçant à se débattre, elle s'abandonna, mais son agresseur ne songea pas à la délivrer.

— Vous êtes fou ! dit-elle entre ses dents. C'était donc vous l'autre jour, dans ma chambre, ici même ! Et vous revenez ? Quelle obstination !

— L'autre jour ? De quoi parlez-vous ? Il y avait un homme, dans votre chambre ?

Autour de la taille et des épaules de Nicole, ses bras se contractèrent.

— Lâchez-moi, vous m'étouffez. Dans la nuit d'avant-hier, un homme se tenait ici même. Il portait un masque.

Jack desserra son étreinte, mais ce fut pour faire volter Nicole et la regarder dans les yeux.

— Le misérable ! Que s'est-il passé ? Vous a-t-il attaquée ?

— Je lui ai fait peur, il s'est enfui.

Elle sut que, sous son masque, il souriait.

— Ce n'était donc pas moi. Que venait-il faire ? Qu'a-t-il tenté ?

— Il n'a rien fait. Il s'est seulement intéressé à ma table de toilette, semble-t-il.

— Pourquoi ?

— Je n'en sais rien. Je me suis réveillée, je l'ai vu, j'ai crié, et il s'est enfui par la porte.

— Et il portait un masque ? Pour me faire suspecter, sans aucun doute. Quel machiavélisme ! Votre cher beau-frère m'étonnera toujours.

— Quel intérêt aurait-il à vous accuser d'être entré chez moi ? A quoi bon faire nuitamment l'indiscret, puisque le château lui appartient et que s'il lui en prend la fantaisie il peut fouiller ma chambre en plein jour, lorsque je m'absente ?

— Il pouvait vous voler, vous brutaliser, et m'accuser ensuite.

— Il n'en a rien fait. Et puis, à quoi bon cette comédie, puisque vous interprétez spontanément votre rôle en vous introduisant effectivement chez moi ?

— Mais sans mauvaise intention !

— Comment le savoir ?

— Je ne vais quand même pas venir vous... Mais voyez la malice ! La voilà qui me fait bavarder ! Sérieusement, voici le but de ma visite : je viens vous appeler au secours.

— En venant m'assaillir ? Etrange procédé ! Vous ne semblez pas véritablement à plaindre.

— En effet. Il s'agit de l'un de mes hommes. Il est blessé.

— Le malheureux ! C'est l'un des garçons du village ?
— Non, c'est mon lieutenant, mon ami. Il a reçu une balle à la poitrine, et je crains pour sa vie.
— Mes compétences se limitent aux plantes, aux potions, aux pommades. Dans le cas d'une blessure par balle, il faut le présenter à un chirurgien.
— Ce serait le condamner à mort. Vous pouvez le faire. Vous l'avez vu faire...
Nicole sursauta.
— Comment le savez-vous ?
— On m'a dit que Mamie Rose vous a enseigné son art, et qu'elle faisait merveille pour soigner les blessures, pour les refermer si bien qu'il n'y paraissait plus.
— Je l'ai vue à l'œuvre, en effet...
Nicole se tut, les sourcils froncés. Elle se souvint d'une balle tirée par un garde-chasse dans le bras d'un braconnier, d'une dent de fourche brisée dans une épaule par un fermier vindicatif. Chaque fois, elle avait assisté Mamie Rose et entendu ses commentaires.
— ... Mais cela n'a rien à voir, conclut-elle. Extraire une balle, c'est trop de risque... Et s'il meurt ?
— S'il passe par les mains d'un chirurgien et s'il survit, il mourra pendu, car il sera dénoncé. Autant essayer. Les gens du village disent que vous pouvez assainir les plaies, et conjurer la fièvre... C'est un hors-la-loi, aux yeux des honnêtes gens, mais vous ne voulez pas sa mort, n'est-ce pas ?
— Grand Dieu non ! Chacun doit vivre...
— Sans vous, il est perdu, irrémédiablement. Si vous refusez de m'accompagner jusqu'à lui, vous le condamnez à mort.
Fascinée par l'éclat de ses yeux noirs, Nicole sut qu'elle allait se soumettre à la volonté de Jack, autant qu'à sa propre conscience.
— C'est entendu. J'accepte. Mais comment allons-nous sortir ? Par où êtes-vous entré ?

Il jeta à la chaise inclinée qui défendait la porte un regard moqueur.

— Lorsque je suis entré, vous n'aviez pas encore mis en place ce barrage. Qu'importe, puisque je suis passé par une fenêtre. Mais rassurez-vous, il sera plus aisé de descendre, grâce à ceci.

Derrière une tenture, il alla prendre un rouleau de corde. Nicole, interloquée, l'observa en silence. Il fit passer le filin autour du pied d'une lourde armoire sculptée, et en attacha l'extrémité à sa ceinture.

— Vous n'aurez aucun effort à fournir, poursuivit-il. Rassemblez votre matériel, nous devons faire vite.

Nicole prit une cape et couvrit sa chevelure dénouée, puis souleva le bissac qui contenait ses réserves, ainsi qu'une trousse de cuir fin d'un usage moins usuel. Ainsi équipée, elle se tint prête, tel un soldat à la parade. Jack la récompensa d'un regard approbateur, disposa sur son épaule la courroie du bissac et, sans plus de cérémonie, ouvrit la fenêtre. Il jeta dans le vide le rouleau de corde, et passa lui-même à l'extérieur en se retenant à la corde, un bras levé.

— Maintenant, dit-il, vous allez me prendre par le cou et me serrer bien fort.

— Je vous demande pardon ?

— Dépêchez-vous. Il ne s'agit pas de séduction, mais de sécurité. J'ai besoin de mes deux bras et de mes deux mains pour descendre. Avec les vôtres, vous allez vous retenir à moi.

Muette d'émotion, Nicole s'approcha, se jucha sur le rebord très bas de la fenêtre et passa courageusement les bras autour du cou de Jack, en se tenant très raide. A quelques centimètres de son corps, elle sentait son odeur d'homme, un peu fauve, à dominante de cuir. Elle dut aussitôt s'assouplir pour obéir à son impulsion : il venait de passer les bras autour d'elle, de saisir à deux mains la corde, et de repousser vivement son point d'appui. Pendant une interminable seconde, Nicole éprouva l'horrible sensation de la chute, le balancement dans le vide, et lorsque les pieds de son porteur touchèrent de nouveau la muraille ce fut pour s'en écarter encore, et parcourir ainsi vertigineusement l'espace vertical. La descente se fit si rapidement qu'au moment où Jack touchait le sol elle continua de retenir sa respiration, les bras crispés autour de son cou, le visage au creux de son épaule.

Jack, qui venait de se libérer de la corde, dut lui dénouer les bras, et l'encourager silencieusement d'un hochement de tête. Après un moment d'attente immobile, il la prit par la main pour traverser le parc en suivant un itinéraire compliqué, passant d'un bosquet à l'autre en se tenant dans leur ombre, hors de vue des fenêtres du château.

Ils parcoururent ensuite un sentier dans le sous-bois. Dans la pénombre épaisse, Nicole aperçut soudain, plus obscure encore, la croupe d'un cheval noir.

— Nous allons monter ensemble, murmura Jack.

Nicole eut la brusque réminiscence de son aventure de l'avant-veille, des caresses et des baisers reçus dans l'ombre, sur cette même monture.

— Je préfère aller chercher mon cheval, dit-elle sans trop de conviction.

— C'est trop risqué, et le temps presse. Vite !

Il avait déjà installé le bissac et la trousse, et présentait ses deux mains réunies. Résignée, Nicole y posa le pied et se trouva assise par le travers, à l'avant de la selle. Jack assurait déjà son équilibre, en la serrant entre ses cuisses, étonnamment musclées et longues, si bien faites pour contenir les reins d'une jeune personne que Nicole en rougit. Mais elle eut un mouvement de révolte lorsqu'elle vit le tissu qu'il tirait de sa poche.

— Non ! Qu'allez-vous faire ?

— Je dois vous bander les yeux.

— Jamais !

— Vous ne devez pas pouvoir reconnaître mon itinéraire.

— Craignez-vous quelque trahison ?

— Si je vous révèle la situation de mon repaire secret, je serai contraint de vous y garder prisonnière.

A la fermeté de son ton et de son regard, elle comprit qu'il ne plaisantait pas.

— Dans ce cas... Il le faut.

Nicole ferma les yeux, subit la caresse fraîche et douce du satin sur son visage, et se trouva en quelque sorte coupée du monde. Sans défense, apeurée, elle se sentait cependant animée d'une sorte d'exaltation tout à fait particulière. L'obscurité, en la séparant du monde réel, la dispensait de toute initiative, la libérait de toute responsabilité. Par compensation, la privation de la vue développait ses autres perceptions sensorielles. Elle ressentait avec une acuité particulière la douceur du tissu sur ses joues et son front, le flux de l'air nocturne sur sa peau. Et surtout il y avait ces odeurs suaves et fortes de verdure fraîche, d'homme et de cheval, cette chaleur puissante qui lui baignait le dos et le flanc gauche, le frôlement des bras qui maintenaient les rênes, et plus encore la pression des cuisses qui emprisonnaient ses reins et leur communiquaient, mais peut-être n'était-ce qu'une illusion, les mêmes impulsions qu'au cheval dont elles assuraient le train.

Cette somme de sensations, aucune expérience ne la lui avait encore procurée. C'était comme une caresse multiple et diversifiée, dont les zones les plus profondes et les plus secrètes de son corps semblaient concentrer les émanations, jusqu'à éveiller le désir de contacts plus complets, plus intimes. L'allure du cheval durement sollicité dans cette course nocturne imprimait à son corps un mouvement rythmique qui ne laissait pas de l'embarrasser, bien qu'il lui procurât d'intenses satisfactions. Jack était-il conscient de cette excitation ? La partageait-il, à sa manière ?

Nicole s'étonnait de se découvrir, à vingt-sept ans, des dispositions nouvelles, une propension inexplicable à la recherche des jouissances sensuelles. Jamais depuis dix ans elle n'avait éprouvé la moindre difficulté à contrôler raisonnablement ses instincts, jamais une pulsion indiscrète n'était venue troubler sa quiétude. Elle vivait en paix avec ses sens, qui restaient muets et ne la tracassaient pas. Pourquoi s'éveillaient-ils à présent, et ne lui laissaient-ils plus de repos ?

En ce moment même, bien qu'elle fût consciente de cette dépendance et s'en défendît, sa pensée ne parvenait pas à se concentrer sur les décisions extraordinaires qu'elle venait de prendre ou les problèmes vitaux qu'elle aurait bientôt à résoudre : elle vagabondait folâtrement à analyser des senteurs enivrantes, et à s'émouvoir des félicités que procure un frottement mécanique et répétitif !

Afin d'en rompre la monotonie, elle eut l'idée de s'appuyer discrètement au garrot du cheval afin de soulever les reins et de modifier quelque peu sa position. Cette manœuvre n'eut pour effet que d'ajouter un battement inattendu au rythme régulier de la course, et de rendre plus intime et plus sensible le contact de ses rondeurs avec les cuisses écartées de Jack. Nicole se félicita de l'épaisseur de la nuit ainsi que de la présence du bandeau, qui occultaient la rougeur de son visage. Le corps de Jack répondait en effet à cette provocation involontaire par une réaction silencieuse mais extrêmement éloquente. Son tourmenteur allait-il s'imaginer qu'elle avait recherché ce résultat ? Qu'elle avait voulu l'aguicher ? Démentir cette opinion n'aurait fait qu'ajouter à leur commun embarras.

Elle tenta de se tenir droite. Mais le mouvement

même de la course la contraignait à la souplesse, à l'abandon. Elle s'y résigna, comme retranchée de tout, ne vivant plus que pour la chevauchée, qui ne semblait pas devoir prendre fin, l'esprit obnubilé par ce qui se passait d'étonnant en elle. Son imagination s'étant peut-être enflammée par contagion, Nicole crut sentir passer sur sa cuisse la main de Jack. A une autre reprise, elle eut l'impression qu'il lui disait à l'oreille des paroles enfiévrées, et qu'il lui baisait les cheveux.

Le cheval hésita, l'allure se ralentit et se fit moins régulière. On s'enfonçait dans une futaie, le sol spongieux par endroits avait des odeurs de mousse, des rameaux bas caressaient parfois le visage de Nicole, et Jack intervenait plus énergiquement pour contraindre sa monture à franchir des passages difficiles.

— Nous y voici enfin, murmura-t-il.

Le cheval termina en quelques secondes le parcours au grand trot. Nicole n'eut pas le loisir de retrouver ses esprits. Déjà à terre, Jack la prenait à deux mains par la taille et la déposait, un peu titubante, sur le sol. Comme il la maintenait contre son torse, pour lui donner le temps de récupérer son équilibre, Nicole entendit battre son cœur, et s'en trouva singulièrement émue. Il lui posa ensuite une main sur l'épaule pour la guider. On fit quelques pas, on gravit deux marches, et une porte fut ouverte, puis refermée.

Dès que le large bandeau qui l'aveuglait eut été dénoué, Nicole se trouva d'abord éblouie, bien que la lumière ne fût dispensée que par quelques chandelles.

— Venez, dit simplement Jack en se saisissant d'un bougeoir.

Nicole n'eut pas le loisir de répondre. Lui tenant le bras, il s'engageait avec elle dans un escalier. A l'étage, un sombre corridor desservait plusieurs portes. Sous l'une d'elles filtrait un rai de lumière. Dans un élan, Jack s'y précipita et pénétra le premier dans la pièce. Nicole le suivit, et resta stupéfaite.

Le spectacle était épouvantable. Des tentures accumulées aveuglaient l'unique fenêtre. Quelques bougies déterminaient des zones d'ombre, et l'atmosphère enfumée qu'elles éclairaient semblait encombrée des odeurs épaisses de la sueur, de l'alcool et du sang. Dans une cheminée basse, un feu de charbon s'étouffait. Sur un lit en désordre, un homme livide, les yeux clos, respirait avec effort. Largement déchirée, sa chemise noire découvrait en partie son torse. Un gros tampon de tissu, sombre de sang séché, semblait collé au-dessus de son sein gauche, alors que la bande qui passait sur son épaule pour le retenir s'était dénouée. Au pied du lit, un homme assis, la tête dans les mains et les coudes sur les genoux, observait d'un œil critique une bouteille de whisky vide. Au chevet du blessé, entre sa couche et le mur, une jeune femme pleurait en se tordant les mains.

— Jack ! balbutia-t-elle, enfin !

Elle reprit sa respiration et quitta soudain son poste de veille pour faire le tour du lit, se précipiter sur Jack Moore et venir sangloter sur son cœur, l'obligeant ainsi à la repousser avec sans doute un peu d'embarras. L'homme assis se redressa un peu, laissant ainsi paraître une tête hirsute aux yeux rouges et gonflés.

— Il a du mal à respirer, Jack, ça ne va pas.

Nicole vit les poings de Jack se serrer. Sous le masque, le regard qu'il dardait sur le blessé était désespéré. Emue de sa détresse, la jeune femme comprit l'urgence d'une intervention.

— Personne ne respire aisément dans cette pièce, dit-elle avec autorité. Cette fenêtre, il faut la dégager, et la laisser entrouverte. La cheminée ne chauffe pas, elle asphyxie. De l'air, de l'air !

Jack Moore se détendit aussitôt.

— Puisque vous prenez le commandement, ironisa-t-il, je vous présente Perry, ainsi que vos subordonnés.

Voici Dirk, un peu fatigué, et Diane. Dirk me suit depuis des années. Diane est disons... la fée du logis. Dirk, Diane, Mlle Falcourt vient soigner Perry. Vous lui obéirez au doigt et à l'œil.

Visiblement plus méfiants qu'enthousiastes, les deux intéressés acquiescèrent mollement.

— Alors ce feu devrait déjà être éteint, et cette fenêtre ouverte, poursuivit Jack.

— On va voir la lumière du dehors, protesta Diane, et les malades ça n'aime pas les courants d'air, tout le monde sait ça.

— Il n'y a pour l'instant qu'un blessé dans cette pièce, dit Nicole sans élever la voix. En lui faisant respirer de l'air vicié, vous en feriez un malade.

Jack réagissait déjà, et faisait tomber une tenture.

— Obéis sans discuter. Si même on pouvait voir la lumière du dehors, il ne sera pas dit que j'ai condamné Perry à mort pour garantir ma sécurité. Mademoiselle Falcourt, quels sont vos ordres ?

Nicole ouvrit le bissac qu'en entrant Jack avait posé sur le dossier d'un siège.

— Il faut d'abord nettoyer la plaie, dit-elle en y prenant quelques flacons et des linges. Comme je risque d'épuiser ma réserve de sève de vigne, que voici, vous allez me faire bouillir de l'eau propre, celle d'une source plutôt que celle d'un puits. Et j'ai besoin de plusieurs bougies, ou de lampes.

Diane venait d'ouvrir la fenêtre, et Dirk piétinait le feu pour l'éteindre. Ils sortirent ensemble. En les attendant, Nicole examina de plus près le blessé, et d'abord son pansement de fortune, qui semblait avoir interrompu l'hémorragie. Elle examina ensuite son visage, car, pas plus que Dirk, il ne portait de masque. Le nez fin et les traits réguliers, les cheveux blond-roux, il n'avait sans doute pas quarante ans, et ne manquait pas d'une certaine distinction. Elle voulut lui soulever une paupière. Il ouvrit les yeux.

— La figure d'un ange, balbutia-t-il. J'ai dû me tromper de porte.

— Tant que vous ferez de l'esprit, ni l'enfer ni le paradis ne vous seront ouverts, monsieur Perry. Je me nomme Nicole Falcourt, et je viens vous soigner.

— Nicole Falcourt... Ah oui ! bien sûr, fit le blessé.

Son regard vacillait, et sa réflexion semblait absurde. Une odeur de whisky flottait autour de lui. Nicole s'en prit à Dirk, qui revenait en brandissant deux lampes à huile.

— Vous l'avez fait boire, avant de finir la bouteille ?

— Ne vous en prenez qu'à moi, dit Jack. Je lui ai fait boire une gorgée, et j'ai versé le reste du verre sur sa plaie, comme on faisait dans la... Comme je l'ai déjà vu faire ailleurs.

Nicole hocha la tête d'un air entendu.

— Sans doute avez-vous dans le domaine de la violence une expérience très particulière. L'utilisation de l'alcool en usage externe est en tout cas préférable. Il va nous falloir de l'aide.

Parce qu'elle fronçait un peu le sourcil en jetant à Dirk un regard oblique, Jack invita le garde-malade improvisé à se trouver un remplaçant.

— Dirk, va aider Diane, et envoie-nous Saunders, il aura l'esprit plus clair.

— Oui, chef. Pardon, chef. Attendre à se ronger les sangs, c'est pas mon fort !

Nicole vit avec un certain étonnement le bandit masqué donner à son maladroit complice une bourrade affectueuse.

— Va chercher Saunders, et dis-lui d'apporter une autre bouteille. On peut en avoir besoin.

Nicole disposa au mieux les deux lampes et entreprit d'humecter le pansement provisoire, pour lui éviter d'adhérer à la plaie.

— Monsieur Perry, dit-elle lorsqu'elle fut prête, je

risque de vous infliger quelques douleurs. Pardonnez-moi par avance.

Le blessé ferma les yeux et serra les dents. Lorsque le chiffon taché de sang fut arraché d'un coup sec, Perry sursauta à peine. Nicole retint son souffle. L'hémorragie reprenait, rendait invisibles les contours de la plaie et les détails de son évidement. A l'aide d'un chiffon propre, la jeune femme entreprit de faire disparaître les traces de sang séché, tout en irrigant sans trêve la blessure, de manière à en chasser tous les corps étrangers, comme elle l'avait vu jadis faire à Mamie Rose.

Elle eut la satisfaction de voir surgir un fragment de tissu noir, ainsi que des grains de poudre. L'opération se poursuivit jusqu'à ce que le liquide rosi reste clair et limpide. Les chairs meurtries recouvraient le projectile.

— Approchez la lampe, murmura-t-elle. Je ne vois pas la balle. Il va falloir... Prenez son ceinturon, qu'il le morde.

L'homme qui venait d'entrer l'avait entendue. Il posa sa bouteille et, avec une étonnante rapidité, exécuta son ordre. Le cœur battant, Nicole prit dans sa trousse sa pince à épiler, qu'elle n'avait jamais encore utilisée dans une intervention curative. De son habileté dépendaient la survie du patient, ainsi que la violence et la durée des souffrances qu'il allait endurer.

Pour éviter de l'alarmer, elle indiqua silencieusement aux deux témoins ce qu'elle attendait d'eux. Saunders prit position sur les jambes allongées de Perry, et tint la lampe. Jack fit le tour du lit et vint peser de ses deux bras tendus sur les épaules de son ami. Nicole prit une profonde inspiration et focalisa son attention sur l'orifice de la plaie, qu'elle se mit à sonder avec précaution. Dans un violent sursaut, le blessé se cabra avec tant de force que les deux hommes furent contraints de lutter pour l'empêcher de bondir.

Appuyant elle aussi de la main sur son torse, Nicole poursuivit son investigation en enfonçant un peu sa pince. Perry émit une plainte affreuse, et s'abandonna.

Il avait perdu connaissance. Haletante, Nicole mit à profit cette défaillance pour approfondir sa recherche, bien que l'hémorragie ait repris de l'importance, la contraignant à tâtonner à l'aveuglette dans la chair. Elle sentit une résistance. Avec d'infinies précautions, elle manipula la pince jusqu'à ce qu'elle éprouve la certitude d'une prise ferme. Alors seulement elle releva très lentement le poignet, dans la terreur de sentir la balle lui échapper.

Dès qu'elle apparut, sombre et sanglante, déformée par la chaleur et la violence de l'impact, Nicole la posa sur un chiffon, en même temps que la pince, et se prit la tête dans les mains. Elle craignait de succomber au vertige qui la menaçait. Jack fit le tour du lit, et vint la soutenir. Il exultait.

— Vous avez réussi ! Il est sauvé !

Loin de partager son enthousiasme, Nicole se sentit soudain glacée, et se mit à trembler si violemment que Jack enleva sa veste pour l'en envelopper, en lui frictionnant les bras et les épaules.

— C'est le choc, expliqua-t-il, le contrecoup de la tension. Saunders !

Nicole, comme dans un rêve, entendit un cliquetis de verre et de bouteille entrechoqués.

— Buvez, dit Jack.

— Non. Il faut que je finisse...

Elle chercha des yeux le lit, qu'elle situait mal.

— Buvez !

La première gorgée d'alcool lui brûla la gorge, mais la seconde lui parut moins désagréable. Nicole prit conscience qu'elle ne tremblait plus, et que la présence chaleureuse de Jack si près d'elle, car il lui couvrait les épaules de son bras, avait quelque chose d'extrêmement réconfortant. Elle dut s'ébrouer pour échapper à cette coupable euphorie, et reprendre quelque distance, et quelque dignité.

Après avoir drainé une dernière fois la blessure, elle provoqua une forte compression, pour interrompre le saignement.

— Appuyez fortement, dit-elle à Jack, et ne bougez plus.

Dans une poche de son bissac, elle alla choisir trois fioles de matières diversement colorées.

— Nous allons pouvoir appliquer les onguents, dit-elle en soulevant avec précaution la compresse de batiste. Le camphre devrait éviter l'infection, et les plantes hâter la cicatrisation.

Elle enduisit avec adresse les bords de la plaie, la recouvrit d'un pansement solide qu'avec l'aide des deux hommes elle assujettit par un enveloppement du torse. Lorsque ce fut fait, elle resta un moment en contemplation devant le blessé, qui semblait reprendre quelques couleurs.

— Voilà tout ce que je peux faire pour lui, murmura-t-elle. Il va bientôt reprendre connaissance. On peut craindre un peu de fièvre. Je vais vous laisser de la poudre de reine-des-prés, pour lui faire de la tisane calmante. Le pansement doit être changé une fois par jour au minimum. Vous m'avez vue faire, ce n'est pas difficile. Si vous manquez de tissu, je vous en fournirai. Chaque fois, il faut appliquer les trois onguents.

Perry soupira, sans pour autant reprendre connaissance.

— Je dois vous mettre en garde, reprit Nicole. Votre ami n'est pas définitivement tiré d'affaire. Sa plaie peut s'infecter, et la fièvre le tuer. En cas de délire, il faut l'immobiliser complètement, pour ne pas compromettre la cicatrisation. Il sera donc indispensable de le veiller jour et nuit.

Elle hésita un instant, en songeant aux gardes-malades dont elle avait fait la connaissance à son arrivée.

— Il faut choisir avec soin les personnes qui veilleront sur lui, si vous voulez mettre toutes les chances de son côté, ajouta-t-elle.

Jack Moore acquiesça gravement.

— Telle est bien mon intention, dit-il. Bienvenue dans l'équipe, mademoiselle Falcourt. Vous êtes chez vous.

8.

Nicole resta impassible.

— J'ai mal entendu, je pense. Voulez-vous répéter, je vous prie ?

Sur un signe impérieux de son chef, Saunders sortit de la pièce et referma la porte derrière lui. Machinalement, Jack Moore passa la main sur son masque, comme pour en vérifier la présence.

— Je viens de vous informer que vous restez ici avec nous. Perry a besoin de la présence d'une personne compétente, vous venez de le dire. Je n'en connais pas qui le soit plus que vous.

— Vous ne parlez pas sérieusement. C'est évidemment impossible.

— Je ne plaisante pas. Rien n'est plus facile, au contraire. Nous disposons d'une chambre fort convenable, dont la porte est munie d'un verrou intérieur. Nous assurerons la surveillance de Perry à tour de rôle, en nous relayant. Mais vous seule changerez les pansements, et dispenserez les soins.

— Vous êtes fou ! Je dois absolument rentrer à Tidings !

— Pourquoi ? Il vous faut un chaperon ? Vous craignez pour votre réputation ? Elle vous importe plus que la vie d'un homme ?

— Ne dites pas de sottises ! Je n'ai pas le droit de disparaître, tout simplement. Je suis l'hôte de ma sœur et de son mari. Dès demain matin, on constaterait ma disparition. Ma sœur est de santé fragile, et craint les émotions. Quant à mon beau-frère, c'est sur vous que porteraient immédiatement ses soupçons. Il vous poursuit avec constance. Mais je peux vous affirmer que si je venais à disparaître par votre faute, sa vengeance serait terrible.

Jack haussa les épaules en hochant la tête, en signe de dérision.

— Pour vous, il remuerait le ciel et la terre, je n'en doute pas. Que ne ferait-on, pour ceux qu'on aime ?

Confondue par tant de hargne, Nicole resta un moment silencieuse.

— Je ne sais ce qui m'étonne le plus en vous, de la fausseté de vos informations, ou de votre mauvaise foi. Que vous importent au demeurant mes relations familiales ? Quelles qu'elles soient, Exmoor serait contraint de réagir avec violence à une nouvelle provocation. Pensez surtout aux braves gens qui vous accordent leur sympathie. S'ils apprennent que vous m'avez enlevée, ils vous haïront. Privé de leur soutien, vous succomberez, et vos complices avec vous.

— Que ces gens pensent ce qu'ils veulent, je m'en moque. Cette maison n'abrite que mes fidèles, nul ne la connaît. Aucun villageois ne s'en est approché.

Il parlait fort, comme pour se convaincre de sa propre invulnérabilité. Nicole en ressentit une sorte de commisération.

— Ne vous bercez pas d'illusions. Si isolée qu'elle soit, l'existence de cette maison est connue. Elle a été habitée, elle a eu un propriétaire. Je suis prête à parier qu'au village, certains de vos complices sauraient quel secteur explorer pour la découvrir. Exmoor ne sera d'ailleurs pas seul à vous traquer. Mon cousin Buckminster et ma tante Adélaïde, qui eux sont très populaires dans la région, peuvent faire ratisser la forêt à des lieues à la ronde, et offrir comme lui des primes assez fortes pour convaincre les plus discrets ou les plus peureux.

Jack Moore alla réfléchir quelques instants à la fenêtre entrouverte.

— Pour apaiser tout ce beau monde, vous pourriez écrire une lettre. Vous vous absentez pour aller secourir un malade.

— En pleine nuit ?

— On vous a appelée d'urgence.

— Et je suis sortie par la fenêtre après avoir bloqué ma porte ? J'aurais au moins réveillé des domestiques pour organiser mon départ. Et le messager venu du dehors aurait dû en faire autant pour m'avertir.

D'un geste désinvolte, Moore écarta cette objection.

— Cela ne pose aucun problème. Je puis aller dégager ce siège malencontreux, et faire la leçon à un laquais qui racontera sous la foi du serment l'arrivée du message, et votre départ.

— Vous avez des complices au château ?

— Le mot est un peu fort. Disons plutôt des obligés. Le comte n'est ni très populaire, ni très généreux.

— Mais il est méfiant, impitoyable, et même cruel. Stone passera au crible le témoignage de votre affidé, et le détruira.

Sur son lit, Perry gémit faiblement. Il fallait que l'amitié entre les deux hommes fût bien grande pour que Moore accepte de prendre de tels risques. Dans un élan d'admiration, Nicole prit une décision dont l'audace lui donna le vertige.

— Vous ne pouvez imaginer aucun subterfuge sans ma complicité, dit-elle. J'accepte de vous aider, mais à condition que vous me rameniez d'abord à Tidings. Je veux prévenir ma sœur de mon absence. Elle me croira partie à Larchmont, où réside Gladys Owens, notre ancienne bonne d'enfants. La baronne de Buckminster doit la convoquer. Je ferai croire que je me rends en personne à Larchmont, et je viendrai ici. Non, attendez, cela ne va pas. Exmoor voudra me donner une escorte, puisque les routes sont si peu sûres.

— Alors revenons à ma première idée !

— Mais non, puisqu'elle est impraticable... Voilà, j'ai trouvé. L'escorte m'accompagnera de Tidings à Buckland Manor. De là, ma tante me laissera partir seule, parce qu'elle me fait confiance et que Richard lui est antipathique. Ma sœur sera heureuse de savoir que je vais chercher la gouvernante, Richard estimera avoir accompli son devoir en me prêtant sa voiture jusqu'à Buckland, et la baronne sera contente de m'avoir fait plaisir.

— Et la gouvernante ?

— Pendant ce temps vous aurez envoyé un émissaire la chercher à Larchmont, et elle me rejoindra où vous voudrez.

— Tout cela est bel et bon, mais j'entrevois une grave difficulté.

— Laquelle ?

— Quelle garantie m'offrez-vous ? Si je vous remmène cette nuit à Tidings, qui me dit que vous reviendrez ici demain ? Ou que vous ne m'enverrez pas le comte et ses sbires ?

— Il vous suffit de ne pas m'indiquer plus précisément l'itinéraire que vous ne l'avez fait à l'aller. Je vous retrouverai sur la route d'Evansford.

— Elle est trop fréquentée. Je préfère le chemin de terre qui va de Buckland à la chute de la Dame Blanche. Vous le connaissez ?

— Le chemin est long, répondit Nicole. A quel endroit, précisément ?

— Disons... au menhir, entre la mine abandonnée et le cours de la Lyd.

Nicole baissa les yeux. C'est au pied de ce menhir que dix ans plus tôt, Gilles et elle se séparaient, après les journées passées aux abords du torrent.

— J'y serai demain vers le milieu de l'après-midi, dit-elle. Il faut que j'aie le temps d'expliquer à ma tante ce qu'elle doit savoir de son rôle. En ce qui concerne les garanties... Je ne puis vous offrir que ma parole. Mais je vous ai déjà donné des gages, en acceptant votre... invitation.

— En cas de refus, je vous aurais ligotée et enlevée de force. Vous l'avez pressenti, sans doute.

— Puisque vous vous faites de moi une aussi piètre opinion, disons que j'aurais pu feindre une crise de nerfs, ne pas trouver la balle, me tromper de flacon et empoisonner votre ami. J'en conclus que vous voilà contraint de me faire confiance. Vous devez donc admettre la sincérité de cette promesse : je serai au menhir demain après-midi.

Jack la contempla longuement, en silence, le regard dardé sur elle, impénétrable.

— Vous me forcez la main, vous me prenez en otage, dit-il avec le plus grand sérieux. Si je vous séquestre, Exmoor et Buckminster rasent la forêt. Et par-dessus le marché, vous administrez à Perry un poison foudroyant.

— Je n'ai jamais dit cela !

— Vous l'avez pensé si fort que j'ai compris le message.

Le regard impérieux et froid, il plaisantait, Nicole en était certaine. Elle aurait aimé arracher le masque de cet être énigmatique, et pouvoir lire sur ses traits.

— Je vous trouve positivement insupportable ! s'écria-t-elle. Cette défiance systématique...

— J'ai de bonnes raisons de douter des femmes !

— Belle excuse, bel aveu de faiblesse, d'irresponsabilité ! La malédiction par les femmes, vieille rengaine ! Incriminez plutôt votre caractère, vos mœurs. Parce que vous avez trop à cacher vous-même, vous soupçonnez autrui, sans mesure. Autour de vous, vous cultivez le mystère, vous vivez sous un masque, en cachette, sous une fausse identité !

— C'est plus sûr.

— Ne faire confiance à personne, s'enfermer dans la solitude, est-ce vivre heureux ?

— C'est ma vie, elle me convient.

— On ne peut se complaire ni dans l'amertume ni dans la haine. Elles vous dominent, elles vous submergent, elles ne vous apportent pas le bonheur.

— Qu'en savez-vous, puisque vous ne me connaissez pas ?

— Vous les incarnez, vous les respirez. Il faudrait être sourd et aveugle pour y rester insensible...

Un gémissement l'interrompit. Avec Jack, elle se pencha sur Perry, qui après avoir gémi de nouveau resta silencieux. Nicole lui posa la main sur le front.

— Il n'a pas de fièvre. Pas encore, murmura-t-elle.

— Ne tardons pas. Demain, une dure journée vous attend. Saunders va prendre la relève, en attendant mon retour. Partons.

Ils quittèrent ensemble la pièce. Saunders, qui les attendait au bas de l'escalier, reçut toutes les instructions utiles.

— Tu t'en occuperas seul, conclut Jack. Ne le confie pas à Diane, elle perd trop facilement la tête. Je te remplace dès mon retour.

Saunders, personnage aux traits réguliers mais austères, acquiesça silencieusement, lança un coup d'œil rapide à Nicole et escalada l'escalier quatre à quatre, avec une étonnante souplesse. Avec Perry et le nommé Dirk, cet homme était le troisième des complices de Jack Moore dont elle voyait le visage à découvert. Sans doute avait-il participé à l'attaque de la voiture, le jour de son arrivée. Il ne craignait pas d'être reconnu par elle. Pourquoi Jack Moore persistait-il à se voiler la face ?

Comme s'il lisait dans ses pensées, l'homme au masque sortit de sa poche le tissu noir qui l'avait aveuglée à l'aller, et entreprit de le plier avec soin pour en faire de nouveau le même usage. D'assez mauvaise grâce, Nicole se soumit passivement à l'opération. En apparence impassible, elle frémissait intérieurement d'exaspération. Il est toujours désagréable de subir un traitement à vrai dire humiliant. Mais en même temps qu'elle s'insurgeait, il lui était difficile de se défendre d'une étrange espérance.

De nouveau séparée du monde, elle se rappelait avec émotion le parcours effectué dans les mêmes conditions, quelques heures plus tôt. La fraîcheur du satin, celle de l'air de la nuit, les odeurs musquées et enivrantes qui l'avaient baignée, et surtout le tressautement de ses reins entre les cuisses musculeuses, l'ardeur sensuelle qu'aiguillonnait la virilité dressée du cavalier, au rythme de la course, ces sensations violentes et si nouvelles allaient-elles l'affecter de nouveau ? Comment les éviter, et pourquoi ? Doit-on se sentir coupable, lorsqu'on jouit d'un plaisir qui vous est imposé ?

A la fois honteuse et toute émoustillée d'excitation, Nicole se découvrait faible et vulnérable, telle ces créatures irresponsables et étourdies que régissent leurs sens. Animés d'une énergie pernicieuse et indépendante, ses seins se tendaient en se caressant au tissu de son corsage, une chaleur indiscrète et voluptueuse irradiait dans son intimité, comme par anticipation.

Préoccupé par le salut de Perry, son chef n'avait sans doute pas conscience de ces effets inconvenants qui, fort heureusement, resteraient secrets. Il lui prit le bras pour la guider, lui signalant la présence d'une marche, d'une porte, lui demandant de patienter, le temps de seller son cheval.

Immobile, elle n'était plus attentive qu'au dialogue intime qui s'instaure entre un cavalier et sa monture, avant une longue chevauchée. En le brossant, en le harnachant, Jack Moore murmurait à son cheval des mots tendres, et des soupirs lui répondaient, qui n'étaient pas tout à fait des hennissements, et manifestaient une sorte de complicité.

Comme rappelée à son devoir par ce dialogue intime et innocent, Nicole prit de fermes résolutions. Elle saurait rester sur sa réserve, éviter les divagations sensuelles qui avaient transformé en parcours initiatique la randonnée précédente. Une sorte d'égarement l'avait emportée aux lisières du dévergondage. Cette errance ne se répéterait pas. Sans être prude et revêche, Nicole Falcourt avait une réputation à soutenir, celle d'une personne sensée et maîtresse de ses pulsions primitives, à supposer qu'une personne de l'aristocratie puisse être mue par des pulsions.

Elle sentit autour de sa taille la pression des deux mains qui la soulevaient, et la déposaient provisoirement à l'avant de la selle. Un instant plus tard, dans le claquement des étriers et des sangles, le cavalier s'y établissait, affermissait son assiette, disposait contre son corps en l'étreignant celui de sa passagère, en vue d'une longue chevauchée. Etonnamment souple et disponible, Nicole se surprit fort à l'aise dans cette position, les reins bien pris entre les cuisses accueillantes, le flanc commodément incurvé contre la taille et le torse protecteurs, les seins agréablement comprimés par le resserrement inévitable des bras. Ses bonnes résolutions avaient dans l'instant disparu. Toute à la satisfaction de l'instant, elle ne s'appartenait plus.

Pendant la traversée assez lente d'un sous-bois, elle eut tout le loisir de s'établir le plus commodément, les mouvements du cheval contraignant les courbes de son corps à remplir tout naturellement le cocon que lui faisait Jack. Bien qu'on fût en hiver, il y faisait si remarquablement chaud que Nicole crut l'entendre soupirer, peut-être d'impatience.

Pour se distraire de cette sorte de confinement, elle voulut absolument rompre le silence.

— Je crois, euh... J'ai bien laissé de quoi faire de la tisane, n'est-ce pas ?

— Mais oui, bien sûr, vous avez tout laissé sur la table, ne vous inquiétez pas.

Si banale que fût cette réponse à une question au demeurant inutile, elle opéra un effet surprenant. Ce souffle, tout près de son oreille, ces lèvres qui touchaient sa chevelure... Jusqu'au creux de ses reins, une onde la parcourut.

— Me voilà... me voilà rassurée, balbutia-t-elle vaguement.

L'était-elle ? Ce dialogue absurde avait-il du sens ? La présence de Jack Moore jetait Nicole dans un état d'engourdissement tout à fait étrange. Il se redressa un peu sur sa selle et dut en conséquence resserrer l'étreinte de ses bras autour d'elle. Elle faillit crier de surprise. Il venait de pencher la tête, et l'appuyait au creux de son cou. Il murmura des mots qu'elle ne comprit pas, parce qu'ils se perdaient dans sa chevelure. Leur signification lui échappait, mais leur effet était éloquent, à en juger par la confusion voluptueuse de ses sens.

Elle crut défaillir, car pour ce voyage de retour Jack Moore n'était plus passif ni indifférent, fût-ce en apparence. De la main, il repoussait ses cheveux pour lui baiser la nuque. Elle aurait dû se débattre, s'insurger, mais une langueur bienheureuse la comblait, l'invitait à l'abandon. Frêle et délicat comme l'effleurement d'un papillon, celui des lèvres de Jack en avait la légèreté, mais cette douceur même éveillait jusque dans sa chair la plus intime un extraordinaire déferlement de volupté. Vaincue, Nicole s'abandonna. Enhardi, Jack écarta les pans de sa jaquette et lui caressa longuement la taille, avant de s'arrêter sous la courbe de ses seins. Nicole les sentit s'épanouir, s'exalter de vigueur, appeler d'autres caresses. Elle faillit crier elle-même, pour en réclamer. Sa cécité provisoire la débarrassant de toute inhibition, la jeune femme s'enchantait sans réserve de toutes les sollicitations sensuelles qui venaient l'assaillir. Chaque geste, chaque initiative prise par Jack lui étaient une surprise, un ravissement. Privée de regard, elle se trouvait dénuée de pudeur, et sans vergogne jouissait de cette licence. Respirant à peine, elle attendait d'autres initiatives, dans l'expectative d'autres ravissements.

Lorsque Jack cessa de palper le galbe de ses seins, Nicole n'éprouva qu'un instant de frustration, car sa main explorait à travers le tissu le creux de sa taille, la fermeté de ses cuisses, la souplesse du triangle secret, à leur commissure. Brûlante de désir et de volupté, elle serrait les cuisses pour augmenter son plaisir, en désirant les ouvrir si elle l'avait pu.

Sans doute, songea-t-elle confusément, se conduisait-elle de la façon la plus indigne, comme l'eût fait une gourgandine. Mais rien ne pouvait la retenir. Obsédée par son désir, sourde à toute autre considération, elle ne voulait que le satisfaire.

La course du cheval s'accélérant, Jack reprit un instant les rênes à deux mains pour infléchir sa route, sans pour autant cesser de baiser la nuque de Nicole, dont les seins un peu pressés appelaient la caresse avec une telle intensité qu'elle dut se mordre les lèvres pour s'interdire de la quémander. Une fois le cheval bien en ligne, la main de Jack, comme sensible à cet appel, vint froisser le corsage et, par-dessus le tissu, en palpa de la paume les rondeurs. Dans le noir, Nicole sourit de bonheur.

Le baiser sur sa nuque se faisait plus ardent, plus fiévreux. Les doigts de Jack recherchaient maintenant la pointe du sein gauche, l'agaçaient de titillements pressés. Nicole gémit sans retenue, s'enchantant de cette recherche, s'exaspérant de l'obstacle du tissu.

Il y eut un geste brusque, et un bouton de sa robe tomba, tandis que d'autres se défaisaient. Caressée par l'air frais de la nuit, Nicole sut que ses seins découverts s'offraient maintenant, dans leur nudité, à l'admiration de Jack : la pression insistante et rythmée qu'exerçait sa virilité s'intensifiait de la façon la plus indiscrète. Le cheval courait au grand trot et soufflait dans l'effort, pendant qu'avec délicatesse les doigts de Jack faisaient passer sur la chair tendre des seins, sur leur rondeur et leurs mamelons les frissons de la volupté.

L'allure du cheval se ralentit soudain. Nicole éprouva plus à loisir la caresse de la langue de Jack sur sa nuque. Ses deux mains s'appliquèrent ensemble à ses seins, et elle gonfla le buste en se renversant un peu en arrière, les deux poings serrés à s'en faire mal, pour s'empêcher de crier. Et soudain elle cessa de respirer. Le cheval venait de faire halte. Les doigts de Jack se glissaient sous ses jupons, montaient au long de ses jambes, de ses cuisses, palpaient sa peau satinée au-dessus des bas, sa hanche, s'aventuraient au creux de son aine. Jamais elle n'avait reçu pareille caresse, jamais aucun homme, pas même Gilles, ne lui avait laissé pressentir la félicité qu'elle sentait monter en elle. Si bouleversant que fût ce geste, et si intime, elle l'acceptait, le désirait avec passion. Elle émit une plainte lorsque les doigts frôlèrent les boucles blondes de sa toison, et pénétrèrent enfin à l'orée de sa chair la plus intime. Haletante, elle tenta de se cambrer.

Jack, bouleversé, lui parla à l'oreille.

— Nicole, dormons ensemble, ici. Je vais nous faire un lit de feuilles, sous les arbres...

Il lui baisa l'oreille à travers le bandeau, qu'il arracha aussitôt pour relever la chevelure de Nicole et lui baiser encore le cou.

— Laissez-moi vous aimer, venir en vous, ne faire qu'un... J'ai si souvent rêvé...

Sa voix rauque invitait à l'amour. Frémissante et conquise, Nicole sut qu'elle lui appartenait. Dans le ciel clair brillaient des étoiles, que l'on apercevait entre les rameaux dénudés des ormes. Comme frappée par une foudre silencieuse, Nicole vit ces ormes au printemps, avec Gilles, dix ans plus tôt. Avec quelle tendresse ils s'aimaient, avec quelle douceur. Des mots d'amour, des baisers, des promesses... Des désirs ardents aussi, mais non pas cette fièvre dévorante, cette ivresse, ce délire érotique. Trahir la mémoire de Gilles pour cet inconnu avec lequel elle ne partageait que des pulsions charnelles... D'une détente, elle échappa à son étreinte, en refermant tant bien que mal sa robe.

— Non ! cria-t-elle. Non ! Je ne peux pas !

Tournée de guingois vers l'encolure du cheval, elle n'osait regarder en face Jack, qui resta d'abord immobile. Il se redressa ensuite en s'écartant, et talonna sa monture. Sa frustration et sa fureur semblaient palpables.

— Excusez-moi, murmura Nicole. Ce ne serait pas bien.

— Ce serait mal en effet, répondit-il en feignant une désinvolture que démentait son attitude raide et compassée. Une dame peut s'amuser parfois avec un roturier, mais il n'est pas digne de partager sa couche.

— Cela n'a rien à voir !

— Un accès de moralité, peut-être ?

— De morale, en effet, et de respect de soi. Je n'ai pas pour habitude de partager le lit d'un inconnu.

— En vous entendant gémir tout à l'heure, j'aurais cru le contraire.

Il avait raison. Humiliée, Nicole ferma les yeux, pour retenir ses larmes.

— A moins que vous ne jouiez la comédie ? Milady Lavertu aguiche le manant pour le plaisir de le réduire au désespoir ? Belle mentalité !

— Taisez-vous ! J'ai été faible, je l'avoue. Mais par bonheur, la raison m'est revenue.

— Parlez plutôt de préjugés. Vous vous êtes souvenue de votre rang.

— Pas du tout. Mais je ne suis pas de ces garces qu'on trouve au coin des rues.

— On vous trouve dans un château, c'est vrai. Mais

pour le reste... Vous ne valez pas mieux que les autres. Je vous le prouverai, à mon heure !

— Epargnez-moi vos rodomontades. Vous m'avez surprise dans un moment de détresse. Je suis plus forte que cela.

— Vraiment ? Vous voulez parier ?

Il se moquait encore, et durement. Comme elle aurait aimé lui arracher ce masque, qui semblait le garantir de toute atteinte ! Des paroles bien fortes s'imposaient, pour le réduire au silence.

— Je vous méprise, déclara-t-elle en affermissant sa voix. Demain je viendrai sur le chemin de la Dame Blanche, pour tenir ma promesse et par égard pour le blessé. Mais ne m'importunez plus de vos assiduités. A vrai dire, j'espère vous rencontrer le moins souvent possible, puisque je n'ai plus rien à vous dire.

— Voilà qui me convient tout à fait. Les coquetteries psychologiques m'insupportent autant que les sermons des belles repenties.

— Eh bien, prenons nos distances, et ne nous parlons plus.

— Je ferai de mon mieux pour ne pas vous décevoir.

— Et moi de même.

Nicole, le visage résolument tourné vers l'avant, se tint raide comme un piquet. On n'entendit plus que le froissement des feuilles et des branches. Les oiseaux nocturnes eux-mêmes se taisaient.

9.

Lorsque le lendemain matin elle s'éveilla, Nicole sentait encore peser sur elle les fatigues de la journée précédente et de la nuit. Dès leur arrivée à Tidings, quelques heures seulement avant l'aube, elle avait vu Jack escalader la muraille jusqu'à sa chambre avec une agilité si étonnante qu'elle s'était un moment attardée à suivre des yeux son ascension. S'introduisant elle-même dans le château par la porte de l'office, elle avait pu gagner un escalier de service et parcourir la galerie supérieure sans faire une seule rencontre. Elle était passée devant la chambre de Richard en retenant sa respiration, dans la crainte de voir la porte s'ouvrir sur le suspicieux personnage qui, en la trouvant vêtue de pied en cap à cette heure avancée, ne se serait pas contenté d'explications confuses.

A son plus grand soulagement, aucun siège ne condamnait plus sa porte. Mais en pénétrant dans la pièce, elle l'avait trouvée vide. Jack n'avait pas cru bon d'attendre ses remerciements, et s'était esquivé, ne laissant en souvenir de son passage que la fenêtre entrouverte. Vite dévêtue et couchée, Nicole n'avait dormi, d'un sommeil au demeurant fort agité, que trois ou quatre heures. Les allées et venues des femmes de chambre l'avaient éveillée.

Une fois ses forces restaurées et sa toilette faite, la

jeune femme entreprit la longue série de démarches qui devaient lui permettre de s'évader dans les délais prévus. Il fallait d'abord démontrer la nécessité d'aller d'urgence et en personne extraire l'aimable Gladys Owens du lieu de sa retraite. Deborah s'en laissa aisément convaincre, mais Richard eut beau jeu de manifester des réticences qu'il fallut combattre en exagérant les capacités de distraction de lady Buckminster, légitimement préoccupée par les préparatifs du mariage prochain de son fils. Bien que très sceptique sur ce dernier point, Richard finit par céder aux instances de Deborah, et comme Nicole l'avait prévu lui imposa de se rendre à Buckland Manor sous bonne escorte.

Pour préparer son voyage, elle évita de requérir l'assistance d'une femme de chambre, qui sans doute se serait étonnée de la voir emporter si peu d'atours et tant de potions, de sachets et de matériel de secours. Il fallait aussi que ce bagage fût assez léger et commode pour pouvoir être transporté sur une certaine distance par un cheval de monte.

Nicole prit place dans la voiture dès le début de l'après-midi. En y sommeillant jusqu'à destination, elle put compenser quelque peu la brièveté de son repos nocturne, et se trouva dispose lorsque sa tante, alertée par son majordome, sortit d'une écurie, le tricorne en bataille et la robe recouverte d'un tablier de cuir.

— Nicole, ma chérie, dans mes bras ! Tu passes à l'improviste, j'espère ? Ou alors, je t'ai oubliée ? Ote-moi d'un doute !

Nicole rassura la baronne, qui pour expliquer le désordre de sa tenue lui raconta avec force détails les péripéties d'une naissance.

— Cette Daisy ! Contrariante, comme toutes les Irlandaises ! Griffith a dû repousser le bébé, qui sortait à l'envers, ce brigand !

Habituée de longue date à la passion exclusive de sa

tante, Nicole comprit sans effort qu'une jument s'apprêtait à mettre bas, avec l'assistance du chef palefrenier. L'occasion d'accélérer les choses était toute trouvée.

— Eh bien, ne tardez pas à le rejoindre, ma tante. Je voulais seulement vous dire... N'écrivez pas à Gladys, notre ancienne nurse, je vais la chercher moi-même.

— Je devais donc lui écrire ? Première nouvelle, mais tu as raison, sans doute. Oui, va la convaincre, ma chérie. Mais j'y pense... Veux-tu que je t'accompagne ?

Nicole frissonna en songeant à une possible entrevue entre la baronne et Jack. Sans doute sa tante lui ferait-elle compliment des qualités de son cheval, sans peut-être remarquer la présence de son masque.

— Certainement pas ! Daisy a besoin de vous, ma tante. Mais il me répugne d'aller à Larchmont dans la grosse berline d'Exmoor. Pourriez-vous me prêter Alcyon, pendant quelques jours ? J'en prendrai le plus grand soin.

— Il te connaît, ma fille, vous êtes faits pour vous entendre, une randonnée de quelques jours lui fera le plus grand bien. Garde-le aussi longtemps que tu voudras. Mais tu ne peux voyager seule, je vais te donner un groom...

— J'en ai déjà retenu un, il m'attend à l'auberge, ma tante, c'est Tom, l'employé des Hinton.

— Un brave garçon, approuva la baronne. Cunnings, préparez Alcyon, pour Mlle Falcourt. Je vais...

Un lad effaré jaillit d'une porte battante.

— Les sabots, milady, les sabots qui sortent !

Nicole s'enchanta de l'événement, qui en absorbant l'attention de sa tante l'empêchait de réfléchir au transfert de la nourrice, ou à la garantie de sa sécurité. Il lui déplaisait aussi d'avoir eu à lui mentir. Mais le péché n'est-il pas véniel, lorsque la vie d'un homme se trouve menacée ?

Une demi-heure plus tard, le fringant Alcyon s'engageait sur la piste assez large qui conduisait aux gorges de la Lyd et à la chute de la Dame Blanche. Le lieu du rendez-vous était à mi-chemin, près du menhir qui se dressait à l'écart, invisible de la route. C'est là que, dimanche après dimanche, Nicole avait jadis rencontré Gilles, là qu'elle l'avait embrassé tristement chaque semaine, au moment crépusculaire des au revoir. A cette pensée, son cœur se serra, car ce rendez-vous donné sur le lieu de ses anciennes amours était comme une petite infidélité posthume, qui s'ajoutait à l'infidélité gravissime commise la veille, lorsqu'elle avait failli céder au brigand masqué, après s'être abandonnée à ses caresses.

Comment expliquer cette extraordinaire défaillance, cette aliénation ? Jamais elle n'avait expérimenté les jouissances inouïes de la volupté. Jamais non plus la passion charnelle ne l'avait ainsi emportée hors d'elle-même. Jadis, à dix-sept ans, ses sens s'étaient éveillés aux caresses de Gilles, parce que l'amour les inspirait, parce qu'il était réciproque. Jamais de tels élans ne l'avaient plus jetée entre les bras d'un homme, tous lui étaient indifférents, y compris ceux-là même qui dans la bonne société brillaient par leur charme, comme lord Thorpe ou lord Lambeth. De la façon la plus étrange, un proscrit dont le visage lui restait inconnu s'était le premier révélé capable de l'emporter dans les anciens vertiges du désir, et bien au-delà.

Quelles que fussent les raisons de cet accident, Nicole était bien décidée à ne lui donner aucune suite. La conscience de sa dignité la mettait à l'abri de toute récidive. La fidélité permanente à un unique amour est nécessairement garante d'une force d'âme contre laquelle aucune tentation ne saurait prévaloir. Aussi bien Jack Moore incarnait-il l'arrogance et le cynisme, les travers masculins les plus haïssables. Elle ne lui donnerait l'occasion de la dominer en aucun domaine, en limitant leurs relations, comme elle s'y était engagée, au strict nécessaire. Sauver la vie du malheureux Perry, cela seul importait. Nicole pouvait légitimement s'en féliciter : c'est le dévouement seul qui lui donnait des ailes, et qui l'incitait à soutenir l'ardeur d'Alcyon.

En approchant du but, elle éprouva une tension, une nervosité, un sentiment d'excitation aussi qui, à tout prendre, n'avaient rien que d'honorable. Lorsqu'il s'apprête à livrer combat à la fièvre, à dérober une victime à la mort, n'est-il pas légitime qu'un thérapeute se sente investi d'une mission qui l'exalte au-dessus du commun des mortels ?

Elle contourna les trois ormes et fit sortir Alcyon du chemin tracé pour le conduire jusqu'au menhir, à l'écart. Elle eut au cœur un pincement de déception. Nul cavalier ne l'attendait. Elle arrivait la première.

Mais à peine avait-elle fait halte qu'elle entendit le roulement des pierres sous les sabots d'un cheval. Silhouettes noires, Jack Moore et sa monture surgissaient de derrière un bosquet, dévalaient une pente, disparaissaient un instant dans un creux et réapparaissaient enfin, tout proches. Visiblement contents l'un de l'autre, et de la surprise qu'ils créaient, ils faisaient penser à un centaure caracolant et piaffant. Et toujours masqué. Un peu agacée par ce manège, Nicole en conçut quelque humeur.

— Vous ne quittez jamais ce masque ? Seriez-vous d'un aspect à ce point repoussant ?

Elle ne regretta cette méchanceté qu'une fraction de seconde, car Jack en riait.

— On ne peut rien vous cacher, mademoiselle. Mon visage donne des cauchemars aux enfants. Autre particularité désagréable, vous pourriez en faire la description aux autorités qui me persécutent.

— Si j'avais voulu vous déférer aux autorites, il m'aurait suffi d'inviter ses représentants à m'accompagner, ironisa Nicole.

— Ce détail ne m'a pas échappé, mademoiselle. C'est

la raison pour laquelle j'ai choisi ce lieu de rendez-vous. Depuis la hauteur qui domine toute la lande j'ai surveillé de très loin votre approche. Vous êtes bien venue seule, et je m'en félicite.

Impressionnée quoi qu'elle en eût, Nicole hocha la tête, à la fois admirative et étonnée.

— Vous êtes bien à plaindre, monsieur Moore. Toujours aux aguets, toujours sur le qui-vive...

— C'est la meilleure recette pour ne pas mourir, ou connaître la paille humide des cachots.

— A vous entendre, il semblerait qu'aucune autre existence ne vous est offerte. On peut sans doute vivre ailleurs que sur les grands chemins, sans se livrer au brigandage.

— Disons que je ne fréquente pas les sentiers battus.

— Vous avez décidément réponse à tout !

— On le dit. En route, voulez-vous ?

Il fit volter son cheval et l'engagea dans une montée, vers le nord. Nicole le suivit, mais, soucieuse de ne pas se laisser prendre au charme de Jack, elle ne crut pas mauvais d'ironiser encore, de manière à le tenir à distance.

— Vous oubliez de me bander les yeux !

— A quoi bon ? La nuit dernière, vous avez pu observer à loisir une grande partie du parcours. Je suis persuadé que vous pourriez retrouver le massif forestier où se cache mon repaire, douée comme vous l'êtes !

Nicole rougit en se souvenant qu'en effet il lui avait arraché son bandeau la veille, pour lui embrasser l'oreille et lui murmurer les propositions les plus extravagantes. Mais elle admirait surtout la perspicacité de Jack Moore, qui sans la connaître lui devinait des qualités que l'on n'accorde généralement qu'aux hommes, comme la faculté d'orientation. Elle ne crut pas devoir le détromper.

— Je parierais sur la section nord de la forêt de Blackfell...

— Pari gagné. Pour plus de sûreté, je vous remettrai le bandeau lorsque nous y parviendrons.

Elle n'émit aucune protestation. En plein jour, il lui serait sans doute possible de repérer l'itinéraire, par simple jeu.

— Comment se porte notre blessé ?

— Il y a deux heures, je lui ai fait prendre de cette tisane qui combat la fièvre, parce qu'il me semblait avoir un peu trop chaud. J'espère que son état ne s'est pas aggravé. En fait, je ne serai rassuré que par votre présence.

— Voilà qui m'étonne. J'avais cru comprendre qu'à vos yeux j'incarnais la frivolité et l'égoïsme d'une société dédaigneuse et honnie, ainsi bien sûr qu'une certaine perfidie naturelle.

Sans contester en aucune manière cette appréciation, il lui jeta un regard oblique.

— A chacun sa spécialité. Perry et Saunders ne trahiront jamais ma confiance, j'en ai la certitude. Mais ils sont incapables d'opérer des miracles avec des plantes. Vous seule détenez ce pouvoir.

— Je ne mérite donc pas votre confiance ?

— Je crois en vos dons de thérapeute. Ce n'est pas un mince compliment, ce me semble. J'ajoute que la plupart des villageois vous tiennent en grande estime.

— Mais vous ne partagez pas leur opinion ?

— Disons que je reste réservé, par défiance naturelle.

Il était vraiment insupportable ! Nicole voulut le pousser dans ses retranchements.

— La femme qui vous a traumatisé à ce point... Cette femme appartenait à l'aristocratie, n'est-ce pas ?

Piqué au vif, il perdit soudain de sa superbe.

— Comment ? Qui vous a dit... Jamais je n'ai...

— Ne vous dérobez pas. Il faut que vous ayez beaucoup souffert du fait d'une femme, pour accumuler tant d'amertume. Et les griefs que vous nourrissez à l'égard de la noblesse dépassent la commune mesure. Ils vous obsèdent. Il est facile d'en conclure qu'une noble dame a causé vos tourments.

— C'est vous qui le prétendez, se défendit-il.

— Franchement, ai-je tort ?

Jack Moore soutint longtemps en silence le regard qui le défiait.

— Vous avez raison, avoua-t-il enfin. C'est la fille d'un lord qui m'a trahi.

— Trahi... de quelle façon ?

— Prenez garde que la curiosité ne vous perde.

Nicole esquissa un geste d'insouciance.

— Elle m'a surtout servie, et instruite, jusqu'à présent. Vous avez tort de porter des jugements collectifs, poursuivit-elle. Il est des femmes fidèles et d'autres qui le sont moins, aussi bien à la Cour que dans les campagnes ou dans la bourgeoisie.

— Des femmes fidèles, vraiment ?

Alors que le sujet aurait pu lui inspirer quelque propos léger ou quelque plaisante dérobade, il semblait pour cette fois étrangement grave.

— Vous-même, reprit-il, n'avez-vous jamais trahi personne ?

Nicole voulut spontanément proclamer son innocence en ce domaine, mais aussitôt elle se souvint du fâcheux épisode de la nuit précédente, et de sa honte. La mémoire de Gilles, son seul amour, elle l'avait trahie, en effet. Rougissante et confuse, elle détourna la tête.

Jack Moore aurait pu triompher. Mais il se contenta de hausser les épaules.

— Vous voyez, murmura-t-il avec amertume, vous avez failli, vous aussi.

Il ne la comprenait pas, bien sûr. Lui-même avait été sans doute victime d'une trahison banale, alors que Nicole restait liée à un jeune homme disparu. Elle voulut se défendre.

— Je n'ai trompé personne...

Il l'interrompit sans ménagement.

— Il y a mille façon de tromper. L'infidélité est la

plus courante. On peut aussi trahir un homme en le livrant à ses pires ennemis.

— C'est ce qui vous est arrivé ?

Attendrie de commisération, elle soutint avec courage le regard désespéré qu'il fixait sur elle. Cet homme avait de toute évidence beaucoup souffert, et ses blessures morales ne s'étaient pas refermées.

— Ce malheur m'a frappé, en effet. On m'a trouvé un temps aimable, et puis ma présence est devenue gênante, indésirable...

Il n'en dit pas davantage. Nicole commençait à se faire une idée assez précise des événements : séduite par le charme romanesque du bel aventurier, la jeune épouse d'un vieux lord égrotant avait vécu entre ses bras une aventure exaltante. Lorsque la satiété ou la crainte s'étaient substituées au désir, elle l'avait livré à la police, pour s'en débarrasser.

— C'est une bien triste histoire, dit-elle avec beaucoup de sincérité et de sentiment. Mais toutes les femmes ne sont pas aussi cruelles...

— Dans les mêmes circonstances, vous en feriez autant, répliqua-t-il avec une sorte de hargne.

— Certainement pas ! s'exclama-t-elle avec conviction.

— Menteuse...

Il avait prononcé cette insolence sans emportement, les yeux dans les siens, avec une sorte de résignation désespérée. Et soudain il talonna son cheval, pour rompre l'entretien. Dans l'espoir de le prolonger au contraire, Nicole voulut se porter à sa hauteur, mais y renonça aussitôt. Obsédé par une idée fixe, Jack ne risquait pas d'en démordre. Qu'importaient ses préventions absurdes à l'égard des femmes ? Comment lui prouver sa propre sincérité, et à quoi bon ? Il se faisait d'elle une idée abstraite, sans conséquence, puisque n'étant rien l'un pour l'autre leur rencontre occasionnelle n'aurait pas de lendemain.

Elle se contenta donc de le suivre. On quitta le chemin des gorges de la Lyd pour emprunter un sentier, traverser à gué une autre rivière, et parcourir une lande désolée que longeait la forêt de Blackfell. Parvenu à l'orée du bois, Jack fit halte et l'attendit.

— C'est ici que s'impose le port du bandeau, dit-il comme à regret.

Nicole acquiesça sans protester. En plein jour, elle se faisait fort de reconnaître l'itinéraire, non pour des raisons pratiques, mais pour sa satisfaction personnelle. Soucieuse de liberté, elle estimait en effet désagréable de se soumettre à l'initiative d'autrui, et d'être maintenue dans l'ignorance, toujours fâcheuse par définition. Sans descendre de cheval, Jack entreprit de placer le bandeau, et de le nouer. Pour rendre l'opération plus délicate, Nicole eut soin de caresser discrètement l'encolure de sa propre monture, pour l'agacer. Lorsque Jack en eut terminé et prit la bride pour guider Alcyon, elle releva très légèrement le tissu afin d'apercevoir le sol. Elle pourrait ainsi en distinguer la nature, et détecter les changements de direction.

On traversa un torrent sableux. Comme Jack la précédait et concentrait sans doute son attention sur les obstacles possibles, Nicole osa soulever d'un côté le tissu pour examiner la vallée. A d'autres reprises, elle put encore observer furtivement des détails du paysage qui lui permettraient sans doute de retrouver le chemin, pour peu qu'elle le voulût. Mais bientôt l'allure s'accéléra, et il y eut de grands écarts, sans doute faits pour la désorienter.

A peine avait-on fait halte que Jack vint la prendre par la taille et la déposa sur le sol. Il la maintint un instant contre lui, et se pencha pour lui parler à l'oreille, sur le ton de la complicité.

— N'imaginez pas que votre manège m'a échappé, tricheuse !

— Que voulez-vous dire ? Je ne comprends pas, protesta-t-elle en rougissant comme une pivoine.

Sa véhémence un peu forcée dénonçait à elle seule le mensonge. Jack ne lui en tint pas rigueur, et se contenta d'en rire, de la façon la plus exaspérante.

— Cette suspicion permanente est intolérable !

On atteignait les deux marches du seuil. Il se pencha encore, si près que Nicole sentit son souffle sur sa joue, et frissonna.

— Ma chère, je n'ignore pas... Je connais bien les femmes de votre espèce.

— De mon espèce ?

— Espèce indiscrète et fureteuse, toujours en quête de tout savoir, et d'avoir le dernier mot en toute circonstance... Attention à l'escalier.

— Quelle sottise ! s'indigna Nicole, se rappelant qu'en des termes semblables son cousin Buckminster et lord Lambeth lui avaient à plusieurs reprises fait la même observation.

— Nous jouons au plus malin, mais quel est le vainqueur ? Voilà la question, conclut-il.

Une porte se referma, et le bandeau fut dénoué. Nicole aurait aimé que le masque de Jack tombe à son tour, et qu'elle puisse lire sur son visage.

— Moi, je ne joue pas.

Nicole s'était exprimée avec tant de simplicité que Jack en parut surpris, et l'observa sans mot dire. Le silence fut bientôt rompu. Des bruits de porte et de pas pressés précédèrent l'irruption d'un personnage tourmenté et hagard dont les traits exprimaient en même temps l'inquiétude et le soulagement.

— Vous voilà, il est temps ! Je n'sais plus quoi faire.

— Il délire ?

— J'en sais rien, mais il s'agite, faut voir !

On avait mis de l'ordre dans la chambre du blessé. Perry, qui la veille était inerte et blême, avait maintenant le teint coloré. Dodelinant de la tête avec une régularité mécanique, il remuait la jambe et le bras droits par saccades, en gémissant. Nicole lui posa la main sur le front et, sans mot dire, alla prendre dans son bissac une fiole.

— Il faudrait qu'on m'apporte mes bagages, dit-elle. Voulez-vous m'aider ? Il doit boire.

— Quillen, va chercher les sacoches, dit Jack, et trouve quelqu'un pour soigner les chevaux.

Il souleva Perry en le prenant par les épaules. Le blessé ouvrit les yeux et son regard incertain s'arrêta sur Nicole.

— Qui c'est ? balbutia-t-il.

— Nicole, votre infirmière, répondit-elle. Vous allez boire de cette potion, et tout ira mieux.

Il obéit passivement, mais dès la seconde gorgée il fit la grimace et regimba. Jack lui saisit la mâchoire et lui maintint la bouche ouverte.

— Bon sang, Perry, tu vas tout boire !

Perry dut s'exécuter. Lorsqu'elle en eut fini avec la potion, Nicole défit le pansement qui lui enveloppait le torse, et Jack le reposa à plat sur le lit. Nicole se pencha sur la plaie, dont les abords avaient gonflé, sans que l'on aperçût de trace particulière d'infection. Elle appliqua largement sur la peau congestionnée un onguent épais. Si prestes et légers que fussent ses mouvements, Perry semblait à la torture.

— Elle veut me tuer, la garce, dit-il entre ses dents. J'aurais mieux fait d'y rester. La voilà donc, claironna-t-il aussitôt, la maîtresse de Jack ?

— Tu délires, pauvre hère, dit Moore en fronçant les sourcils.

— Il ne délire pas, il suppose, dit Nicole. Je ne suis la maîtresse de personne, monsieur Perry, pas plus de Jack que d'un autre.

Perry grimaça un sourire contrit.

— Oui, madame. Pardon, madame.

Comme Nicole se penchait sur son torse pour y poser un pansement neuf, il adressa à Jack un clin d'œil.

— Cette Vénus blonde, un Fragonard, mon cher...

Nicole se garda de s'insurger.

— Taisez-vous et dormez, vil flatteur, je vous l'ordonne !

Elle eut la satisfaction de constater presque aussitôt l'efficacité de la potion que venait d'ingurgiter Perry, qui fermait déjà les yeux.

— Il est sauvé ? demanda Jack.

— Je n'en sais rien encore. Il y a très peu de fièvre, mais la blessure est profonde, et pourrait s'infecter, malgré toutes les précautions. Il faut attendre.

Comme pour illustrer ses propos, elle prit un siège et s'installa au chevet de Perry, qu'elle ne quittait pas des yeux. Jack resta un moment pensif, puis l'imita, en s'asseyant de l'autre côté du lit. Elle s'en étonna.

— Une seule personne suffit à sa garde, dit-elle. Laissez-moi l'assurer, puisque je n'ai rien d'autre à faire. Mille tâches vous appellent sans doute en d'autres lieux, que sais-je... Un butin qu'il faut partager, une diligence à assaillir, un transporteur de fonds qui n'attend que vous pour en être dépossédé...

— Auriez-vous tendance au persiflage ?

— J'en ai la vocation, depuis ma tendre enfance.

— Les braves gens ne tarissent pourtant pas d'éloges sur votre compte. Ils vous connaissent donc bien mal ?

— Je vous retourne le compliment. Ils nourrissent à votre égard une admiration sans bornes. Autre exemple de réputation surfaite.

Au léger mouvement que fit son masque, elle comprit qu'il souriait.

— Ce qu'on estime en nous n'est pas ce que nous sommes, mais ce que nous laissons paraître, dit-elle avec cette fois un peu de mélancolie.

Il opina gravement. Ce masque avait quelque chose d'insupportable, vraiment. Pourquoi le portait-il avec une telle obstination ? Sans doute Nicole lui avait-elle donné assez de gages de sa bonne volonté pour qu'il comprenne que jamais elle ne s'abaisserait à le dénoncer, par affection à l'égard des gens du village aussi bien que par hostilité envers le comte d'Exmoor.

Une cicatrice ou une difformité l'enlaidissait peut-être, au point de provoquer la répulsion ? Il semblait ne montrer son visage à personne. Lydia, à l'auberge, avait été frappée elle aussi par ce souci du secret. Mais un personnage dont les lèvres étaient si habiles pouvait-il être véritablement laid ?

Dès qu'elle l'eut conçue, Nicole rejeta loin d'elle cette pensée frivole. Pour éviter la rêvasserie, elle résolut de s'instruire.

— Parlez-moi de vous, dit-elle avec beaucoup de simplicité.

— Je suis un hors-la-loi, répondit-il après un bref moment d'hésitation.

— Cela n'occupe pas toute une existence. Vous avez une famille, un passé.

— Je n'ai plus de famille, et mon passé importe peu.

— Puisque vous n'avez rien de mieux à faire pour l'instant et que cette veille risque de s'éterniser, il me semblerait normal que vous m'apportiez un peu de distraction.

— Ma vie n'est pas gaie, et n'a rien de distrayant.

— Laissez-moi en juger.

Il haussa les épaules, mais ne resta pas silencieux.

— Je n'ai plus de famille. J'ai servi dans la marine royale.

— Dans la marine ? Comme c'est étonnant. Je ne l'aurais pas supposé.

— Ce n'était ni par choix ni par vocation, je vous assure. On m'a livré, pieds et poings liés, à des recruteurs. Je me suis réveillé à fond de cale. Perry partageait mon sort, cela crée des liens.

— Quelles pratiques barbares ! s'indigna Nicole. Je les

connaissais par ouï-dire, mais jamais je n'avais rencontré l'une de leurs victimes.

— Très peu de survivants jouissent de la liberté de les dénoncer. Avec Perry et les autres, je me suis évadé.

— Les autres ? Vos complices actuels ?

Jack acquiesça.

— Après votre évasion, vous avez constitué une bande de voleurs de grands chemins ?

Il eut une hésitation, comme si la question le surprenait.

— Nous avons d'abord eu, longtemps, d'autres activités. C'est moi qui ai pris l'initiative de constituer cette bande. Les autres m'ont suivi. Perry risque de le regretter.

— Il n'est pas le seul. Si la police vous arrête...

Jack Moore soupira, se leva lentement et alla s'accoter à l'embrasure de la fenêtre, en lui tournant le dos.

— Je serai pendu. Peut-être est-il temps encore d'abandonner la partie. Je crains bien de ne pouvoir parachever ma mission.

— Une mission ? Laquelle ?

Il lui fit face, comme pour la provoquer.

— Anéantir le comte d'Exmoor.

Déconcertée, Nicole hocha pensivement la tête.

— Les exploits d'une bande organisée peuvent l'exaspérer, dit-elle, mais sans plus.

— J'en ai bien conscience. Je bourdonne autour de lui comme un frelon, mais je ne puis l'abattre, comme je voudrais le faire. Je ne peux lui infliger la punition qu'il mérite, car il n'aime rien ni personne, que lui-même.

— Vous le haïssez donc à ce point ? Pourquoi ?

— Il a tué mon amour.

Nicole se souvint de la mauvaise réputation de Richard, et du meurtre accompli récemment par lui à Buckland. Elle ouvrit grands les yeux.

— Il a tué la femme que vous aimiez ?

— Il ne l'a pas tuée. Il a détruit notre amour. Il l'a

dressée contre moi, il s'en est servi pour me chasser. Il m'a arraché le cœur.

Le regard de Jack ne brillait plus. Il était morne, désespéré. Vivement émue, Nicole lui tendit la main.

— Oh ! Jack...

— Sentiments, souvenirs, il a tout détruit. Rien ne m'en est resté.

Dans un élan de compassion, elle se leva et s'avança vers lui.

— C'est trop injuste, Jack...

D'un geste, il la maintint à distance, avant de faire volte-face pour gagner la porte.

— N'en parlons plus. Vous avez raison, Perry n'a pas besoin de deux gardes à la fois. Je viendrai vous remplacer dans une heure ou deux.

Réduite au silence, Nicole resta longtemps en contemplation devant la porte qui venait de se refermer sur Jack.

10.

Après une longue période d'abattement, Perry se trouva soudain en proie à une agitation alarmante. Sa face blafarde se marbra de plaques rougeâtres, et sa respiration se fit difficile. De la sueur luisait sur son front et ses joues. Nicole trempa dans la bassine d'eau fraîche un chiffon, et combattit la fièvre en humectant à plusieurs reprises de cette compresse ruisselante le visage congestionné. L'effet immédiat devait être sensible, mais ce rafraîchissement mécanique ne constituait qu'un palliatif. L'administration d'un puissant fébrifuge s'imposait.

Dans l'incapacité de soulever seule et de maintenir Perry, elle allait se trouver contrainte de faire appel à Jack. Répugnant à le déranger aussi bien qu'à avouer sa faiblesse, elle avait atermoyé au-delà des limites du raisonnable.

Mais les causes de sa réticence étaient autrement profondes, et complexes. En lui avouant la nature de ses griefs à l'égard de Richard, Jack avait fait naître en elle une sorte de connivence.

En confessant sa faiblesse, en évoquant sa meurtrissure, le hardi chef de bande avait éveillé la compassion de Nicole. Une sorte de parenté les réunissait, parce qu'ils avaient souffert de maux analogues, infligés par le même personnage malfaisant. La désinvolture ironique pratiquée par Jack n'était pas dans son caractère, elle constituait un autre masque. Profondément, il portait le deuil, lui aussi. Ce désespoir partagé les réunissait.

Elle ne savait plus quel visage lui présenter, quelle ligne de conduite adopter. A la prochaine occasion, Jack allait-il renouveler ses confidences, et les approfondir ? Allait-il trouver refuge dans la dérision ? Pis encore, par regret de ce moment d'abandon, n'allait-il pas lui opposer une injuste froideur ?

Ces vaines considérations ne devaient en tout cas compromettre en rien les chances de survie du malheureux Perry. Surmontant ses hésitations et ses scrupules, Nicole prit une profonde inspiration et sortit dans le corridor pour se mettre en quête de Jack.

Elle appela son nom, en vain. La nuit étant tombée, le couloir n'était éclairé que par deux lumignons. Depuis l'escalier, le rez-de-chaussée, noyé dans l'obscurité, semblait désert. A l'extrémité du couloir, une porte ouverte laissait deviner la lueur incertaine d'une bougie. Nicole renouvela son appel, en s'approchant.

Elle fit halte dans l'embrasure, et l'étonnement la saisit. Le dos tourné, le torse nu, Jack faisait sa toilette. Fascinée, Nicole observa avec une admirative curiosité sa taille mince, le jeu des muscles qui se dessinaient symétriquement, de plus en plus puissants et saillants à mesure qu'ils montaient vers ses épaules. Les cheveux qu'il venait de frotter s'ébouriffaient, et des mèches collaient à sa nuque, comme des flammes noires renversées. Nicole éprouva le désir violent d'aller palper ces muscles, et de passer les doigts dans cette chevelure, pour la discipliner. Il ne s'agissait pas seulement d'une émotion esthétique. La chaleur prenante et indiscrète qui rôdait en elle et lui poussait les reins en avant, c'était celle qu'éveillaient certaines caresses.

Sans doute avait-elle laissé échapper un soupir de surprise, car il releva vivement la tête et, rapide comme l'éclair, tendit la main jusqu'au bord de la table. Lorsqu'il fit face à Nicole, le masque noir avait repris sa place sur son visage, et il enfilait sa chemise.

— Bon sang de bonsoir ! On ne vous a pas appris la discrétion ?

— Je vous ai appelé à deux reprises, se défendit Nicole, et vous n'avez pas répondu.

— Perry... Il va mal ?

Toute acrimonie oubliée, il traversa la pièce en trois enjambées, en achevant de se vêtir à la hâte.

— Il pourrait aller mieux. J'ai besoin d'aide pour lui administrer une potion.

Impressionnée par les pectoraux que laissait apercevoir la chemise mal fermée, elle dut se contraindre à porter ailleurs son regard. Il la précéda dans la chambre de Perry et se pencha pour examiner le blessé, pendant que Nicole préparait un mélange.

— Ce n'est pas encore la convalescence, n'est-ce pas ?

— En effet, mais il lutte, il mobilise toute son énergie. La blessure est récente, et je suppose qu'il a perdu beaucoup de sang.

— Beaucoup, en effet. Nous n'avons pu le panser qu'à la fin du trajet de retour, qui n'a pas été commode.

— Soulevez-le.

Jack redressa Perry, qui but sans difficulté quelques gorgées, mais renâcla dès qu'il en perçut l'amertume. Il fallut que Jack le maintienne fermement pour que tout le contenu de la timbale soit absorbé.

— Vous me semblez épuisée, dit-il en reposant sur l'oreiller la tête de Perry. Allez donc prendre un peu de repos, je veille sur lui. Demain et les jours suivants il y aura encore fort à faire, je le crains. S'il s'agite trop ou s'il saigne, j'irai vous réveiller.

Nicole observa Perry. Des accès de fièvre étaient à craindre. Il semblait prudent en effet de réparer ses forces. La nuit précédente avait été si courte...

— Vous avez raison, murmura-t-elle.

— Je vous ai réservé la pièce voisine. Personne ne vous dérangera.

Elle acquiesça et sortit. La porte suivante s'ouvrait sur une chambre simple mais bien tenue. Nicole libéra sa chevelure, se déchaussa, et se jeta tout habillée sur le lit, en s'enveloppant dans une couverture. Ses paupières s'abaissèrent. Elle dormait déjà, profondément.

Quelque part, ailleurs, elle était au lit, dans son lit. Près d'elle, il y avait un homme, dont les mains palpaient son corps étendu. Paresseusement, elle tourna la tête et reconnut Gilles. Rassurée, elle sourit en s'étirant un peu, les bras se déployant au-dessus de ses épaules, offerte tout de son long à la contemplation et à la caresse familière. Il avait les mains fortes, presque rudes, mais quelle douceur dans ce contact voluptueux ! Aucune sensation ne pouvait être plus agréable. Les mains de Gilles erraient sur ses hanches, sur sa taille, sur ses flancs, les frôlaient, les pressaient, la contraignaient à gémir d'aise, à sortir du sommeil. Ses seins se gonflaient, appelaient la caresse. Au creux de sa chair intime, l'adorable tourment du désir exerçait sa tyrannie. Gilles lui baisait la joue, murmurait son nom...

— Nicole, Nicole ! Réveillez-vous, Nicole !

Elle sortit du sommeil comme on sort d'un rêve, à regret, toute palpitante encore de mille sollicitations enchanteresses, l'esprit embrumé de vapeurs chaleureuses. Debout près de son lit, Gilles était là. Le cœur battant, elle lui tendit les bras.

L'homme portait un masque noir. Brutalement consciente de la réalité, Nicole cessa de respirer, et ses bras retombèrent. Le rouge de la honte envahit son visage. Elle se redressa nerveusement en repoussant la couverture, mais ce fut pour s'apercevoir qu'elle en était prisonnière. Etroitement enveloppée, elle ne fit que s'empêtrer davantage en déployant de vains efforts.

Il fallut que Jack Moore la délivre en la faisant rouler sur elle-même. Pour dissimuler son embarras et sa confusion, Nicole se hâta de se rechausser, la chevelure pendant autour de sa tête baissée.

— Que se passe-t-il ? demanda-t-elle.

Elle s'était exprimée aussi naturellement que possible, dans l'espoir de conférer à leur dialogue un caractère de saine banalité. Mais au fond de son cœur régnait l'angoisse. Elle se rappelait avec une précision étonnante le déroulement de son rêve. Jack en avait-il été témoin ? Qu'avait-il vu ? Les paroles dont elle se souvenait avaient-elles été prononcées ? Depuis combien de temps était-il présent dans cette chambre ?

Nicole haïssait sa propre inconséquence. A Tidings, dans le château où résidait sa sœur, elle condamnait sa porte en y appuyant une chaise. Dans le repaire secret de hors-la-loi qui l'avaient dévalisée, elle laissait libre l'accès de sa chambre. La fatigue expliquait cette négligence, sans doute, mais ne l'excusait pas. Une personne sensée confie-t-elle la tranquillité de son repos à des brigands ?

Jack ne lui répondit que lorsqu'elle eut relevé la tête, et ramené sa chevelure en arrière.

— Perry va mal, dit-il d'une voix qui ne révélait d'autre émotion que l'inquiétude. Il délire, et il s'agite.

Nicole ne prit pas le temps de se coiffer, et sortit en hâte, ses cheveux blonds flottant sur ses épaules. Dans sa chambre, Perry maugréait, en s'efforçant de se redresser.

— Qui voudrait m'imposer sa loi, tudieu ?

— Personne, en vérité, dit Nicole en lui appuyant les deux mains sur les épaules, mais vous devez rester allongé.

— Allongé... un homme de ma condition ? Jamais !

Il délirait. Nicole adressa à Jack une grimace évasive.

— Pour le moment, nous ne pouvons que tenter d'atténuer sa fièvre, et le contraindre à l'immobilité.

A l'aide du tissu mouillé, elle baigna la poitrine et le visage de Perry, en s'assurant que le pansement ne s'était pas déplacé, et répéta l'opération, inlassablement.

— Je vais prendre de l'eau dans la citerne extérieure, proposa Jack. Elle sera plus fraîche.

Lorsqu'elle fut en possession de cette eau, effectivement très froide, Nicole mouilla plusieurs linges pour en faire des compresses, qu'elle déposa sur le torse et le front du blessé. Comme il ne réagissait pas, elle descendit dans la cuisine qu'elle trouva déserte, pour y préparer une infusion. A son retour, Jack pesait de tout son poids sur les épaules de Perry, afin de l'immobiliser.

— S'il faut lui faire boire cette mixture, dit-il, nous allons appeler des renforts.

Lorsque Saunders, appelé à la cantonade, se fut précipité, Perry se trouva non sans mal soulevé et maîtrisé assez efficacement pour que Nicole parvienne à lui faire absorber la tisane généreusement additionnée d'un sédatif puissant. Quelques minutes plus tard, il transpirait encore abondamment, mais la décoction de capsules de pavot exerçait son pouvoir, et il sombra dans un profond sommeil.

La veille se prolongea pendant toute la nuit. Aux périodes de prostration succédaient des accès de délire. Saunders ayant improvisé dans un coin une sorte de couchette s'y endormait sans difficulté, entre deux crises. Nicole l'entendit faire allusion à la marine. Sans doute rappelait-il quelque épisode du passé.

Nicole s'affairait sans cesse, rafraîchissant Perry, lui préparant des potions, enduisant d'onguents camphrés sa blessure. Jack, qui ne songeait plus à ironiser, exécutait avec diligence ses ordres, sans cesser de l'observer, si fixement qu'elle en vint à s'impatienter.

— Quand aurez-vous fini de me surveiller ?

— Je ne vous surveille pas... Vous me donnez à réfléchir, vous m'étonnez. Je vous vois si active, si déterminée...

— Et cela vous surprend? Vous me connaissez mal, voilà tout.

— Je vous savais entêtée, indépendante. Mais ce goût de l'effort, cette volonté de servir... Je les ignorais, je l'avoue.

Comment pouvait-il se targuer de la connaître, fût-ce incomplètement?

— C'est ce qui vous a poussé à escalader ma fenêtre pour me contraindre à venir soigner votre ami, ironisa-t-elle. A quoi vous attendiez-vous? A devoir me menacer d'une arme en permanence, afin de me rendre docile?

— Si peu que vous ayez voulu faire, cela valait d'être tenté.

En soupirant de lassitude, Nicole se laissa tomber sur un siège, au chevet de Perry.

— Cela valait mieux que rien, en quelque sorte. Vos éloges ont ceci d'agréable, c'est qu'ils ne risquent pas de me monter à la tête.

— Je reconnais mes torts, bien qu'il m'en coûte, avoua Jack. Vous vous êtes dépensée sans compter, et je vous en suis reconnaissant.

Nicole lui jeta un regard oblique. Il était sans doute pénible en effet à ce personnage fier et ombrageux de confesser une erreur de jugement. Mais n'était-il pas d'une certaine façon fort excusable? On peut légitimement s'étonner de voir la fille d'un lord exercer des activités considérées comme subalternes, et indignes de son rang. Généreusement, elle hocha la tête en lui adressant un demi-sourire qui signifiait son pardon.

Comme Jack se disposait à ajouter quelque chose à cette excuse, les gémissements de Perry, qui s'agitait de nouveau, l'en empêchèrent.

— Ses draps sont trempés de sueur et de l'eau des compresses, dit Nicole. Il faut les changer.

— En effet. Je vais le sortir du lit, avec l'aide de Saunders.

— Il n'en est pas question. Apportez-moi du linge propre, et tenez-vous prêt à m'aider, simplement.

Dans les minutes qui suivirent, Jack, étonné, vit comment Nicole parvenait à changer le lit sans déranger le blessé, en disposant d'un côté d'abord le drap propre, en faisant glisser ensuite son corps sur la partie sèche, avant d'enlever le linge humide et de rabattre complètement la nouvelle garniture. Elle déplia pour terminer une autre couverture, sèche elle aussi, que Perry se hâta de repousser.

— Au risque de vous indisposer encore, dit Jack, permettez-moi de m'étonner. Jamais je ne vous aurais imaginé une pareille habileté. Les filles de lord ne savent ordinairement pas faire les lits.

En remontant la couverture, Nicole rit de bon cœur.

— Cela est si vrai que je n'ai jamais fait le mien. Mais la misère est si grande ! Il ne me suffit plus de collecter des fonds, encore me faut-il payer de ma personne. Ces derniers temps, je me suis vue contrainte de jouer parfois les infirmières et les femmes de chambre, dans ma maison de l'East End.

— Dans ce quartier mal famé ? Vous n'y avez jamais vécu !

— Non, bien sûr. Mais les pauvres filles qui trouvent en même temps que des soins le gîte et le couvert dans l'immeuble que j'ai fait aménager pour elles ne s'y trouvent pas dépaysées. Au commencement, je ne voulais héberger que de jeunes mamans célibataires jetées à la rue par des pères ou des employeurs intolérants. Depuis, j'ai appris que les proxénètes, dont j'ignorais jusqu'à l'existence, ne sont pas tendres eux non plus avec certaines malheureuses. Nous recueillons en conséquence un assez grand nombre de prostituées.

— Un centre d'accueil pour des filles publiques ?

Nicole acquiesça, tout en passant sur le visage de Perry un chiffon humide.

— Cela vous étonne, n'est-ce pas ? Rassurez-vous, vous n'êtes pas le seul. Beaucoup de mes généreuses donatrices préfèrent ne pas en entendre parler, tant les mots les scandalisent. Mais leur générosité m'est acquise. J'ai fait acheter un second immeuble, qui est en cours d'aménagement. Le pasteur de la paroisse m'apporte son appui, et quelques-unes de mes anciennes pensionnaires se sont découvert de telles qualités qu'elles organisent la vie commune, et me servent d'adjointes. Je leur fais confiance. Pendant toute la durée de mon séjour à Tidings, elles vont assurer la bonne marche de la maison. En mon absence, les dames de la bonne société que je rançonne sans vergogne vont pouvoir respirer.

— Jamais je n'aurais cru une chose pareille, murmura Jack.

Nicole lui sourit d'un air moqueur.

— Mais puisque les voies de la Providence sont impénétrables et que la bonne parole nous invite à utiliser les « ressources d'iniquité », je pourrais peut-être vous extorquer quelque aumône, en faveur de mes œuvres. Que vous en semble ?

— Elle sera prélevée sur ma cassette, et non sur le butin, dit le brigand sans songer à l'étrangeté de ses propos. Mais encore une fois, quelle surprise, Nicole !

En oubliant d'ironiser en affectant un respect excessif, comme il le faisait souvent, Jack prononçait son prénom pour la première fois, avec un naturel et une simplicité tout à fait inattendus. Il s'agissait d'un lapsus, sans doute, mais Nicole en ressentit inexplicablement une émotion puissante, qu'elle s'efforça de ne pas laisser paraître.

— De la surprise ? Pourquoi ?

— Eh bien... Ce n'est pas ainsi que je vous imaginais, sans doute.

— M'imaginer ? Voilà qui est étrange, en effet ! Que peut-on imaginer d'une personne dont on ne soupçonne pas l'existence ? Vous me semblez cultiver les idées préconçues, monsieur Moore !

Il eut une hésitation, et choisit de se réfugier dans la plaisanterie.

— Je m'étais fait une certaine idée de votre caractère, en effet, badina-t-il, mais...

— Jamais de la vie ! hurla Perry en se redressant.

Il n'était plus question de badinage, ni de confidences. Le visage écarlate et ruisselant de sueur, les yeux exorbités et le regard fixe, Perry délirait, en proie à un violent accès de fièvre.

— Plutôt l'enfer ! s'écria-t-il en jetant loin de lui le linge humide qui venait de tomber de son front.

Saunders, aussitôt réveillé, se tenait prêt à intervenir. Nicole voulut prendre le pouls du blessé mais, plus rapide qu'elle, il lui saisit rudement le poignet.

— On attente à mon honneur, on m'empoisonne, gourgandine ? Tu mourras la première !

Jack Moore desserrait déjà de vive force la poigne du malade, et tentait de l'apaiser.

— Tout doux, Perry. Elle te soigne, elle te dorlote. On est tous avec toi, Perry.

Insensible à ces bonnes paroles, le blessé lui décocha un coup violent mais inefficace. Epuisé par l'effort, il grommela un chapelet de blasphèmes, se renversa sur l'oreiller et ferma les yeux. La crise était passée.

— Il vous a fait mal ? s'inquiéta Jack en massant légèrement le poignet de Nicole, et son avant-bras.

— Pas du tout, répondit-elle avec plus d'insouciance que de sincérité.

Perry lui avait à vrai dire froissé la peau et meurtri l'articulation. Mais comme l'émotion de Jack et son empressement lui étaient agréables ! Pourquoi se serait-elle plainte de quelques ecchymoses, puisqu'elles lui valaient le plaisir d'un contact qui lui était comme une caresse, et la faisait frissonner ? Lorsque Jack la libéra, elle revint se pencher sur Perry.

— Je crains pour lui, murmura-t-elle. Cette nuit sera

décisive. S'il voit l'aube, il sera sauvé. J'ai atteint mes limites, je crois. Il me faudrait la science de Mamie Rose...

— Elle n'en aurait pas fait davantage, affirma hardiment Jack Moore.

Sans doute voulait-il lui être agréable, puisque son opinion ne reposait sur aucune expérience, et qu'il ne connaissait la défunte guérisseuse que de réputation.

Sans désemparer, ils continuèrent à administrer au malheureux les mêmes remèdes, s'efforçant d'apaiser la fièvre qui le dévorait. Saunders ne cessait d'aller chercher de l'eau fraîche que pour aider Jack à soulever ou à maintenir Perry, pendant que Nicole lui prodiguait ses soins. Constamment debout, ils ne songeaient tous trois ni à s'asseoir ni à se restaurer. Ivres de fatigue, ils ne voyaient plus le temps passer. Nicole plaçait pour la centième fois une compresse sur le front de celui qui combattait contre la mort, lorsqu'elle s'aperçut qu'il était moins brûlant. A ce moment, le ciel se fit moins sombre.

— Jack ! Il vivra !

Saisi, le brigand scruta le visage de Perry, qui se rassérénait en effet et pâlissait un peu. A son tour, il lui toucha le front.

— Sauvé, il est sauvé ! Saunders, va prévenir les autres !

Pendant que Saunders dévalait l'escalier, Nicole eut la surprise de se trouver soudain enlevée de terre et pressée avec fougue contre le torse de Jack, qui dans son enthousiasme l'étreignait à l'étouffer.

— Sauvé, vous l'avez sauvé !

Il ne cessait de répéter cette antienne, en tournant jusqu'au vertige dans l'espace réduit de la chambre. Lorsqu'il se fut heurté deux ou trois fois aux meubles, il reposa Nicole sur le sol, en lui donnant sur les lèvres un baiser retentissant. Il ne s'agissait bien sûr que d'une manifestation de joie exubérante, que de l'expression d'un intense soulagement, après une nuit de tension si éprouvante. Mais ils en restèrent tous deux interdits, conscients d'émotions bien différentes, plus intimes, que la présence du danger avait occultées, et qui se manifestaient de nouveau, prêtes à les emporter.

Ce moment de solitude privilégiée et silencieuse fut très bref, dans son intensité. Un brouhaha joyeux se faisait entendre. Avec la jeune Diane et Saunders, Dirk et Quillen vinrent se pencher sur Perry en multipliant les exclamations d'encouragement et de satisfaction. D'abord indulgent à ce spectacle, leur chef les renvoya bientôt, peut-être alerté par l'impatience de Nicole, qui craignait que Perry ne fût dérangé dans son sommeil.

Restée seule avec Jack, elle se promit de gouverner avec plus de rigueur ses sentiments. L'élan incontrôlé qu'elle venait de ressentir au moment du baiser n'était dû sans doute qu'à la fatigue, qui altérait sa capacité de réflexion et de contrôle de soi. De tels errements ne se reproduiraient plus. Sans se préoccuper de Jack, elle reprit sa place sur un siège au chevet de Perry, le coude appuyé au matelas et le menton dans la main, le regard fixé sur le visage énergique du rescapé.

Elle sursauta en s'éveillant. Le soleil haut levé dans un ciel clair l'éblouit. Un instant incertaine de l'heure et du lieu, Nicole comprit que le sommeil l'avait surprise au chevet du blessé. Honteuse de sa négligence, elle toucha la main de Perry, et sut que la fièvre l'avait quitté. Il respirait profondément, restaurant ses forces dans le sommeil paisible de la convalescence.

Nicole s'étira, effectua quelques mouvements de rotation des épaules et de la tête, pour combattre l'ankylose et les crampes, et se leva enfin pour retrouver quelque chose de sa souplesse naturelle. De l'autre côté du lit, Jack Moore s'était endormi lui aussi, à demi allongé dans un large siège au dossier élevé, le masque sur son visage. A l'extérieur, des moineaux menaient grand tapage. On entendait des bruits de voix au rez-de-chaussée.

Perry se trouvait dans un état satisfaisant, et ne nécessitait plus de surveillance permanente, puisque ses deux gardes-malades avaient pu sans lui causer de préjudice s'assoupir longuement. Nicole aurait pu se faire remplacer par un membre de la bande, et aller dormir quelques heures dans la chambre voisine. Jack lui aussi méritait de prendre du repos dans des conditions moins sommaires. Devait-elle l'éveiller, pour lui annoncer la bonne nouvelle, et lui éviter l'engourdissement ?

Elle le contempla. Comme il semblait vulnérable, dans le sommeil ! Le visage qu'il dissimulait avec tant de soin était-il hideux ? Elle ne pouvait le croire. Pour mettre fin à cette incertitude et satisfaire une curiosité à tout prendre parfaitement naturelle, il lui suffisait de relever un instant le satin noir du masque. Ce geste, l'oserait-elle ? Encore incertaine de sa propre audace, Nicole entreprit de contourner le lit en ne faisant qu'effleurer le sol, sa respiration contenue et les mains frémissantes. Elle ne réfléchissait plus, elle n'interrogeait plus sa conscience. Invinciblement attirés par le bord du tissu, ses doigts allaient l'atteindre...

— N'en faites rien.

Par les deux ouvertures du masque, les yeux sombres du bandit dardaient un regard impérieux, plus brutal que la main qui venait de lui saisir le poignet et la retenait prisonnière. Nicole ne put retenir un cri de surprise et de déception. Se trouver ainsi surprise en flagrant délit d'indiscrétion, quelle honte pour une fille bien née ! Elle voulut se redresser, battre en retraite, mais Jack l'en empêcha. Ils restèrent ainsi durant d'interminables secondes, paralysés dans une attitude contrainte et ridicule, lui à demi renversé, le bras plié et raide, elle penchée en avant, en position de déséquilibre, prête à tomber.

A l'angoisse de l'immobilité succéda brutalement le vertige de l'agression. D'une simple torsion, il la fit volter et choir contre son corps pour l'y étreindre avec la rapacité d'un fauve, en lui dévorant les lèvres. Elle avait craint sa colère, son ironie, ses reproches. Mais ce baiser exigeant, qui la brûlait, l'enflammait, l'exaltait... Quelle merveilleuse récompense ! Toute velléité de résistance abolie, enthousiasmée de volupté partagée, elle y participa avec fougue, avec emportement, jusqu'à en perdre haleine.

A bout de souffle lui aussi, Jack se releva soudain sans cesser de l'étreindre, et traversa la pièce. Nicole gémit une protestation timide, en désignant Perry du regard. Sans s'émouvoir, Jack lui baisa les yeux, et sortit dans le corridor, la portant toujours.

— Saunders ! Tu t'occupes de Perry !

Sans attendre, il parcourut le couloir jusqu'à sa propre chambre, dont il referma la porte d'un coup de pied. Debout, titubant vers le lit, ils s'embrassèrent encore, avec fièvre, leurs mains errant sur le corps de l'autre, pour se l'approprier, le dévêtir... Nicole sentait en elle les pulsions violentes du désir, l'embrasement de la passion qui la possédait.

— Nicole, balbutia Jack en lui caressant un sein, cela fait si longtemps... Oh ! Nicky, ma douce !

Ce mot tendre fit à Nicole l'effet d'un coup de poignard. Le diminutif, l'intonation même la ramenaient dix ans en arrière, entre d'autres bras... Des deux mains, elle se voila la face.

— Non, je ne peux pas ! cria-t-elle dans un sanglot.

Ivre de frustration et de fureur, Jack lui prit les poignets, pour la secouer sans ménagement.

— Quel jeu jouez-vous, à la fin ? Vous le vouliez, à l'instant, j'en suis sûr. Vous voulez me rendre fou, me contraindre à vous supplier ?

— Non. Pardonnez-moi. Je ne voulais pas... Je m'étais juré... Dieu, qu'ai-je fait... Non, je ne peux le faire avec vous, je veux rester fidèle...

Elle pleurait, lamentable, les yeux écarquillés de douleur. Impitoyable, Jack laissait libre cours à sa révolte.

— Fidèle ? Vous n'êtes pas mariée !
— Jamais je ne me suis mariée !
— Et alors ?
— J'avais un amoureux ! Je l'aime encore !
Jack Moore gronda dangereusement.
— Qui est-ce ? Dites-moi son nom !
— Peu importe. Il est mort très jeune, il y a longtemps. C'est lui que je pleure, ayez pitié... C'est vrai, Jack, j'ai failli vous céder, mais ce n'est que... physique, comprenez-vous, il ne faut pas... Je veux lui rester fidèle.
Il lui lâcha les poignets et s'écarta, sans la quitter des yeux.
— Ne mentez pas. Vous voulez me faire croire cette fable ? Vous voulez rester fidèle à un mort ?
— Oui, répondit Nicole en se redressant sous l'outrage. Vous refusez de me croire, d'admettre la vérité. J'aimais Gilles. Je ne puis en aimer un autre.
Jack resta un moment silencieux.
— Gilles, dit-il d'une voix sourde. Le seul homme de votre vie. Vous n'en avez pas connu d'autre...
— Non, bien sûr ! répondit-elle dans un sanglot. Il était tout pour moi. Il l'est toujours.
— C'est un roman que vous me racontez là.
— Un roman ? Quelle audace ! C'est ma vie, ma vérité !
Les yeux dans ceux de Nicole, il leva la main et tira sur le cordon de son masque de satin noir, qui tomba.
La rumeur du sang qui quittait le cœur de Nicole pour lui monter à la tête l'assourdit. Eblouie, aveuglée, elle s'évanouit.

— [illegible] ?

— [illegible] !

— [illegible] ?

— [illegible]

Jack [illegible].

— Qui est-ce ? Dites-moi son nom !

— [illegible]

[illegible]

— [illegible] Vous voulez me [illegible] cette [illegible] ?

— [illegible]

Jack resta un moment silencieux.

— [illegible]

— [illegible]

— [illegible] vous [illegible].

— [illegible]

[illegible]

[illegible]

11.

— Nicole !

Une voix d'homme l'appelait, et l'appelait encore, d'abord lointaine, puis plus proche. Elle ouvrit les yeux. Un visage se penchait vers elle, un visage familier, mais différent. Marqué par les épreuves, affermi, durci peut-être sans rien perdre de son pouvoir de séduction, c'était bien le visage de son amour, le visage de Gilles.

— Gilles, Gilles, balbutia-t-elle en lui jetant les bras autour du cou, vous êtes vivant ! Gilles !

En répétant son nom, Nicole versait des larmes de bonheur, et multipliait sur la peau hâlée de son seul amour des petits baisers qui étaient comme autant de signes de reconnaissance. Lorsque la pluie de caresses naïves atteignit les lèvres de l'amoureux retrouvé, Nicole s'immobilisa et resserra son étreinte. Leur baiser se prolongea, s'approfondit, la passion de Nicole s'assouvissait en Gilles, en Jack, elle comprenait enfin l'élan qui spontanément l'avait attirée vers l'homme masqué. Son cœur et son corps avaient reconnu l'être aimé, que sa raison croyait disparu. A cette pensée, ses larmes se firent plus abondantes, et son étreinte plus énergique.

— Je ne peux y croire, murmura-t-elle à travers ses sanglots. Comment n'ai-je pas compris ? Votre silhouette a changé, votre voix n'est plus la même...

— Je n'avais que vingt ans, j'en ai trente. Je ne suis plus un enfant, Nicole.

— Et pourquoi...

Nicole dut se taire, car une douleur soudaine lui serrait le cœur. Elle dut prendre une profonde inspiration pour parvenir à l'exprimer.

— Pourquoi vous êtes-vous caché pendant si longtemps ? Pourquoi m'avez-vous évitée, pourquoi portez-vous toujours ce masque ? Jack, je veux dire Gilles, voyez comme je vous confonds, je ne sais plus qui vous êtes !

— J'ai abandonné mon ancienne identité. Depuis dix ans, je me nomme Jack Moore.

Il avait formulé cettte réponse partielle sur un ton étrangement mesuré.

— Pourquoi ? Pourquoi ne pas m'avoir écrit ? Vous savoir en vie, cela m'aurait épargné tant de douleurs ! Ce silence, j'aurais pu en mourir !

Comme Gilles ne répondait rien, Nicole comprit son malheur, et cette révélation la glaça.

— Vous ne m'aimiez pas vraiment, dit-elle d'une voix blanche.

Passant d'un coup d'une sorte de raideur à une extrême agitation, Gilles s'insurgea avec violence.

— Ne pas vous aimer, malheureuse ? C'est trop fort ! Comment osez-vous... Pour qui me prenez-vous ? Pour un benêt ? Vous écrire ? Vous faire savoir que je n'étais pas mort et vous donner mon adresse ? Pour renseigner Exmoor, pour armer Exmoor contre moi ? Jamais !

Frappée d'une égale indignation, Nicole poussa un cri de colère en s'arrachant à son étreinte.

— Exmoor ? Qui parle d'Exmoor ? Vous êtes fou ?

— Je ne le suis plus. Une trahison m'a suffi pour bien vous connaître.

— Une trahison ? Je vous aurais trahi ?

Elle songea aux confidences reçues naguère, et aux doléances du bandit masqué.

— Vous pensez à votre enlèvement, à votre engagement forcé dans la marine ?

— Bien sûr. Vous ignoriez peut-être la méthode employée pour me mettre à l'écart, mais elle importait peu, pourvu que le but recherché fût atteint, et que je disparaisse !

Muette de stupéfaction, Nicole le fixa plusieurs secondes en silence.

— Et cette fille qui vous a donné une si piètre idée de la mentalité des femmes... c'était moi ? La trahison qui vous a livré à votre ennemi, j'en serais coupable ?

Gilles opina sévèrement de la tête, le regard accusateur.

— Bien sûr. Ne vous êtes-vous pas reconnue ?

— Me reconnaître ? Vous délirez ! Jamais je ne vous ai trahi !

— Ne perdons pas de temps, Nicole, dit-il d'une voix sourde. Ne vous obstinez pas à mentir. Vous ne m'abuserez pas. Vous avez jadis révélé ma retraite à Richard, vous l'avez prié de vous débarrasser de mes assiduités et de ma présence, et il s'est empressé de vous satisfaire.

Révoltée, Nicole se dressa, la tête entre les deux mains, pour contenir la tourmente qui la dévastait.

— Je n'en crois pas mes oreilles. Quelle folie ! Vous livrer à Richard ? Je n'aurais su où vous trouver ! Je vous croyais mort ! Vous êtes tombé dans le gouffre, nous vous avons cherché tout au long du torrent, sans vous trouver. Depuis ce moment vous avez disparu, tout le monde vous croyait mort !

Gilles émit un ricanement désespéré.

— Vous oubliez ma lettre. Je ne suis pas fou, je me souviens de tout, Nicole. J'ai pris soin de vous écrire une lettre, rappelez-vous. J'y donnais l'adresse de la ferme où m'avait transporté celui qui m'a recueilli, à demi mort, sur la berge, pour que vous puissiez venir m'y rejoindre. Nous nous serions mariés, avant d'aller vivre en Amérique. Quelle chimère ! Ma lettre vous est bien parvenue, puisque j'en ai constaté les effets en recevant de la visite. Non pas celle de ma noble et tendre fiancée, mais celle du comte d'Exmoor. Il m'a fait part de votre... désistement. Consciente de votre erreur, soucieuse de ne causer aucun scandale ni d'affliger votre famille d'aucune mésalliance, vous lui laissiez le soin de réparer la première, et de vous épargner les deux autres.

L'ironie dont il faisait preuve en exprimant ces absurdités les rendait plus insupportables encore. N'y tenant plus, Nicole laissa éclater son courroux.

— Et vous l'avez cru, alors que vous veniez de vous battre, et que par maladresse il n'avait pu retenir votre chute ?

— La retenir ? Il l'avait provoquée !

— Il voulait donc vous tuer ! Raison de plus pour vous en méfier ! Il voulait votre mort et vous l'avez cru sur parole ? La pensée de me demander confirmation de ces horreurs ne vous est pas venue ?

— A quoi bon, puisque j'avais la preuve de votre traîtrise ? Vous seule pouviez savoir par ma lettre ma présence dans cette ferme isolée. Elle était si lointaine que personne n'y connaissait l'existence de Tidings, de Buckland Manor, des Exmoor et des Falcourt.

— Cette lettre, il vous a fallu la confier à un intermédiaire, à un porteur, qui vous aura trahi.

Le visage de Gilles se durcit encore.

— Ne tentez pas de vous innocenter, Nicole. C'est le fils du fermier qui a porté ma lettre.

— Eh bien, Richard la lui aura dérobée. Je ne l'ai jamais reçue.

— Le gamin l'a remise en main propre.

— Pas à moi !

— Non, en effet. La destinataire était Mamie Rose,

qui l'a assuré qu'elle allait vous la remettre. Croyez-vous Mamie Rose capable de me trahir ?

Dévoré d'amertume et de rancœur, il foudroyait Nicole du regard. Elle ne baissa pas les yeux, mais dut s'asseoir, à bout de forces, au bord du lit. Tout s'écroulait autour d'elle. En quelques minutes, le cours de son existence venait de s'interrompre. Celui qu'elle croyait mort vivait, mais c'était pour la haïr, et l'accuser. Perdue dans le tumulte de ses émotions, elle ne savait plus que penser.

— Il s'est passé quelque chose, nécessairement, protesta-t-elle d'une voix défaillante. Je n'ai rien reçu. Mamie Rose connaissait-elle bien les mauvaises intentions de Richard ? Savait-elle qu'il avait voulu vous tuer ? Il est peut-être allé la voir, dans l'espoir de vous trouver chez elle, il l'a peut-être persuadée...

— Pour l'amour de Dieu, Nicole, ne vous obstinez pas ! Elle était au courant du crime, bien sûr, et elle détestait Exmoor. Ne cherchez pas de faux-fuyant, avouez la vérité ! Nous en avons l'un et l'autre la certitude : c'est vous qui m'avez envoyé Exmoor. Admettez-le une fois pour toutes, ne niez pas l'évidence !

Nicole dut se retenir de crier son désespoir et son indignation. Lorsqu'elle parvint à s'exprimer, ce fut d'une voix tremblante, mais résolue.

— Ma seule certitude, la voici : j'ignore quels moyens Richard a mis en œuvre pour obtenir ce renseignement. En ce qui me concerne, je n'ai reçu aucune lettre, de personne. Pourquoi refusez-vous de me croire ?

— Pourquoi vous croirais-je ? Aujourd'hui, vous me mentez, comme vous m'avez trahi, il y a dix ans.

Nicole se redressa soudain, excédée de colère.

— Raisonnement absurde, logique indigente ! Je mens en niant une trahison, vous n'en voulez pour preuve que cette trahison même !

— C'est ridicule !

— Je ne vous le fais pas dire ! répliqua-t-elle en retenant ses sanglots. Ridicule, je le suis moi-même pour vous avoir tant aimé que j'ai fermé mon cœur à tout autre, parce que je ne pouvais aimer que vous. Vous qui ne m'avez pas assez aimée pour avoir foi en ma parole, comme vous aviez foi en celle de votre grand-mère. Mamie Rose était incapable de trahison, elle avait votre confiance, vous l'aimiez. Vous n'avez vu en moi qu'un Judas, parce que vous ne m'aimiez pas. Voilà la vérité !

Le visage soudain blême, le regard fixe, Gilles resta pétrifié. Nicole s'en détourna, pour qu'il ne voie pas ses larmes.

— Je rentre dans ma chambre, murmura-t-elle. Votre vue m'insupporte.

Nicole s'éveilla tard, le front douloureux, les yeux gonflés et le cœur plein d'amertume. Avant de sombrer dans un sommeil peuplé de cauchemars, elle avait longtemps pleuré, exténuée d'émotions excessives. Après la tentation de la défaillance charnelle, évitée de justesse, était venue la découverte éblouissante : celui dont elle avait si longtemps porté le deuil ressuscitait d'entre les morts et lui apparaissait. Désespéré et inassouvi pendant dix ans, l'amour allait triompher, s'épanouir, illuminer sa vie et faire d'elle une femme. Mais dans l'instant était venue la révélation d'une haine ancienne et tenace, qui la brisait. Nicole ne possédait plus rien, pas même la nostalgie d'une idylle inachevée. Accablée d'affliction par le seul être qui pût lui assurer le bonheur, elle succombait à ce coup du destin.

Devait-elle pour autant porter le deuil de son existence, ainsi qu'il sied aux malheureuses qui se savent condamnées à la désespérance ? L'image que lui renvoya le miroir, lorsqu'elle se fut levée, était si effrayante qu'elle la dissuada d'abdiquer devant le malheur. Débarrassée des atours froissés dans lesquels elle avait dormi, le visage et le corps rafraîchis d'eau froide et sa chevelure emmêlée longuement brossée et ramenée en arrière, Nicole Falcourt put se revêtir d'une tenue impeccable et gaie, et représenter ainsi une jeune femme équilibrée et courageuse, très différente des êtres fragiles qui inondent de larmes leur oreiller.

Le couloir était vide. D'en bas montaient des bruits de vaisselle remuée. Une femme, Diane sans doute, chantait assez joliment une mélodie ancienne. Le cœur battant, Nicole songea que Jack, Gilles en réalité, risquait de monter l'escalier et de la surprendre. Crainte absurde et vaine, en vérité, puisque son séjour dans cette maison isolée lui était imposé.

Elle entra dans la chambre de Perry, et ne vit d'abord que Jack, qui se levait avec un empressement un peu gauche. De la façon la plus surprenante, Nicole se sentit aussitôt tiraillée par deux pulsions contradictoires. Ce visage maintenant visible, elle aurait aimé le souffleter avec violence, en même temps qu'il la fascinait. La courbe des sourcils, le relief des pommettes, cette beauté virile qui n'avait pas cessé de hanter ses rêves, elle les retrouvait. Elle brûlait de l'envie de le caresser, de fermer ses paupières pour en effleurer la douceur, d'éprouver sous ses doigts la fermeté des joues, le modelé des lèvres et du nez. Des lèvres, elle connaissait la sensualité. Malgré la gravité du moment, elle les voyait spirituelles et attirantes. Mais c'étaient celles d'un personnage tellement impossible, tellement odieux !

Hostile et consternée, en proie à la révolte mais frissonnante de langueur et de désir, elle voguait à la dérive, exaltée d'élans amoureux, et aussitôt engloutie dans les abîmes de la déréliction. Celui qui la bouleversait d'émotions si contradictoires venait de détruire ses espoirs, de disperser aux quatre vents les débris de ses souvenirs et de ses rêves.

Il la regardait, interdit et inexpressif. Elle soutint un moment son regard. Mais le silence lui parut insupportable, et elle s'éclaircit la voix afin de proférer quelque propos désagréable, si anodin fût-il.

— Vous auriez dû m'appeler, dit-elle avec irritation.

Loin de souligner le caractère absurde de ce reproche, Jack s'empressa d'y répondre par une profusion d'excuses.

— Comme vous étiez endormie, je n'ai pas voulu vous déranger, d'autant que Perry semble se rétablir. Loin de moi l'idée de vous tenir à l'écart. Je ne l'ai pas quitté un instant. A la moindre alerte, j'aurais fait appel à vos compétences, naturellement.

Nicole acquiesça d'un bref hochement de tête, en s'installant de l'autre côté du lit.

— Eh bien, je prends la relève, vous pouvez disposer, dit-elle avec la calme détermination d'une infirmière en chef.

— Merci. Nicole...

Il avait marqué une pause et restait coi, cherchant ses mots. Nicole, sans s'émouvoir, releva un sourcil interrogateur.

— Eh bien ?

Il ouvrit la bouche, puis s'excusa d'un geste emprunté.

— Rien.

Lorsque la porte se fut refermée sur lui, Nicole sentit baisser d'un coup la tension qui la raidissait. Elle n'aurait pu longtemps se guinder ainsi et soutenir un rôle auquel rien ne l'avait préparée. On ne joue pas impunément les viragos hautaines.

A peine s'était-elle un peu détendue, dans le silence, qu'une voix, comme venue d'outre-tombe, la fit sursauter.

— Alors, il a parlé ?

Dans le visage fatigué de Perry, les yeux d'un bleu très clair avaient un éclat singulier. Sans doute était-il dans la confidence des mésaventures anciennes, car leurs prolongements semblaient l'intéresser davantage que sa propre situation, cependant bien critique.

— Mais oui, il s'est démasqué.

— Il était temps !

Peu soucieuse de discuter avec un inconnu des vicissitudes de son existence sentimentale, Nicole évalua la température de Perry en lui posant la main sur le front.

— Vous n'avez plus de fièvre. Vous serez bientôt sur pied.

— Grâce à vous. Il vous a dit...

— Puisque vous avez la bonté de reconnaître l'efficacité de mes remèdes, n'en détruisez pas les effets en vous fatiguant à me poser des questions. Laissez le repos et le temps faire leur effet.

— Mais c'est si important ! protesta-t-il. Je veux savoir !

Cette insistance laissait présager une intimité bien grande entre le prétendu Jack Moore et son complice, qui, très fatigué encore, avait peine à garder les yeux ouverts. En quoi Perry se trouvait-il impliqué dans la vie sentimentale de Gilles ?

— Plus tard, dit Nicole. Je vous raconterai tout, à condition que vous preniez d'abord quelque repos.

— C'est promis ?

— C'est promis. Dormez, maintenant, pour me faire plaisir.

Perry obtempéra de si bonne grâce que Nicole en éprouva un réel soulagement. Sans doute les compagnons les plus intimes de Jack étaient-ils dans le secret de sa vie personnelle. D'où venaient-ils ? Malgré son état, Perry ne manquait pas d'une certaine distinction, que l'on aurait pu dire aristocratique. D'où lui venait sa sollicitude ? Il avait cependant tout lieu de la haïr, pour peu que Jack l'ait informé de ses insultantes certitudes.

Un moment plus tard, le repas apporté par Diane rappela à Nicole qu'elle n'avait rien pris depuis plus d'une journée. Tout en se restaurant de grand appétit, elle tenta de mettre de l'ordre dans ses pensées, et de découvrir la logique de comportements étranges. Jack n'était venu se fixer dans la région que pour exercer à l'encontre de Richard sa vengeance. Mais pourquoi, en la rencontrant, l'avait-il embrassée ? Puisqu'il la haïssait, pourquoi recherchait-il sa compagnie ? Qu'il utilise ses talents d'infirmière dans un cas d'urgence, sans tenir compte de son aversion, cela se concevait. Mais pourquoi s'était-il posté sur son chemin, à la sortie du village ? Pourquoi prodiguer des baisers et des caresses à celle que l'on déteste ? Le désir est-il compatible avec le mépris ?

A moins qu'il ne s'agît de satisfaire un instinct de domination ? En exerçant son pouvoir sur ses sens, voulait-il l'humilier ? La séduire par esprit de revanche ?

Plus complexe encore était l'analyse de ses propres sentiments. Nicole avait aimé Gilles d'un amour exclusif, si unique qu'aucun autre homme n'était parvenu à émouvoir son cœur et ses sens, jusqu'à ce qu'elle rencontre Jack. En prenant conscience qu'ils ne faisaient qu'un, elle avait défailli de bonheur. Mais quelle désillusion, quelle révolte, à la pensée que dix années durant il s'était caché d'elle, en lui imputant une trahison criminelle ! Peut-on aimer un homme qui vous méprise à ce point ? En devenant Jack, Gilles avait-il cessé de vivre en effet ?

En se réveillant, Perry vint heureusement détourner le cours de ses pensées moroses. Elle put le nourrir un peu, et constater avec plaisir que son visage blême reprenait quelques couleurs. Lorsqu'elle voulut déplacer les coussins pour l'allonger de nouveau, il manifesta le désir de rester un peu éveillé. Nicole rassembla son matériel et le posa sur le lit.

— Je vais profiter de vos bonnes dispositions pour changer votre pansement.

— Vous allez pouvoir tenir vos promesses, dit Perry. Je veux connaître le cours des événements, et Jack reste désespérément muet. Je sais que vous l'avez reconnu, mais je brûle d'en savoir davantage.

Nicole s'amusa de cet entêtement.

— La curiosité est un vilain défaut.

— "Il n'est désir plus naturel que le désir de connaissance", disait je ne sais plus quel humaniste français.

Perry surprit sans doute le rapide coup d'œil que lui jetait Nicole, car il sourit avec humour.

— Pardonnez cette pédanterie, je ne recommencerai pas.

— Pour ne pas être en reste, répliqua Nicole, je vous dirai qu'il s'agit de Montaigne. Mais qu'importe ?

— Et Jack ? Et le masque ? Et vous ?

— Je n'ai rien à vous apprendre, ou presque. Jack a enlevé son masque, et j'ai reconnu Gilles. J'ai compris qu'il s'était fait passer pour mort pendant dix ans, sans me le dire. Il m'a alors expliqué qu'il me tenait pour traîtresse, menteuse, sournoise, frivole, et pour tout dire malfaisante.

— Je vois.

— Vous ne voyez rien du tout, dit-elle avec humeur. Comme vos informations vous viennent de Jack, elles sont fausses.

— Sans doute, répondit Perry en surveillant d'un œil inquiet les mouvements prestes des mains de Nicole. Il m'a toujours semblé très sûr de lui.

— Il ne peut témoigner que de ses propres actions. En ce qui concerne les miennes, il a préféré se fier aux calomnies distillées par son pire ennemi !

Perry émit un gémissement étranglé, non pour manifester son désaccord, mais en réaction à l'arrachement rapide des compresses de charpie, dernier rempart de sa blessure. Nicole s'excusa.

— Je vais finir en silence. Tous ces malentendus sont trop insupportables.

Elle se tut en effet, le temps de passer des onguents sur la partie meurtrie et de refaire le pansement. Tout en s'activant, elle songeait à l'identité du blessé, qui de toute évidence n'appartenait pas à la lie de la société.

— Mes félicitations, conclut-elle lorsqu'elle en eut terminé. votre blessure est en bonne voie de cicatrisation, monsieur...

— Perry suffira, dit-il avec désinvolture, j'y suis habitué. Ainsi donc, le comte aurait menti ? Mais il y a cette lettre, que vous a envoyée Jack...

— Je n'en ai précisément reçu aucune. Et si je l'avais reçue, je ne l'aurais pas montrée à Richard. Je le haïssais. Je le soupçonnais d'assassinat !

— Il n'empêche, murmura Perry, que Jack n'a pas fait confiance à Exmoor sans de fortes raisons. Il avait toutes les raisons de le détester. Sa grand-mère vous avait porté la lettre qui était en possession de Richard. Il a bien fallu qu'on la lui donne. C'est tout à fait logique, il me semble.

— Logique, en effet. Objectivement logique. Une personne qui ne m'aurait ni aimée ni connue aurait pu en effet se livrer à ce genre de déduction. Elle est indigne d'un être qui prétendait m'aimer de tout son cœur. La chose est bien triste, mais je viens de prendre conscience que toute mon existence n'a été fondée que sur des malentendus. Je croyais Gilles mort, mais il était vivant. Je croyais son amour égal au mien, je me consolais dans ma solitude au souvenir d'une grande passion. Mais je me trompais. J'ai donné mon cœur et mon âme à qui ne les méritait pas. J'ai chéri pendant dix ans la mémoire d'un amour qui n'était qu'une chimère.

Des larmes brillaient dans ses yeux. Galvanisé par un élan de sympathie, Perry parvint à esquisser un mouvement et à lui effleurer la main.

— N'en croyez rien, dit-il avec chaleur. Jack n'a jamais cessé de vous aimer. Il vous aimait plus que la vie. Je le sais. Mille fois, il me l'a répété. Il était anéanti de chagrin !

Dans sa véhémence, il releva la tête, et de la sueur perla à son front. Son teint blêmit de nouveau, sa respiration se fit haletante. Nicole lui prit la main, lui passa sur le visage un linge frais, en murmurant des paroles apaisantes.

— Ne vous enflammez pas, monsieur Perry, n'y pensez plus. Reposez-vous. Laissez vos forces revenir...

— Quand je me réveillerai..., murmura-t-il en fermant les yeux.

— Mais oui, plus tard, dormez un peu, dormez, Perry.

En le regardant s'enfoncer dans un profond sommeil, Nicole se souvint que l'extraction de la balle n'avait eu lieu que deux jours auparavant. La guérison était en bonne voie, mais le départ à Tidings, qu'elle appelait de tous ses vœux, ne pouvait s'effectuer de sitôt. L'état de Perry pouvait s'aggraver inopinément et, pour rentrer au château, il lui fallait attendre le retour des émissaires expédiés par Jack Moore à Larchmont pour convaincre Gladys Owens de les suivre. Elle ne refuserait sans doute pas de le faire, par égard et par affection envers les Falcourt. Mais Gladys ne se déplaçait pas aussi aisément que les bandits. Elle n'arriverait au plus tôt que le lendemain soir, ce qui supposait une nouvelle journée d'attente sous le même toit que Gilles. Nicole se faisait fort de l'éviter. A condition qu'il se fixe la même loi, aucune entrevue fâcheuse ne viendrait renouveler sa peine.

Mais au début de la nuit, alors que Nicole s'apprêtait à sommeiller au chevet de Perry, la porte s'ouvrit sur Jack, qui s'immobilisa dans l'embrasure. Dans un élan instinctif, Nicole éprouva d'abord une sorte d'exultation. Revoir vivant le beau visage de celui qu'elle avait si longtemps pleuré la comblait d'allégresse. Mais il suffit d'une seconde de réflexion pour que s'éveillent la douleur et le ressentiment, en même temps que la rancœur de l'humiliation subie. Nicole refusa de le voir, et concentra son attention sur Perry, qui dormait.

— Je viens vous remplacer, annonça Jack.

— Ce n'est pas nécessaire.

— Une fois reposée, vous serez plus utile.

— C'est une bonne raison, en effet. Réveillez-moi, s'il le faut.

En se déplaçant, elle ne put s'empêcher de lever les yeux vers lui, et leurs regards se croisèrent. A quoi pensait-il ? Etait-elle parvenue à ébranler sa conviction, ou persistait-il à la croire coupable ? Mais à quoi bon échafauder de vaines hypothèses ? Il l'avait dès l'abord condamnée, cela seul importait.

Nicole marcha vers la porte. Gilles prononça son nom et la retint par le poignet. Nicole fit halte, consciente de leur extrême proximité. Elle n'osait le regarder en face. Des souvenirs tourbillonnaient dans sa tête, souvenirs des baisers de leur jeunesse, souvenirs de deuil, de caresses plus récentes aussi. Elle se méprisait de sentir affluer en elle les émotions les plus violentes, alors que pour sa part Jack restait si serein.

— Il faut que je vous parle, dit-il à voix basse, si près d'elle qu'elle sentait son souffle dans sa chevelure.

— Je... Je n'en vois pas la nécessité, répondit-elle en frémissant. Votre opinion est faite, cela me suffit.

Elle se contraignit à le regarder dans les yeux, à

quelques centimètres. Son regard ardent et sombre n'avait pas changé. Pourquoi ne l'avait-elle pas d'emblée reconnu ? Elle eut l'affreuse certitude que s'il plaisait à Jack de lui baiser les lèvres, elle s'abandonnerait.

— Trop de liens nous unissent, répliqua-t-il sourdement.

— Trop de peines nous séparent. J'ai trop souffert par vous. Je souhaite m'éloigner de ce lieu dès que possible.

Jack semblait paralysé. Nicole le contourna et sortit. Jamais Gilles ne saurait quel effort surhumain elle accomplissait en le quittant.

12.

Nicole était sortie. Le cœur gros, Jack fixait la porte qui venait de se refermer sur elle. Tout le jour, des images gravées en lui l'avaient tourmenté. Celle du visage de Nicole, au moment où tombait son masque, était la plus marquante. Il avait prévu sa surprise, mais s'étonnait de son évanouissement. Fallait-il que l'émotion eût été forte ! Et puis il y avait eu cette flambée de joie pure, quand elle s'était pendue à son cou en répétant comme une litanie le prénom dont il ne faisait plus nul usage. Ce bonheur extatique, jailli comme un éclair au moment le plus imprévu, cet enthousiasme spontané, ils ne pouvaient être feints.

Mais admettre la sincérité de ce naïf élan, c'était récuser les imputations formulées et ressassées pendant dix ans. Et ces accusations avaient valeur de certitude. Le souvenir de son réveil brutal, jadis, au cours de cette nuit peuplée de doux rêves, attestait leur véracité.

En faisant irruption dans la modeste chambre, Richard Montford, comte d'Exmoor, s'était chargé de détruire toutes ses illusions. En présence des hommes de main qui encombraient la pièce, jetaient le pauvre Gilles au sol et le ligotaient, le maître de Tidings avait tenu le discours le plus insolent et le plus provocateur.

« Ta misérable lettre t'aura perdu, canaille ! On ne propose pas impunément à la fille d'un lord d'aller vivre d'eau fraîche chez les sauvages ! Celle de lord Falcourt a fini par ouvrir les yeux. Elle épousera un pair du royaume, et non le pauvre paysan qui ose l'importuner de ses insolentes chimères ! A sa demande, je vais t'écarter de son chemin, vermine, et pour toujours ! Vois ton billet ridicule, il va te servir de bâillon ! »

En éclatant d'un rire dément, il s'était penché sur le jeune homme à demi nu, étroitement ligoté, et lui avait enfoncé dans la gorge le papier froissé, à l'étouffer. Jack se souvenait encore du goût amer de l'encre, et de la saveur âcre du gant de cuir qu'il avait mordu avec rage, pour le plus grand plaisir des brutes qui accompagnaient le comte.

Dans le chariot où on l'avait jeté pour le conduire à Plymouth, Gilles s'était d'abord efforcé de nier l'évidence. Mais à force de réflexion, il avait fini par s'y rendre. Devant ses yeux, sur les planches rugueuses de la voiture, il pouvait reconnaître à la couleur violette de l'encre et à la texture épaisse du papier la lettre confiée deux jours plus tôt au fils du fermier. Fidèle et discrète, et de plus hostile au comte, Mamie Rose s'était nécessairement acquittée de sa mission. Confrontée à une proposition dont la nature et l'urgence l'effrayaient, la jeune fille avait trouvé dans son puissant voisin un recours tout à fait naturel. Sans doute le comte lui garantissait-il une discrétion dont plus tard il pourrait tirer avantage. Gilles se souvenait de la fureur d'Exmoor, lorsqu'il avait surpris leurs jeux amoureux, au bord du gouffre.

Au désespoir avaient bientôt succédé la haine et la soif de vengeance. Une fois l'épreuve de la marine de guerre terminée par une évasion, sa détermination était restée intacte. Pour accomplir son dessein, il avait voulu, avec l'aide de Perry et en l'assistant dans ses entreprises, se munir des armes intellectuelles dont l'absence le réduisait à l'impuissance.

Perry, fils de famille renié par les siens, pouvait se targuer d'une excellente éducation. Exilé en Amérique, il avait fondé une sorte d'institut d'enseignement destiné à la nouvelle bourgeoisie férue de respectabilité. Tout en l'assistant, Jack était devenu son disciple. Bien préparé, entouré d'amis sûrs, le simple lad devenu citoyen responsable et prospère avait pu mettre en œuvre son grand dessein : revenu en Angleterre sur les lieux de son malheur, il ne s'était fait bandit de grands chemins que dans l'intention de ruiner le seigneur de Tidings.

A l'égard de Nicole Falcourt, son ressentiment avait pris un tour moins net et déterminé. Il lui eût plu de la rencontrer, sans doute, pour le simple plaisir de constater sa propre indifférence. Mariée depuis une dizaine d'années à quelque noble barbon, fatiguée de donner à sa caste des héritiers, elle était sans doute l'image de sa mère, l'indolente lady Falcourt. La stupéfaction avait saisi Jack lorsqu'il l'avait vue descendre de voiture à peine changée, le regard plus grave et le visage plus serein, mais ravissante, et si désirable qu'à la vague nostalgie cultivée dans le souvenir s'était substituée l'urgence lancinante de la passion sensuelle.

Parce qu'elle descendait d'une berline aux armes du comte, il avait cru un moment se trouver en présence de l'épouse de Richard. La brûlure de la jalousie en disait long sur la nature profonde de ses sentiments, tout autant que le soulagement ressenti lorsqu'il avait appris que Nicole était restée célibataire, et que lady Exmoor était sa sœur.

Autre symptôme inquiétant, il n'avait eu de cesse que de prendre dans ses bras, en présence même de ses complices les plus intimes, celle dont il entendait se venger. Fort éloigné d'une volonté de représailles, ce baiser devait tout au désir. Et puis les entrevues suivantes étaient venues confirmer ce revirement sentimental. Il aimait la conversation de Nicole, ses idées, son dévouement. Irrité de se savoir séduit par une femme qu'il était censé haïr, et furieux de se voir frustré de toute satisfaction charnelle par le fantôme d'un rival qui n'était autre que lui-même, il avait voulu la confondre en jetant bas le masque.

L'échec de cette entreprise le consternait. Loin de manifester de la honte, du remords, l'aveu d'une culpabilité, Nicole s'était épanouie au contraire dans le premier instant. Exempte de la gêne et de la honte qu'il voulait lui infliger, Nicole l'avait comme sans y penser plongé dans l'embarras. Jack se sentait coupable. Mais de quoi ? Il ne pouvait s'être à ce point fourvoyé. Et pourtant il y avait ce regard, cette joie, cette défaillance...

Désespérant de trouver le sommeil, Nicole prit la décision de quitter son lit et de se rhabiller. Enfermée depuis deux jours bientôt sans prendre d'exercice, il fallait qu'elle sorte, et fasse quelques pas dans ce qui ressemblait à un jardin, près de la grosse maison. Laissant flotter ses cheveux, elle s'enveloppa de son manteau de voyage, descendit en silence l'escalier et sortit en soutenant la porte, pour l'empêcher de grincer.

La nuit était froide, mais paisible et silencieuse. La forêt sombre faisait comme un épais rempart. La lumière blanche de la lune découpait à contre-jour la silhouette d'un bouquet de bouleaux et argentait le feuillage mort mais tenace d'une charmille. Le ululement bref d'une chouette se déplaçait sans qu'on la voie, pour surprendre. Nicole alla jusqu'au bout du jardin que personne ne semblait cultiver, puis revint vers la maison et se fit un siège d'un billot de bois.

Du gravier crissa derrière elle. Faisant volte-face, elle sursauta, le cœur battant. Jack se tenait à quelques pas, les mains dans les poches. Le clair de lune baignait les méplats de son visage, laissant les orbites dans l'ombre. Ce visage était bien celui de Gilles, mais d'un Gilles tellement autre ! Nicole aurait aimé le contempler sans cesse, s'en repaître, le palper, passer les doigts sur ses pommettes, sur la ligne élégante de ses sourcils. Comme pour s'en empêcher, elle ferma les mains, les bras un peu raidis.

— Excusez-moi, dit-il à mi-voix. Je n'avais pas l'intention de vous faire peur. Je vous ai vue par la fenêtre, là-haut. Votre promenade est bien tardive, il me semble.

— Je ne parvenais pas à dormir. Vous craignez que je ne prenne la fuite ?

— Pas du tout. Je... Je ne sais pas pourquoi, l'envie m'a pris de vous rejoindre.

— Je me demande pourquoi, en effet, puisque vous ne songez qu'à me fuir.

— En effet. Mais vous l'avez peut-être remarqué, je... Il m'est difficile de vous éviter.

— Pour me soumettre à la question sans doute ? C'est la raison de votre retour ? Vous voulez vous venger de moi, comme de Richard ?

— Je voulais punir Richard, en effet. En ce qui vous concerne, mes intentions étaient moins précises... Excusez-moi, je m'exprime mal. Elles le sont devenues, bien sûr. Ce que je voudrais vous faire, vous le savez aussi bien que moi. Mais en vérité, je n'avais aucune intention hostile à votre égard. On ne se venge pas d'une femme.

Comme piquée dans son amour-propre, Nicole le défia du regard.

— Pourquoi pas ? A vous entendre, Exmoor est moins coupable que moi. Il ne fait que suivre sa pente, avec un tranquille cynisme. Moi, je mens, je dupe, je trahis lâchement. Pourquoi vous en tenir au comte ? Pourquoi ne pas accorder à une femme l'honneur d'une vengeance ?

— J'y ai songé souvent, répondit sombrement Jack. Comme vous avez brisé le mien, j'aurais voulu vous briser le cœur. Encore eût-il fallu que vous en ayez un !

Nicole se leva, furieuse et scandalisée.

— Votre disparition m'avait brisé le cœur, en effet. Pendant quelques instants, il a battu de nouveau, ce matin. Mais vous avez pris soin de le percer à mort. Bravo ! Intentionnelle ou pas, votre vengeance est accomplie !

Elle voulut marcher à grands pas jusqu'à la maison, mais Jack, excédé, saisit son poignet et la contraignit à lui faire face.

— Encore cette fable, persifla-t-il sans trop d'assurance. Vous n'aviez pas cessé de m'aimer ? Jamais vous...

— Croyez ce qui vous plaît, n'en faites qu'à votre tête ! Courtisez vos chimères, comme vous le faites depuis dix ans ! Que m'importe l'opinion d'un inconstant, d'un instable ? Vous n'êtes pas digne d'aimer, ou d'être aimé !

Tremblante, désespérée dans l'invective, la voix de Nicole frémissait de sanglots. Bouleversé, Jack sursauta sous l'injure.

— Pas digne ? C'est ce que nous allons voir !

Ses lèvres s'emparèrent de celles de Nicole, et ses deux bras l'enserrèrent étroitement. Elle éprouva la flambée du désir. Son corps s'incendiait. Ce baiser résumait sa vie, son amour. Il était le baiser plein de franchise et de fougue du jeune Gilles, familier à sa nostalgie, et en même temps le baiser impérieux et ardent de Jack, nouvelle incarnation du désir, qui voulait lui imposer sa loi. Ce baiser, Nicole l'exigeait, elle l'attendait. A ce combat sensuel, elle voulait participer avec une ardeur égale. Elle allait de ses deux bras emprisonner le cou de Jack, faire la démonstration de sa propre véhémence amoureuse.

Mais une protestation s'élevait en elle, révolte de la volonté, du caractère, de la fierté. Le téméraire la jugeait vulnérable et disponible, prête à s'abandonner pour peu qu'il fît acte d'autorité, à oublier ses griefs, à absoudre l'arrogance. Mais étant d'une autre trempe, elle se refuserait à jouer le rôle d'une traînée capable de toutes les trahisons, et de toutes les bassesses.

Nicole repoussa Jack de toutes ses forces, et lorsqu'elle sentit qu'il lui résistait en la serrant de plus près dans ses bras, elle lui décocha un violent coup de pied à la cheville. Il s'exclama de surprise et de douleur en abandonnant sa prise.

— Quelle mouche vous pique, drôlesse ? Vous m'avez fait mal !

— Eh bien, j'en suis fort aise ! Vous vous permettez d'afficher votre mépris, vous m'adressez des reproches indignes, et après cela vous prétendez m'infliger la démonstration de votre charme ? Vous me croyez à votre service, à votre dévotion ? Erreur profonde ! Rappelez-vous que seule me préoccupe la santé de votre ami Perry. Dès sa complète guérison, je quitterai ces lieux, pour ne plus vous voir. Il me serait facile d'y revenir en compagnie d'Exmoor et de ses sbires. Mais rassurez-vous. Je ne vous trahirai pas davantage aujourd'hui que je ne vous ai trahi il y a dix ans. En attendant, je vous interdis toute familiarité. N'essayez plus de m'embrasser, ou de me prendre la main. En cas de récidive, je mettrai tant de drogue dans l'eau de la citerne que vous et les vôtres tomberez en catalepsie !

Sur cette véhémente péroraison, Nicole tourna bravement les talons.

Muet d'étonnement, Jack la vit rentrer dans la maison, et s'assit machinalement sur le billot de bois qu'elle venait d'abandonner. Les coudes aux genoux, la tête dans les mains, il resta longtemps silencieux. Incapable de méditer utilement et de mettre de l'ordre dans ses pensées, il rentra à son tour, pour aller reprendre sa veille.

Perry, qui un moment plus tôt avait pu s'alimenter, s'était de nouveau éveillé.

— Tu prends des couleurs et des forces, constata Jack en se laissant tomber sur un siège. Te voilà en forme !

— Je ne te retourne pas le compliment, ironisa Perry. Ton accablement fait peine à voir.

— Perry, Perry, dit Jack en secouant la tête, et si je m'étais trompé ?

Sans autre précision, le convalescent comprit la nature de cette inquiétude, et ne craignit pas de la confirmer.

— L'erreur est humaine, mon cher, et nous errons sans cesse.

— Tes encouragements me vont droit au cœur.

— Je comprends tes doutes, et je les partage. Moi non plus, je ne la crois pas coupable. Un ange saurait-il trahir ?

— Qu'importent les apparences, pesta Jack. Non, je ne me suis pas trompé. Elle m'a trahi. Et pourtant... Je ne cesse de revoir son visage, au moment où j'ai laissé tomber le masque. Elle ne s'y attendait pas et, si bonne comédienne soit-elle, elle n'a pu improviser ce personnage... Elle n'éprouvait aucune crainte, elle ne laissait apparaître aucun sentiment de culpabilité, comme il est naturel en de pareilles circonstances, elle s'est étonnée, simplement, et puis...

Jack se tut et ferma les yeux. Il revoyait la scène, il entendait les exclamations enthousiastes de Nicole : « Vivant, vous êtes vivant ! »

— Elle semblait... heureuse, poursuivit-il à voix basse. Et maintenant, c'est l'indignation qui l'emporte.

— Je n'ai pas eu le plaisir d'assister à ces retrouvailles, ni d'entendre ces récriminations, dit Perry, mais la rumeur publique, en la personne de Lydia Hinton, l'excellente aubergiste, plaide en faveur de Mlle Falcourt. Elle déteste son beau-frère, et séjourne à Tidings par nécessité, pour la première fois depuis le mariage de sa sœur. Il est avéré qu'elle pousse la discrétion jusqu'à soigner en cachette les braconniers que les gardes forestiers de son cousin Buckminster prennent pour cible. En troisième lieu, elle est revenue chez nous de son plein gré, sans informer quiconque de sa destination. Personne ne vous a suivis.

— Parce que j'étais sur mes gardes.

— Les gens de Tidings sont chez eux dans ce pays, et pouvaient vous suivre de loin. Elle ne leur a donc rien dit. De plus, elle n'a pas hésité à raconter divers mensonges à sa sœur et à sa tante, au risque de se trouver dans une situation difficile si la nourrice refuse de se déplacer, ou commet quelque indiscrétion. Voilà qui n'est pas le fait d'une délatrice.

— Il y a dix ans, elle n'était pas la même.

— Elle avait le cœur sec et des instincts pervers ? J'ai peine à le croire, à présent. Si peu que je l'aie vue, je ne lui trouve que des qualités. Un ange, te dis-je !

Impatienté et malheureux, Jack alla se poster à la fenêtre.

— Un ange, en effet, murmura-t-il sourdement. Courageuse, dévouée à autrui, généreuse... Bon sang, crois-tu que je l'aime, que je l'aimais, sans raisons ? Une aristocrate si simple, si proche du peuple... Elle se laissait même conter fleurette par un simple garçon d'écurie. Quant à l'épouser, ce fut une autre affaire, bien sûr. Pour lui éviter cette disgrâce, Exmoor a su répondre à son appel !

— Pourquoi lui aurait-elle demandé assistance ? Une femme de sa condition et de son caractère n'est pas en peine de décourager les galants dès son plus jeune âge. Un mot lui suffit. Et pourquoi tant d'inconstance ? Des baisers la veille, les galères le lendemain ?

— Elle ne savait pas qu'Exmoor irait si loin, concéda Jack. Il a profité de la situation.

— Elle ne savait pas ? Après qu'il avait voulu te tuer ?

— Elle a craint pour sa réputation. J'aurais pu faire un scandale, et compromettre ses chances de trouver un bon parti.

— Une fille de son lignage ne craint rien d'un ver de

terre, mon cher. Ce beau mariage qui te sert d'excuse, pourquoi ne l'a-t-elle jamais fait ? Et aujourd'hui encore, si elle était si fort attachée à sa réputation, elle refuserait l'hospitalité de quelques gibiers de potence !

— Quel plaidoyer ! De quel côté es-tu, canaille ?

— Je suis de ton côté, c'est toi que je soutiens, dit Perry. Tes propres doutes te dictent ton devoir. Cette fille me plaît, et je trouverais stupide que tu gâches deux existences pour le seul plaisir de n'avoir pas à reconnaître tes erreurs.

— Le plaisir... Tu as de ces mots ! Tu ne comprends donc pas que je donnerais tout pour avoir tort, pour te donner raison ? La sincérité que j'ai vue dans son regard en me découvrant, je l'ai peut-être imaginée, par désir de l'innocenter. C'est une enchanteresse. Elle pourrait troubler l'esprit le plus raisonnable. Mais je ne cède pas à la folie. Je refuse de me trahir moi-même. Je refuse de succomber à son charme, comme tu le fais si aisément. J'ai trop souffert, l'épreuve me suffit.

— Je me félicite d'avoir échappé jusqu'à présent aux tortures de l'amour, dit pensivement Perry. Mais il me semble que si tu t'es trompé il y a dix ans, tu aurais tort de ne pas le reconnaître.

Jack fit de la tête un mouvement de dénégation désespéré.

— C'est impossible. Ma grand-mère s'est engagée à porter ma lettre à Nicole.

— Mais tu ne sais pas si elle s'est trouvée en mesure de le faire, et dans quelles conditions. Tu ne l'as jamais revue. Imagine qu'un événement quelconque l'ait empêchée d'accomplir sa mission. Tu n'en saurais rien. Exmoor aurait pu s'emparer de la lettre...

— Mais comment ?

— Comment le saurais-je ? Exmoor seul connaît la réponse, mais je doute qu'il soit disposé à te faire ses confidences. Tu devras donc t'en passer. Reste la confiance, accordée ou refusée.

— Si je me suis trompé, murmura Jack, j'aurai gâché mon existence.

— Mais si tu reviens sur ton erreur, tu n'en auras perdu que dix ans.

— Pas seulement. Elle ne serait pas femme à me pardonner.

— Il faut lui poser la question.

— Elle vient de m'en donner la réponse. Elle me déteste. Si j'ai le malheur de l'importuner, elle se fera empoisonneuse, pour me tenir à l'écart.

— Ne me fais pas rire, ma cicatrice est douloureuse. Voilà enfin une femme intraitable, comme je les aime !

— A ta place, je ne rirais pas. La menace est collective, et nous succomberions ensemble, elle me l'a dit.

Deux jours se passèrent encore sans que l'on ait de nouvelles de Gladys Owens, la gouvernante. Fidèle à sa promesse, Jack évitait absolument de se trouver en présence de Nicole, qui appréciait cette discrétion, mais s'irritait parfois de ses excès. En bonne voie de guérison, Perry ne requérait plus de soins constants, et regrettait comme Nicole l'absence de livres dans la maison. Bien qu'il fût avare de confidences, elle devinait peu à peu sa personnalité. La culture littéraire de ce bandit de grands chemins l'avait fort étonnée par son étendue. Elle en comprit l'origine au détour d'une conversation.

— Avant même que je me retrouve avec Jack et Saunders à fond de cale, mon père me reprochait mes mauvaises fréquentations. Dans ses accès de tendresse, il me promettait à la décapitation. J'en suis désormais si peu digne que je risque d'y échapper par la pendaison !

Comme Nicole souriait à demi en silence, en le contemplant d'un regard entendu, Perry haussa les épaules.

— En aurais-je trop dit ?

— La hache et le billot sont l'apanage des grandes familles, fit observer Nicole.

Perry détourna les yeux.

— Je n'ai plus de famille, dit-il sèchement. Depuis notre évasion, Jack et les autres m'en tiennent lieu. Jack m'a sauvé la vie, en dirigeant notre évasion. Depuis, il ne m'a jamais quitté. Je le suivrai jusqu'au bout, en toute circonstance.

Dans un élan de sympathie, Nicole posa la main sur le bras de Perry.

— J'admire votre amitié, mais j'en redoute les conséquences. Mon beau-frère est tenace et cruel. Jack a voulu le harceler, il y est parvenu. Exmoor le hait, sans connaître son identité. Le jour où il la découvrira, sa haine sera décuplée, et vous emportera.

— Vous seule pourriez la dévoiler. Il ne risque rien de ce côté.

— En effet. Mais il suffirait d'un incident pour qu'un villageois l'aperçoive sans son masque, et l'identifie. Gilles était bien connu dans la région. Ceux même qui n'avaient que dix ans lorsqu'il a disparu pourraient le reconnaître. On parle beaucoup du Gentleman. Le mystère excite la curiosité. Les primes offertes par Richard pourraient délier bien des langues. Et pour faire pendre Gilles, Exmoor est capable de recruter une armée !

— Et vous n'aimeriez pas le voir pendu ?

Nicole frissonna.

— Ni lui, ni vous, ni personne. Et pour Jack... Je l'ai aimé, voyez-vous. Qu'importent mes sentiments actuels, mais.. je ne voudrais pas le voir mourir.

— Mon indiscrétion ne vous surprendra pas. Vos sentiments actuels m'importent beaucoup. Vous plairait-il de m'en parler ?

Nicole baissa la tête et resta un moment silencieuse.

— Je ne vois pas clair en moi-même, dit-elle à voix basse. Après tout ce temps... Je ressens de la colère, bien sûr, parce qu'il m'a abandonnée, parce qu'il m'accuse de l'avoir trahi. Mais qu'importe, en vérité, puisqu'il n'éprouve plus à mon égard que de la rancœur et du mépris.

— Je ne partage pas cette opinion.

Nicole, perdue dans la contemplation de ses mains croisées dans son giron, ne répondit pas.

— Croyez-en mon expérience, reprit Perry, les hommes ne sont pas aussi raisonnables qu'on le prétend.

Nicole lui sourit.

— Ne comptez pas sur moi pour vous contredire...

— C'est à Jack que je pensais. Lorsqu'on se fixe un objectif suprême, lorsqu'on se consacre passionnément à sa réalisation, il arrive souvent que sa poursuite nous enlève toute lucidité. L'obsession fausse le jugement, conduit à des décisions absurdes, mène à la catastrophe.

— Vous voulez dire qu'en cette occurrence Gilles, ou plutôt Jack, s'est conduit ainsi. C'est parce qu'il m'aimait tellement qu'il a voulu croire que je l'avais trahi ?

— L'amour éclipse les lumières de la raison, il fait naître des fantasmes extravagants. Imaginons un être qui s'estime indigne d'une certaine personne, pour des raisons de naissance, par exemple. Il a peur de la perdre, il prend la mesure de son insuffisance, de sa déraison. Lorsqu'il la perd, ou croit la perdre, il n'en conçoit aucun étonnement. Il voit dans cette perte la confirmation de ses craintes, de ses préjugés. L'amour se change en haine, il a le cœur brisé, mais il a la satisfaction d'avoir prévu le pire, d'avoir eu raison. Qu'importe la source de son information. Si peu crédible soit-elle, il lui donne sa faveur, et s'enivre de son propre désespoir. Il s'agit d'une sorte de délectation morose.

— Voilà bien de la psychologie, ironisa Nicole. Mais Jack n'illustre en aucune façon ce modèle. Il est trop sûr de lui pour cela. Il ne doutait pas de mon amour. En vérité, nous étions fous l'un de l'autre, cela sautait aux yeux.

— Lorsqu'il n'avait que vingt ans, son outrecuidance faisait peut-être illusion. Je peux vous assurer pour l'avoir fréquenté assidûment que Jack est pétri de doute et d'incertitude dans bien des domaines, et dans celui des femmes en particulier. Il vous avait tourné la tête et le savait. Mais votre existence se déroulait dans un autre univers. Dès sa naissance, on lui a dit et répété qu'il appartenait à l'espèce des manants, de ceux que l'on côtoie sans les fréquenter. On l'a mis en garde contre la morgue des grandes familles, sans même lui donner la bonne éducation qui permet parfois l'ascension sociale. Sans fortune, sans nom, sans culture, pouvait-il vous épouser ? Non, bien sûr. Vous assurer un train de vie décent ? Encore moins. Personne dans votre famille n'aurait béni cette union. Vous en étiez bien conscients, puisque vous marivaudiez en toute clandestinité ! Jack s'est rattrapé depuis, il est devenu un autre homme.

Nicole resta un moment interdite. Il fallait que Perry ait reçu bien des confidences, pour avoir une idée aussi précise d'une situation qu'il n'avait pas connue. Sans doute était-il nettement plus âgé, de dix ans peut-être, que Jack. Et cette allusion à l'éducation ne manquait pas de sens. Plus riche que Gilles pour des raisons évidentes, Jack était aussi beaucoup plus instruit et cultivé que lui. Par quelle métamorphose ? Il faudrait qu'elle approfondisse la question.

— Tout le monde m'aurait désapprouvée, en effet, concéda-t-elle. Mais cela m'était égal, il le savait, je le lui avais dit et répété cent fois. Nous avions fait des projets d'avenir, dans un autre pays.

— Des projets, le rêve d'une vie enchanteresse. On chérit ce rêve. Mais ce n'est qu'un rêve. Dans le fond de son cœur, Jack en percevait l'irréalisme, la chimère. L'annonce de votre renoncement l'a profondément blessé, mais ne l'a pas surpris outre mesure. Il s'y attendait, en quelque sorte.

Nicole hocha pensivement la tête.

— Vous n'avez peut-être pas tort. Seule la célébration du mariage aurait pu lui donner la certitude de mon engagement. Mais n'aurait-il pas dû me faire un peu confiance? Douter de Richard? Pourquoi m'a-t-il condamnée sans appel? A supposer même que je cesse de l'aimer, que je renonce au mariage, sans prévenir, du jour au lendemain, comment aurais-je eu le cœur assez noir pour le condamner à ce sort horrible, pour commettre cette barbarie? La trahison, la cruauté, la perversité, il a osé me les imputer, sans preuve. Fallait-il qu'il ne m'aime pas, pour me mépriser à ce point!

— La haine est, dit-on, bien proche de l'amour, lorsqu'il s'agit d'un amour fou. Je ne puis bien sûr expliquer ni justifier ses réactions immédiates. Mais je peux vous assurer que depuis notre première rencontre, il y a dix ans, il m'a parlé d'une certaine Nicole Falcourt plus souvent que de tout autre sujet.

— Pour exprimer sa rancune, commenta tristement Nicole.

— Sans doute. Mais chaque fois qu'il évoquait des souvenirs de votre idylle, son visage se transfigurait. Il vous aimait d'un grand amour.

D'un battement de paupières, Nicole refoula ses larmes.

— Peu importent ses sentiments aujourd'hui, ou les miens d'ailleurs. Il n'y a plus rien entre nous, que l'amertume.

Perry se récria.

— Il faut que vous soyez vous aussi bien folle pour prétendre une pareille sottise!

— Moi aussi? Pourquoi? Vous lui avez tenu les mêmes propos?

— A quelque chose près, reconnut-il.

— Voilà qui me semble étrange, monsieur Perry. De quel droit usurpez-vous le rôle du petit dieu Cupidon?

— Toutes les bonnes volontés sont requises, lorsqu'il s'agit de réconcilier des amoureux maladroits.

— Il est trop tard, soupira-t-elle. La colère et l'incompréhension ont tout emporté. Que reste-t-il, après la tourmente ?

— L'amour, tout simplement. Le vôtre a survécu à dix années de deuil. Pensez-vous qu'en deux jours il ait pu succomber ?

Nicole haussa les épaules et se leva.

— Je ne sais plus que penser, murmura-t-elle.

— Vous y viendrez, promit-il en souriant. Je vous fais confiance.

Tout le reste du jour, Nicole ne cessa de méditer cette conversation. Devait-elle pardonner à Jack ses injustes accusations, attendre qu'il vienne à résipiscence ? Ne se berçait-elle pas d'illusions en espérant son repentir ? L'amour pas plus que le temps ne se rattrape, lorsqu'il est passé. Jack l'évitait. Une fois rentrée à Tidings, elle ne le reverrait plus, et il en serait bien ainsi. Un jour peut-être son cœur cesserait-il d'être en deuil.

13.

Le lendemain, en fin de matinée, l'apparition de Jack dans la chambre de Perry eut sur Nicole son effet habituel. Elle ne pouvait sans émotion voir surgir devant elle le double de Gilles, un Gilles plus fort et plus séduisant que le premier, mais désormais si lointain... Elle ne l'avait pas rencontré depuis plus de deux jours. Perry s'enchantait visiblement de cette rencontre.

— Viens t'asseoir, Jack ! J'évoquais notre arrivée à Baltimore...

— Nous en sommes loin, répondit sèchement Jack. Les autres sont rentrés de mission, la gouvernante de Mlle Falcourt se trouve dans les parages.

— Elle est arrivée jusqu'ici ? s'étonna Nicole.

— Non, bien sûr. Je vais vous conduire jusqu'à elle. Perry me semble hors de danger...

Il n'acheva pas sa phrase, et détourna les yeux. Nicole se sentit le cœur inexplicablement serré.

— Je rentre à Tidings, conclut-elle. Mon absence n'a que trop duré. Je vais rassembler mes affaires...

Son bagage fut bientôt prêt. Pendant que Jack et Saunders sellaient les chevaux, elle vint pour la dernière fois refaire le pansement de Perry, auquel elle laissait les pommades, les tisanes et les préparations utiles à sa complète guérison. Il lui promit de suivre exactement ses recommandations, et de ne pas commettre d'imprudence.

— Votre départ me navre, dit-il après l'avoir remerciée. Je m'étais accoutumé à votre présence.

— Les meilleures choses n'ont qu'un temps, répondit-elle en souriant. Peut-être aurons-nous encore l'occasion de nous rencontrer, en des circonstances plus favorables.

— J'espère bien venir un jour vous saluer à Londres au grand jour, en habit de gala et sans masque !

— Vous serez le bienvenu, répondit-elle avec une charmante simplicité. Je pars. Rappelez-vous mes mises en garde. Richard est plus dangereux que vous ne le croyez. Dites-le à Jack. Pour rien au monde il ne voudrait m'écouter, mais à vous, il fera confiance. Je ne voudrais pas qu'il vous arrive malheur, et qu'on vienne gâcher mon travail.

Pour une fois sérieux, Perry acquiesça.

— Ce serait dommage, en effet. Je lui en parlerai.

— Dieu vous entende, et vous protège !

Impulsivement, elle revint vers Perry, et lui baisa la joue.

— Nous nous reverrons !

Maîtrisant son émotion, elle se hâta de descendre l'escalier, et sourit à Diane et à Saunders, que son départ semblait frapper d'ahurissement. Jack, qui l'attendait, lui offrit sans un mot ses deux mains réunies pour la mettre en selle.

— Vous oubliez le bandeau sur les yeux, ironisa-t-elle.

— Il ne servirait à rien. Je ne doute pas un instant qu'il vous serait facile de mener Exmoor jusqu'en ces lieux. Mais je sais que vous n'en ferez rien, car la vie de Perry vous tient trop à cœur désormais. Si j'étais seul en cause, ce serait une autre affaire.

Trop heureuse de pouvoir se déplacer en observant le paysage, Nicole se contenta d'opiner vaguement, sans commenter ce propos injuste et pessimiste.

Dans le sous-bois, elle dut suivre Jack, ce qui interdisait toute conversation. Aussi bien, qu'auraient-ils pu se dire ? La lumière était belle, et les arbres dénudés ne manquaient pas d'impressionnante majesté, mais le paysage n'offrait pour cette fois aucun intérêt, et Nicole, absorbée dans sa rêverie morose, traversait clairières et ruisseaux sans presque les voir.

Elle s'étonna que l'on sorte de la forêt par le sud, assez loin de Buckland Manor. Un sentier longeait un torrent. Et soudain Nicole poussa un cri. Au milieu d'une clairière, au pied d'un amoncellement rocheux, accolée à une construction médiévale, cette chaumière noyée dans la verdure, elle la reconnaissait !

— La maison de Mamie Rose !

— Personne n'y vient plus jamais, dit Jack. Votre gouvernante vous y attend. Nos chemins se séparent ici.

Elle sursauta, et cessa d'éviter son regard pour cette fois le dévorer des yeux. Se pouvait-il que cet instant fût le dernier ? Devaient-ils ne jamais se revoir ? Si Perry se montrait éloquent, la bande allait quitter les lieux, et disparaître à jamais...

— Eh bien, balbutia-t-elle, je vous remercie... Je vous remercie d'avoir fait escorter Gladys Owens. N'oubliez pas de remplacer le pansement de Perry.

— Je vous le promets.

— Merci. Je... euh...

— C'est à moi de vous remercier, dit Jack en regardant dans le vide. Votre compétence est hors de pair, et vous avez accepté de courir un risque énorme pour secourir Perry. Sans vous, il aurait succombé. Il vous doit la vie. Vous êtes la chance de sa vie.

Sa voix semblait se briser. Nicole aurait voulu crier, l'interpeller. Et lui ? Que ressentait-il ? Allait-il la quitter ainsi ? Après leurs étranges retrouvailles, allait-il un jour abdiquer ses rancœurs ?

Mais elle resta silencieuse. A quoi bon s'insurger ? Elle talonna son hongre, qui avança.

— Nicole !

Elle tira la bride et se retourna pour le voir. Il se contenta de secouer la tête.

— Rien. Excusez-moi. Au revoir.

— Au revoir.

Elle avait la gorge si sèche que sa voix devait être inaudible. Elle rendit la bride, et le cheval repartit vers la chaumière.

Jack la regarda s'éloigner, atteindre près de la petite maison le piquet d'attache et le rocher qui servait de marchepied, spectacle qu'il avait si souvent contemplé dans les temps anciens. L'angoisse lui serrait la gorge, ses yeux douloureux brûlaient. L'irréparable s'accomplissait. Pour son bonheur ? Non, sans doute.

Lorsque Nicole eut mis pied à terre, il piqua des deux, et s'enivra de vitesse.

Nicole s'interdit d'observer à travers ses larmes le départ de Jack. Sa respiration se faisait mal, une douleur sourde paralysait sa poitrine, mais il ne s'agissait que d'une coïncidence. Un sentiment depuis longtemps disparu ne saurait serrer le cœur. Cette angoisse n'était qu'une réminiscence d'un deuil ancien, puisque depuis dix ans son amour était mort.

La chaumière de Mamie Rose disparaissait sous la verdure. Le lierre que jadis la vieille femme disciplinait en permanence recouvrait entièrement les murs et menaçait le toit. Les volets fermés des fenêtres étaient invisibles, si bien que la petite maison faisait comme un bloc de verdure. Des vestiges de jardin floral étaient envahis par les mauvaises herbes. Le potager et le jardin d'herbes médicinales, jadis tirés au cordeau, illustraient maintenant l'arrogance des liserons et des ronces, dont les vestiges dépouillés par l'hiver faisaient comme un amas confus.

La résolution se trouva instantanément prise : ce jardin

devait d'urgence être remis en état. Mamie Rose en faisait remonter la fondation à plus de trois siècles, et s'enorgueillissait d'appartenir à une dynastie ininterrompue de guérisseuses, plus ancienne que bien des familles nobles. Après la chute de Gilles dans le gouffre, Nicole n'avait pas revu sa grand-mère. Revenue de Londres à l'occasion du mariage de Deborah, elle n'avait pas eu le cœur de visiter le lieu de son ancien bonheur, dont la propriétaire, rongée de chagrin et chargée d'ans, venait de décéder.

Toute à ses souvenirs et à sa nostalgie, elle avait presque oublié que la maison pour cette fois n'était pas vide. A la porte d'entrée, qu'on avait laissée entrouverte pour faire pénétrer la lumière du jour, apparut soudain, pétulante et replète, celle qui si longtemps avait charmé l'enfance des filles de lady Falcourt.

— Nicky, mon bébé, quelle joie, la vie recommence !

Les baisers de Gladys Owens sonnaient toujours comme autant de joyeuses détonations, et chaque élément de ses confortables atours embaumait encore la lavande. Les cheveux grisonnants, elle n'avait rien perdu de son entrain.

— Tu es de plus en plus belle, décida-t-elle en examinant Nicole. Reprendre du service près de ma petite Deb, quel bonheur ! Ces deux messieurs, quand ils sont venus me chercher, je les aurais embrassés ! Quelle drôle de petite maison, je ne suis pas mécontente d'en partir ! Viens voir mon cheval, il attend !

La jument vénérable choisie pour transporter Gladys était restée harnachée et chargée, ce qui accéléra le départ. Au risque de l'endormir tout à fait, les compagnons de Jack l'avaient mise au pacage dans les vestiges du jardin médicinal, parmi les pavots montés en graine, dont elle faisait son régal. La retraitée rappelée à la vie active bouillait d'impatience et babillait, heureuse d'avoir retrouvé une oreille complaisante.

— Ils sont très bien élevés, ces messieurs dont, paraît-il, il ne faut parler à personne, mais presque muets ! Pendant tout le voyage, j'ai dû faire les frais de la conversation. Je garderai cela pour moi, bien sûr...

Dans le fond de son cœur, Nicole plaignit les deux émissaires qui avaient sans doute entendu ces trois derniers jours plus de bavardage qu'en trois ans. Elle réitéra ses recommandations.

— Ni Richard, ni ma tante Buckminster ni même Deborah ne doivent savoir que je t'ai fait escorter, Gladys. Je ne veux pas qu'ils sachent que les routes ne sont pas sûres. En fait, ces cavaliers étaient des gardes armés, des policiers.

Gladys Owens s'épanouit.

— Je l'avais deviné ! Ils ont des têtes à faire peur !

— Si Deborah savait qu'il a fallu te protéger, elle en serait malade !

Gladys Owens en convint, et Nicole eut ainsi la certitude que le secret serait bien gardé.

A Buckland Manor, la baronne de Buckminster ne manifesta aucune curiosité indiscrète, mais sut aller à l'essentiel.

— Exmoor m'a encombrée de sa présence pendant presque toute la journée. Je lui ai dit que tu étais quelque part au village en train de soigner des gens, il a voulu t'attendre. Une journée sans cheval, une journée morte !

— J'en suis désolée, ma tante, pardonnez-moi.

— De rien du tout. Il faut savoir supporter ses voisins. Aussi bien en aurai-je d'autres bientôt, puisque la comtesse d'Exmoor, non pas ta sœur, mais la douairière, doit s'établir bientôt à Fingle Manor. Elle veillera sur sa chère Pénélope, la future jeune baronne. Je vais devenir douairière, moi aussi, voilà qui ne me rajeunit pas ! Ce grand dadais de Bucky ne devrait pas tarder, puisque les deux mariages sont proches. J'espère que mon fils ne compte pas sur moi pour organiser ses épousailles.

Concernée pour une fois par un problème qui ne se réglait pas dans une écurie ou sur un champ de course, lady Adélaïde revendiquait son incompétence. Nicole ne put s'empêcher de rire.

— Ne vous inquiétez pas, ma tante. La comtesse et lady Ursula sont bien décidées à ne vous laisser aucune initiative.

— Eh bien tant mieux, grand bien leur fasse ! J'ai trouvé mon cadeau de mariage : un phaéton à la française, avec une paire de bais anglo-arabes, de l'élevage de lord Carrington. Des bêtes de concours !

Il fallut bientôt prendre congé de lady Buckminster, car Nicole avait hâte de tranquilliser sa sœur et, accessoirement, de ne pas aggraver les soupçons toujours probables de Richard. Gladys Owens partageait pour d'autres raisons son impatience : bien qu'elle fût très attachée à Nicole, Deborah était sa favorite. Toujours prête à prendre des initiatives, chérissant son indépendance, les activités physiques et les promenades solitaires, Nicole s'était assez vite dispensée de la tutelle de la bonne d'enfants. De six ans son aînée, Deborah, volontiers timorée et soumise, était restée si attachée à Gladys qu'elle avait voulu la garder près d'elle jusqu'à son mariage.

A cause de ce mariage, qui avait entraîné son exil, l'ancienne gouvernante nourrissait à l'égard du comte d'Exmoor une certaine rancœur, qu'elle ne cherchait aucunement à dissimuler.

— Son mari lui a dit qu'à vingt-trois ans elle n'avait plus besoin de nounou, et que j'étais trop vieille. Puisqu'il a justement mon âge, peut-être qu'il était trop vieux pour faire un mari ? Va savoir ! En tout cas, j'avais dit à Deborah d'en trouver un autre, à qui je plairais davantage, et qui me plairait mieux. Mais cause toujours ! Enfin... Est-ce qu'elle est heureuse ? Je veux dire... autant que peut l'être une femme mariée ?

— Je le suppose, répondit prudemment Nicole. Ce sujet est un peu délicat, Gladys, nous ne l'abordons pas sans une certaine... réserve.

— Pour faire le bonheur d'une femme, un homme doit avoir moins de sept ans, décréta l'intraitable ennemie du sexe fort. Pour qu'une mère soit heureuse, il faudrait que ses enfants ne grandissent pas. Voilà mon idée ! Celui qui s'annonce, en attendant, il n'a qu'à bien se tenir !

Deborah accueillit Gladys Owens avec des transports de joie. Richard, qui assistait à la scène sans dissimuler une ironie un peu méprisante, ne perdit pas l'occasion de lancer à Nicole une pointe sarcastique.

— Ces retrouvailles sont émouvantes, n'est-ce pas, ma chère ? Voyez comme elles s'embrassent. Vous vous trouviez à Buckland Manor, pour accueillir cette brave femme ? Tout le monde n'a pas cette chance.

— Oui, de la chance, en effet, répondit Nicole avec une désinvolture qu'un adversaire moins attentif aurait pu qualifier d'innocente. Elle est arrivée en début d'après-midi.

— Heureuse lady Buckminster, qui bénéficie de votre assistance pour préparer le mariage de Bucky. Vous ne l'informez cependant pas de toutes vos activités, me semble-t-il. Lors de mon passage, elle ignorait leur nature, leur lieu, et leur durée.

Nicole ne craignit pas d'abonder dans son sens.

— Elle est tellement distraite, n'est-ce pas ? Mais elle est si bonne, chacun a plaisir à l'aider. Avec la comtesse douairière et lady Ursula, les futurs époux seront bientôt à même de remplir ce rôle. Je pourrai ainsi me consacrer davantage à Deborah, Richard. Vous savez que seule sa présence à Tidings m'en rend le séjour supportable.

Richard sourit d'un seul côté, et seulement de ses lèvres minces. Son regard était glacial.

— Je vous laisse marquer le point, dit-il en s'inclinant imperceptiblement.

Nicole se sentit soulagée. Son beau-frère revenait au ton ordinairement belliqueux de leurs chamailleries habituelles, sans rien soupçonner d'essentiel.

Heureuse de retrouver la femme dont elle avait longuement accompagné la jeunesse, consciente de la faveur qui lui était faite, mais aussi fort imbue de sa propre importance, la dynamique Gladys Owens fit d'emblée merveille. Omniprésente, elle réglait les repas de la future maman, les préparait en personne sans égard pour la hiérarchie domestique, contraignant Deborah à les ingérer avec tant d'autorité et de dynamisme que, revenue pour son bonheur à son ancien état de dépendance, la sœur de Nicole retrouvait l'appétit et l'optimisme qui semblaient l'avoir désertée.

Il n'était plus question à Tidings que de maternité, et d'éducation des enfants. Vivante encyclopédie de l'obstétrique et de la pédagogie des nourrissons, bien qu'elle n'ait eu à exercer ses compétences qu'au service de lady Falcourt, Gladys Owens multipliait récits et anecdotes, avec tant de constance que Nicole se souvint opportunément de la mission qui l'attendait à l'extérieur, et s'empressa d'aller trouver refuge dans la maison de la clairière.

A la chaumière de Mamie Rose, il lui fallut d'abord jouer du sécateur et des cisailles pour élaguer et tailler impitoyablement le lierre et la vigne vierge. Lorsqu'ils furent dégagés, elle put ouvrir volets et fenêtres, et laisser pénétrer la lumière dans la vieille maison, pour la première fois depuis le décès de sa dernière occupante. Intacts, le mobilier vétuste et les objets familiers semblaient attendre le retour imminent de Mamie Rose.

Il lui fallut ensuite sortir dans le jardin ou disposer sur

les basses branches des arbres tous les éléments mobiles de l'équipement, comme les carpettes les sièges et la vaisselle, afin de chasser la poussière et de laver à grande eau le sol de pierre brute. Lorsque tomba le crépuscule, elle rentra à Tidings lasse mais heureuse, bien décidée à parachever son œuvre les jours suivants.

Le lendemain, elle procéda au nettoyage et au rangement des mortiers, des cornues, des pichets et des jarres qu'utilisait Mamie Rose pour confectionner ses remèdes et ses onguents. Il lui plaisait de remettre en état le laboratoire étrange qui jadis l'avait fait rêver. Lorsque ce travail fut achevé, Nicole décida d'y trouver sa récompense. Comme elle s'apprêtait à remettre en service la théière qu'avait si souvent manipulée l'aïeule, l'agitation de son cheval la prévint d'un événement extérieur.

Elle alla à la fenêtre. Jack venait de mettre pied à terre, et faisait le tour de la maison en tenant sa monture à la bride. Saisie, Nicole éprouva une sorte de constriction intérieure, une sensation complexe de chaleur et d'inquiétude. En portant machinalement la main à sa chevelure, elle se souvint avec horreur du torchon qui la protégeait, et de l'état désastreux de sa tenue. Elle se précipita dans ce qui avait été la chambre de Mamie Rose afin d'y abandonner le linge et son tablier, et d'effacer de son visage une tache de suie.

— Nicole ?

Le cœur battant, elle revint à la grande pièce. Jack s'appuyait au chambranle de la porte, sans la franchir. Nicole frissonna. Cette scène, elle l'avait souvent vécue, jadis, lorsque Gilles, qui n'avait pas vingt ans, osait contrevenir aux recommandations de sa grand-mère et se présenter chez elle le dimanche, pour rencontrer la jeune fille du château.

— Que faites-vous chez Mamie ?

La froideur presque agressive de son intonation rendit à Nicole quelque chose de sa lucidité et de son assurance.

— Je vous retourne la question, dit-elle froidement.

— Cette maison est celle de ma grand-mère.

— Celle de ma vieille et chère amie, repartit Nicole. Mamie Rose n'aurait pas aimé qu'on la laisse ainsi à l'abandon, et que son jardin soit envahi par les ronces.

— Le jardin ? Vous n'y travaillez pas.

— Pas encore. J'ai commencé par l'intérieur. Cela vous ennuie ?

Il eut une hésitation.

— A la réflexion, non, bien sûr. C'est la surprise...

Jack Moore ne tenait pas à évoquer le choc que lui avait fait éprouver la scène : un cheval à l'attache, avec une selle d'amazone, c'était dans les temps anciens le symbole d'une présence si chère, dans la chaumière familiale ! Ramené l'espace d'un instant par ce spectacle aux moments privilégiés de sa jeunesse, il s'était d'un coup délivré des rancœurs et des doutes qui l'oppressaient, et avait éprouvé un rapide élan de contentement anticipé. Son cœur s'était gonflé, ses lèvres avaient souri...

Il entra et referma la porte derrière lui.

— Ne vous êtes-vous pas demandé si cet abandon n'était pas volontaire ? Je ne tiens pas à ce que la chaumière soit à ce point... pimpante.

— Laissez repousser le lierre, si cela vous chante. Mais le jardin des simples et des plantes médicinales ne saurait être laissé dans cet état d'abandon. Il est unique dans tout le Dartmoor.

Jack haussa les épaules, mais en détournant les yeux, et sans réelle conviction. Il se sentait coupable, sans doute. Nicole décida de pousser son avantage.

— Puisque vous n'y résidez pas, et que nul ne s'attend à vous y rencontrer, il n'y a aucun inconvénient à entretenir le jardin et la maison, il me semble.

— Aucun, en effet, reconnut-il en parcourant la pièce d'un regard circulaire. La clandestinité m'a rendu suspicieux à l'excès. Comme tout est propre, dans cette maison ! Vos domestiques se sont surpassés.

— Vous plaisantez, j'imagine. Je n'ai naturellement sollicité personne. Sans en faire profession, il m'arrive parfois de participer au nettoyage de nos maisons, à Londres. Celles que nous avons achetées ne brillaient pas de propreté. Il a fallu les mettre en état sans faire trop de dépenses. Une fois installées dans des locaux convenables, les femmes en assurent elles-mêmes l'entretien. Celui de cette charmante chaumière n'est qu'un jeu d'enfant, par comparaison !

Jack, hochant la tête, l'observa longuement. Au moment où il ouvrait la bouche, le couvercle de la bouilloire se mit à trépider soudain, si bruyamment que tous deux sursautèrent de surprise, avant de rire de leur effroi.

— C'est l'eau du thé, expliqua Nicole. En prendrez-vous ?

Jack eut une hésitation, puis se détendit.

— Volontiers.

Il la vit sortir de son panier de pique-nique un pot de miel, et salua sa prévoyance.

— Vous avez pris vos précautions.

— Je déjeunerai sur place.

— Quelle bonne idée ! Si je ne craignais de vous réduire à l'inanition...

— Eh bien ?

— Je me ferais inviter.

Nicole n'osait le comprendre.

— Mes prévisions sont toujours larges, dit-elle pour le rassurer.

— Dans ce cas, je vais vous tenir compagnie. Si aguerrie que vous soyez, les travaux de force peuvent excéder les vôtres.

Nicole lui sourit, comblée soudain de reconnaissance et de bien-être. Elle se sentait d'un coup si heureuse que tout ce qui l'entourait semblait prendre des couleurs nouvelles, et qu'une sorte d'agréable vertige la faisait plus légère. Elle tenta de parler d'une voix égale, pour ne rien laisser paraître de cette euphorie.

— Nous ne serons pas trop de deux, en effet. Et en cas de disette, je ferai dans le grand chaudron un ragoût des herbes du jardin !

Il lui rendit son sourire. Nicole crut un instant qu'il allait lui poser une question, mais il se mordit la lèvre et resta silencieux.

Un peu plus tard, la jeune femme constata pour s'en étonner qu'aucun des outils utilisés jadis et abandonnés dans une resserre n'avait été dérobé.

— C'est que les gens des villages d'alentour ont toujours craint les abords de cette maison, expliqua Jack. Ils venaient voir Mamie Rose, mais elle leur faisait peur, parce qu'ils la considéraient comme l'héritière d'une longue lignée de sorcières. C'est pour cela qu'elle vous aimait. Vous étiez la seule à respecter sa science, à la considérer comme une sorte de médecin, et non pas comme une magicienne ou une jeteuse de sorts.

— Ceux qui font appel à moi depuis sa disparition pensent peut-être qu'elle m'a confié son balai et sa chouette. Me prendrait-on pour une sorcière ?

— Je n'en sais rien, parce que je n'ai posé la question à personne. On trouverait ma curiosité suspecte.

— Vous avez raison.

— Pas nécessairement. Il est toujours fâcheux d'être mal renseigné. Par exemple, j'ai cru longtemps que vous étiez lady Exmoor.

— Vraiment ?

Nicole se sentit soudain contrariée. En rappelant leur brouille, cette allusion à l'actualité troublait la sérénité de leur dialogue amical.

— Ces derniers jours, j'ai beaucoup réfléchi à...

Jack, qui s'appuyait au chambranle de la porte, s'interrompit brusquement pour examiner avec soin sa main droite, qui soudain semblait le fasciner.

— On ne sait jamais, reprit-il sans relever les yeux. L'erreur est humaine, n'est-ce pas... J'ai pensé que mes jugements étaient hâtifs, peut-être... Je me suis demandé si je ne me trompais pas...

Il resta silencieux, comme incapable de s'exprimer plus avant.

— Et alors ? s'impatienta Nicole. A quelle conclusion êtes-vous parvenu ?

— Lorsque je vous observe, répondit-il avec hésitation, lorsque je pense à vous, je n'envisage que vos perfections, votre beauté, votre bonté, votre courage, votre dévouement... et je m'accuse de démence. Il faut être fou pour douter de notre amour, et de vous.

Il se passa la main sur le front et se redressa, pour s'éloigner de quelques pas.

— Et dans les moments qui suivent, je me demande si ma démence ne réside pas dans ce repentir même. Nier l'évidence, me laisser séduire par un mensonge qui ferait mon bonheur, n'est-ce pas céder à une tentation effroyable, courir à un nouveau désastre ?

— Un désastre ? L'amour, ce serait un désastre ?

— Pas lui, Nicole. Le désastre, je l'ai connu, c'est le désespoir de vivre, la volonté de mourir parce que tout ce qui vivait en moi était mort. Je n'y ai survécu qu'à force de haine envers vous, envers Exmoor !

Hors de lui, le visage ravagé de douleur, il ponctua cette lamentation d'un violent coup de poing dans le mur.

— Si la haine vous a aidé à survivre, alors je la bénis, dit Nicole d'une voix sans timbre. Je vous pardonne, parce que je vous ai aimé, et que votre seul tort a été de ne pas m'aimer d'un amour aussi fort.

— Pas aussi fort ? Je vous ai aimée plus que tout au monde !

— Alors pourquoi m'avoir condamnée, me refuser aujourd'hui encore votre confiance ? Croyez-vous que je suis restée célibataire faute de prétendant ? Pourquoi après vous n'ai-je éprouvé aucun attachement ? Si j'étais intéressée, n'aurais-je pu faire le bonheur d'un lord en captant son héritage ? Les occasions ne m'ont pas manqué.

Haletant, Jack perdait pied devant cette furie, qui l'accablait.

— Je... je n'en doute pas, balbutia-t-il, hors d'haleine.

— Alors, expliquez-moi !

Comme il hésitait, elle haussa le ton :

— Expliquez-moi pourquoi je n'ai pas de mari ? Pourquoi je suis restée fille, et vierge ! Pourquoi, Jack ? Pourquoi ? Je vais vous le dire : parce que je vous aimais trop pour en aimer un autre. J'avais connu l'amour parfait. Cela rend exigeant. Vous trahir, malheureux ? Je vous ai été fidèle pendant dix ans, tout en vous croyant mort !

Epuisée dans un paroxysme de véhémence, sa voix désespérée se brisa soudain, et des sanglots la secouèrent. Repoussant Jack, elle voulut s'en éloigner, mais il la retint par le bras.

— Non ! Vous ne partirez pas ! cria-t-il. Pas après tous ces mots... Regardez-moi, Nicole, regardez-moi dans les yeux !

Elle pivota brusquement et le défia du regard, arrogante et hautaine.

Avec un gémissement sauvage, Jack l'attira d'une secousse contre lui et la bâillonna de sa bouche.

14.

Ne s'appartenant plus, Nicole s'abandonnait au déferlement des sensations et des émotions les plus nécessaires à son existence. L'amour éprouvé pour Gilles, si intense et si longtemps sublimé dans la nostalgie, reprenait son cours impétueux et confluait avec les vagues plus récentes de la passion sensuelle qu'à son corps défendant, Jack Moore avait suscitée en elle. Cet amour, cette passion, elle s'y perdait avec délices, ils étaient l'air que l'on respire, le sang qui coule dans les veines. Jack la serrait si fort qu'ils ne faisaient plus qu'un. La même ardeur les réunissait, ils respiraient du même souffle. Vivace, exubérante, l'énergie longtemps contenue de leur ferveur amoureuse se libérait.

Ni timidité ni réserve ne les retenaient. Tout entiers exaltés par la nécessité et l'imminence de l'assouvissement, ils se dévoraient de baisers, chacun de leurs corps prenait par anticipation possession du corps de l'autre, par des pressions et des étreintes sauvages, des palpations erratiques et désordonnées, comme autant de découvertes et de retrouvailles.

Les lèvres de Jack étaient souples et douces, ses dents gourmandes éveillaient des frissons délicieux sur la peau qu'elles titillaient. Il ne lui baisait plus seulement la bouche, mais goûtait sa joue, sa tempe, pour s'attarder au lobe de l'oreille et le savourer, si sensuellement que Nicole en gémit de plaisir.

Se souvenant de sa délicatesse ancienne, lorsqu'elle effleurait le corps de Gilles, Nicole caressait Jack avec emportement, ouvrait sa chemise pour griffer son torse, pétrir ses pectoraux, ses abdominaux saillants. A chaque passage, à chaque manipulation provocatrice, elle l'entendait respirer plus fort, se raidir davantage. Par jeu, elle caressa les mamelons de sa poitrine, et se plut à sentir son émerveillement.

Murmurant son nom, il voulut suivre son exemple, ouvrant son corsage, l'en débarrassant à tâtons, pour dénuder ses seins. Il s'exclama soudain, sourdement, et suspendit son geste. Entre les rondeurs jumelles s'enfonçait une chaînette d'or. Il la tira doucement, et sa découverte l'éblouit.

— L'anneau, mon anneau, vous l'avez gardé ?

Nicole acquiesça solennellement, les yeux dans les siens.

— Je l'ai retrouvé des semaines après, en allant dire adieu à la rivière. Des ronces l'avaient retenu.

— Vous l'avez gardé... entre vos seins...

Sa voix était devenue rauque, une flamme étrange brillait dans son regard. Sans interrompre leur mutuelle fascination, il étendit à plat ses longs doigts sur les épaules de son amante et les fit glisser lentement sur les globes orgueilleux en épousant leurs courbes. Diaphane à force de délicatesse, leur galbe crémeux formait avec la peau halée de ses grandes mains d'homme un contraste saisissant. Il caressa ses seins comme elle venait de faire des siens, avec une lenteur si affolante que Nicole crut défaillir. L'excitation de sa poitrine irradiait en elle, et jusque dans sa chair la plus intime, des ondes lancinantes de volupté. Le désir qui jadis coulait dans ses veines n'était rien auprès du déferlement de passion qui aujourd'hui l'emportait irrésistiblement, comme un raz de marée.

Elle l'aimait. Quoi qu'il ait fait, quoi qu'il ait pensé, elle l'aimait. Elle l'aimerait toujours. Il faisait partie d'elle-même, indissolublement, et cela depuis leur première rencontre. Cette certitude lui suffisait, elle expliquait tout, excluait toute analyse, toute mise en cause, toute réflexion morale. Ni le bien, ni le mal, ni la pertinence, ni la déraison n'étaient en cause. Seules importaient leurs sensations, leurs émotions, dont le mécanisme fatal s'était enclenché pour la seconde fois le soir où les bandits masqués avaient attaqué la voiture.

A la manière d'un prédateur, il la prit dans ses bras pour la porter dans la chambre. Agenouillé près du lit, il lui baisa les lèvres et le cou, en parcourant avec lenteur sa gorge, pour s'arrêter aux mamelons et leur infliger une délicieuse torture. Eperdue, offerte, Nicole pétrissait sa chevelure, la tiraillait parfois pour encourager une initiative particulièrement audacieuse.

Impatiemment, Jack se redressa soudain pour se défaire en hâte de sa chemise. Retenant son souffle, Nicole admira la toison bouclée de son torse nu, sa peau dorée par la vie au grand air, et lui tendit les bras. Elle s'extasia de sentir bientôt sur tout son corps la large et puissante caresse de cette toison. Tout à leur convoitise, ils s'aimaient de chaque parcelle de leur épiderme, jusqu'au plus secret de leur être. En lui baisant les seins, Jack parcourait des doigts ses cuisses, son flanc, le tendre pli de l'aine et cette chair intime dont il avait naguère éveillé l'embrasement, mais qui pour cette fois serait le siège d'un tout autre accomplissement. Comme perdus dans un brouillard brûlant de plaisir, ils vivaient à l'unisson, palpitant ensemble des même élans qui devaient les emporter hors d'eux.

A gestes enfiévrés, ils se débarrassèrent mutuellement de tout ce qui pouvait encore s'interposer, et dans un gémissement de bonheur ils s'unirent. Accueillante et cambrée, Nicole s'ouvrit à Jack lorsqu'il vint en elle, avec lenteur et détermination. Le bref éclair d'une légère brûlure préluda à l'harmonie des corps qui dans un rythme égal et concerté s'acheminaient ensemble vers l'extase. Ce que tous deux avaient rêvé dix ans plus tôt s'accomplissait enfin. Les yeux grands ouverts, Nicole sentait les pleurs couler sur son visage. Rien ne faisait naître ses larmes, que l'émerveillement du bonheur atteint, du désir assouvi. Pour que Jack ne la voie pas pleurer, et perçoive sa félicité, elle le prit par le cou, et enfouit son visage au creux de son épaule.

Jack émit un cri rauque et, emportés par une sorte d'explosion triomphante, ils atteignirent ensemble le faîte de la volupté, tous les sens dépassés et comme assourdis par l'intensité de leur victoire.

Epuisé, anéanti, Jack s'écroula d'abord, mais ce fut pour se reprendre aussitôt. En riant d'un rire juvénile, il se laissa rouler sur le dos, en entraînant avec lui Nicole, qui se trouva allongée sur lui. Il caressa sa longue chevelure blonde et soyeuse en fermant les yeux, attentif aux sensations les plus fortes et les plus délicates, le contact étendu de leurs peaux nues, le souffle léger de la jeune femme, le goût de sa bouche, de sa joue humide... Il se redressa, en alarme.

— Vous pleurez ? Seriez-vous triste ?

— Des dix dernières années, peut-être. Mais je pleure surtout de joie.

— Tant mieux. Je ne veux pas que vous soyez triste.

Nicole l'observa pensivement. En cet instant, il ressemblait davantage au garçon qui n'avait que vingt ans au moment de l'accident. Détendu, heureux, il lui souriait sans arrière-pensée, le visage jeune, ses yeux sombres de nouveau espiègles et charmeurs, comme jadis. Elle lui rendit son sourire et reposa sa joue contre son épaule, en soupirant. Elle aurait voulu que cet instant durât toujours. Elle lui baisa le cou, et se pelotonna contre lui, en silence. Un moment plus tard, il respirait plus lentement, régulièrement. Il s'était endormi. Nicole sourit avec indulgence, ferma les yeux, et s'endormit à son tour.

Lorsqu'elle s'éveilla, elle était seule. Saisie d'angoisse, elle se redressa brusquement, faisant ainsi tomber la robe que Jack avait posée sur elle, pour la protéger du froid. Elle s'en revêtit précipitamment et récupéra comme elle le put ses épingles à cheveux. Sans attendre d'en avoir tout à fait fini, elle courut à la porte, et se trouva d'un seul coup rassurée. A quelque distance, Jack maniait une binette afin d'éradiquer des ronces. En reprenant son souffle, elle condamna sa propre sottise.

Il releva la tête, l'aperçut et lui fit signe. Nicole alla gaiement le rejoindre, sans rien laisser paraître de ses inquiétudes.

Ils travaillèrent ensemble au jardin, tout naturellement, évitant d'un accord tacite les sujets graves, et s'embrassant souvent.

Après un déjeuner tardif, on travailla encore, avant de prendre le thé en examinant avec satisfaction les travaux accomplis. Comme Nicole rangeait les tasses, Jack la retint par le bras.

— Vous revenez demain ?

Sa voix même semblait s'être rajeunie, et redisait les mots des temps anciens.

— Oui, répondit-elle. Et vous ?

— Je ne vous laisserai pas seule.

Il se caressa la joue à sa chevelure.

— Vous êtes la plus belle femme du monde, dit-il avec simplicité. A demain.

Il disparut aussi vite qu'il était arrivé. Nicole s'assit sur le seuil de la porte, le menton posé sur les genoux et les jambes entre ses bras. Sa vie venait de changer radicalement, et elle ne savait encore comment analyser cette métamorphose. Elle aimait de tout son être un homme qui peut-être ne pouvait pas l'aimer, et qui peut-être disparaîtrait du jour au lendemain, sans espoir de retour et sans laisser de trace. Un brigand dangereux que la plupart des gens normaux considéraient comme un ennemi de la société.

Mais elle n'en avait jamais aimé d'autre, et cette journée serait décisive dans son existence : elle l'avait aimé pleinement. Ne faut-il pas jouir du bonheur dans l'instant ? Quelle que soit la durée du sien, au moins lui resterait-il des souvenirs. Elle se rappellerait avoir vécu la vraie vie, si brièvement que ce fût. Elle ne mourrait pas dans le désespoir de n'avoir pas connu l'amour.

La semaine suivante, Nicole la vécut comme dans un rêve. Laissant Deborah et Gladys Owens renouer dans leur cocon avec leurs anciennes habitudes, elle se rendait chaque jour à la chaumière dans la forêt, munie d'un panier bien garni. Jack la précédait parfois, mais elle ne s'en apercevait qu'au dernier instant, car il cachait son cheval hors de vue du sentier, derrière le tor. D'autres jours, elle était au travail avant son arrivée. Il se plaisait alors à la surprendre en s'approchant à pas de loup, pour la prendre dans ses bras et lui baiser la nuque.

Il ne leur fallut pas moins de trois jours pour remettre en état le jardin. Nicole se souvenait nettement de la disposition des parterres et de la distribution des plantes, et pouvait ainsi restaurer avec précision le jardin de Mamie Rose. Certaines plantes, qui avaient prospéré sans retenue, ne nécessitaient qu'une remise en ordre. Le printemps venu, il serait temps de semer les graines des essences aromatiques, et d'en repiquer d'autres. Pour cela, le sol abandonné depuis si longtemps aux mauvaises herbes devait s'en trouver débarrassé par des nettoyages successifs. Le jardin serait beau, cet été !

Ni le passé ni l'avenir n'avaient de réelle existence. Au royaume magique et fermé de la chaumière, on ne vivait que dans l'instant présent. Nicole n'en désirait pas plus. Elle ne posait aucune question, n'attendait aucune explication. Elle ne combattait pas les préjugés de Jack, elle les ignorait, et il n'en parlait plus. Elle ne lui demandait pas de préciser la qualité de ses sentiments, ni la nature de ses intentions. Il suffisait de travailler avec Jack, de bavarder et de rire avec lui. De s'asseoir à la même table au moment des repas, de le regarder en face et de voir une lueur briller dans ses yeux sombres. De passer dans la chambre pour faire l'amour, avec frénésie parfois, parfois avec une indolente langueur, s'épuisant mutuellement en baisers et en caresses qui n'en finissaient pas. Elle l'aimait. Cette certitude suffisait à son bonheur.

Lorsque les travaux eurent été menés à bien, la chaumière leur servit encore de lieu de rendez-vous. Ils faisaient des promenades à cheval, dans la douceur de l'hiver, ou restaient au coin du feu.

Un après-midi, Jack arriva masqué. Etrangement émue, Nicole lui en fit l'observation.

— Pardonnez-moi, dit-il en se hâtant de réparer son oubli. Je suis allé au village, et je n'y pensais plus.

— Laissez-le, au contraire...

Elle s'approcha, sensuelle et tentatrice, ses yeux grands ouverts pour mieux fasciner leur proie. Sans cesser de tenir Jack sous leur feu, elle caressa le tissu.

— Vous vous rappelez cette nuit où j'ai chevauché entre vos bras... Lorque vous m'avez embrassée, j'ai senti le contact du satin contre ma peau, c'était doux et frais... très... excitant.

Jack eut un sourire amusé.

— Vraiment ?

Elle acquiesça gravement, coquette et tentatrice.

— Le charme du mystère, de l'inconnu...

— Je vois, dit-il d'un air entendu et complice. A quoi rêvent les jeunes filles...

Le regard moqueur, mais en proie lui aussi à l'excitation, il renoua le cordon de son masque noir, et redevint en un instant un bandit de grands chemins.

Frissonnante d'une émotion renouvelée, Nicole se laissa aller à la magie du déguisement. Comme il était troublant de le voir ainsi, redevenu un étranger, un personnage dangereux, qui n'obéissait qu'à ses instincts de prédateur. Un être rebelle qu'il était si doux d'apprivoiser ou de dompter, parfois !

Nicole resta immobile et muette, souriante et provocante, le défiant de sa hardiesse. Jouant le jeu, Jack lui prit un poignet et la contraignit à venir se coller contre son corps. Lui ramenant l'autre en arrière, il lui retint les deux bras dans le dos, sans la faire souffrir, mais assez fermement pour lui interdire toute échappée. Dans le masque, on voyait ses yeux briller d'un éclat singulier.

— Je vous tiens à ma merci, dit-il dans un souffle. Maintenant et pour toujours.

— Je ne suis à la merci de personne !

— Et je le prouve, poursuivit-il en lui baisant sauvagement la bouche.

Sa voracité semblait sans limites, son exigence infinie. Eperdue, hors de souffle, emportée par l'embrasement du désir, Nicole se sentait fondre intérieurement. Elle gémit, se débattit, tenta de retrouver l'usage de ses membres pour étreindre Jack, mais ce fut en vain. Loin de la libérer, il lui emprisonna les deux poignets dans une seule de ses grandes mains, et de l'autre entreprit d'explorer à sa fantaisie les parties les plus sensibles de son corps arqué et pantelant. A travers le tissu du corsage il éprouvait la fermeté de ses seins, la turgescence de leurs pointes, le désordre de sa respiration haletante, la nervosité de ses cuisses sous le jupon qui entravait ses jambes, et les sursauts de ses reins. Pour aggraver son tourment, il lui baisait le cou avec une lenteur désespérante, en la tenant à demi renversée. Elle finit par avouer sa défaite, en gémissant :

— Par pitié... Laissez-moi... Laissez-moi vous toucher...

Malgré la présence de leurs vêtements, elle sentit le corps de Jack s'embraser. Il la libéra, mais ce ne fut que pour modifier sa prise. La soulevant très haut à deux mains par la taille, il retroussa sa robe au contact de son torse, et appliqua contre le tissu que gonflait sa virilité le haut des cuisses de Nicole, exacerbant ainsi leur désir réciproque. Eblouie de plaisir et de bonheur, elle s'appuya à ses épaules, lui prit les cheveux pour offrir ses seins aux baisers, et l'entoura de ses jambes, pour le chevaucher debout et sentir sa chair la plus intime s'épanouir dans l'action.

Elle lui arracha le masque et le pétrit voluptueusement, pendant que Jack la portait vers le lit. A gestes brusques, il la dépouilla de ses dessous. Puis, sans attendre, il vint en elle et la conduisit à l'extase. Pour sa part il attendit, les mâchoires serrées, que le déferlement des ondes voluptueuses se ralentisse en elle et se calme.

Alors il se remit en mouvement, mais lentement cette fois. A peine apaisé, le désir de Nicole renaissait, s'échauffait de nouvelles sollicitations. Jack lui fit désirer la conclusion de cette course lente jusqu'à ce que, à bout de forces, elle la réclame en criant. Il la lui accorda, mais pour exaspérer sa jouissance, il la soumit une nouvelle fois à la même épreuve, en s'associant enfin à l'ivresse de la volupté suprême. Emportée pour la troisième fois hors d'elle-même, Nicole crut défaillir.

Epuisés tous deux, ils restèrent un long moment immobiles sur le lit, reprenant avec peine leur respiration. Nicole, émerveillée, revint à elle la première.

— Et pourtant, s'étonna-t-elle, nous ne nous sommes même pas déshabillés !

— La prochaine fois, dit Jack en se soulevant sur un coude, ce sera à mon tour de jouer.

— Comment cela ?

— Vous m'avez fait porter mon masque. Je veux qu'une autre fois, vous portiez un bandeau sur les yeux.

⁂

Plus tard dans la journée, comme ils se trouvaient dans la cuisine, Jack s'immobilisa, l'oreille attentive. Alcyon hennissait.

— Votre cheval s'impatiente, dit-il en allant à la fenêtre. Non, attention ! Il signale l'approche d'un cavalier !

Aussitôt près de lui, Nicole se lamenta.

— Oh ! mon Dieu, faites que ce ne soit pas lui !

— Vous le connaissez ?

— C'est Stone, l'enquêteur de Bow Street dont Richard a loué les services. Il m'a suivie, j'en suis certaine ! C'est ma faute, Jack. L'autre soir, Deborah s'est moquée de mes fréquentes absences. Il n'en a sans doute pas fallu davantage pour provoquer les soupçons de Richard. Quelle sottise !

Jack rassemblait sans s'émouvoir son chapeau, sa jaquette, et un petit sac de cuir.

— Cela n'est rien, dit-il, ils ne m'auront pas. Je n'ai rien oublié, je pense. Ce Stone ne peut vous nuire ?

— Soyez tranquille de ce côté. Il m'est antipathique, sans plus. Mais vous, Jack, qu'allez-vous faire ? La maison s'appuie à la vieille muraille et aux rochers du tor, il n'y a pas de sortie à l'arrière...

Il souriait, visiblement amusé de son inquiétude.

— Les sorcières étaient si menacées jadis qu'elles prenaient des précautions... Votre homme approche, à bientôt !

Il se baissa rapidement et releva une dalle du foyer. L'un des montants de la cheminée pivota. A peine Jack avait-il franchi cette ouverture que la dalle se remettait en place, ainsi que tout le dispositif.

Eberluée, Nicole jeta un regard circulaire sur la pièce, et rangea en hâte dans l'armoire l'une des deux tasses qui restaient sur la table. Il était temps. On frappait à la porte.

— Qui est-ce ?

— C'est moi, Stone, mademoiselle.

Nicole ouvrit la porte, en offrant à l'épais personnage le spectacle d'un visage dévoré d'inquiétude.

— Monsieur Stone ! Vous ici ? Il est arrivé un accident à Tidings ? Ma sœur, peut-être...

— Rien de tel, dit Stone en retirant son chapeau, qu'il posa sur son ventre. Je viens voir euh... si vous allez bien.

Nicole hocha la tête pour exprimer son incompréhension, tout en invitant du geste le policier à entrer dans la chaumière. Plus vite il constaterait l'absence de Jack, plus vite il viderait les lieux. Il ne fallait pas que le séjour de Jack dans sa cachette se prolonge, sous peine d'asphyxie.

— Si je vais bien ? Pourquoi en serait-il autrement ?

— Il y a des bandits dans le secteur, mademoiselle, dit Stone en pénétrant dans la pièce.

Il scrutait les lieux en tous sens, sans souci de discrétion, et traversa la salle jusqu'au cellier. Nicole le suivit.

— J'en sais quelque chose, rappela-t-elle. Qui vous a dit que vous me trouveriez ici ?

— Sa Seigneurie m'a demandé de veiller sur vous.

— Et de me suivre à la trace, sans doute ? Richard a tort de s'inquiéter. Je ne risque rien, et je ne transporte pour venir ici ni argent ni bijoux. Les bandits seraient bien en peine de me voler quoi que ce soit.

Une grimace sceptique assombrit le visage massif et sévère de Stone, qui sans y être invité pénétra dans la chambre, et ouvrit l'armoire pour en examiner le contenu. Nicole profita de ce qu'il tournait le dos au lit pour y ramasser le masque Jack et le rouler en boule. Ce personnage devenait décidément odieux.

— Si j'avais caché un amant, vous seriez bien embarrassé, ironisa-t-elle avec le cynisme qui ne messied pas dans la meilleure société.

Elle eut le plaisir de voir le teint de Stone s'empourprer.

— A Bow Street... Mais écoutez ! Un cheval ! De ce côté !

Nicole sursauta, en se souvenant avec horreur du cheval de Jack, attaché à l'arrière du tor. Il suffirait tout à l'heure à Stone de faire le tour de la maison pour le découvrir, et en déduire la présence d'un cavalier. La cachette de Mamie Rose était-elle inexpugnable ?

— Un cheval ? C'est le mien, sans doute, ou le vôtre.

— Ils sont tous deux devant la porte.

— Comme je suis distraite ! Alcyon se détache, parfois, mais il ne s'écarte jamais très loin.

Stone haussa les épaules et se hâta de sortir. Comme les deux chevaux n'avaient pas bougé, il jeta à Nicole un regard impassible, mais lourd de sous-entendus. La jeune femme s'essaya à la désinvolture.

— Il est là. Vous n'avez donc pu l'entendre hennir derrière la maison. C'est une illusion acoustique, tout simplement.

— Une illusion ne hennit pas, affirma Stone avec une obstination que Nicole jugea véritablement consternante.

Il entreprit de contourner le mur ruiné et les rochers du tor auxquels la maison s'appuyait, Nicole sur ses talons.

— Bon sang ! s'exclama-t-il.

Entre le tor et les bois, l'espace était vide. Nicole comprit que le refuge de Mamie Rose n'était pas une simple cachette, mais un passage qui donnait accès à l'extérieur.

— Vous voyez bien qu'il n'y a pas l'ombre d'un cheval, dit-elle en s'efforçant de ne pas triompher trop ostensiblement. Illusion, vous dis-je !

Stone, qui ne s'avouait pas vaincu, examinait le sol avec hargne.

— Il y a des traces, grommela-t-il. Des traces de sabots. Un cheval à la longe.

— Alcyon, sans aucun doute, dit Nicole. Je l'attache souvent ici.

Sourd à cette explication, Stone furetait. Il découvrit soudain une piste, et se mit à la suivre. Nicole l'imita, en traînant les pieds pour la brouiller derrière lui. Il se trouva qu'elle se perdait au bord d'un ruisseau.

— Nom de Dieu ! maugréa Stone.

Nicole trouva bon de réagir à ce blasphème.

— Je vous prie de châtier votre langage, dit-elle d'un ton pincé.

Stone consacra quelques secondes à la réflexion.

— Nom d'une pipe, fit-il enfin.

Il s'était repris sans conviction aucune, le regard dans le vague. Mais opérant soudain une volte rapide, il prit Nicole sous le feu de son regard, comptant bien, en enquêteur accompli, sur l'effet de surprise.

— Il y avait quelqu'un. Dites-moi son nom ! Recel de malfaiteur, cela va chercher loin !

Il en fallait davantage pour impressionner Nicole, qui afin de trouver un modèle à imiter se souvint de lady Pencross, vipère des salons infatuée de son propre charme, et coquette jusqu'à l'extravagance.

— Vous me faites rire, monsieur Stone, dit-elle en mettant dans son regard tout le mépris, et dans son sourire toute la perversité du monde. Votre intelligence, que je croyais plus solide, se trouve contaminée par les fantasmes de mon beau-frère. Sachez qu'il y a un certain temps, je me suis vue contrainte de repousser ses assiduités. Sous l'effet d'une jalousie rémanente et morbide, il me suppose des liaisons avec tous les messieurs qui passent. Ma vertu l'obsède, positivement. Je vous livre cette information parce que vous n'oserez en parler à personne, et surtout pas au comte. Pour votre gouverne, sachez également que je n'accorde mes faveurs, ou plutôt que je ne les accorderais, où ai-je la tête, qu'à des personnes d'un certain monde. Noblesse oblige, n'est-ce pas ?

Abasourdi, Stone ne put émettre en guise d'acquiescement qu'un gémissement rauque et inarticulé. Pour venger les frayeurs qu'il lui avait imposées, Nicole résolut de lui porter l'estocade.

— Tenez-vous le pour dit : si vous aviez trouvé un amant dans mon armoire, il n'aurait pas porté de masque. Je ne fréquente pas n'importe qui, voyez-vous. A ce propos, puis-je vous demander de me laisser à mes occupations ? Nous nous reverrons à Tidings, je le crains. Bonne journée, monsieur Stone.

Le visage impénétrable, Stone jeta un dernier coup d'œil à la vaste clairière et alla reprendre son cheval. Nicole n'était pas certaine de l'avoir convaincu. Dans un premier mouvement, elle songea à rentrer d'urgence au château afin de stigmatiser en termes choisis l'indiscrétion de Richard, qui la faisait suivre. Mais, à la réflexion, elle décida d'éviter tout esclandre. Dans le feu de sa diatribe, un détail risquait de lui échapper, qui aurait permis à Exmoor d'identifier Gilles comme chef de bande. Alors ses anciennes rancœurs renaîtraient, et sa haine se déchaînerait.

Une réaction violente confirmerait d'ailleurs dans l'esprit du comte le bien-fondé de ses soupçons. Par contre, quelques propos ironiques devraient suffire à l'en détourner. En conséquence, Nicole prit son temps pour rentrer, et fit en sorte de ne revoir son beau-frère qu'à la table du dîner, en présence de sa sœur.

— Vous m'avez honorée d'un singulier mentor, Richard. Me faire suivre par votre limier, fi donc !

Deborah s'étonna.

— Un limier ? Auriez-vous acheté un nouveau chien, Richard ?

— En quelque sorte, dit Nicole. Monsieur Stone, tu sais, ce policier de Londres ? Eh bien, il a retrouvé ma trace, et m'a suivie cet après-midi.

— Comme c'est étrange !

Richard émit un rire de bonne compagnie.

— Je reconnais bien là votre talent, ma chère Nicole ! Vous arrangez l'histoire d'une façon... En vérité, les choses sont très simples, Deborah. Comme votre sœur s'obstine à courir les bois sans escorte, j'ai enjoint à Stone de veiller sur sa sécurité.

— Il n'a épargné ni sa peine ni son flair, ironisa Nicole. Malheureusement pour lui, il n'y avait personne dans le cellier, ni dans l'armoire !

— Une armoire dans les bois ? s'inquiéta Deborah. De quoi parlez-vous ?

— Dans la chaumière de Mamie Rose, dit Nicole.

Elle observa le visage de Richard, qui ne réagissait pas à cette mention. Deborah, plissant le front, rassemblait ses souvenirs.

— Mamie Rose, la guérisseuse ? Mais elle n'est plus de ce monde, depuis des années !

— Sa chaumière est abandonnée, expliqua Nicole, ainsi que son jardin. Lorsque j'ai vu toutes ces plantes rares ou précieuses laissées en friche, la fantaisie m'a pris de les remettre en culture et d'en faire provision. Cet été, la récolte sera belle, si toutefois les limaces et les pucerons le permettent. J'oubliais les mouches envoyées par Richard.

— Stone n'a rien d'une mouche, et ne peut vous causer aucun dommage, assura le comte sur un ton conciliant.

— Il a la fâcheuse manie de voir des bandits partout, et de jouer aux inquisiteurs.

Exmoor sourit avec cynisme.

— Simple déformation professionnelle. Lorsqu'il les aura fait pendre, il ne les cherchera plus.

Nicole éprouva une sensation de malaise, et se félicita que Deborah, que ce dialogue ne passionnait pas, reste fidèle à un rite quotidien, et entreprenne le récit détaillé des événements marquants d'une journée désespérément banale.

⁂

Comme il n'était pas question de revoir Jack de sitôt, Nicole consacra le lendemain à des travaux d'aiguille dans la future chambre d'enfant, en compagnie de Deborah et de Gladys Owens. Epuisée par cette expérience pénible, elle se souvint avec une telle nostalgie des attraits de la vie en plein air que le jour suivant la revit à la chaumière. Stone l'espionnait sans doute, mais aussi bien ne pouvait-elle interrompre ses activités botaniques sans éveiller les soupçons.

La solitude et le silence n'avaient cependant pas que des avantages. Dans la chaumière et à ses abords, tout lui rappelait Jack. Une racine récalcitrante le lui montrait, acharné à extirper celles des ronciers. Le thé paraissait insipide, de ne fumer que dans une tasse solitaire. Le feu dans l'âtre, si chaleureux lorsqu'on le contemplait à deux, semblait mourant et hostile. Nicole le laissa s'éteindre et quitta la petite maison dès le début de l'après-midi, avec l'intention de n'y plus revenir pendant un certain temps.

Quand reverrait-elle Jack, dans quelles conditions, et pour quel avenir ? Ces pensées confuses et inquiétantes la troublèrent pendant tout le trajet du retour.

A Tidings l'attendait un message revigorant, sous la forme d'une lettre de Pénélope Castlereigh, qui bientôt serait baronne de Buckminster.

« Grande nouvelle ! Nous sommes tout près de toi, à Fingle Manor, chez ladymamie la comtesse d'Exmoor, avec lady Ursula ma (tendre ?) mère, et ma cousine Marianne, qui va connaître le même jour que moi les joies de l'hyménée (entre nous, je crois que Justin et elle les connaissent déjà). Après Alexandra, retrouver en la personne de la belle Mme Cotterwood une seconde cousine, quelle chance ! Et ladymamie, qui s'est trouvé deux petites-filles, les plus belles du monde, après vingt-deux ans de séparation ! A Fingle Manor, nous nageons toutes dans le bonheur. Pour qu'il soit complet, Alexandra et lord Thorpe son époux, ainsi que lord Lambeth le fiancé de Marianne, sont attendus sous peu. Avec Bucky, bien sûr. Viens vite me voir ! Je t'embrasse.

Pénélope. »

Nicole ne s'étonna pas que ce message ne soit adressé qu'à elle. La comtesse douairière, qui bientôt serait âgée de soixante-dix ans, refusait de remettre les pieds à Tidings, qui avait été sa résidence, depuis que Richard l'occupait. Le double deuil qu'elle avait subi pendant la funeste année 1789, en la personne de son époux, puis de son fils aîné, lord Emerson Chilton, avait donné à Richard, désormais chef de la maison des Montford, le titre de comte d'Exmoor. Les étranges circonstances de cette succession s'étaient trouvées aggravées par la disparition des trois enfants des Chilton. La récente découverte des deux filles, dans des circonstances rocambolesques, confirmait les manœuvres sournoises et sans doute criminelles de Richard, dans les temps anciens. Récemment encore, lors de ces retrouvailles, à Buckland Manor, il était allé jusqu'à exécuter d'un coup de pistolet devant une foule médusée l'un de ses probables complices. Autour de la comtesse douairière, le clan battait froid à Richard, et ne souhaitait pas le rencontrer.

La résolution de Nicole fut bientôt prise. Une heure après avoir lu la charmante missive, elle galopait en direction de Buckland, pour se rendre à Fingle Manor.

15.

A l'écart des vastes domaines qui constituaient le fief de la maison de Montford, Fingle Manor, charmante demeure de style Renaissance, était la résidence campagnarde de la comtesse douairière. Très lancée dans le monde malgré son âge, l'imposante lady Exmoor résidait la plupart du temps dans son hôtel de Marylebone Lane, à Londres. Mais elle tenait à ce que les cérémonies solennelles se déroulent dans le berceau de la famille.

La plus jeune de ses petites-filles, Alexandra, qu'elle avait retrouvée comme par miracle après l'avoir crue morte à l'âge de deux ans, en même temps que ses parents, avait épousé lord Thorpe l'année précédente, dans l'ancienne chapelle familiale. Comme la comtesse entendait y faire célébrer le même jour les noces de Marianne, sœur aînée d'Alexandra, retrouvée elle aussi par un extraordinaire concours de circonstances, et celles de Pénélope, fille de lady Ursula et nièce du défunt lord Chilton, tout le petit clan devait se réunir à Fingle Manor, d'autant plus opportunément que le fiancé de Pénélope, baron de Buckminster, viendrait à la chapelle en voisin.

En pressant les flancs d'Alcyon, dont sa tante lui avait laissé l'usage, Nicole s'enchantait de revoir bientôt ses amies. Elle savait surtout que dans un moment elle pourrait enfin leur faire la confidence de sa rencontre avec Jack, de la véritable identité du bandit, et de ses probables motivations. A Tidings, tout secret dévoilé à Deborah risquait de se trouver maladroitement communiqué à Richard. Pénélope et Marianne étaient autrement dignes de confiance.

Lorsqu'elle parvint à destination après une longue chevauchée, Nicole ne prit pas la peine de mettre de l'ordre dans sa tenue ou dans sa chevelure, car elle savait ses amies indifférentes à ces futilités. Sans doute l'altière lady Ursula ne partageait-elle pas la désinvolture de la jeune génération. Mais Nicole avait coutume de se faire sourde aux remarques acrimonieuses de l'autoritaire fille de la comtesse, qui n'avait d'ailleurs accepté qu'avec bien des réticences la double révélation : l'Américaine Alexandra Ward et l'orpheline Marianne Cotterwood, séparées depuis leur plus tendre enfance, étaient sœurs, filles de lord Chilton, et par conséquent ses propres nièces.

A peine eut-elle été annoncée que Nicole eut la joie de voir surgir Marianne et Pénélope, toutes deux égales dans son affection, mais physiquement fort opposées. Très grande, les formes voluptueuses, la chevelure superbe, fauve et dorée, les yeux d'un bleu profond, Marianne était de ces beautés qui font sensation. Seule peut-être sa sœur cadette pouvait faire une impression aussi forte. Les formes sculpturales d'Alexandra et son visage altier, digne de la statuaire antique, semblaient l'avoir prédestinée à épouser lord Thorpe, le célèbre amateur d'art.

Auprès de Marianne, Pénélope créait un saisissant contraste. Fine et menue, le teint très clair, elle avait fait longtemps figure, dans l'ombre de la majestueuse Ursula Castlereigh sa mère, de jeune fille effacée. Mais sa récente idylle la métamorphosait. Epanouie par l'amour, le regard animé d'une lueur nouvelle, elle manifestait un dynamisme et un enjouement qui parachevaient son charme.

Bien que Nicole n'ait fait la connaissance de Marianne qu'assez récemment, elle se sentait plus proche d'elle que de ses amies d'enfance. Elevée dans un orphelinat, employée un temps comme domestique et très proche des gens du peuple, Marianne, qui pendant vingt-deux ans avait ignoré son ascendance aristocratique, n'avait ni la raideur ni la morgue de beaucoup de nobles dames, ni leurs préjugés. Pleine d'admiration pour l'œuvre humanitaire de Nicole, elle ne se contentait pas de la soutenir financièrement, comme le faisaient beaucoup de ses amies, et visitait volontiers les maisons qui servaient de refuge à ses protégées.

L'esprit très souple, Marianne pouvait aussi bien déployer une extravagante fantaisie que discuter littérature ou philosophie avec Pénélope, qui était une femme savante. Nicole les embrassa toutes deux avec effusion. Ainsi réunies, elles constituaient le trio le plus solide que l'on puisse imaginer.

— Comme Londres semble vide sans toi ! s'écria Pénélope. C'est pour te voir que nous avons précipité la migration matrimoniale à Fingle Manor. Ladymamie nous chaperonne.

— Ainsi que lady Ursula, rappela Marianne en esquissant une grimace. Chacune est jalouse de ses prérogatives, et entend bien régenter nos deux mariages.

— Par bonheur, Justin a conservé tout son ascendant sur maman, dit Pénélope, bien qu'il épouse Marianne. A chaque différend, il prend notre parti, ou bien celui de la comtesse. Il relève le menton, comme ceci, il pince les lèvres et le nez, comme cela, il relève les sourcils en baissant les paupières, ainsi, et pour emporter la décision il lui suffit de bégayer : « Chez nous autres les ducs... »

— Caricature ridicule et stupide ! s'insurgea Marianne pendant que sa cousine et Nicole éclataient de rire. Mon fiancé ne bégaye pas !

— Quand il veut impressionner maman, dit Pénélope,

il laisse tomber chaque syllabe l'une après l'autre, comme le duc son père, qui s'endort en parlant !

Justin, lord Lambeth, serait un jour en effet duc de Storbridge. Il venait de faire scandale en demandant la main de Marianne Cotterwood, roturière et déjà maman. Que la belle Mme Cotterwood ait soudain été reconnue comme Marianne Montford, petite-fille de la comtesse d'Exmoor, avait provoqué une sensation bien plus puissante encore.

Les trois amies se réfugièrent dans le confort d'un petit salon, pour rapprocher des sièges et se faire part en toute intimité des derniers échos de la vie mondaine. Venues de Londres, Pénélope et Marianne s'apprêtaient à en régaler l'exilée de Tidings, qui d'ordinaire en était friande. Mais pour cette fois, Nicole semblait si distraite que Marianne s'interrompit au milieu d'une anecdote pour s'en inquiéter.

— Il me semble que les tribulations de Sophronia Merridale ne vous passionnent pas outre mesure...

Nicole s'en défendit avec assez peu de conviction, excitant ainsi la curiosité de Pénélope.

— Si nos petites histoires l'ennuient, c'est qu'elle en a une grande à nous raconter ! Ne nous laisse pas languir, Nicole !

Nicole sourit avec un peu d'embarras.

— Eh bien... Je ne sais par où commencer.

— Elle est amoureuse ! s'écria Marianne.

— Comment le savez-vous ?

Pénélope poussa une exclamation de triomphe.

— Elle l'est donc ! Bravo, Marianne, quelle perspicacité ! Comment l'avez-vous deviné ?

— Cela se voit à une sorte de... lumière intérieure. L'amour modifie l'expression d'un visage, n'est-ce pas ?

Chacune des personnes présentes se trouvant concernée, on en convint volontiers.

— C'est vrai, dit Nicole, je suis amoureuse. Mais

suis-je aimée ? J'en doute. Tout est si compliqué, si difficile ! Que faire ?

Marianne hocha doctement la tête.

— Des incertitudes, des difficultés ? Alors il s'agit bien d'amour, croyez-en mon expérience. Racontez-nous vos aventures dans le détail, Nicole, Pénélope et moi nous mourons de curiosité !

Comme pour illustrer cette affirmation, elles se rapprochèrent toutes deux de la narratrice.

— Il y a deux ou trois mois, à Buckland, je vous avais confié sous le sceau du secret que je soupçonnais Richard d'avoir causé la mort de mon jeune amoureux, il y a dix ans ? Eh bien ce n'était pas un accident, et il a voulu le tuer. J'en ai maintenant la preuve.

— Le malfaisant personnage ! se récria Pénélope. Vous souvenez-vous comme il a exécuté ce pauvre fou de Fuquay, sous nos yeux, pour l'empêcher de parler ? Il faudrait pouvoir mettre ce Richard hors d'état de nuire.

— Savez-vous qui m'a appris sa cruauté envers Gilles ? Gilles en personne ! Mon amoureux a survécu ! Il est revenu hanter en quelque sorte ces lieux. Il n'était pas mort, et Richard le savait. Pour le faire disparaître, il l'a fait enrôler de force dans la marine royale. Gilles n'a pu s'évader que par miracle, et résidait en Amérique.

Ses deux auditrices, qui s'étaient d'abord récriées, se trouvèrent réduites au silence par la stupéfaction. Sans évoquer les activités coupables du « Gentleman » et son déguisement, Nicole leur fit part de leurs retrouvailles, et surtout du scepticisme de Gilles, et de ses soupçons.

— Ils sont si injustes, si odieux ! Comment peut-il m'avoir aimée, et avoir cru un seul instant que j'aie pu le trahir et le livrer à Richard ? Je ne suis pas certaine de l'avoir convaincu de son erreur. Jamais je n'ai reçu cette lettre. Comment l'en persuader ?

— Il a peur de la vérité, suggéra Pénélope. S'il admet que tu n'as pas reçu sa lettre, il porte la responsabilité de dix ans de souffrance et de deuil. S'il avait eu foi en toi, en votre amour, il n'aurait pas commis une erreur si funeste.

— Je vois les choses autrement, dit Marianne. Quelles que fussent la force de son amour et sa sincérité, il était naturellement conscient du caractère absolument chimérique, irréalisable, de votre projet. J'ai été domestique dès ma sortie de l'orphelinat, et je sais pour l'avoir vécu combien l'aristocratie est étrangère aux gens du peuple, comme elle leur paraît inaccessible. Les sentiments échappent aux interdits, mais les institutions s'y soumettent. Entre la caste supérieure et les gens du peuple, il n'y a pas d'union possible. Ce garçon n'a pas désespéré de vous, il a désespéré de votre appartenance à la noblesse. Lord Lambeth, en demandant ma main, avait contrevenu aux lois...

— Mais c'est un homme, et un cynique ! fit observer Pénélope en riant.

— En effet. Mais bien que roturière j'étais disons... admise dans un milieu mondain, et suffisamment instruite pour n'y pas faire trop mauvaise figure...

— Voyez la coquette !

— Et puis il y a eu ce coup de théâtre, et les retrouvailles avec ma vraie famille, ma sœur, et ma chère cousine. Mais dans le cas qui nous occupe aujourd'hui, Nicole nous dit que celui qui n'était que palefrenier il y a dix ans a maintenant un statut social bien différent. Voilà qui devrait arranger les choses...

Nicole soupira.

— Elles se compliquent au contraire. Gilles n'est plus palefrenier, il parle en homme cultivé, mais...

Elle se tut, consciente comme elle ne l'avait jamais été de l'énormité du problème, et du scandale qui s'annonçait.

— Eh bien ?

— Eh bien, il ne s'est pas contenté de revenir d'Amérique pour s'installer dans le Dartmoor. Il... Il s'est fait bandit de grands chemins.

Pénélope et Marianne, frappées de stupeur, restèrent sans voix, les yeux écarquillés et la bouche béante.

— Il dirige une bande de voleurs masqués, dit Nicole d'une petite voix. Je ne l'ai pas reconnu lors de nos premières rencontres, parce qu'il gardait son masque... En principe, Richard est leur seule victime. Gilles et ses principaux complices ne sont venus d'Amérique, il y a quelques mois, que dans l'intention de le dépouiller, et lui seul. Vous comprenez maintenant mon désarroi : je ne suis pas certaine des sentiments de l'homme que j'aime, mais pour comble de malheur cet homme est menacé d'arrestation, et de pendaison. Je le rencontre clandestinement, en priant le ciel que ni Richard ni le policier venu de Londres ne découvrent son identité, et son repaire. Il faut que je sois atteinte de démence, n'est-ce pas ?

— Je récuse ce diagnostic, dit très sérieusement Pénélope. Alexandra et Marianne ont vécu chacune à leur façon des aventures extraordinaires.

Marianne, qui réfléchissait, fit un mouvement vif.

— Ce bandit, je m'en souviens, dit-elle pensivement. C'est lui qui nous a sauvé la vie, à Justin et à moi, lorsque Fuquay avait piégé l'entrée de la mine. Justin a décidé de garder cette information confidentielle. D'après lui, cette mine abandonnée servait d'entrepôt aux voleurs, et celui que nous avions rencontré n'était autre que leur chef, le célèbre Gentleman. Il s'est même présenté à nous, sous le nom de Jack Moore.

— C'est bien lui !

— J'ai eu le plaisir de le voir sans son masque, ajouta plaisamment Marianne. Un beau garçon, d'une distinction parfaite, qui s'est montré fort aimable lorsqu'il a su que nous résidions à Buckland, et non pas à Tidings.

— Il n'en veut qu'à Richard, dit Nicole. Il n'est pas voleur par vocation ni par nécessité, mais par vengeance.

Mais cela n'enlève rien à sa culpabilité. S'il tombe aux mains des juges, il sera pendu.

— Mais puisqu'il t'a retrouvée, il pourrait se réformer, redevenir honnête, dit Pénélope.

— S'il vous aime d'amour, il ne peut agir autrement, approuva Marianne. On ne peut vivre toute une vie en compagnie d'un hors-la-loi.

Nicole tenta de retenir les larmes qui lui montaient aux yeux.

— Je le sais bien. Il va falloir qu'entre l'amour et la vengeance il fasse son choix.

Le lendemain matin, dans le petit salon de la future maman, Nicole tenait sous le charme Deborah et Gladys Owens. Bien que moins exaltants pour ce public particulier que les préparatifs d'une naissance, ceux d'un et même de deux mariages ne manquaient pas d'intérêt. De son passage à Buckland et de sa rencontre avec les futures mariées et leur grand-mère, Nicole ramenait une étonnante moisson d'informations, qui suscitaient des exclamations et des commentaires.

— J'espère, dit Deborah, que cette fois Richard n'éprouvera pas le besoin de m'emmener en Ecosse, comme il l'a fait il y a quelques mois lorsque lord Thorpe a épousé Alexandra.

— Moi vivante, il respectera votre repos, promit l'énergique Gladys. Nous irons ensemble à la chapelle, dans une voiture bien suspendue, pour voir tout ce beau monde. On fait grand cas de la comtesse douairière. N'oubliez pas votre titre, ma petite Deborah : la vraie comtesse d'Exmoor, c'est bien vous !

Souriante et lasse, la sœur de Nicole fit un geste désabusé.

— Si j'étais aussi grande dame que la comtesse, tu ne m'appellerais pas « ma petite », Gladys. Mais je préfère qu'il en soit ainsi, et que tu m'aimes bien.

Nicole, dans un élan de tendresse, s'empressa de l'approuver.

— Comme tu as raison, Deb. L'amour est si rare, et la grandeur si lourde à porter. En 1789...

Elle se tut pour laisser parler un valet, qui venait d'entrer.

— Un gamin qui vous demande, mademoiselle. Il est dans la cuisine.

— Sans doute un malade, dit-elle en se levant vivement. Excuse-moi, Deborah, je te laisse en de bonnes mains. A plus tard la suite du récit !

Dans la cuisine, un gamin d'une dizaine d'années, le nez pointu et le regard oblique, inspectait furtivement le déploiement des casseroles et des chaudrons, en rôtissant ses maigres mollets nus à un poêle rougeoyant. Dès que Nicole parvint à portée de voix, il débita son discours d'un trait.

— Madame, bonjour madame pardon de vous déranger madame c'est Maggie Falkner qui dit qu'son dernier va pas bien du tout du ventre. Si vous venez...

— J'ai compris, dit Nicole. Cours lui dire que je viens sans tarder, le temps de faire seller mon cheval et de prendre ma trousse et mon sac.

— ... alors il guérira soyez remerciée vous êtes si bonne, conclut le gamin sans reprendre haleine.

Il rouvrit les yeux, qu'il avait fermés pour mieux se concentrer, et se détendit d'un coup.

— Ma mère à moi, poursuivit-il avec une soudaine désinvolture, elle dit qu'Maggie elle fait des embrouilles pour rien, parce qu'elle est qu'à son cinquième...

Lesté d'une brioche, le jeune messager fut expédié en avant-garde. Nicole se hâta d'aller se changer pendant que l'on sellait Alcyon. Elle connaissait bien Maggie Falkner et la tenait pour une femme raisonnable, qui ne l'aurait pas inutilement dérangée. Lorsqu'elle s'éloigna de Tidings, elle ne se soucia pas de se retourner pour s'assurer de la présence de Stone. Une chevauchée jusqu'aux abords d'Evansford n'était sans doute pas pour plaire à ce londonien. Il y trouverait la punition de son indiscrétion.

Elle parvint très vite à l'entrée du village. Le mari de Maggie, qui était aux aguets, prit la bride d'Alcyon avant qu'elle ne mette pied à terre.

— Comment va le bébé ?

— Tout va bien, puisque vous êtes là, répondit sommairement Falkner. Entrez, mademoiselle. Je m'occupe de votre cheval.

Dans la maison, il suffit à Nicole d'appeler doucement le nom de Maggie pour la voir surgir, affairée jusqu'à l'excitation.

— En haut ! En haut !

Elle indiquait l'escalier tortueux qui menait à l'étage. Nicole s'y engagea, un peu déconcertée.

— Il n'est pas au chaud dans la cuisine, avec vous ?

— La porte juste en face ! répondit seulement la jeune femme, qui ne l'avait pas suivie.

Nicole souleva le loquet et entra. Elle eut à peine le temps de remarquer l'absence de tout berceau près du lit. La porte, vivement repoussée, se fermait avec bruit, un bras la prenait par la taille, et une main ferme la bâillonnait.

— N'ayez pas peur, ne criez pas !

Elle reconnut la voix de celui qui la surprenait ainsi, et crut défaillir de bonheur.

— Jack, oh Jack !

Il lui libéra le visage et la serra dans ses bras, elle se guinda sur la pointe des pieds pour lui offrir ses lèvres. Leur baiser sembla ne devoir jamais prendre fin. Lorsqu'ils retrouvèrent leur souffle, Nicole s'inquiéta.

— Que faites-vous chez ces braves gens ?

— Hal Falkner est brave, en effet, puisqu'il fait partie de ma bande. L'enfant se porte comme un charme. Je voulais vous voir, vous parler. Je n'ai trouvé que ce moyen.

— Comme j'en suis heureuse, Jack ! murmura Nicole en lui caressant de la main le visage. J'espérais tellement vous rencontrer, moi aussi. Mais on me suit de près. Ce Stone... Je parie qu'il surveille la maison, en cet instant même !

Nicole voulut aller à la fenêtre, mais Jack la retint.

— Qu'il surveille, il ne verra rien. Je suis ici depuis l'aube, et mon cheval se trouve en lieu sûr. Seuls les Falkner sont dans le secret. Ils ne risquent pas de commettre d'indiscrétion. Si ce mouchard voulait faire du zèle, ils sauraient comment le recevoir.

— Dans ce cas...

Elle le prit par la taille et posa la tête contre son torse, pour savourer l'instant présent.

— Si vous saviez combien vous m'avez manqué...

— Je n'ai fait que penser à vous...

Ils avaient parlé ensemble, mais l'émotion les empêcha d'en rire.

— Il me semble ne vous avoir vue depuis des semaines, reprit Jack en baisant sa chevelure blonde. Je ne cesse de penser à vous, à vos occupations, je me sens si seul !

— Je me sens si seule, moi aussi...

Elle frémit de plaisir. Les lèvres souples de Jack, qui lui parlait à l'oreille, lui caressaient la tempe et la joue.

— Comment ai-je pu vivre toutes ces années sans vous, Nicole ?

Leurs lèvres se reprirent, et ils s'embrassèrent longuement, avec application, comme pour rattraper des mois et des années de solitude. Sous ses doigts, à travers le tissu, Nicole éprouvait la chaleur et la fermeté des muscles de Jack. Elle rêvait de palper sa chair nue, d'exalter ses sens au contact de sa peau. Comme s'il devinait ses pensées, Jack, parcouru d'un frisson, la souleva du sol et l'emporta vers le lit.

— Jack... Maggie et Hal, que vont-ils penser...

Il lui baisa la gorge.

— Penser quoi ?

— Que... Que nous...

Jack, assis sur le lit, la tenait debout entre ses jambes, et lui caressait les hanches et les seins, dont ses mains épousaient le galbe, dont ses doigts trouvaient les pointes à travers le corsage, pour les presser et les exalter à la fois.

— Que nous quoi ? dit-il dans un souffle.

— Je ne sais plus.

Elle le défaisait de sa chemise, investissait sa peau, y imprimait ses doigts pour affirmer sa possession et augmenter sa jouissance. Rien n'existait plus que Jack, son odeur, sa chaleur, le contact de son corps et de ses lèvres ardentes. Elle le renversa sur le lit, et le domina.

Emportés par la passion, ils se dévêtirent mutuellement dans le plus grand désordre, les membres emmêlés, les mains et la bouche exigeantes, curieuses, tour à tour dévorantes et possessives, puis caressantes et soumises. Rien n'existait plus hors eux-mêmes, et leur joute amoureuse.

Ce tendre combat, ils le prolongèrent longtemps, voluptueusement, pour en savourer tous les détours, pour ne rien oublier de toutes ses virtualités. Nicole s'émerveillait que Jack invente en sa seule faveur des bonheurs aussi extrêmes. Lorsque, au comble de leur jouissance déchaînée, ils parvinrent ensemble à l'extase, ils ne furent plus qu'un être parfait, qui rassemblait en lui tout le bonheur du monde.

Un peu plus tard, encore haletant, Jack manifesta en soupirant une sorte de rage.

— Je ne veux pas vous laisser partir, murmura-t-il.

— Je ne veux pas vous quitter, répondit-elle.

Elle se blottit contre son torse, et entendit les battements puissants de son cœur en pleurant à chaudes larmes, comme l'aurait fait un enfant.

— Ces derniers jours, j'ai tenté de ne pas y croire, mais je n'ai pu, la pensée m'obsède, dit-il confusément. Imaginez... Imaginez que disparaisse Jack Moore, bandit de grands chemins ?

Nicole retint sa respiration.

— Que voulez-vous dire ?

— Eh bien, je disparais. Et puis un de ces jours, un jour prochain bien sûr, Gilles Martin revient d'Amérique. Un peu vieilli, bien sûr, mais considérablement assagi. Un homme véritable, sans masque, un homme doté d'un passé, et d'un avenir. Un homme ordinaire en quelque sorte, de ceux que le bourreau ne réclame pas.

Nicole se redressa, pour se pencher vers le visage de Jack et le scruter intensément.

— Le voulez-vous vraiment, Jack ?

— Je le veux, en effet. Je refuse de poursuivre cette vie clandestine, de vous renconter en secret. Je veux vous rendre visite, chevaucher au grand jour avec vous, vous accompagner à l'opéra, au théâtre... Je veux faire tout ce qui est interdit au « Gentleman ». Pour me préparer à une nouvelle vie, j'ai prévenu toute la bande. Diane a quitté la maison des bois en compagnie des deux accompagnateurs de votre nourrice. Ils vont s'installer à Londres, définitivement peut-être. Perry et les trois derniers fidèles règlent leur sort sur le mien. En devenant mes complices, ils n'avaient cessé d'être profondément honnêtes. Je reviens à de meilleurs sentiments, et je réintègre le troupeau des honnêtes gens.

Il rit, un peu ému. En parlant, il avait saisi l'une des mèches blondes de Nicole et l'enroulait. Elle lui prit l'autre main, et entrelaça leurs doigts.

— Je vous en félicite, dit-elle gravement.

— Ce sera moins drôle, bien sûr. Je ne suis un brigand que depuis quelques mois, un brigand amateur. Au Maryland, Perry et moi nous sommes des hommes d'affaires, des gens sérieux. Vous plaira-t-il que je ne sois plus un aventurier ? Le masque est si romanesque...

Nicole voyait s'ouvrir un avenir radieux.

— Vous le remettrez parfois, quand nous serons seuls, dit-elle en lui offrant un sourire, et un baiser. Et Richard, qu'en faites-vous ?

Jack haussa les épaules.

— Mon intention était de l'acculer à la ruine. J'en suis incapable. Je l'agace sans doute, et je le rends ridicule, mais cela ne suffit pas à remplir une existence. Je lui reprochais surtout de vous avoir enlevée à moi, et nous voici réunis. Mon principal grief est aboli, et ma haine moins désespérée.

Nicole, émue, l'embrassa de nouveau.

— Le Gentleman va donc disparaître ?

— Juste après son dernier exploit. Après-demain, à l'aube, un fourgon de mine doit emporter un véritable trésor. Depuis des mois, Exmoor accumule en secret ses recettes dans un coffre-fort caché dans une mine d'étain en activité, près d'Ashburton. Pour ne pas attirer l'attention des personnes malintentionnées, le fourgon se déplacera sans escorte. Personne n'aurait l'idée saugrenue de dérober du minerai. Mais le secret a transpiré, et je suis au courant de la manœuvre. Le coffre-fort est à nous !

En s'efforçant de ne pas manifester trop ostensiblement sa déconvenue, Nicole s'inquiéta.

— Est-ce bien raisonnable ? Ce dernier larcin est-il indispensable ?

— Je n'en profiterai pas, non plus que Perry, qui grâce à vous a retrouvé ses forces. Nous avons des réserves suffisantes, que nous pouvons investir à notre gré. C'est au bénéfice de nos collaborateurs locaux que nous avons organisé ce dernier coup. Lorsque nous aurons disparu, ils vont devoir mettre fin à leur aventure. Je ne veux pas qu'ils replongent dans la misère, en se laissant exploiter par Exmoor. Ils quitteront tous son service, dans des délais raisonnables.

Nicole ne put qu'approuver cette décision, bien qu'elle

fût délictueuse. Elle admirait secrètement la sollicitude de Jack à l'égard de complices qu'il pouvait sans risque payer d'ingratitude. Avec une sorte d'allégresse dont il n'était pas coutumier, Jack échafaudait des projets idylliques.

— Une fois Jack Moore disparu, où allons-nous susciter la présence de Gilles Martin ? A Londres, peut-être ? Il convient de mettre quelque distance entre les deux personnages.

— Je vis à Londres, dit Nicole, mais j'ai promis à ma sœur de ne pas la quitter pendant sa grossesse, et je dois assister à deux mariages dans la chapelle familiale des Exmoor, le mois prochain.

— Eh bien, qu'il en soit ainsi. De Londres, Gilles Martin reviendra à la chaumière de son enfance, et fera valoir ses droits à la succession de Mamie Rose. A moi les plantes rares, le pavot et la camomille ! Et la maison toute propre. Je vous ferai visiter la sortie de secours, elle ne manque pas d'agrément.

Nicole lui baisa l'épaule.

— Promettez-moi d'être prudent.

— Je le serai, c'est promis. Voici un baiser... dans les cheveux, en gage de prudence.

— Il faut que je parte bientôt. Stone pourrait avoir des soupçons.

— Qu'il aille au diable ! Nous nous reverrons bientôt.

— Où ? Quand ?

— Je n'en sais rien. Dans le salon de madame votre mère, peut-être ?

— Lady Falcourt reçoit le jeudi.

Leur entrevue se termina dans une atmosphère étrange. Tous deux se trouvaient en proie à une sorte d'excitation, dans l'anticipation d'un avenir qu'ils ne parvenaient pas encore à définir. Dès qu'avec l'aide de Jack, ou malgré son aide, Nicole eut remis de l'ordre dans sa tenue, elle quitta la maison, saluée d'un simple sourire par Maggie, qui berçait son dernier-né, et par Hal, qui la remit en selle sur Alcyon.

Le soir, elle eut toutes les peines du monde à ne rien laisser paraître de son bonheur et de ses exaltantes espérances. Vivement tentée de sourire aux anges en permanence, elle se contint si bien qu'après le dîner sa sœur s'inquiéta de sa mélancolie, en l'imputant à la migraine.

Trop heureuse de saisir ce prétexte, Nicole s'enferma dans sa chambre et se jeta sur son lit, pour se complaire dans l'examen d'un avenir qui lui semblait peint des couleurs les plus enchanteresses. Jack ne lui avait parlé ni d'amour ni de mariage, mais il changeait de vie pour elle, et l'associait à des projets d'existence honnête. Il avait donc renoncé à ses soupçons odieux et à ses accusations infamantes.

Bientôt, elle pourrait présenter Gilles à Marianne, à Pénélope, à lord Thorpe et à sa femme, à Justin, au cher Bucky. Quelle fête ce serait ! Sans doute Richard n'accueillerait-il pas d'un cœur léger ce revenant, mais auraient-ils seulement à se fréquenter ? L'avenir s'annonçait sous les meilleurs auspices.

Après une nuit peuplée de beaux rêves, Nicole vécut le lendemain une journée heureuse. Son euphorie ne prit fin que tard dans la soirée, lorsque Deborah vint lui souhaiter la bonne nuit, soucieuse comme de coutume de se montrer amène, mais incapable de dissimuler une fâcheuse préoccupation. La future maman éluda les ouvertures que lui proposait sa sœur, mais après quelques propos anodins, elle ne put se retenir davantage.

— Nicole... Crois-tu que certains membres de la bande de voleurs sont des gens du village ?

Un peu distraite jusqu'alors, Nicole sursauta.

— Pourquoi cette question ?

— Parce que j'ai surpris, par hasard, bien sûr, une conversation entre Richard et ce Stone.

— Et alors ?

— Je sais bien qu'attenter à la propriété d'autrui est un crime, mais quand même... Cela me semble bien cruel !

Nicole, saisie d'un funeste pressentiment, sentit son cœur battre plus vite, et l'angoisse lui nouer la gorge.

— Que disaient-ils ?

— Ils parlaient de leur embuscade. On a fait courir le bruit que demain matin Richard effectue un considérable transfert de fonds depuis une mine, je ne sais où, mais ce n'est qu'un piège. Dans le fourgon, il n'y aura pas d'argent, mais des mercenaires armés. Les bandits n'auront aucun mal à intercepter la voiture, mais lorsqu'ils voudront la vider de son contenu, les tireurs ouvriront le feu. Stone et Richard ont décidé de tuer le chef, et tous ses hommes !

16.

— Ils vont les exécuter ? Ils vont les tuer, de sang-froid ?

Les yeux grands ouverts dans le vide, les traits tendus, Nicole écoutait le compte rendu des indiscrétions de Deborah, et ses commentaires.

— Je les ai entendus... Les tireurs resteront à l'abri, dans la voiture, et les bandits seront à découvert. Comme ils ne verront pas d'escorte, ils n'auront aucune méfiance. Je sais bien qu'en cas d'arrestation ils risqueraient la corde. Mais ils seraient au moins jugés. Ce guet-apens me fait peur, Nicole. Cela ressemble presque à un assassinat.

— Il s'agit effectivement d'un assassinat, dit sombrement Nicole. Qui aurait pensé que Richard... Mais où ai-je la tête ? Richard seul peut imaginer un traquenard aussi cruel.

Elle se mit à faire les cent pas dans la chambre.

— Ce meurtre n'aura pas lieu, Deborah. Il nous appartient de l'empêcher.

— Je pense surtout aux gens du village. Quel drame, pour eux et leurs familles ! Mais comment faire ? Richard se gardera bien de me demander mon avis, et il s'en moque. Et toi, il aime te contrarier.

— C'est le moins que l'on puisse dire. Nous ne le convaincrons jamais d'abandonner ses desseins pervers, et il n'en démordra pas. La seule façon d'éviter le massacre, c'est d'alerter les futures victimes.

— Tu veux les avertir ? Mais comment ?

— Je vais les voir, décida Nicole en se dirigeant résolument vers la penderie.

— Tu les connais ? Tu sais où les trouver ? Richard a plusieurs fois prétendu que tu les protégeais, mais j'ai refusé de le croire... Ce sont des criminels, Nicole. Je sais que tu as de la sympathie pour... pour toutes sortes de personnes, mais des voleurs de grands chemins ! Ils nous volent depuis des mois !

— Et Richard vole les gens du village depuis vingt-deux ans ! répliqua Nicole en se débarrassant de sa chemise de nuit pour revêtir sa tenue d'amazone. Dans la région, chacun le déteste, parce qu'il exploite les mineurs et les paysans, qu'il laisse mourir de faim les démunis, qu'il chasse les veuves de leurs maisons. Depuis qu'ils vivent sur ses terres, les bandits ont comblé la population de leurs bienfaits. Les braves gens les aiment et les protègent, parce qu'ils réparent une injustice. Ils se refusent à les dénoncer.

— Sans doute, balbutia l'épouse de Richard, mais il me semble...

— Nous en reparlerons plus tard. Le temps presse. Ecoute-moi bien, Deborah.

Nicole achevait de fermer sa jaquette. Elle prit sa sœur par les épaules, et la fixa intensément, les yeux dans les siens.

— Ne dis rien à Richard. Ne lui dis surtout pas que je vais déjouer son plan. Il m'en empêcherait, et il commettrait ce crime dont tu ne veux pas être complice. C'est bien compris ?

Elle maintenait Deborah sous le feu de son regard, pour lui communiquer quelque chose de son énergie.

— Je ne lui parlerai de rien, je te le promets. Mais sois prudente...

— Pour réussir, je dois l'être. Et d'abord, je vais quitter le château sans me faire remarquer. Est-ce que Stone surveille encore ses abords, à cette heure de la nuit ?

— Je n'en sais rien. Mais Richard lui a recommandé de ne pas te perdre de vue, pour t'éviter tout ennui.

Nicole remit à plus tard une discussion décisive sur les intentions véritables de son beau-frère. On ne saurait attendre d'une épouse qu'elle désespère entièrement de son mari.

— Ce soir, je dois m'assurer que Stone n'assiste pas à mon départ. A cette heure de la nuit, il me suivrait sans aucun doute, ou donnerait l'alerte. Par précaution... j'emmène ce presse-papier. Il est hideux, mais lourd et solide.

Ce disant, elle prit sur le secrétaire un lingot d'étain frappé des armes des comtes d'Exmoor, naïf symbole de leur fierté, et de l'origine de leur richesse. Deborah médusée accompagna sa sœur, qui venait de s'envelopper d'une cape de voyage, dans le grand escalier, et jusqu'à l'extrémité d'une galerie qui s'ouvrait sur les jardins.

Nicole entendit Deborah refermer la porte derrière elle. La discrétion de sa sœur lui était d'autant plus sûrement acquise qu'elle ne verrait plus Richard jusqu'au lendemain matin. D'ici là, l'irréparable serait peut-être évité. Elle parcourut rapidement le jardin, presque invisible dans sa cape sombre. Au coin d'un bâtiment, elle fit halte. Une sorte d'esplanade s'étendait entre le château et les écuries. Pour peu que Stone observe par une fenêtre cet espace découvert, il l'apercevrait et donnerait l'alerte. Il était tard sans doute, mais ces messieurs de Bow Street ferment-ils parfois les yeux ?

Nicole allait se risquer à longer le terrain nu lorsqu'un point lumineux brilla soudain dans la nuit, pour disparaître aussitôt, et luire de nouveau, à longs intervalles réguliers. Nicole comprit qu'un guetteur immobile trompait son ennui en fumant, sans doute un cigare. En concentrant son attention, elle put discerner, à quelque distance du fût d'un chêne, la silhouette d'un homme assez trapu. Elle se déplaça silencieusement, et à la faveur d'une aspiration vit se dessiner le profil remarquable du limier, qui pour l'instant semblait jouer les chiens de garde. Se trouvait-il en service, ou dégustait-il son cigare en plein air pour éviter d'enfumer sa niche, ou plutôt la pièce qui lui était dévolue au château ? Dans une hypothèse comme dans l'autre, sa présence était indésirable.

Nécessité faisant loi, Nicole n'avait pas le choix. Une main crispée sur le lingot de métal, elle fit un détour pour prendre le guetteur à revers. Lorsqu'elle en fut proche, elle l'entendit chantonner assez agréablement. Sans doute Stone n'avait-il pas peur du noir. Mais peut-être choisissait-il la solitude pour exercer ses talents, afin de ne pas altérer dans l'esprit d'autrui sa réputation de sévérité. Au moment où Nicole sortait la main de sa poche pour brandir la petite masse d'étain, Stone, d'un geste inattendu, porta la main à son chapeau rond et se découvrit. Nicole aperçut pendant une fraction de seconde le crâne dégarni du policier, qu'elle vit s'écrouler avec une rapidité étonnante. Dans un geste réflexe, son bras s'était abattu avec force, et le cigare de Stone, tombé dans une flaque d'eau, ne luisait plus. On aurait pu croire Stone foudroyé sans rémission, mais sa respiration bruyante, un peu embarrassée, laissait bien augurer de ses chances de survie.

Le cœur battant, Nicole courut à celle des écuries où Alcyon avait sa stalle, fort heureusement très éloignée du dortoir des lads et des palefreniers. Alcyon, qui dormait en s'appuyant de l'épaule à la cloison, accepta de se réveiller sans hennir, et de se laisser harnacher sans dérobade. Lorsque Nicole le fit sortir de l'écurie en le tenant à la bride, elle vit au loin le corps de Stone, qui n'avait pas bougé. Contournant aussitôt les bâtiments, elle s'éloigna aussi silencieusement que possible, et ne se mit en selle qu'après avoir atteint, à l'orée d'un champ, un muret de pierre qui lui servit de marchepied.

Elle examina les alentours et tendit l'oreille. La lune brillait sur la campagne déserte, on n'entendait aucun bruit. La phase initiale de sa mission étant accomplie, il lui restait à atteindre son but dans les délais les plus brefs. Sans doute Jack et ses hommes se disposaient-ils à se rendre près de la mine dès avant le lever du jour.

Dans la forêt qui dissimulait le repaire, sa progression serait lente. Il importait donc de parcourir la première partie du trajet, à travers la lande, aussi rapidement que possible. Encourageant Alcyon de la voix, elle le talonna et lui rendit la bride, pour le mettre au galop. Pressée par l'urgence, elle parvint à le maintenir presque en permanence à une allure soutenue.

Comme elle l'avait prévu, sa progression dans le sous-bois ne se fit pas sans peine. A la faveur de la pleine lune, elle retrouva aisément le torrent qu'il fallait traverser, des enrochements caractéristiques, d'énormes souches abandonnées. Des oiseaux nocturnes s'effarouchaient, des branches craquaient et gémissaient alentour, mais Nicole, tout entière à sa résolution, n'avait cure des bruits de la forêt.

La maison lui apparut enfin, sombre et silencieuse. En poussant un soupir de triomphe, Nicole sauta à terre, noua les rênes d'Alcyon à la barrière, et se rua sur la porte d'entrée pour la marteler du poing, en appelant Jack à tue-tête.

Quelques dizaines de secondes plus tard, il y eut un bruit de verrou qu'on tire et de barre qui tombe, et Jack apparut, en pantalon, la chemise ouverte sur son torse, les cheveux en désordre et le visage farouche. Une bougie éclairait le bas de l'escalier.

— Nicole ! A cette heure !

Il la prit par le bras, l'attira à l'intérieur et repoussa la porte.

— Pour la lumière, expliqua-t-il. Que signifie...

— N'y allez pas, cria-t-elle, n'y allez pas, tout à l'heure, c'est un piège !

Perry, Saunders, Dirk et Quillen descendaient l'escalier, en se frottant les yeux.

— Un piège ? répéta Jack.

— Un traquenard ! Deborah a surpris une conversation entre Richard et Stone. Il n'y aura pas d'argent dans le fourgon, mais des tireurs, qui ont mission de vous tuer !

Jack émit un juron et se passa la main dans les cheveux. Nicole le prit par le bras, comme pour le secouer.

— Il ne faut pas y aller, répéta-t-elle avec véhémence.

— J'ai compris, dit Jack, laissez-moi le temps d'assimiler la nouvelle. Merci, Nicole. Sans vous...

En craquant sourdement, la porte s'ouvrit à la volée et rebondit contre la muraille. L'épaule en avant, deux hommes trébuchèrent. D'autres les suivaient, l'arme au poing, portant des lanternes. Deux coups de feu claquèrent, assourdissants, et des éclats de plâtre s'éparpillèrent. Nicole avait crié. Elle s'étrangla en apercevant Richard. D'un seul coup régna un profond silence. Jack et ses hommes s'étaient figés. Les attaquants, l'air féroce, se tenaient à demi courbés, leurs pistolets braqués.

Nicole crut défaillir d'horreur lorsque s'éleva la voix claironnante de Richard.

— Bravo, Nicole, bon travail ! Droit au but, en pleine nuit... bravo !

Elle voulut crier sa révolte, mais aucun son ne sortit de sa gorge. La stupeur et l'angoisse la paralysaient, elle ne respirait plus.

— Eh bien, poursuivit le comte, voyons à qui...

En prenant garde de ne pas s'interposer entre les hommes armés et ceux qu'ils tenaient en joue, Richard s'avançait, en levant une lanterne pour observer les traits de Jack. Il se pétrifia. Son visage mince et cruel, de triomphant et goguenard qu'il était, se décomposa et blêmit.

— Par le sang du Christ, balbutia-t-il. C'est vous !

— La surprise est réciproque, ironisa Jack.

— Quelle étrange aventure ! murmura Richard.

Comme atteint par l'événement, Richard se passa la main sur le front et les yeux. Mais ce brusque retour en lui-même ne dura qu'un instant. Aussitôt redressé et dominateur, il donna des ordres.

— Attachez-les solidement, celui-ci d'abord, et tirez à la moindre résistance, sur lui et sur les autres. Vous fouillerez la maison de fond en comble. Et faites venir le juge Halsey, qu'il établisse le constat. Exécution !

Visiblement bien entraînés, ses auxiliaires faisaient diligence. Soulevée par l'indignation, Nicole retrouva la force de l'exprimer.

— Comment osez-vous... Vous m'avez utilisée, misérable !

Elle venait en effet de prendre conscience que le traquenard tendu à Jack et à sa bande ne consistait pas dans un transport de fonds simulé, mais dans son annonce, à portée des oreilles de Deborah, dont Richard connaissait sans doute la tendance à l'indiscrétion.

Silencieux, Richard observait pensivement la scène, sans daigner lui répondre. Un vague sourire relevait ses lèvres minces, d'un seul côté.

— Misérable monstre, poursuivit Nicole, vous m'avez laissé croire qu'il courait un danger mortel pour me contraindre à l'avertir, et vous m'avez suivie... Je vous hais, je voudrais vous tuer de mes...

Richard ne réagissait pas. La voix de Jack lui coupa la parole, et lui glaça le sang.

— N'en faites pas trop, Nicole. Laissez-le tranquille. Je ne vous en ai pas crue capable, mais vous récidivez. Vous étiez parvenue à regagner ma confiance, après votre premier exploit. Et pour m'enlever mes illusions, vous recommencez aujourd'hui.

Anéantie, Nicole n'en pouvait plus. Elle se sentait mourir. Jack l'abandonnait, il l'accusait, il se laissait abuser par le traître !

— Non, dit-elle dans un souffle. Non, Jack, vous vous trompez !

— Il faut bien que je me rende à l'évidence, dit-il amèrement.

— Vous vous trompez, se lamenta-t-elle, je ne vous ai pas trahi !

Jack, qu'on achevait de ligoter, détourna son regard. Le juge Halsey, silencieux et hébété, semblait singulièrement dépassé par les événements. En frissonnant de dégoût, Nicole sentit sur son bras la main de Richard, qui simulait l'apaisement.

— A quoi bon duper encore ce pauvre malheureux, dit-il avec une feinte bonhomie. Il ne sera bientôt plus en état de vous importuner. Dix ans après la première... livraison, celle-ci sera la dernière, je puis vous en assurer...

— Quelle audace, quelle ignominie ! balbutia Nicole, hors d'elle. Je vous interdis... Jack ! Croyez-moi, par pitié !

— Faites-moi sortir de cette pièce, dit Jack au gardien qui le maintenait. Elle empeste le mensonge.

Le cœur chaviré, Nicole désespéra. Elle perdait Gilles, ou Jack, pour la seconde fois. Et en cette occurrence, elle avait effectivement guidé ses ennemis jusqu'à sa retraite. Elle lui donnait mille raisons de la haïr. Affolée à la seule idée d'une embuscade imminente, elle avait abdiqué tout esprit critique, et s'était jetée dans le panneau, sans soupçonner le subterfuge. Et cette fois, par sa faute, Jack allait mourir, ainsi que Perry et les autres.

Comme dans un cauchemar, Nicole, depuis le seuil de la maison, assista aux allées et venues des mercenaires, et à la constitution du cortège qui allait conduire en prison les cinq hommes garrottés, que l'on avait juchés de guingois sur des chevaux tenus à la longe. Richard, qui ne s'occupait plus d'elle, jouait les serre-file et criait des ordres. Le juge Halsey, qui montait une mule, se tenait à ses côtés. Richard donna bientôt le signal du départ. Nicole resta seule en haut des marches d'accès. Elle suivit du regard Jack, qui sortait une fois de plus de son existence, et qui une fois de plus se trouvait des raisons de la haïr.

Restée seule, son chagrin la submergea, incoercible comme une marée. Effondrée, elle s'abandonna aux sanglots.

A cette crise de désespoir succéda une étrange impression de vide intérieur. Telle un fantôme errant dans une demeure abandonnée, elle monta à l'étage, passa devant la chambre de Perry, devant celle qu'elle avait habitée, puis se rendit dans celle que Jack occupait encore moins d'une heure plus tôt. Assise sur le lit défait, les yeux fermés, elle huma l'odeur de Jack, qui était comme le souvenir de sa présence. Tout dans cette pièce parlait de lui. Les vêtements, les objets familiers qui lui avaient appartenu, il les avait abandonnés en répondant à son appel, et ne les reverrait plus.

Nicole prit une profonde inspiration et plissa les paupières à s'en faire mal. Elle n'avait que trop pleuré. Pour combattre le désespoir stérile, l'action s'imposait. Pour combattre la solitude, qui la faisait faible et vulnérable, une solution s'offrait. Elle était fort dérangeante, sans doute, mais l'amitié ne se conforte-t-elle pas dans l'épreuve ? Elle irait à Buckland Manor.

Dans un état second, Nicole se remit en selle, sortit de la forêt et trouva sans peine le chemin qui évitait Tidings et menait à la demeure qui pendant des années avait servi de refuge à lady Falcourt et à ses filles. Comme la nuit était fort avancée, tout dormait au château, et si Nicole n'en avait connu les détours et les coulisses, jamais elle n'aurait pu attirer l'attention du valet personnel d'Archibald, huitième baron de Buckminster et fiancé de Pénélope Castlereigh. Lorsqu'elle fut parvenue à lui faire ouvrir une porte de service, il avait passé sa veste de livrée par-dessus sa chemise de nuit, et ses cheveux ordinairement collés sur son crâne pendaient de chaque côté, comme pour en exalter la calvitie.

— Ne me dites pas que mon cousin est dans son premier sommeil, James, et allez le réveiller.

James sourit avec diplomatie.

— Je ne saurais le réveiller s'il ne dormait pas, dit-il finement, mais puisqu'il dort en effet je ne saurais pas le réveiller davantage, car la soirée fut longue. Lord Lambeth est des nôtres depuis hier, ainsi que lord et lady Thorpe. Me permettrai-je de faire observer à mademoiselle qu'il est bientôt trois heures ?

— Si vous n'allez pas réveiller mon cousin, je vous passe sur le corps et je vais le secouer moi-même. M'en croyez-vous incapable ?

Nicole n'eut qu'à esquisser un geste pour obtenir une capitulation immédiate, et le valet s'éclipsa en protestant de sa bonne volonté.

Nicole dut cependant attendre près d'un quart d'heure pour voir apparaître l'athlétique baron de Buckminster, enveloppé d'une robe de chambre de brocart si vaste qu'elle finissait en traîne, et lui faisait comme un manteau de sacre. Ses grands yeux, d'un bleu très clair, étaient pleins de sollicitude.

— Nicole, à cette heure de la nuit ! Faut-il que la chose soit d'importance !

— Elle l'est, Bucky. Je vous remercierai plus tard, allons droit au fait. J'ai commis une épouvantable erreur, et je compte sur vous pour la réparer. Vous êtes d'accord ? J'en étais certaine. Vous allez donc voir le juge, et plaider la cause d'un détenu. C'est clair ?

Buckminster prit un siège en fronçant les sourcils et porta la main à son front, comme pour apaiser quelque migraine.

— Je n'ai l'esprit vif qu'en fin de matinée, dans le meilleur des cas, dit-il. Un détenu, dites-vous ?

— Ils sont cinq, mais le plus important est leur chef, naturellement.

— Naturellement, acquiesça le baron à tout hasard.

— C'est le chef des voleurs et sa bande. On les a jetés en prison cette nuit, par ma faute. Richard m'a tendu un piège, et j'y suis tombée.

— Je crains de ne plus vous suivre. Richard ? Que fait-il dans cette histoire ? Et vous-même, qu'y faites-vous ?

— Eh bien, je suis responsable de leur arrestation...

Elle expliqua sommairement la supercherie montée par Richard, l'indiscrétion de Deborah, et l'intrusion de Richard et de ses hommes dans le repaire secret.

— Mais ce Jack, qui est-il ? D'où le connaissez-vous ?

Nicole eut une hésitation. Si bienveillant qu'il fût, Buckminster n'était sans doute pas prêt à recevoir la confidence d'une idylle entre sa noble cousine et un modeste roturier.

— C'est le petit-fils de Mamie Rose, il a maintenant trente ans, indiqua-t-elle pour aller vite. Vous vous rappelez Mamie Rose ?

— La vieille guérisseuse ? Bien sûr. Mon défunt père lui achetait de quoi... Mais qu'importe ! Vous passiez des jours et des jours chez elle, jadis.

— Elle m'aimait bien, Bucky, et je l'adorais. Voilà pourquoi il faut absolument sauver son petit-fils de la pendaison. Soyez gentil, Bucky, rendez-moi ce service. Le juge respecte les Buckminster, il fera les quatre volontés de tante Adélaïde. Rappelez-vous comme il s'est montré accommodant, lorsque Fuquay est mort dans votre parc, il y a quelques mois !

— Il était témoin de l'agression commise contre Marianne, et Exmoor s'est trouvé de bonnes excuses. Nous n'avons donc pas eu à intervenir.

— Votre crédit est donc intact, conclut rondement Nicole. Vous lui direz que Jack est prêt à quitter le pays, à retourner en Amérique, où ses affaires sont florissantes.

Dans un accès de bon sens, Buckminster détecta le paradoxe.

— Pourquoi diable vient-il écumer la région, s'il est tellement à l'aise ?

Nicole préféra éluder la question.

— Il serait trop long de vous l'expliquer à cette heure. Ce qui est certain, c'est qu'il ne mérite pas la corde. Il ne mérite même pas la prison. Il n'a jamais causé de tort à personne, sauf à Richard, bien entendu, mais des torts si minimes, et seulement matériels...

Sans doute soucieux de retrouver son lit autant que de complaire à sa cousine, Buckminster hocha la tête et acquiesça.

— J'irai voir Halsey, c'est entendu, dit-il en quittant son siège. Demain matin, bien sûr. Laissons-le dormir. Réveiller les gens en pleine nuit, cela ne se fait pas.

Nicole en convint volontiers. En attendant que le jour se lève, elle alla occuper pendant quelques heures la chambre qui avait été la sienne à Buckland, et qui restait occasionnellement à sa disposition. Elle dormit peu, et mal, l'esprit tour à tour partagé entre les pensées les plus noires et les espoirs les plus fous.

Avant même de connaître les résultats de la démarche conduite par son cousin, il lui fallait impérativement affronter Richard, et s'informer du rôle et des sentiments de Deborah. Très tôt le matin, elle reprit le chemin de Tidings.

Lorsqu'elle parvint au château, le comte et la comtesse, qui prenaient d'ordinaire séparément leur petit déjeuner, se trouvaient, contre leur habitude, dans la salle à manger. Guidée par leurs éclats de voix, Nicole s'y rendit sans se faire annoncer. Richard et Deborah, délaissant les mets qui encombraient une table, se querellaient debout, dans un état d'agitation extrême.

— Abandonner ainsi ma sœur, seule dans la nuit, c'est criminel, disait Deborah d'une voix blanche.

— Remerciez-moi plutôt de ne pas l'avoir fait arrêter pour complicité de vol en bande organisée !

— Elle est si charitable...

— Elle se mêle des affaires d'autrui, avec une fâcheuse propension à fréquenter la lie de la société, voilà comme on se fait une réputation parmi le peuple. Qu'elle aille au diable !

— Me voici ! annonça Nicole en pénétrant hardiment dans la pièce.

Richard s'était raidi, le visage hautain. Deborah s'élança, pour aller se jeter dans les bras de sa sœur.

— Nicole, quel bonheur ! J'avais si peur pour toi !

— Avant toute chose, dit Nicole en l'arrêtant d'un geste, ôte-moi d'un doute. Connaissais-tu son plan véritable ? Savais-tu qu'il me tendait un piège ?

Interdite, Deborah porta la main à sa gorge, et ses yeux s'agrandirent.

— Non, bien sûr... Jamais je ne t'aurais fait courir ce risque... Cette histoire de fourgon, je l'ai crue !

— Je te demande pardon, dit Nicole en lui ouvrant les bras. Tu ne pouvais le savoir, bien sûr.

En cet instant, elle comprenait mieux la logique qui avait conduit Gilles à la soupçonner jadis de trahison. Tard dans la nuit, elle-même s'était interrogée sur le rôle particulier qu'avait tenu Deborah dans le mécanisme de ce piège.

— Tu dois être épuisée, murmura sa sœur, les larmes aux yeux. Où étais-tu ?

— C'est sans importance.

— Tu dois te reposer, ma chérie. Viens, je t'accompagne à ta chambre.

— Il n'en est pas question, dit Nicole en se détachant d'elle pour dévisager Exmoor. J'ai à parler à Richard. Richard, je vous demande de faire libérer ces hommes.

— Libérer ce bandit ? Vous plaisantez, je pense.

— Jamais je n'ai parlé plus sérieusement. Vous n'avez pas à sévir ainsi. Jack allait quitter la région, si cela peut vous rassurer.

— Quitter la région, vraiment ? Je n'en doute pas un seul instant, ma chère.

Nicole, qui s'efforçait à la fermeté et au calme, faillit perdre son sang-froid.

— Ne l'avez-vous pas assez persécuté ? s'écria-t-elle en étouffant un sanglot. Vous l'avez reconnu. Il y a dix ans, après avoir tenté de le tuer, il a fallu que vous le fassiez jeter à fond de cale. Par votre faute, son existence s'est trouvée brisée. Sa haine, son désir de vengeance, vous ne les comprenez pas ?

— De quoi parlez-vous ? s'alarma Deborah. Richard connaît ce bandit ?

— Il le connaît depuis longtemps. Celui que l'on appelle le Gentleman était connu jadis sous le nom de Gilles Martin.

Etrangement, Deborah sursauta vivement, comme frappée au cœur.

— Gilles... Martin ?

— Le petit-fils de Mamie Rose.

— Non, ce n'est pas possible ! Gilles Martin ! Le garçon dont maman...

Elle se tut sans achever sa phrase, dont le contenu semblait l'épouvanter. En alerte, Nicole la relança.

— Dont maman... quoi ? Maman ne connaissait pas Gilles...

Désorientée et malheureuse, Deborah tourna les yeux vers son mari, comme pour solliciter son assistance. Loin de venir à son secours, Richard, dont les yeux de prédateur brillaient narquoisement, se contenta de se croiser les bras et de lui jeter un regard de défi.

— Eh bien, ma chère amie, répondez donc à votre aimable petite sœur, qui vous le demande si gentiment.

Lady Falcourt, Gilles, vous-même... Des êtres si différents, mais acteurs d'une pièce si charmante...

Excédée par ce persiflage, Nicole lança un regard furieux à Richard, et prit sa sœur par le bras. Elle l'aurait secouée d'importance, si elle l'avait pu.

— Toi ? Maman et Gilles ? Que s'est-il passé ? Parle, Deborah !

La pauvre Deborah, décomposée et confuse, détourna les yeux et rougit.

— C'était il y a dix ans... Tu t'étais cloîtrée dans ta chambre, tu refusais de parler à quiconque. Mary, ta femme de chambre, est venue se plaindre à moi. Tu ne voulais pas lui ouvrir ta porte, et elle devait te remettre une lettre. De la part de Mamie Rose.

Nicole crut que son cœur cessait de battre. Un cri lui échappa.

— Mamie Rose ? Une lettre de Mamie Rose ?

— Mamie Rose, qui ne quittait jamais sa chaumière, était venue à Buckland tout exprès pour t'apporter une lettre. Elle n'a pu voir que Mary, en insistant beaucoup. Comme tu restais intraitable et que je ne savais que faire de cette lettre, eh bien...

Elle se tut un moment, le visage baissé. Richard et Nicole ne la quittaient pas des yeux. Richard, ironique et méprisant. Nicole, ivre d'anxiété.

— Eh bien je l'ai lue, poursuivit Deborah en se redressant avec une sorte de violence. Comprends-moi bien. J'ignorais que Mamie Rose n'avait pas appris à écrire. J'ai voulu savoir ce qu'elle te demandait, et que j'aurais peut-être pu lui fournir moi-même, sans te déranger. Quand j'ai compris qu'il s'agissait du petit-fils de Mamie Rose, et ce qu'il te proposait, j'ai eu un moment de panique. Je ne savais comment réagir. Si tu avais fait une fugue en compagnie d'un palefrenier, quel scandale ! Tu aurais été chassée de la famille, maman serait morte de chagrin, et surtout... Richard ne m'aurait pas épousée.

Nicole jeta un rapide regard au comte, qui ne se départissait pas de son ironie méchante.

— Il t'avait déjà demandé ta main ?

— Non, dit Deborah. Mais j'espérais en secret. Comprends-moi, Nicole. Tu ne m'avais pas mise dans la confidence de tes sentiments envers ce garçon. J'ai cru à une amourette, à une passade sans importance. J'ignorais qu'en souvenir de lui tu resterais célibataire, que par désespoir tu partirais vivre à Londres. Et plus tard, lorsque tout est devenu clair, je n'ai pas osé t'en parler.

— Mais cette lettre, qu'en as-tu fait ?

— Je l'ai donnée à maman. Elle a fait appeler Richard. Ils m'ont tenue à l'écart de leur entretien. Richard ne s'est pas attardé. Il a quitté Buckland Manor, et personne n'a plus entendu parler de Gilles Martin.

Elle se tut. Un mystère venait de s'éclaircir. Sous le coup de la surprise, Nicole dut combattre l'angoisse qui lui étreignait la gorge.

— Il a disparu en effet, dit-elle enfin d'une voix sourde. Il a disparu parce que Richard l'a livré à des racoleurs militaires qui l'ont recruté de force et jeté à fond de cale.

— Comme un forçat ou un galérien ? Mais c'est horrible !

— C'est une punition bien sévère, en effet, pour celui dont le crime n'était qu'avoir osé aimer, à vingt ans, une fille de trois ans sa cadette. Elle était née d'un lord, et d'une lady, sans doute. Et pourtant, comme elle l'aimait !

Un vase se fracassa sur le sol. Ecumant d'une rage soudaine, Exmoor brandissait le guéridon qui l'avait supporté, comme pour agresser un adversaire.

— Abandonner tant de merveilles à ce misérable, rugit-il, tant de beauté, jamais ! C'est à moi que vous étiez destinée, à moi seul ! Il me volait mon bien, la seule femme que je voulais !

— Richard !

Deborah, ravagée par la brutalité de cette révélation autant que par son contenu, émit un cri de détresse en titubant en arrière, une main pressée sur son sein. Nicole se précipita pour la soutenir.

— Larmoyez, lamentez-vous, gronda Richard, puisque vous ne savez que gémir, pauvre pleurnicheuse ! Vous n'avez pas su compenser ma frustration, remplacer celle qui incarnait la jeunesse, l'esprit...

Sans cesser d'étreindre Deborah, qui venait de s'effondrer en sanglotant sur un siège, Nicole tenta d'endiguer ce débordement.

— Taisez-vous, Richard, vous délirez. Respectez votre épouse, et son enfant !

Amer et furieux de son propre emportement, Exmoor haussa les épaules.

— Moi qui pensais en l'épousant vous punir, vous faire regretter tout ce que vous aviez perdu en me dédaignant, la fortune, Tidings, la puissance !

— Qu'en aurais-je fait ? Je ne pensais qu'à mon amour, qu'à Gilles. Vous étiez fou, Richard, vous l'êtes encore. Vous réduisez au désespoir votre femme, la seule personne au monde qui vous ait jamais aimé, qui vous aime. Ne comprenez-vous pas cela, Richard ? Chacun de ceux qui ont appris à vous connaître a des raisons de vous haïr. Deborah seule vous aime !

— Que m'importe, puisqu'elle ne me mérite pas !

— Sentez votre ridicule, vaniteux personnage !

— Insolente ! J'aurais dû vous faire jeter en prison !

Nicole éclata de rire.

— Vous vous seriez privé de la plus belle part de votre vengeance, pauvre fou. Vous vouliez que Jack me déteste, qu'il croie une fois de plus à une trahison. Une occasion si belle de me calomnier, vous ne l'avez pas laissée échapper ! Vous êtes un pervers, Richard, un esprit malade, incurable !

Dans un paroxysme, Exmoor leva les poings au ciel comme pour le défier, le visage convulsé de rage.

— Dehors ! Je vous chasse ! Allez chez votre tante, n'importe où, chez la douairière, allez au diable !

— Je n'avais pas l'intention de continuer à vivre sous votre toit, répliqua froidement Nicole. Votre présence corrompt l'air qu'on respire à Tidings.

Elle revint à sa sœur, qui restait prostrée sur son siège, et l'embrassa.

— Pardonne-moi, Deborah. Je t'avais promis de te tenir compagnie jusqu'au moment de tes relevailles. La présence de ce monstre m'en empêche.

Frissonnante d'émotion, elle marcha vers la porte. Un appel déchirant la contraignit à s'arrêter, et à faire volte-face. Deborah, à demi étendue, lui tendait la main.

— Attends-moi, Nicole. Je pars avec toi.

17.

Lorsque au milieu de la matinée Nicole revint à Buckland Manor, les invités de la baronne et de son fils se trouvaient encore réunis autour de la table du petit déjeuner. Lady Buckminster les tenait sous le charme de sa conversation en décrivant en termes lyriques le superbe attelage qu'elle comptait offrir bientôt à Pénélope Castlereigh, sa future belle-fille.

Lord Thorpe et lord Lambeth, tous deux parangons du flegme britannique, ne s'émurent pas de voir Nicole Falcourt et sa sœur Deborah, comtesse d'Exmoor, l'une et l'autre dans un état d'agitation et de lassitude extrême, se présenter à l'improviste au château. Comme les fenêtres de la salle à manger donnaient vue sur la cour d'honneur, on pouvait en même temps suivre les évolutions de la ronde Gladys Owens, qui semblait se débattre en descendant de la berline parmi les paquets, les sacs et les malles les plus héréroclites.

Plus libre et plus directe dans ses rapports avec autrui, lady Thorpe, qui n'était que tout récemment redevenue britannique, courut à la rencontre des deux sœurs, en manifestant une vive sollicitude.

— Nicole, et vous, milady, que vous arrive-t-il ? Un accident, peut-être ? Qu'importe. Vous semblez l'une et l'autre exténuées ! Il vous faut du repos, d'urgence.

Parce qu'elle avait connu Nicole en même temps à peu

près que son mari, alors qu'elle n'était encore que la jeune femme d'affaires américaine Alexandra Ward, c'est à elle surtout que lady Thorpe témoignait son affection, en lui passant un bras sur les épaules.

— Leurs anciens appartements sont toujours vacants, dit la baronne, qui ignorait que Nicole venait précisément de passser quelques heures dans le sien. Huggins, faites porter les bagages, dépêchez les femmes de chambre !

Nicole acquiesça, heureuse de constater une fois de plus l'esprit pratique de la baronne, qui ne sollicitait aucune explication et parait au plus pressé.

— Merci, ma tante. Il faut que je dorme en effet, et Deborah est dans un état... critique. Sa gouvernante va venir la rejoindre, dès qu'elle sera installée.

Un bras autour de sa taille alourdie, elle se trouvait contrainte en effet de soutenir Deborah, qui après n'avoir pas dormi de la nuit et s'être longuement querellée avec Richard venait de pleurer toutes les larmes de son corps dans la voiture qui s'éloignait de Tidings. Alexandra s'empressa de nouveau, et prit sans façon la direction des opérations.

— Permettez-moi de vous aider. Nicole, montrez-moi le chemin. Prenez mon bras, milady. Nous sommes de très loin parentes, puisque je suis, on vous l'a dit sans doute, la petite-fille de la comtesse d'Exmoor douairière.

Avec une remarquable efficacité, elle fit en sorte que les bagages de Deborah soient apportés en priorité, et que sa gouvernante vienne organiser sa tranquillité. Lorsque la malheureuse épouse de Richard fut couchée et endormie, avec l'aide d'un sédatif, Alexandra vint rejoindre Nicole, renvoya la femme de chambre et s'assit au bord du lit, le regard anxieux et sévère.

— Exmoor a encore fait des siennes ?

Alexandra avait récemment accompli son voyage de noces aux Etats-Unis, auprès de sa « famille » de Boston, et n'en était revenue que pour reconnaître en Marianne la sœur aînée que l'on croyait elle aussi disparue. Pour avoir vécu de près les épisodes de ces retrouvailles, et la naissance de l'idylle entre Marianne et Justin, lord Lambeth, Nicole était beucoup plus intime avec la rousse Marianne qu'avec la brune Alexandra. Elle entreprit pourtant de lui raconter dans le détail ses amours passées avec Gilles, la solitude des dix dernières années, et les épisodes les plus récents de ses aventures. Lorsqu'il fut question du bandit masqué, Alexandra se récria.

— Jack Moore ? C'est bien notre bandit, à Sébastien et à moi ! Il nous a abrités chez lui, après notre voyage en ballon. Un bel homme, ma foi. S'il n'avait pas confisqué l'argent de Sébastien, nous ne serions pas rentrés à Londres en diligence, parmi les commères et les paysans ! Mais nous lui avons de longtemps pardonné.

— Il a aussi sauvé la vie de Marianne et de Justin, dit Nicole en souriant, les yeux pleins de larmes. Qu'allons-nous devenir, Alexandra ? Je l'aime tant ! Il est en prison, et il me déteste !

— Racontez-moi la fin de l'histoire. Qui l'a fait mettre en prison ? Exmoor, je le pressens.

La suite et la fin du récit soulevèrent son indignation.

— Quel répugnant personnage ! Pendant que vous prenez un peu de repos, je vais encourager Buckminster à intervenir le plus tôt possible auprès du juge. Pour faire bonne mesure, Thorpe et Lambeth l'accompagneront, j'y tiens, ils doivent bien cela à votre Jack. Trois lords au service d'un « Gentleman », voilà qui risque de peser dans la balance de la justice !

Nicole fut réconfortée de voir rire aux éclats une femme dont la beauté sculpturale pouvait être aussi impressionnante.

— Le bonheur vient en dormant, conclut gaiement lady Thorpe. Pour votre réveil, espérez de bonnes nouvelles !

⁂

Nicole s'éveilla au milieu de l'après-midi. Anxieuse de connaître l'issue des interventions faites auprès du juge Halsey, elle se hâta d'aller à la recherche de son cousin Buckminster. Au salon l'attendait un spectacle charmant : sur un canapé, Justin tenait amoureusement par la main sa fiancée, Marianne, arrivée de Fingle Manor en compagnie de Pénélope, qui, plus jeune et moins indépendante, se contentait de couver des yeux Archibald, son futur époux.

Alexandra, avec l'assurance propre aux femmes mariées qui après leur voyage de noces semblent sinon revenues de tout, du moins fortes d'une expérience souveraine, raillait les deux couples de fiancés, sous l'œil approbateur et sardonique de Sébastien Thorpe, son époux. Lorsque Nicole fit son apparition dans la pièce, Alexandra l'interpella joyeusement.

— Enfin vous, Nicole ! Il est temps que vous veniez jouer votre partition. Elle nous changera agréablement du concert de roucoulades que nous donnent ces amoureux transis.

— Il sied bien à ma jeune sœur de jouer les matrones blasées, ironisa Marianne. En l'absence de Sébastien, elle ne respire plus ! Heureuse de vous revoir, Nicole !

Négligeant pour une fois les règles de la courtoisie, Nicole s'en prit sans attendre à son cousin, dont les yeux bleus semblaient moins insouciants que de coutume.

— Eh bien, Bucky, avez-vous vu le juge ? Quel est son verdict ?

— Franchement, Nicole nous n'avons accompli aucun miracle. Nous avons pourtant insisté jusqu'aux limites du possible, tous les trois. En vérité, Exmoor a décidé d'exploiter la situation jusqu'au bout. Il veut faire pendre les prisonniers, et surtout leur chef. Le pauvre Halsey ne peut rien contre la puissance d'Exmoor, avec son titre de comte, et son prestige de grand propriétaire terrien et industriel. Je ne suis que baron, avec des domaines moins vastes, et sans autre activité que les haras et la chasse à courre. Justin et Sebastien sont de plus grands seigneurs, mais dans la région ils n'exercent aucune influence. Halsey se trouve tout naturellement inféodé à Exmoor. J'en suis désolé, Nicole. Si Jack Moore n'avait que le poids de ses crimes pour l'accabler, il serait libre. Mais Exmoor le charge de celui de sa haine, et tient à sa perte. Halsey n'ose pas lui déplaire, malgré notre insistance.

Blême et tendue, Nicole écoutait son cousin, en serrant les lèvres.

— Je hais Richard, sa méchanceté, son pouvoir, je voudrais le voir mort, dit-elle avec rage.

Hors d'elle, elle se mit à arpenter le salon, les sourcils froncés, les mains crispées sur ses bras croisés. Les témoins échangèrent des regards d'autant plus embarrassés que leur propre bonheur semblait déplacé, en présence d'un tel drame. Pénélope s'appocha d'elle, dans l'intention de l'apaiser.

— Nicole...

— Ne vous tracassez pas, c'est inutile, murmura Nicole en lui faisant face. Vous ne pouvez rien pour moi. Mais rassurez-vous, je ne m'avoue pas vaincue. Puisque les démarches sont vaines, il reste la solution extrême : le faire évader.

— Mais c'est un crime ! s'épouvanta Pénélope.

— Que m'importe ? Il sortira de prison. Reste à trouver un plan qui réussisse.

— Mais voyons, Nicole, reprends-toi ! Marianne, je vous en prie, faites-lui entendre raison !

— Eh bien, dit très simplement Marianne, je ne vois pas d'autre solution, moi non plus.

— Marianne !

— Si Justin était en prison, je n'agirais pas autrement.

— Et moi de même, ajouta Alexandra.

— Alexandra !

— Si ce cher Bucky risquait la corde, ou plutôt le billot et la hache, vous le laisseriez au bourreau ?

Buckminster, les yeux ronds, porta la main à sa gorge. Pénélope, rosissante, se troublait.

— Non, sans doute. Mais c'est tellement difficile, et dangereux !

Lord Lambeth l'approuva sans réserve.

— Difficile et dangereux, en effet ! Hors de portée d'une femme seule, si décidée soit-elle !

Forte de cet appui, Pénélope triompha.

— Tu vois, Nicole ? Justin est de mon avis.

Lambeth hocha la tête, comme pour confirmer cette opinion, mais ce fut pour l'infirmer aussitôt.

— Comme ce n'est pas un travail de femme, il me revient de l'accomplir.

Prise de court, Nicole s'étonna.

— Vous ? Mais pourquoi ?

— Il n'y a pas si longtemps, alors que Marianne et moi nous trouvions enfermés dans la mine qui menaçait de s'écrouler sur nos têtes, le Gentleman nous a sauvé la vie. En le remerciant, je lui ai fait mes offres de service, par mesure de réciprocité. Je n'estime pas m'être acquitté de ma dette par une simple démarche, inefficace au demeurant, auprès d'un juge timoré. Je contribuerai donc à son évasion.

En voyant Marianne froncer les sourcils, Nicole put penser un instant qu'elle allait se récrier, et prôner la prudence.

— L'entreprise est dangereuse, dit en effet la sœur d'Alexandra. En conséquence... je vous accompagnerai, mon cher.

Lambeth tenta de foudroyer sa fiancée du regard.

— La place d'une femme est à la maison ! Aussi bien me faudra-t-il un alibi.

Nicole voulut s'interposer.

— Vous n'irez pas seul...

— Non, puisque je l'accompagnerai, dit Thorpe. A moi aussi, ce Jack a rendu un signalé service. Nous serons deux.

Alexandra leva le bras.

— Avec moi, vous serez trois, affirma-t-elle. Nous autres, femmes américaines, nous chérissons la liberté, et savons faire parler la poudre !

— Quatre, avec moi, compléta Marianne. J'ai naguère cultivé quelques talents qui me rendent sympathique aux défenseurs de la loi aussi bien qu'à ceux qui l'enfreignent.

Une bruyante et confuse discussion s'ensuivit. Sébastien et Justin élevant des protestations indignées, Alexandra et sa sœur s'obstinant, Buckminster et Pénélope réclamant de porter à six le nombre des intervenants, personne ne s'entendait plus. Il fallut que Thorpe, spécialiste des mœurs indiennes, transforme en gong un grand plateau d'argent pour obtenir le silence.

— Lambeth, je vous propose de capituler devant votre fiancée comme je le fais devant mon épouse. Brune ou rousse, les filles de lord Chilton sont si incurablement entêtées que toute tentative de dissuasion est vouée à l'échec. Acceptons donc leur présence.

— N'oubliez pas la mienne, rappela Nicole. Je suis dans cette affaire concernée au premier chef. L'évasion ne se fera pas sans moi.

— Ni sans nous ! s'écria Buckminster, que l'aventure semblait considérablement émoustiller. J'ai toujours rêvé de faire partie d'une meute, je veux dire... d'une bande !

Le principe d'une participation générale étant admis, on put passer à l'élaboration d'une stratégie. Marianne et Alexandra, encore très peu connues dans la région, se chargeraient de détourner l'attention du geôlier. Lambeth et Thorpe, de délivrer les prisonniers et de les conduire aux chevaux que Nicole tiendrait en réserve. Trop connue de tous les villageois, elle ne pouvait se montrer aux abords de la prison sans être identifiée, donnant ainsi de trop sûrs indices aux futurs enquêteurs. Pénélope et Buckminster fourniraient à tous un alibi, en organisant deux réceptions. La comtesse douairière et sa fille Ursula, avec lady Deborah, seraient invitées par la baronne de Buckminster à Buckland, tandis que le reste de la compagnie trouverait refuge à Fingle Manor.

L'intervention n'aurait lieu que le lendemain soir. Il fallait en effet que lord Thorpe fasse préparer par les plus efficaces de ses serviteurs la retraite des complices du Gentleman et leur hébergement. Seuls les compagnons les plus intimes, ceux qui étaient venus avec lui d'Amérique, se trouvaient incarcérés. Les membres de la bande qui habitaient Evansford ne pouvaient naturellement intervenir sans provoquer de catastrophe.

Sur la proposition de Nicole, l'assemblée approuva l'idée d'une visite préliminaire. Avertis de l'imminence d'une intervention, les prisonniers ne pourraient qu'en faciliter le déroulement.

Le lendemain matin, Nicole se présenta donc bravement à la prison locale, qui de longtemps n'avait hébergé tant de monde. En raison de leur importance, et de l'émotion que soulevait leur arrestation, le juge Halsey tenait pour l'occasion compagnie au gardien, dans la salle dite d'accueil qui s'ouvrait sur la rue et servait surtout de bureau de police les soirs de fête, lorsqu'il importait de morigéner l'ivrogne, local lui aussi et toujours le même, que l'on incarcérait jusqu'au lendemain.

Sans doute traumatisé par la visite des trois jeunes lords, Halsey ne vit pas surgir Nicole sans émotion.

— Une jeune lady en ces lieux... Voilà qui n'est pas conforme aux usages !

— Je désire exercer un droit de visite. Conduisez-moi à Jack Moore, je vous prie.

— Mais voyons, mademoiselle, les dames ne visitent pas les prisons !

— Je vous apporte la preuve du contraire, monsieur le juge.

— Les principes...

— ... ne me font pas peur, Halsey. Vous savez que je n'aurai de cesse de vous tracasser, si vous me résistez, et que, nécessairement, j'aurai le dernier mot. Alors cédez sans attendre, nous resterons bons amis.

Le juge jeta un regard désespéré au gardien, personnage épais qui semblait en hibernation, ou perdu dans une rêverie intérieure qui le coupait du monde. Halsey se résigna.

— Allons-y, soupira-t-il.

Attentive à ses gestes, Nicole le vit ramasser sur la table un anneau circulaire de grande dimension, qui tenait lieu de porte-clés. Dans le fond de la pièce, il fallait ouvrir une porte épaisse qui donnait accès à la prison proprement dite, qui comportait quatre cellules fermées par des barreaux. Dans la première se trouvaient Saunders et Dirk. Dans la seconde, Perry, qui sans être vu du juge adressa à Nicole un clin d'œil réconfortant. Quillen occupait la troisième.

Halsey fit halte devant la quatrième cellule. Jack y méditait seul, assis le dos au mur sur une couchette étroite, les jambes étendues. En apercevant Nicole, il bondit sur ses pieds.

— Une femme dans une prison ! Vous vous moquez du monde, Halsey, c'est interdit !

— Euh... Elle vient vous voir, bredouilla le juge en reculant de deux pas, malgré la présence des barreaux épais.

— Je refuse les visites, faites-la sortir.

Nicole en eut le cœur serré.

— S'il vous plaît, Jack, écoutez-moi...

— J'en ai trop entendu ! cria-t-il en la dévisageant cette fois avec fureur. Je refuse de vous écouter davantage ! Partez !

Nicole éprouvait un déchirement intérieur.

— Je ne vous ai voulu aucun mal, Jack. Je ne vous ai pas trahi. Vous devez me croire.

Il semblait faire un effort violent pour contenir sa rage.

— Ecoutez-moi bien, dit-il d'une voix glaciale. Etes-vous en quête de renseignements supplémentaires, que vous pourriez communiquer à votre beau-frère ? Je n'en sais rien. Ce dont j'ai la certitude, c'est d'avoir été dupé par vous, et par tous ceux de votre monde. J'ai la certitude d'une étroite coopération entre Exmoor et vous-même. Ne m'interrompez pas. Je vois clair dans votre jeu. Vous n'avez jamais cessé de vouloir ma perte. L'autre jour, lorsque Stone s'est présenté à la chaumière de Mamie Rose, vous ignoriez l'existence du passage secret. Mon arrestation, vous l'aviez prévue pour ce jour-là !

— C'est faux ! cria désespérément Nicole, éperdue. Je...

— Silence ! hurla Jack. Emmenez-la. Je ne veux plus l'entendre, je refuse de la voir. Laissez-moi seul !

Bouleversée, Nicole ne put que murmurer son nom. Elle avait froid, Jack la haïssait, rien ne pouvait le convaincre de son innocence, il l'accusait de duplicité. C'en était trop. Elle éclata en sanglots, pleurant comme l'aurait fait une petite fille.

— Gardez vos larmes pour une meilleure occasion, dit durement Jack en lui tournant le dos.

Nicole remonta l'allée des cellules et partit en courant, sous l'œil navré du juge.

Ce serait bientôt le crépuscule. Sur le siège de leur élégant cabriolet, les deux sœurs éprouvaient l'excitation nerveuse qui précède les grands événements. Marianne ouvrit le boîtier d'une grosse montre et en scruta le cadran, les sourcils froncés.

— En deux minutes, tu as consulté cinq fois cet objet, fit observer Alexandra. Je te croyais les nerfs plus solides.

— Ne confonds pas goût de la précision et nervosité. Ne parlons pas trop, pour n'alerter personne.

Au bord de la route déserte, elles restèrent donc silencieuses, étrangement immobiles à quelque distance du village, qui semblait déjà endormi. Quoi qu'elle en eût, Marianne se retenait d'ouvrir encore la montre, dont on entendait le tic-tac. Alexandra céda la première.

— Je déclare forfait. Quelle heure est-il ?

Soudain délivrée d'une angoisse, Marianne scruta les aiguilles.

— Encore une minute. Justin et Sébastien vont laisser Nicole seule avec les chevaux.

Toutes deux pensèrent fortement qui à son mari, qui à son fiancé, et toutes deux à leur amie qui allait garder à la sortie d'Evansford les chevaux préparés pour la fuite. Pour que cette fuite puisse avoir lieu, elles seraient les premières à agir. Marianne frissonna, et crut voir les lèvres d'Alexandra murmurer une prière.

— Tout ira pour le mieux, dit-elle, pour s'en convaincre aussi bien que pour rassurer sa sœur.

— Il le faut, affirma résolument Alexandra. En route !

Elle releva les guides et en caressa la croupe du hongre choisi pour sa docilité dans les écuries du baron de Buckminster. D'un trot allègre, il emmena la voiture, entre deux rangs de pierres couchées, vestiges des anciens âges, en direction du village. Avant d'y entrer, on fit halte, et les deux sœurs mirent pied à terre. Plus aguerrie en ce domaine que Marianne, Alexandra vint hardiment caresser les naseaux du cheval et, en faisant pression sur la muserolle, le contraignit à baisser la tête et à reculer en direction du fossé proche. Le cabriolet s'inclina dangereusement lorsque l'une de ses roues resta soudain suspendue dans le vide.

— Trouve une cale pour l'autre roue !

Il suffit à Marianne de déplacer une branche abandonnée pour empêcher la voiture de reculer davantage. Ses guides tirées et nouées, et incité à la patience par quelques paroles affectueuses, le cheval parut disposé à ne prendre aucune initiative.

Présences incongrues mais également remarquables au bord de cette route déserte, la brune et la rousse se firent face, chacune inspectant l'autre d'un regard critique.

— On vient de nous attaquer, dit Marianne en ôtant son chapeau.

— Nous l'avons échappé belle, confirma Alexandra en échancrant un peu son décolleté.

Sa sœur salua le résultat de cette opération d'une moue admirative et, pour ne pas être en reste, l'imita en l'exagérant. Elles éclatèrent de rire, tant leurs gorges épanouies dans leur perfection semblaient modelées sur le même galbe.

— Si tu n'étais pas rousse, on pourrait nous confondre.

— Quelle horreur !

Rieuses, mais le cœur battant d'inquiétude, elles se prirent par la main, relevèrent un peu robes et jupons, et coururent dans la rue principale d'Evansford, jusqu'à la prison. Le gardien qu'elles surprirent dut regretter de n'en pas avoir fermé à clé la porte d'entrée, car aussitôt engouffrées dans son lieu de veille, elles le remplirent de leurs clameurs.

— A l'aide, par pitié, au secours ! On nous a attaquées !

— Enfin un homme, un vrai, pour nous défendre !

Les deux comédiennes se jetaient sur le malheureux, l'accablaient à l'envi de leur parfum, de leur chaleur, du poids de leurs bras étendus et de leur gorge généreuse. Il ne parvenait pas à se lever, tentait de repousser l'assiette garnie de haricots et de lard gras qui faisaient sans doute ses délices et allaient refroidir.

— Venez vite, les bandits ne sont pas loin !

Effaré et hagard, l'homme parvint à se lever.

— Ils sont là... en prison ! balbutia-t-il.

— Puisqu'on vient de nous attaquer, tout près d'ici, sur la route ! Sentez comme mon cœur bat, monsieur... monsieur...

Se saisissant de la main du gardien, Alexandra en effleura son corsage. Tétanisé, le malheureux hocha la tête, pour s'avouer convaincu.

— Oc... O'Connor ! balbutia-t-il.

— Vous allez nous aider, dit Marianne en lui prenant l'autre bras. Sinon lord Lambeth sera furieux. Mon fiancé...

— Le fils du duc de Storbridge... précisa Alexandra.

— Alors vous seriez... la petite-fille...

— ... de la comtesse douairière. Et voici ma sœur, lady Thorpe.

Ecrasé par une telle accumulation de titres et de charmes, le malheureux étouffait.

— Sortons ! ordonna Marianne en le poussant vers la porte. Allons-y !

— Mais où ? s'inquiéta O'Connor.

— Sur les lieux du crime !

— Alors il faut que j'aille chercher le juge...

— A quoi bon ? Il est si vieux, si faible !

— Il nous faut un homme fort ! Tâte ces muscles, ma chère ! Les bandits n'ont qu'à bien se tenir !

— Les bandits ? Il n'en est pas question, se défendit le cerbère.

— Ma sœur s'exprime mal. Il n'est bien sûr question que de remettre notre cabriolet sur la route. Nous sommes attendues, comprenez-vous, et lord Thorpe est d'un tempérament si excessif... S'il nous voyait ici...

— Plus vite vous nous aurez aidées, plus vite nous serons parties... La voiture est à deux pas.

Tiré, poussé, houspillé, enivré d'exclamations et taraudé par l'angoisse, le gardien se laissa entraîner, solidement encadré par les deux femmes les plus jolies et les plus entreprenantes qu'il ait jamais vues.

Comme il lui était interdit d'emmener avec lui le trousseau de clés, O'Connor laissa le grand anneau qui les portait pendre à une patère.

— Alors ? demanda Justin, qui ne voyait que le dos de Sébastien.

— Ils sortent. Comme elles le tiennent !

Thorpe recula prudemment la tête. Le gardien pouvait se retourner à tout instant, et l'apercevoir, masqué et tout vêtu de noir, risquant un œil au coin d'une ruelle.

— Elles ont réussi, dit-il à Justin. Il faut attendre que le terrain soit libre.

— A-t-il laissé ses clés à l'intérieur ?

— Je ne les ai pas vues. S'il faut faire sauter des serrures au pistolet, nous n'emmènerons que le Gentleman, puisque nous aurons ainsi nous-mêmes donné l'alarme. Attention, je regarde... Ils ont disparu au détour du chemin. A nous !

Si des habitants d'Evansford avaient observé la scène, ils auraient pu croire que les membres de la bande dont ils déploraient en secret l'incarcération s'étaient déjà échappés. Thorpe et Lambeth, tout de noir vêtus, portaient l'un et l'autre des masques de satin noir, et couraient légèrement vers la prison, qu'une lampe à huile éclairait de l'intérieur.

Ils investirent le bureau sans échanger une parole. Justin se saisit de l'anneau de fer, et ne trouva qu'après bien des tâtonnements la grosse clé qui ouvrait la lourde porte, au fond de la pièce. Dans le couloir des cellules, leur intrusion provoqua une réaction étrange, faite de surprise et d'espoir, mais aussi de méfiance. Pendant que Justin essayait une clé sur la première cellule, l'un de ses occupants alerta les autres.

— De la visite, deux types en noir.

Thorpe alla jusqu'au bout de l'allée, pour se montrer à tous, un pistolet à la main.

— Vous allez sortir, pas un mot.

Justin dut se livrer à de nombreux essais avant de trouver la clé qui ouvrait la première porte. Dès qu'elle fut ouverte, l'un de ses occupants lui prit le trousseau des mains, et s'activa plus efficacement. Lorsque Jack Moore sortit de la dernière cellule, ses libérateurs le reconnurent aisément, et échangèrent un signe de satisfaction.

— Qui êtes-vous ? demanda Jack.

— Vous le saurez en temps utile, dit Thorpe. Il faut sortir très vite.

— Vous avez ligoté le gardien ?

— Il va revenir sous peu. Sortez tous !

— Mes hommes n'obéissent qu'à moi, dit Jack. Sortez tous.

— A droite, première à droite, suivez-moi, dit Thorpe. Justin, vous nous couvrez.

Perry et les autres n'avaient d'yeux que pour Jack, qui haussa les épaules.

— Nous n'avons pas le choix, allons-y.

On traversa le bureau, et dans la rue Sébastien courut vers le coin de la ruelle d'où ils venaient de faire le guet. On s'y engouffra. Au moment où Justin, qui fermait la marche derrière Jack, allait s'y engager à son tour, on entendit des cris. Un coup de feu retentit. Justin sursauta en jurant, et se retint au bras de Jack.

18.

Pour maintenir le gardien dans l'état d'hébétude le plus favorable à leurs desseins, les deux femmes prenaient soin en l'entraînant de l'enivrer du bavardage frivole et stupide dans lequel les esprits superficiels reconnaissent volontiers la nature profonde des femmes, que l'on préfère croire faibles et démunies de tout ce qui fait la grandeur de l'homme. Pendant le parcours qui le faisait s'éloigner de son poste et de ses clés, O'Connor n'eut aucunement l'occasion d'observer la moindre parcelle de courage ou de logique dans celles qui l'entouraient, bien qu'elles appartinssent à l'aristocratie la plus distinguée.

Peut-être un peu jalouse des talents de sa sœur, Alexandra outrait à plaisir les tares de son personnage.

— Vous voyez ? s'écria-t-elle dramatiquement dès que le cabriolet fut en vue. Nous étions dans le fossé ! Pour un peu, c'était la noyade, la mort !

O'Connor observa la roue pendante, le fond du fossé où stagnait une imperceptible flaque, et le beau cheval, qu'il aurait suffi de réveiller pour sortir d'affaire le véhicule. Seul, il aurait sans doute effectué le sauvetage en quelques secondes, quitte à pousser de l'épaule la carrosserie légère. La présence et les maladresses des deux jolies femmes jacassantes transforma cette formalité en véritable exploit. Marianne ayant introduit entre les rayons de la roue la branche qui en retenait la chute, il fallut manœuvrer délicatement en arrière pour la libérer. A la faveur d'une caresse maladroite, le cheval se trouva soudain libéré de sa sous-barbe, et cracha son mors en salivant d'abondance.

O'Connor put enfin estimer son calvaire terminé. Le licou de cuir, le mors et la gourmette bien en place, le cheval et le cabriolet occupaient le milieu du chemin, libres de toute difficulté. Ce fut l'occasion de remerciements chaleureux et prolongés.

— Vous nous avez sauvé la vie, monsieur, dit Marianne.

— Nous nous honorons d'avoir rencontré un vrai brave, renchérit Alexandra.

L'une et l'autre parlaient sans trop de difficulté d'une voix vibrante d'émotion, tant l'inquiétude d'une catastrophe imminente les angoissait. Pendant qu'elles jouaient la comédie, leur esprit se trouvait ailleurs. Avaient-elles assez retardé le gardien ? Ne risquait-il pas d'intervenir assez tôt pour détruire leur plan, et provoquer un drame ?

Il fut enfin impossible d'atermoyer davantage. O'Connor reprit, à pied, le chemin de la prison, après avoir galamment aidé ces dames à s'installer sur le siège du cabriolet. Elles le suivirent, en laissant le cheval au pas. Au détour du chemin, on aperçut la porte de la prison. Par cette porte, plusieurs personnes s'échappaient en courant, l'une derrière l'autre. Une fraction de seconde médusé, O'Connor émit un rugissemment de rage et, avec une étonnante agilité, se saisit de son pistolet, l'arma, mit en joue et fit feu. Le dernier fugitif sembla hésiter mais reprit sa course et disparut dans la ruelle, après une courte bousculade.

Marianne et Alexandra, si malhabiles et engoncées dans leurs robes pour monter en voiture un instant plus tôt, en sautèrent chacune de son côté avec une fougue surprenante pour s'accrocher aux bras du gardien, en poussant des clameurs variées.

— Une évasion ! s'écria-t-il. Je vais les rattraper !

Un coup d'œil à ses supposées admiratrices dissipa son enthousiasme. Elles semblaient si apeurées !

— Enfin, dit-il avec un entrain singulièrement amorti, il faudrait que j'y aille...

— N'en faites rien, malheureux ! gémit Alexandra. Ils vous attendent au coin de la ruelle, à vingt contre un, et votre pistolet est vide.

— Vous avez consacré votre vie à l'ordre et à la loi, rappela Marianne. Intrépide comme vous l'êtes, il vous importe peu de mourir pour elles. Mais pensez à nous. Vous n'avez pas le droit de nous abandonner. S'ils s'en prennent à nous, une fois de plus... S'ils nous massacrent...

Comme frappé par cette observation, le gardien prit le temps de la méditer.

— Je vous dois protection, en effet. Mais une évasion...

— Déterminer la nature précise de son devoir, voilà ce qui fait la grandeur de l'homme, affirma Marianne. En être impétueux, vous ne rêvez que poursuite, fusillade, mort héroïque... Mais votre devoir est ailleurs. Il vous dicte de renoncer à la gloire, pour nous protéger. C'est votre abnégation qui fait votre grandeur !

Galvanisé aussi bien que convaincu par ces fortes paroles, O'Connor se redressa, le menton volontaire et le regard impérieux.

— Je survivrai, puisqu'il le faut, conclut-il.

— Nous vous accompagnons jusqu'à votre... établissement, proposa Alexandra.

— Si vous le voulez, milady. J'espère n'y trouver personne. Je veux dire... Personne en liberté !

Un examen attentif des lieux rassura tout le monde, à des titres divers. Sur la serrure de la dernière cellule, O'Connor récupéra le grand anneau, et ses clés.

— Il n'est pas sorti de la prison, dit-il mélancoliquement. Le règlement est respecté. Il faudrait peut-être que j'avertisse lord Exmoor...

— Gardez-vous en, conseilla Marianne. Respectez la voie hiérarchique, elle est la plus sûre. C'est au juge Halsey d'informer le comte, et d'entendre ses commentaires. Ne trouvez-vous pas cette idée séduisante ?

O'Connor en convint.

— Puisque je n'ai plus personne à surveiller, je vais aller demander à Henry... je veux dire, au juge, la permission de rentrer chez moi.

Alexandra l'approuva chaudement.

— Merci encore. Nous nous souviendrons de cette soirée !

— Nous ne vous oublierons pas, confirma Marianne en reprenant place sur le siège de la voiture.

Le trot du cheval sonna gaiement dans la rue déserte. Derrière les volets clos, on devinait des regards.

— Je parlais sérieusement, dit Marianne après un temps de silence. Il faudra bien trouver un emploi à ce brave homme, puisque nous venons sans aucun doute de lui faire perdre le sien.

Justin réagit à la morsure de la balle, mais continua à courir, et s'appuyant brièvement au bras de Jack. Parvenu à l'extrémité de la ruelle, Sébastien s'arrêta, provoquant ainsi un regroupement, et s'engagea sans précipitation dans un chemin de terre. Jack regardait en arrière, prêt à toute éventualité.

— Le gardien ne vous poursuivra pas, dit Justin, les femmes s'en occupent.

— Les femmes ?

Justin enleva son masque.

— Vous avez rencontré l'une d'elles en ma compagnie, il y a quelques semaines, près de la mine. Ne me dites pas qu'elle est belle, je l'épouse bientôt. Sa sœur et elle s'occupent de donner au gardien... disons des distractions.

— J'aimerais savoir...

Par gestes, Sébastien les invita au silence. On approchait d'un chêne solitaire, qui faisait comme un dôme au-dessus de chevaux rassemblés. Jack reconnut avec étonnement sa propre monture, qui avec les autres avait elle aussi bénéficié d'une évasion. Les complicités villageoises, songea-t-il, avaient sans doute permis cette récupération.

On se réunit autour de Thorpe, qui venait de faire halte.

— Voici le plan que je vous propose. Jack Moore étant de vous tous le seul qui soit véritablement menacé, il restera avec moi, et avec mes amis. Les autres prennent leurs chevaux et galopent jusqu'à Exeter. A l'auberge du Sanglier Bleu les attend un nommé Murdock, un homme de confiance, qui les mettra à l'abri, et restera en liaison avec moi. Vous avez au moins une heure d'avance sur vos poursuivants éventuels, et je pense que d'ailleurs personne n'aura l'idée de vous rechercher.

Jack Moore ne pouvait sans réagir entendre un tiers régenter sa bande, et son propre sort.

— Ces hommes sont venus de très loin avec moi...

— Vous voulez les accompagner ? Alors on les persécutera, pour vous atteindre. Vous savez aussi bien que moi qu'Exmoor n'en veut qu'à vous seul. Vos amis ne l'intéressent aucunement.

Jack réfléchit intensément. Le salut de ceux qui l'avaient si fidèlement secondé ne valait-il pas quelque sacrifice d'amour-propre ?

— Perry, prends le commandement, dit-il. Nous nous reverrons bientôt, s'il plaît à monsieur...

— A lord Thorpe, dit Sébastien en enlevant son masque. J'ai eu le plaisir, naguère, de loger sous votre toit, après un voyage en ballon...

— Trêve de mondanités, le temps presse, fit observer Justin.

En ayant convenu, on s'approcha des chevaux, dont le lad disparaissait sous une cape noire et un vaste chapeau. Il confia successivement leurs rênes à Perry et à ses compagnons, qui après un bref conciliabule s'éloignèrent dans la nuit, en saluant. Justin tendit à Jack les rênes de sa monture.

— Nous vous devons des explications, lui dit-il. Vous les obtiendrez lorsque nous serons en lieu sûr. Le temps presse.

Jack acquiesça, et caressa son cheval, pour le rassurer. Il entendit parler Sébastien, qui s'adressait au lad.

— Justin est blessé au bras.

— Et il n'en dit rien ! s'exclama le lad en abandonnant son rôle passif pour se précipiter vers Justin, qui le calma d'un geste.

— Une égratignure. Dépêchons-nous.

Jack s'était figé. Reconnaissable entre toutes, la voix du lad était celle de Nicole.

— C'est vous ? Mais vous êtes folle !

— Bonsoir, Jack, dit-elle sans manifester d'émotion excessive.

De la façon la plus surprenante, Jack s'en prit à Sébastien et à Justin avec une rare véhémence.

— Il faut être irresponsable, pour mêler une femme à ce genre d'expédition ! En cas de fusillade... Quelle imprudence, quelle légèreté !

— Il nous aurait été difficile de l'évincer, protesta Lambeth.

— C'est moi qui en ai pris l'initiative, précisa Nicole. Je l'aurais fait seule, s'il l'avait fallu. Ces messieurs ont tenu à m'apporter leur collaboration.

— Nicole, prendre tant de risques... Pourquoi ?

— La question est intéressante, fit observer Justin avec une élégante désinvolture. Je suggère que la réponse en soit différée, car si nous persistons à tenir conférence sous ces frondaisons nous risquons de retourner, dans d'autres conditions, entre les murs de cette prison inhospitalière. Des personnes de mon rang ne s'accommodent que de la Tour de Londres. A cheval !

Il se mit en selle, en s'efforçant de ne pas grimacer. Les deux autres l'imitèrent, après que Jack eut aidé Nicole. C'est elle qui prit la tête du petit groupe, pour le guider dans la nuit. Il fallait en effet éviter de traverser le village, et s'écarter de la grand-route. Comme on ne pouvait que rarement mettre les chevaux au trot, le trajet parut interminable.

On parvint enfin à une vaste propriété, que l'on aborda par les communs. Un domestique taciturne prit en charge les chevaux dès que les cavaliers eurent mis pied à terre, devant une écurie. On traversa alors une vaste cour, en direction d'une porte latérale. Jack observait avec étonnement la noble demeure, sans doute parce qu'elle lui rappelait un bâtiment analogue, aperçu au cours de ses voyages.

— Ce château, à qui appartient-il ? demanda-t-il discrètement à Nicole.

— Fingle Manor est la propriété de la comtesse d'Exmoor.

— A votre sœur ?

— Non, bien sûr. A la comtesse douairière.

— La mère du comte ?

Sébastien, qui venait d'entendre ces propos, émit un rire ironique.

— Je ne vous conseille pas de formuler ce genre d'hypothèse en présence de lady Exmoor. Elle nourrit à l'égard de Richard une véritable aversion mêlée de mépris. Richard n'est qu'un cousin éloigné, mais il a hérité du titre, et de Tidings, après la mort du mari de la comtesse, puis de leur fils aîné, lord Chilton.

On gravit un petit perron pour entrer au château par une porte de service qu'un majordome ouvrit avec un visible soulagement.

— Lord Lambeth ! Lord Thorpe ! Mademoiselle Nicole ! Si vous saviez comme j'étais anxieux...

— Remettez-vous, Mulford. Vous êtes bien seul, n'est-ce pas ? Ces dames nous ont précédés, je suppose.

— Bien sûr, monsieur le marquis. Les autres membres du personnel ont reçu leur congé pour ce soir. Mais... toute la société est là, au grand complet.

— Tout le monde ? s'exclama Lambeth... Que signifie...

Nicole l'interrompit.

— Nous verrons cela plus tard. Parons au plus pressé. Je vais vous mettre au bras un pansement provisoire. Dès qu'il sera posé, nous devrons en priorité conduire Jack à sa cachette, et nous habiller pour la soirée. Nous risquons de recevoir de la visite avant peu.

Dépassé par les événements, Jack se tint coi et se contenta d'observer la scène. Le majordome apportait de l'eau, des linges, de l'alcool, Lambeth ôtait sa jaquette et relevait sa chemise déchirée sur une blessure qui ne saignait presque plus.

La porte s'ouvrit sur un personnage sportif mais assez corpulent, qui passa d'abord dans la pièce sa tête au visage coloré, remarquable par de grands yeux bleus pleins d'innocence.

— Dieu merci, vous êtes tous là ! dit-il en pénétrant dans la pièce, son examen terminé. Eh bien, Lambeth, on se fait chouchouter ?

— Tout va bien, Bucky. Tu devrais être dans le salon, il me semble ?

Le visage réjoui du baron sembla s'affaisser et blêmir.

— La malédiction nous frappe, gémit-il. Lady Ursula sévit en ces lieux !

De dépit, Justin blasphéma en faisant un geste si violent que Nicole, qui lui pansait le bras, dut le rappeler à l'ordre. Thorpe semblait lui aussi vivement contrarié.

— Il était pourtant bien convenu qu'elle passait la soirée à Buckland, avec les deux comtesses et la baronne ?

— Je suis catastrophé, se lamenta Buckminster. Je leur avais arrangé leur petite soirée entre femmes, bien tranquille, chez moi, et puis lady Ursula s'est mise à supposer des choses, elle m'a accusé de vouloir m'amuser sans elle, ce qui n'était pas faux. Comme je n'ai pas osé l'envoyer au diable, elle a décidé, pour faire plaisir à tout le monde, un rassemblement général à Fingle Manor...

— Un rassemblement ?

— Elles sont toutes là ! La comtesse, sa fille, ma mère, lady Deborah.

— Ma sœur ? Mais c'est impossible ! s'exclama Nicole. Elle ne peut assister à un tel spectacle, s'il a lieu.

— Si seulement, gémit Buckminster, on pouvait museler, je veux dire brider, lady Ursula...

Jack, que l'on semblait oublier, risqua une question :

— Qui est lady Ursula ?

— La maman de Pénélope, dit Nicole.

— Ma future belle-mère, traduisit le baron.

Il hocha tristement la tête. Son regard éteint se ralluma soudain en s'arrêtant sur Jack.

— Mais au fait, le bandit, c'est vous ? Enchanté de faire votre connaissance, monsieur, véritablement ravi. Enfin, pas tout à fait, ce ne sont pas les mots qu'il faut, je le pressens, mais les amis de mes amis, n'est-ce pas...

Sans se soucier du cadre ni des circonstances très particulières de l'entrevue, tous deux se saluèrent avec componction.

— Revenons à nos affaires, reprit Thorpe. Comment leur avez-vous expliqué notre absence, et celle de Nicole ?

— A vrai dire, je me suis trouvé tout bête. Mais Pénélope leur a raconté une histoire... magnifique ! Elle a de l'imagination pour deux, il faut le reconnaître. Je résume : vous êtes allés tous les trois à la recherche de Marianne et d'Alexandra, qui tardaient à rentrer. Pénélope jouait d'autant mieux son rôle qu'elle était vraiment inquiète. Pour conclure l'anecdote et expliquer leur retard, Marianne et Alexandra ont raconté dès leur retour qu'elles avaient été retardées par un bandit.

— Il est extrêmement désagréable, dit Nicole, de mêler lady Exmoor et sa fille à la querelle qui risque d'éclater sous peu.

— Et comme elles n'y sont pas préparées, ajouta Sébastien, elles peuvent ruiner involontairement notre alibi, si Exmoor vient jusqu'ici mener son enquête.

Buckminster s'épanouit.

— Je l'attends de pied ferme, déclara-t-il avec satisfaction. Je suis allé jusqu'à préparer des pistolets de duel ! Des armes superbes, et chargées ! Elles attendent dans le salon, sur une commode.

— Précaution qu'il faut espérer inutile ! dit Lambeth. Nous pouvons compter sur lady Exmoor pour battre froid à Richard et ne rien dire qui puisse l'avantager.

— Mais lady Ursula est imprévisible, et son ignorance de notre stratégie peut lui faire commettre de fausses manœuvres.

— Il est inutile d'épiloguer, conclut Justin. Dans l'impossibilité de prendre de nouvelles initiatives, force nous est d'agir comme nous l'avions prévu. Nicole, notre ami devrait déjà camper dans les combles. Thorpe et moi nous allons nous rendre présentables, et rejoindre dans le salon l'aimable compagnie. Nicole, votre déguisement vous sied à ravir, mais il me semble bien compromettant.

Nicole souleva son tricorne en riant, et s'adressa à Jack.

— Je vais vous conduire au grenier. L'escalier...

Elle n'eut pas à indiquer sa position à Jack, qui prenait sur la crédence une bougie, ouvrait une porte dérobée et s'engageait sans hésiter dans l'escalier réservé aux domestiques. Etonnée de son sens de l'orientation, Nicole n'eut qu'à le suivre, en se munissant elle aussi d'un bougeoir. Parvenu au premier étage, Jack parcourut sans hésitation une dizaine de mètres dans un large corridor, et emprunta un étroit passage perpendiculaire dont Nicole avait oublié qu'il menait à l'escalier abrupt de l'étage supérieur.

Le dernier palier, chichement éclairé, commandait un très long couloir. Dans cette aile du château, on était à l'étage réservé au logement des serviteurs du premier rang, ceux qui avaient accès aux salons et aux chambres, et vivaient dans l'intimité des maîtres. De chaque côté du couloir se succédaient les portes de leurs logements, ainsi que celles d'annexes de service. Avec la même assurance, Jack s'avança vers la droite, sans ralentir.

— Attendez, dit Nicole. Il faut trouver l'escalier du grenier.

— Dans le fond, juste après la chambre d'enfants et la lingerie.

Comme elle avait fait halte, Nicole dut presser le pas pour rejoindre Jack. L'étonnement la laissait interdite.

— Mais comment... Comment le savez-vous ?

— Eh bien, cela se voit, dit-il en lui désignant, dans un recoin, une volée de marches qui menait à une porte épaisse.

— Vous avez de bons yeux, reconnut Nicole. Mais comment connaissiez-vous l'existence de la lingerie ?

— Je ne sais pas. Cette maison est si accueillante...

Il gravit les quelques marches, et ouvrit sans difficulté la porte du grenier, dans lequel il fit quelques pas, en levant très haut le bougeoir qu'il tenait à la main. Sous la charpente qui s'élevait à des hauteurs vertigineuses, on voyait des entassements de malles et de meubles, des objets les plus divers et les plus incongrus, vestiges délaissés des siècles anciens. Les limites de l'immense volume se perdaient dans les ténèbres.

— Il y en a, des cachettes, et des fameuses, dit Jack, qui souriait avec une sorte de ravissement qui ne lui était pas coutumier.

— Sans doute. L'endroit vous plaît ?

— Beaucoup. J'éprouve une impression... vraiment particulière, comme dans un rêve. Il y aurait une armoire énorme, avec un diable sans cornes, et derrière une vieille chaise à porteurs, un cheval à bascule, avec sa peinture tout écaillée.

Il progressa au hasard entre les meubles, les cartons et les malles. La première, Nicole remarqua la chaise à porteurs. Jack suivit son regard, écarta un fauteuil. Un cheval à bascule jadis peint en rouge achevait de perdre par fragments sa couleur. Une armoire ornée de hauts-reliefs abîmés montrait une sorte de satyre écorné. Tous deux échangèrent un regard stupéfait.

— Je ne sais comment, j'ai l'impression de connaître cette demeure, dit Jack comme pour s'en excuser. Sans doute ma mère y a-t-elle servi comme domestique, pendant ma petite enfance. Je n'ai aucune mémoire de mes premières années. Mes premiers souvenirs se situent chez Mamie Rose, vers sept ou huit ans, alors que je relevais d'une grave maladie. Ma mère a peut-être travaillé chez la comtesse. Il faudrait supposer que j'ai vécu avec elle dans le quartier des domestiques.

— La comtesse d'Exmoor vivait sans doute à Tidings, à cette époque. Mais votre mère a pu en effet servir à Fingle Manor.

Ils étaient revenus à la porte. Nicole fit halte et se tourna vers Jack, un peu gênée soudain de se trouver en pantalon et en gilet, de fortes chaussures d'homme aux pieds.

— Je dois rejoindre les autres, et me changer. Personne ne viendra vous déranger, et vous n'utiliseriez le grenier qu'en cas d'alerte. En attendant, vous avez accès aux chambres des domestiques, qui sont toutes inoccupées ce soir.

Il acquiesça de la tête, étrangement silencieux et réservé. Nicole descendit deux degrés et se ravisa, le visage grave.

— Votre évasion vous a sans doute convaincu de nos bonnes intentions, dit-elle. Avant de vous quitter provisoirement, je tiens à vous renouveler un serment, Jack. Jamais je ne vous ai trahi. Richard m'a tendu un piège...

De la façon la plus surprenante, elle le vit sourire largement, le regard pétillant de malice.

— Ne vous donnez pas cette peine ! Vous n'avez rien à m'apprendre ! En cette affaire, jamais je ne vous ai soupçonnée !

— Mais... Vos invectives, le soir de votre arrestation, et ce matin encore, à la prison...

— J'ai voulu vous protéger, bien sûr. En vous accusant de trahison en présence du juge, je vous exonérais de toute accusation de complicité. Richard pouvait triompher de nous voir ennemis, mais ne pouvait vous nuire autrement. J'ai souffert de vous chagriner, mais il le fallait, pour votre salut.

Il souriait, tendrement cette fois. Nicole l'observa longuement, les yeux mouillés de larmes.

— Vous avez donc confiance en moi ?

— L'esprit m'est venu, avec l'âge. Je me suis mis à écouter mon cœur, et non plus mes chimères, et j'ai compris que je vous aimais, Nicole, que je vous aimais d'amour.

— Quel joli mot, murmura-t-elle.

— Je vous aime.

Nicole gravit les deux marches pour se jeter dans ses bras.

— Oh ! Jack, comme je suis heureuse, comme je vous aime, moi aussi !

Ils échangèrent un long baiser, qui scellait leur union.

— On vous attend, rappela-t-il enfin en arrangeant au col du gilet d'homme un bouton de cuivre.

— Il faut que je descende, en effet. Richard tiendra sans doute à venir m'accuser dès ce soir. Tel que je le connais, en ne me trouvant pas à Buckland, il n'hésitera pas à venir jusqu'ici.

— Je n'aime pas me cacher, pendant que vous affrontez ce monstre. Si je pouvais...

— Rassurez-vous, Jack, je ne suis pas seule. Vous montrer à Richard, ce serait compromettre toute la noble assemblée ! Je reviens dès que l'orage sera passé !

Elle se dressa sur la pointe des pieds pour lui baiser les lèvres. Jack ne put s'empêcher de l'étreindre.

— Je vous aime, dit-il dans un souffle.

— *Nous* nous aimons. Le monde est merveilleux...

19.

Sur le lit de Pénélope était étendue la robe de soirée qui devait remplacer le déguisement dont Nicole s'était affublée pour participer à l'expédition. Elle se défit en hâte du pantalon qui flottait un peu autour d'elle, et du gilet de cuir qui l'engonçait. Elle se débarrassait de ses brodequins d'homme lorsque la porte s'ouvrit et se referma vivement derrière elle. Sa première peur passée, elle sourit à Marianne, qui pour sa part était déjà revêtue de tous ses atours.

— Il me semble, suggéra la fiancée de Justin, que la présence d'une femme de chambre ne serait pas superflue en ces lieux.

Nicole en convint volontiers, et sut gré à Marianne, qui dans son adolescence avait effectivement exercé cette fonction, de lui tenir lieu d'habilleuse. Pendant cette opération, elle ne pouvait s'empêcher de penser à celles qui auraient dû rester entre elles à Buckland, et qui n'étaient pas préparées aux événements qui menaçaient de se dérouler à Fingle Manor.

— Personne n'a encore commis d'impair, dans le salon ?

— Pas encore, mais chacun se tient sur ses gardes. Lady Ursula va attaquer par surprise, je le pressens. Nous pouvons nous attendre à un interrogatoire... inquisitorial. Ce qui nous sauve, c'est qu'elle accorde assez peu de crédit aux propos de Bucky pour trouver leur absurdité naturelle. Elle a écouté avec intérêt Alexandra, qui lui a raconté par le menu notre fable, mais dès la conclusion je l'ai vue sourciller. Elle en recense sans doute les points faibles et les lacunes, qu'elle ne manquera pas de nous jeter à la tête en temps opportun. Tant que Pénélope et Bucky tiennent bon, nos positions sont assurées. Lambeth joue plus que jamais au grand seigneur, pour lui tenir la dragée haute et l'impressionner.

— Rien ne l'impressionne, hélas ! rappela mélancoliquement Nicole, en vérifiant l'ordonnance de sa chevelure. Suis-je présentable ?

— Vous êtes parfaite.

— Alors, allons affronter le dragon !

— Tante Ursula ?

— Je n'en connais pas d'autre !

Elles descendirent en riant le grand escalier, heureuses par avance de l'effet qu'elles allaient produire, et des compliments qu'elles allaient recevoir.

Une rumeur flatteuse s'éleva en effet à leur entrée dans le salon. Lord Thorpe, une main sur le dossier du fauteuil qu'occupait Alexandra, s'appuyait du coude au coin de la cheminée. Dans un saisissant effet de symétrie, Archibald Buckminster adoptait la même attitude à l'autre extrémité, son grand corps athlétique avantageusement cambré, mais le visage défait, ses grands yeux bleu clair noyés d'inquiétude et comme fascinés par sa future belle-mère. Le corsage digne d'orner la figure de proue d'un navire amiral, le menton proéminent et le nez puissant, lady Ursula dardait un regard suspicieux sur sa fille Pénélope qui, assise sur un pouf aux pieds de sa grand-mère, semblait chercher sa protection.

La comtesse douairière avait gardé de sa jeunesse un visage aux traits fins d'une grande noblesse, et l'allure particulière des femmes qui n'ont jamais cessé de soulever l'admiration. Sa taille élevée et son maintien altier se retrouvaient de façon saisissante chez ses deux autres petites-filles, Marianne et Alexandra, qui toutes deux avaient une silhouette exceptionnelle et des formes sculpturales.

A l'arrière-plan, non loin de la commode où Buckminster avait disposé dans leur coffret une paire de pistolets de duel, la pâle Deborah tentait de faire bonne figure aux côtés de la robuste lady Adélaïde, baronne de Buckminster, qui loin de ses écuries semblait un peu égarée, ce qui accentuait sa ressemblance avec son fils. Justin, lord Lambeth, se prélassait dans un fauteuil, en apparence indifférent au monde, ainsi qu'il sied à un être vraiment supérieur. Il s'empressa cependant au-devant de sa fiancée et de Nicole, en les associant dans le même compliment.

— Merci de nous avoir fait attendre, mes chères. Notre admiration est à la mesure de notre impatience.

— Ne nous enivrez pas de vos flatteries, Justin, dit Nicole en riant. Elles ont quelque chose d'un peu... piquant.

— Faire attendre les gens pour le plaisir de courir les routes, voilà qui me semble un peu fort ! maugréa lady Castlereigh, comme pour rappeler à chacun que sa réputation de brutalité verbale n'était pas usurpée.

Nicole souligna ce trait.

— Je ne tiens pas en place, lady Ursula, vous le savez bien, j'assume mon rôle d'écervelée.

La maman de Pénélope n'étant pas femme à se laisser désarmer par une pirouette, elle revint à la charge.

— Mes nièces n'ont rien à vous envier, puisqu'il faut qu'elles dérangent lord Thorpe et lord Lambeth. Ne protestez pas, messieurs. Mais vous, Nicole...

— Il fallait bien que je les accompagne, milady. Ni Sébastien ni Justin ne connaissent comme moi les chemins du Dartmoor...

Pour s'abstraire de ce jeu épuisant, Nicole s'avisa

d'aller embrasser sa sœur, qui avait si bravement rompu avec ses habitudes et quitté Tidings pour s'associer à sa révolte.

— Comme je suis heureuse de te voir à Fingle Manor, ma chérie ! Je n'osais pas l'espérer.

— Je ne m'y attendais pas non plus, dit Deborah en s'essayant à sourire. Mais comme la comtesse et tante Adélaïde ont eu la gentillesse d'insister, je me suis laissé convaincre. Les occasions de sortir sont si rares... et puis une partie de piquet ou de whist ne sont pas pour me déplaire.

Nicole lança à ses récents complices un regard circulaire, pour les mettre en alerte. Elle voulait d'urgence les consulter sur la conduite à tenir. Fallait-il, avant l'arrivée probable de Richard, mettre au courant de leurs exploits les membres de la famille qui n'en étaient pas informés, ou à tout le moins certains d'entre eux, comme la comtesse et lady Ursula ?

Celle-ci reprenait précisément ses manœuvres de harcèlement systématique.

— Je voudrais bien savoir...

Avec la désinvolture que l'on a parfois la faiblesse de trouver naturelle chez une grande dame, Alexandra n'hésita pas à l'interrompre pour reprendre la suggestion de Deborah.

— Les cartes m'enchantent, positivement. Nous allons faire au moins deux tables. Sébastien, Marianne, nous passons à la salle de jeu, n'est-ce pas ?

Nicole comprit son intention : le déplacement et les regroupements allaient peut-être permettre une concertation.

— Oui, déplaçons-nous, renchérit-elle. Bucky, détachez-vous de la cheminée. Tante Adélaïde...

On entendit une rumeur sourde, et des voix rudes. Nicole se raidit. Lambeth se dressa d'un bond et s'avança vers la porte, prêt à toute éventualité. Sébastien et Buckminster firent mouvement vers le coffret des pistolets, que l'on voyait sur la commode.

La double porte fut ouverte sans que l'on ait frappé, et le comte d'Exmoor fit une entrée dramatique, d'autant plus remarquable qu'une petite foule l'accompagnait. Au premier rang, Stone tenait par le bras le juge Halsey, plus gesticulant et lamentable que jamais. Le majordome débordé protestait à pleine voix.

— Messieurs ! Monsieur le comte ! C'est inadmissible ! Vous n'avez pas le droit...

Bien que Mulford fût réduit à l'impuissance, Exmoor l'honora d'une réponse.

— Mes droits, je les connais ! répliqua-t-il avec emportement.

Dans un délire d'orgueil, il affrontait l'assemblée. Les femmes s'étaient figées. Les hommes s'avancèrent pour s'interposer entre elles et les intrus. On distinguait maintenant les traits des individus qui se pressaient à la porte, pistolet ou carabine à la main. Nicole reconnut quelques visages, déjà entrevus lors de l'arrestation nocturne.

Sébastien frappa du pied le sol, l'allure belliqueuse.

— Auriez-vous l'intention de nous opposer à cette populace, monsieur ?

Tout autant que l'insulte, son geste et sa voix retentissante provoquèrent chez les compagnons de Richard une sorte de mortification, ressentie à des degrés divers. Les mercenaires pouvaient y reconnaître avec philosophie le ton en usage à leur égard chez les membres des castes supérieures. Stone s'était assombri sous l'affront. Quant au juge Halsey, il défaillait.

— Oh ! je ne savais pas qu'il y aurait... Non, ce n'est pas possible... Milady, lord Lambeth, lord Thorpe, Buckminster, et les dames... Excusez pour le dérangement... Vraiment, Exmoor, vous exagérez... On ne peut inquiéter des innocents...

Exmoor restait impavide et méprisant.

— Cessez de ramper, Halsey, redressez-vous, vous êtes la loi ! Exercez vos droits, accomplissez votre devoir !

— En ce qui vous concerne, dit Justin avec hauteur, vous n'êtes rien dans cette demeure qu'un intrus et un impudent personnage. Puis-je vous suggérer de nous débarrasser de votre présence, et de cette... meute ?

Pour cette fois sensible à l'insulte, Richard affecta de concentrer son attention sur Nicole.

— Nous n'en voulons qu'à elle, dit-il avec moins de superbe. A elle seule. Aucune des autres personnes présentes n'est concernée.

— Nous le sommes tous, au contraire, rectifia Sébastien. Si vous avez l'intention d'exercer quelque violence que ce soit à l'encontre de l'une des dames présentes, nous nous sentirons gravement offensés.

— Richard !

Tous les regards se tournèrent vers la comtesse, qui venait de quitter son siège et se dressait, souveraine et dominatrice, couronnée de sa chevelure blanche comme du symbole de son pouvoir.

— Vous osez pénétrer dans ma demeure en compagnie d'hommes en armes ?

Exmoor, que l'apostrophe lancée par Thorpe avait fait pâlir, s'empourpra.

— Cette affaire ne vous concerne en rien, madame la comtesse. Nous recherchons...

— Cela ne me concerne en rien ? Vous forcez ma porte en compagnie d'une escouade de soudards, vous gâchez ma soirée, et je devrais rester passive. Et vous, Halsey...

Elle marqua une pause. Le juge local, qui ne cessait de déglutir péniblement, se recroquevilla et recula, dans l'intention probable de disparaître. Le rempart constitué par les hommes le retint.

— Vous satisferez-vous de harceler mes hôtes ? Aurez-vous l'audace de me mettre en état d'arrestation ?

— A Dieu ne plaise, Votre Seigneurie, balbutia le pauvre homme en frissonnant comme une feuille. Jamais je n'ai voulu vous manquer de respect.

— Eh bien, efforcez-vous de conformer vos actes à vos intentions. En invitant ces personnages patibulaires à évacuer ma demeure, pour commencer. Et souvenez-vous de n'y revenir vous-même que sur une invitation expresse de ma part.

Le juge Halsey, dont l'épouse ne manquait pas d'ambitions mondaines, accusa le coup en fermant nerveusement les yeux, comme pour échapper à la vision apocalyptique de sa mise au ban de la bonne société.

— Tout ceci est... affreux, oui, c'est bien le mot, affreux, gémit-il. Lord Exmoor, dites à ces gens de sortir. Vous n'avez pas le droit de les faire pénétrer dans une propriété privée. Je vous avais bien prévenu...

— Taisez-vous, poule mouillée ! s'exclama Exmoor en haussant les épaules. Stone, emmenez les hommes dehors, qu'ils surveillent les accès. En ce qui me concerne, je persiste à poursuivre mon enquête.

Il défiait du regard la comtesse.

— Richard, vous déshonorez le nom d'Exmoor, déclara-t-elle posément.

Elle s'efforçait à la sécheresse. Mais sous sa froideur de commande, on sentait vibrer une émotion profonde. Sensible plus qu'une autre à cette blessure, Pénélope se blottit contre elle en pleurant, pour la consoler. Au spectacle touchant de sa mère et de sa fille injustement atteintes, lady Ursula prit une profonde inspiration, et son regard devint féroce.

— Vous persistez, gronda-t-elle, vous osez menacer ma mère, ainsi que ce...

— Non, milady, non ! protesta Halsey, qui de désespoir se tordait les mains, pas du tout ! Nous recherchons la personne qui était prisonnière !

— Voyez-vous cela, tonna lady Castlereigh, et c'est à

Fingle Manor que vous comptez trouver des repris de justice ? Allez, mon bonhomme, expliquez-vous.

— Nicole seule est en cause, affirma Exmoor.

Admirablement servie par la méconnaissance totale du problème, lady Ursula émit un rugissement ironique.

— Nicole Falcourt ? Votre esprit bat la campagne, mon pauvre ami ! Personne ne la retient prisonnière !

— Je n'ai pas dit qu'elle est prisonnière ! protesta Halsey.

— Pas encore, lança perfidement Richard.

Lady Buckminster, jusqu'alors témoin muet d'une scène dont le sens lui échappait, y apporta soudain, à défaut de clarté, sa contribution.

— Par mes bottes, c'est à n'y rien comprendre ! Vous avez l'audace de tailler des croupières à une personne dont je m'honore d'être la tante !

— Ma mère a raison et vous avez tort, poursuivit Buckminster, qui ne voulait pas être en reste. Respectez ma cousine, ou il vous en cuira !

Halsey, anéanti, ne parvenait plus qu'à bredouiller. Richard tenta de le ragaillardir.

— N'essayez pas de leur répondre, Halsey, ils vous brouillent la tête. Chacun sait ici que celui que nous voulons arrêter n'est autre que le chef des malfaiteurs, que l'on a fait évader de prison.

— Des malfaiteurs ? s'exclama Pénélope, la bouche en cœur et le regard innocent.

Sébastien prit le relais.

— Ceux qui ont abordé mon épouse et sa sœur cet après-midi ? Elles auraient pu céder à la panique. Il me semble, monsieur Halsey, que la police fait étrangement son travail, en ces contrées campagnardes.

Richard salua cette déclaration d'un ricanement sardonique.

— « Abordé » me semble un terme assez impropre, insinua-t-il, et il y a sans doute erreur sur la personne. Le

« Gentleman », comme on l'appelle, était en prison, mais des complices inconnus l'en ont fait sortir, pendant que le gardien, comme par un fait exprès, se trouvait sollicité par lady Thorpe et Mlle Marianne Montford.

— Qu'entendez-vous par « sollicité » ?

— Rien qui doive vous fâcher, répondit évasivement Richard. Il n'empêche que deux jeunes femmes seules en voiture, sans escorte, à une heure aussi avancée...

— Marianne et ma femme se sont trouvées inopinément retardées, dit âprement Thorpe. Aussi bien est-ce à moi et à moi seul de me soucier de mon épouse. Je n'autorise aucun manquement à cette règle.

Haineux mais blême, Richard soutint le regard de Sébastien. Une tension insupportable régnait dans la pièce.

— Mes petites-filles m'ont fait part de cet incident, dit la comtesse. Il est fâcheux, sans doute, mais ne présente me semble-t-il aucun caractère d'urgence. Je suggère que vous remettiez votre enquête à demain, Halsey. Leur témoignage ne la fera sans doute pas avancer autant que vous l'auriez souhaité.

— C'est possible en effet, dit Richard en jetant un regard aigu aux deux filles de lord Chilton, celles-là mêmes qu'il avait naguère voulu frustrer de leur véritable identité. Mais j'ai acquis la certitude que Mlle Falcourt aurait beaucoup à nous apprendre.

— Je ne vois pas comment, répondit Nicole sans s'émouvoir. Alexandra et Marianne étaient seules.

— Parce que vous étiez à l'intérieur de la prison, sans doute.

— Une évasion organisée par une jeune mondaine d'Oxford Street, voilà qui est nouveau, ironisa Lambeth. Vous rêvez, Exmoor !

— Nicole est capable de tout, dit froidement Richard. Vous ne la connaissez pas.

— Je la connais de longue date, reprit Justin, qui se

piquait au jeu, et je peux vous donner ma parole qu'elle n'était pas à la prison ce soir.

Il y eut une courte pause. Justin s'était engagé trop avant, et son affirmation étonnait sans doute les membres de l'assemblée que l'on avait tenus dans l'ignorance de la machination. Une voix claire et posée, celle de Pénélope, rompit le silence.

— Nicole ne pouvait être ni sur les routes ni dans une prison, puisqu'elle n'a pas quitté Fingle Manor de l'après-midi, ni de la soirée. Nous avions une réunion familiale.

Nicole cessa de respirer, chaque fibre de son corps tendue à l'extrême. Pénélope venait de mentir. La comtesse et lady Buckminster s'en étonneraient sans doute en silence. Mais aussi bien lady Ursula que Deborah étaient capables de commettre une maladresse, et d'infirmer cette affirmation. Nicole aurait voulu inviter d'un coup d'œil ou d'un froncement de sourcil sa sœur à se taire, mais comment capter son attention sans que Richard, qui la scrutait, s'en aperçoive ? Une fois convaincu d'avoir surpris Deborah en défaut, il saurait la faire parler.

Impavide, la comtesse, complice improvisée d'un complot dont elle ignorait les enjeux, fit cesser la tension en apportant à la fable racontée par Pénélope la caution de son autorité.

— Je puis en témoigner, en effet, dit-elle avec détachement. Deux de mes petites-filles se sont trouvées retardées, mais elles sont rentrées saines et sauves, ce qui est l'essentiel. Pénélope et Nicole les ont attendues ici, en ma compagnie. Ce renseignement vous suffit-il, Halsey ? C'est en cela que consiste votre enquête ? Voulez-vous vérifier mes propres faits et gestes ? Me soupçonnez-vous d'être allée scier les barreaux de votre prison ?

Halsey se confondit en excuses, et multiplia les assurances d'une allégeance absolue à la comtesse, ainsi qu'à tous les membres de sa famille. Encouragée par cette honteuse retraite, lady Ursula poussa son avantage. Très grande, comme tous les membres de la famille des Montford, et si imposante qu'elle ne pouvait traverser une pièce sans que la foule, si dense fût-elle, ne s'ouvre devant ses pas, elle fondit à la fois sur Richard, qui pâlit, et sur le juge, qu'une pichenette aurait renversé.

— Il est assez fâcheux, dit-elle de la voix sifflante que l'on prête aux Furies, de devoir supporter les insultes d'un membre de notre famille. Mais se savoir ainsi espionné, soupçonné, accusé, voilà qui dépasse les bornes de l'imagination. Vous cherchez un malfaiteur, à Fingle Manor ? Vous voulez perquisitionner la maison, ouvrir nos livres, nous fouiller, peut-être ?

Dominant de très haut le juge, qui devait relever le nez pour apercevoir son visage, elle le frôla d'un froissement des larges volants de sa robe bleue, que l'on aurait pu croire assez vaste en effet pour abriter quelque intrépide résident. Halsey battit en retraite jusque la porte, en abandonnant Exmoor qui, furieux et déconcerté, ne se décidait pourtant pas à abandonner la place.

— Si vous n'avez monté cette expédition que dans l'intention d'effrayer et d'intimider ces dames, vous pouvez vous flatter d'avoir pleinement réussi, lui dit Sébastien.

Un murmure approbateur vint confirmer la véracité de cette affirmation, bien qu'à l'exception de Deborah aucune des femmes présentes ne semblât particulièrement abattue. Leur attitude avait au contraire quelque chose de vindicatif, et même de belliqueux. Pour apaiser un peu le débat, Thorpe voulut raisonner celui qu'il pouvait considérer comme vaincu.

— Et pourquoi diable, poursuivit-il, consacrez-vous tant d'énergie à la capture d'un voleur ? Laissez donc cette tâche à la police, et au juge.

— En qualité de principale victime, répondit Exmoor, j'ai loué les services d'un policier de Bow Street.

Lambeth émit un ricanement ironique.

— Celui-là même que vous aviez recruté il y a deux mois pour espionner ma fiancée ?

— Je ne vois pas à quoi vous pouvez bien faire allusion, riposta le comte.

Encore affecté par les récents événements qui avaient menacé la vie de Marianne avant que sa parenté avec la comtesse ne soit presque miraculeusement établie, Lambeth s'apprêtait sans doute à les évoquer, ainsi que les circonstances étranges de la mort de Fuquay, abattu en public par le comte au moment où il se disposait à faire des déclarations embarrassantes. Pour l'apaiser, Sébastien lui posa la main sur le bras, et signifia à Exmoor son congé.

— Puis-je vous suggérer de nous laisser seuls, Exmoor ? N'oubliez pas de rapatrier vos mercenaires.

Très pâle, Richard se raidit, les lèvres pincées et le regard venimeux.

— Bravo, Nicole, vous marquez le point. Vous avez su associer la fine fleur de l'aristocratie à l'accomplissement de vos intrigues... plébéiennes.

Il y eut des murmures étonnés. Pour prolonger son avantage, Exmoor se hâta d'apostropher la comtesse.

— Quant à vous, madame la comtesse, je ne doute pas que l'aversion que vous avez toujours nourrie à mon égard n'ait trouvé son compte dans cette aimable machination. Vous perdrez de votre superbe lorsque votre nom sera mêlé au scandale. Car votre réputation ne saurait sortir intacte de celui qui éclatera, lorsque votre complicité sera avérée dans le recel de malfaiteur dont Mlle Falcourt se rend coupable. Sachez qu'elle ne commet ce crime qu'afin d'assouvir la passion que lui inspire... un roturier ! Que dis-je un roturier ? Un bandit de grands chemins.

Le silence atterré des uns, les exclamations étouffées des autres firent naître sur les lèvres minces d'Exmoor un sourire cruel et triomphant.

— Pardonnez-moi, je ne l'ai pas fait exprès, ricana-t-il. Je vois que Nicole est restée discrète sur ce point. Buckminster et ses amis auraient sans doute sollicité Halsey avec moins d'insistance, s'ils avaient connu ce détail. On a dû fustiger mon acharnement. Mais pas un mot n'a été dit sur les exactions de ce criminel, sur ses rencontres avec elle...

— Silence ! tonna Buckminster. Vous me rendrez raison de vos médisances !

— Lord Exmoor connaît sans doute les conséquences fâcheuses que peut entraîner une accusation calomnieuse, dit Lambeth sur un ton extrêmement courtois, mais tout aussi déterminé.

— Je ne calomnie personne, dit Richard d'une voix blanche. Elle est allée jusque dans son repaire secret le prévenir, j'en apporte la preuve, attestée par dix témoins, dont Stone et le juge, qui sont assermentés. Ce refuge dans la forêt, elle en était familière, puisqu'elle s'y est rendue en pleine nuit, par le chemin le plus court !

La comtesse l'invita d'un geste à se taire.

— Cela suffit, Richard. Trêve de menaces et de gesticulations. C'est à Nicole, dont j'estime et respecte les sentiments, de m'apprendre ce que je dois savoir. Votre présence chez moi est indésirable. Sortez. Halsey, emmenez-le avec vous. Et pour revenir chez moi, attendez une invitation.

Halsey lui jeta un regard de chien battu. L'imminence du double mariage laissait présager des festivités grandioses, dont il eût été désastreux de se trouver exclu.

On attendit en silence que Richard et le juge aient quitté la pièce, puis qu'on ait entendu de loin le majordome refermer sur eux la porte du hall d'entrée. Tous les regards convergèrent alors vers Nicole.

— Je crois, dit la comtesse, que nous avons les uns et les autres assez fait pour avoir droit à un récit sincère. Ne nous complaisons ni dans les fables, ni dans les faux-semblants. Nous méritons de savoir la vérité, et elle seule.

— Milady, comme j'ai honte, dit avec embarras Nicole. Jamais je n'aurais dû mêler des membres de votre famille à des aventures si... personnelles. J'aurais dû assumer seule mes propres entreprises.

— Il aurait fait beau voir que nous en soyons exclus ! s'exclama Pénélope avec une véhémence inattendue chez elle.

— Bien sûr, renchérit Alexandra. Nous avons contracté pour notre part une dette assez considérable à l'égard du « Gentleman » pour vouloir nous en acquitter.

— Justin et moi, nous lui devons la vie, renchérit Marianne. C'est lui qui nous a permis de nous échapper de la mine piégée, il n'y a pas si longtemps. N'était-il pas naturel de lui rendre à son tour la liberté ?

— Je crois, dit la comtesse, que je vais me rasseoir, car cette affaire me semble assez complexe. Si j'ai bien compris, il est question d'un bandit que vous avez collectivement aidé à s'évader de la prison locale. Au lieu de vous livrer à ces extrémités, n'auriez-vous pas pu lui fournir un bon avocat, ou convaincre les autorités ?

— Elles sont inféodées à Exmoor. Nos tentatives de persuasion sont restées vaines. Richard est obsédé par sa vengeance, il y consacre toute son énergie, toute sa passion.

— Si j'en crois les anecdotes que j'ai entendues çà ou là, fit observer la comtesse, il me semble que ce « Gentleman » consacre lui aussi beaucoup d'énergie à harceler Richard.

— C'est vrai, reconnut Nicole. Richard est sa principale victime, et pour ainsi dire la seule. Jack a d'abord voulu exercer une vengeance. Il y a bien longtemps, Exmoor lui a porté un énorme préjudice : après avoir tenté de le tuer, il l'a livré à des recruteurs maritimes pour l'enrôler de force sur un navire.

— Voilà qui ne m'étonne pas de sa part, dit la comtesse, pendant que lady Buckminster s'exclamait. Et quels étaient ses griefs à l'égard de cet homme ?

— Il n'avait que vingt ans à l'époque. J'en avais dix-sept, et Richard...

Nicole s'interrompit et consulta du regard sa sœur, qui après avoir voulu se distraire en jouant aux cartes vivait des émotions autrement violentes. Deborah accompagna ses paroles d'un geste las.

— Je me résigne à mon sort. Tous les secrets me pèsent tant...

— Eh bien, reprit Nicole, Richard, qui avait l'âge d'être mon père, s'était mis en tête de m'épouser, mais je lui ai opposé un refus. Peu de temps plus tard, il a découvert que j'étais amoureuse...

Nicole marqua une pause et se redressa fièrement, comme pour lancer un défi à ceux qui découvraient son secret.

— ... J'étais amoureuse d'un jeune palefrenier. Je sais quel est mon crime, car une jeune fille bien née ne se commet pas avec un domestique, surtout lorsqu'il est pauvre. Mais cela m'est égal. Jack, qui s'appelait alors Gilles, est le seul homme que j'aie jamais aimé. C'est un garçon plein de bonté, d'humour, de courage et d'humanité. Il est sympathique à tous ceux qui le connaissent.

La comtesse couva Nicole d'un long regard plein de tendresse, et d'une sorte d'admiration.

— J'éprouve un vif désir de rencontrer ce phénix, dit-elle. Mais pourquoi s'est-il absenté si longtemps ?

— Il lui a fallu s'évader avec ses amis, qui ont vécu avec lui en Amérique. Il restait loin de moi parce que Richard l'avait persuadé de ma duplicité. Richard le croyait disparu à jamais, et je le croyais mort. Il ne me restait rien de lui, que la bague qu'il m'avait donnée.

— Une bague de fiançailles ?

— Non, milady. Une bague d'homme, trop grande pour moi. Un souvenir de son père...

Nicole s'approcha de la comtesse, tira sur sa chaînette et la fit passer au-dessus de sa tête, pour la présenter avec la bague.

— Cette bague ne m'a jamais quittée. Mais... Qu'avez-vous, comtesse ?

La bague dans la main, comme fascinée par elle, la comtesse semblait pétrifiée. D'une pâleur marmoréenne, elle ne respirait plus. Lady Ursula se précipita.

— Maman ! Oh non ! ce n'est pas vrai !

Elle venait de voir la bague, et se pétrifiait à son tour. Interdite, Nicole les regardait successivement, sans comprendre.

La comtesse, dont les joues se coloraient soudain de rouge, prit une profonde inspiration.

— Où est cet homme ? Ce « Gentleman » de grands chemins ? Je veux lui parler.

— Maintenant ?

— Le plus tôt possible.

La bague était toujours dans la main ouverte de la comtesse. Lady Ursula, comme hébétée de stupéfaction, ne la quittait pas des yeux. Alexandra et Marianne s'approchèrent.

— Qu'y a-t-il ?

— Nous le saurons bientôt. Nicole, celui qui vous a donné cet anneau, où est-il ?

— Là-haut. Vous désirez le voir ?

— Dans l'instant.

20.

Dans le grenier régnait une parfaite obscurité. Jack, sans doute, avait entendu le bruit léger de la porte, et ne se souciait pas d'être découvert. Nicole l'appela, en vain. Elle répéta son appel, sans plus de succès. Le cœur battant, elle descendit les marches, aussi silencieusement qu'elle venait de les gravir. Jack s'était-il réfugié dans l'une des pièces voisines ? La porte de la chambre d'enfants n'était pas tout à fait fermée. Elle la poussa, en levant son bougeoir. La pièce, inutilisée depuis bien longtemps, contenait quelques vestiges de l'ancien mobilier. Acrobatiquement juché sur un siège enfantin, les deux jambes pliées et les genoux au menton, Jack Moore méditait. En apercevant Nicole, il s'excusa d'un sourire contrit.

— Pardon, je fais n'importe quoi, dit-il en se levant. Je regarde les choses... Cet endroit me déconcerte, voyez-vous, je m'y sens mal à l'aise.

Il fit quelques pas, observant tiroirs et coffres sans oser les ouvrir.

— Quelle sottise ! poursuivit-il en secouant la tête. Ma place n'est pas ici. Je vais reprendre mon cheval et m'éloigner. Vos amis et vous-même vous courez des risques énormes en me donnant asile. C'est bien assez de m'avoir délivré, ainsi que Perry et les autres. Accepter davantage, ce serait malhonnête.

Nicole fit en souriant un signe de dénégation.

— Personne n'éprouve de sympathie à l'égard d'Exmoor dans cette maison. Il en sort, précisément, avec les mercenaires qui vous recherchent. Nous allons attendre un jour ou deux, et lorsqu'ils auront abandonné leur traque, vous partirez, Jack. Et je partirai avec vous, ajouta-t-elle.

Nicole avait parlé d'une voix égale, le plus naturellement du monde. Jack la contempla silencieusement, d'un regard si chargé d'amour et de reconnaissance qu'elle en fut bouleversée.

— Vous resterez, Nicole. Je ne puis vous demander un pareil sacrifice.

— Si vous ne voulez plus de moi, pourquoi m'avoir parlé d'amour ?

— Je vous aime, Nicole, je vous ai toujours aimée. Au cœur même de la haine, je vous haïssais d'amour. Mais on n'épouse pas un bandit, fût-il repenti, ni un roturier.

— Que m'importe ? Si vous rentrez en Amérique, je m'embarquerai avec vous. Il n'y a ni noblesse ni roture, parmi de libres citoyens.

— Mais pensez-y, Nicole. Perry et moi, nous sommes à l'aise. Mais à Baltimore, vous ne trouverez pas le quart du luxe auquel vous pouvez prétendre.

— Ce n'est pas du luxe que je suis éprise, Jack, mais de vous.

— Comment ai-je pu douter de vous, qui êtes la perfection même ? murmura-t-il en l'étreignant.

Ils échangèrent un baiser plus tendre que sensuel, qui était comme la célébration d'un pacte mutuel. Lorsque Jack reprit sa respiration, sa voix s'était altérée, elle se faisait hésitante et timide.

— Puisque telle est votre volonté, nous pourrions nous retrouver aux Etats-Unis, le seul pays où je ne risque rien. Mais je refuse de vous associer à ma fuite. Les dangers sont trop grands.

— Nous n'avons rien à craindre, à condition d'attendre que toute cette agitation soit retombée. Je refuse de vous quitter, Jack, fût-ce un seul jour. Je vous ai perdu, jadis. Jamais cela ne se reproduira.

— Jamais vous ne me perdrez.

— Alors nous partirons ensemble. Mais vite, il faut descendre, car la comtesse veut vous rencontrer.

— Quelle comtesse ?

— La comtesse d'Exmoor douairière, la grand-mère d'Alexandra, de Marianne et de Pénélope. Elle vient d'éconduire Richard et ses sbires avec un panache... extraordinaire. Mais il m'a fallu lui dire la vérité, et lui parler de vous.

— Elle veut me voir ? Pourquoi ?

— Parce qu'elle s'intéresse à ceux que j'aime. Auriez-vous peur d'une femme ? Vous la séduirez, je gage !

Lorsqu'ils parvinrent dans le salon, Jack, dont le regard s'égarait sur mille objets étonnants, fit halte, et Nicole sentit qu'il se raidissait. La qualité et le nombre des témoins présents n'étaient sans doute pas pour rien dans cet embarras.

— Approchez-vous, lui dit la comtesse.

Jack eut une hésitation, puis obéit, et s'inclina avec une élégante réserve.

— Jack Moore, pour vous servir, madame.

— Monsieur Moore, j'aimerais vous poser quelques questions.

— Je m'efforcerai d'y répondre.

Jack, à qui cet interrogatoire public ne plaisait guère, sursauta lorsque la noble dame, ouvrant tout à coup la main, lui montra l'anneau d'or.

— Cette bague, d'où la tenez-vous ?

Décontenancé, Jack baissa les yeux.

— Ma défunte mère me l'a donnée, en souvenir de mon père, à qui elle appartenait.

— Vous ne l'avez donc pas trouvée, ou acquise d'une façon ou d'une autre ? Je ne vous en ferais aucun reproche, bien entendu.

— Je ne l'ai ni trouvée, ni volée, répondit Jack en sourcillant un peu. Ma mère me l'a donnée sur son lit de mort. Je ne puis garantir qu'elle vienne vraiment de mon père, que je n'ai pas connu. Ma mère m'a peut-être raconté une fable, pour me rendre la vie plus agréable, comme elle le faisait toujours.

— La vie plus agréable ?

— Elle avait eu peur de me voir mourir de maladie, quand j'étais jeune.

Lady Ursula surprit tout le monde en émettant une exclamation étouffée.

— C'est bien lui ! s'écria-t-elle bizarrement.

Jack, désagréablement surpris, la dévisagea sans plaisir, avec une sorte d'hostilité. Mais la comtesse ne lui permit aucune distraction.

— Quel âge aviez-vous, quand vous avez été très malade ?

— Sept ou huit ans, je n'en suis pas certain. Cette maladie m'a privé de tous mes souvenirs des années antérieures. Maman et Mamie Rose m'ont soigné longtemps, avant que je reprenne conscience.

— Vous ont-elles parlé... de votre père ?

Jack baissa la tête.

— Ma mère n'était pas une grande dame...

Il hésita, puis se tut, parce que lady Ursula soulignait ce mot d'une sorte de sifflement contempteur, du plus fâcheux effet.

La comtesse n'eut pas le temps de faire taire sa fille : la porte s'ouvrait en grand pour laisser apparaître Exmoor triomphant, avec à ses côtés Stone, qui tenait une carabine, le canon baissé. Halsey disparaissait derrière eux, comme retenu par le peloton des mercenaires en armes.

— Halsey ! Ils sont à vous ! clama Richard, qui exultait. Tous complices, je vous l'avais dit !

Stone s'effaça pour permettre au malheureux Halsey de se manifester. Loin d'agir, celui-ci se contenta d'adresser à la comtesse une sorte de supplique, en se tordant les mains.

— Ils m'ont forcé, Votre Seigneurie. Je leur ai dit que je n'ai pas le droit d'officier chez vous...

— Au diable le pleutre ! hurla Richard en s'avançant hardiment, dans l'intention évidente de se saisir de Jack.

Il ne fit que deux pas. Lady Exmoor se dressa devant lui, terrible, et lady Thorpe, très élégante dans une robe franchement décolletée, appuya sur son gilet brodé le canon du pistolet de duel qu'elle avait sorti de son coffret, dès l'intrusion d'Exmoor.

La voix impérieuse de Sébastien, qui lui aussi s'était armé, vibra dans le silence.

— Ne prenez pas de risques inutiles, monsieur Stone. Vous connaissez les lois. Halsey a raison. Votre dévouement à votre employeur provisoire, s'il est légitime, ne doit pas vous faire outrepasser vos droits.

Richard s'était figé. Stone, sans lâcher son arme, la tenait ballante, d'une seule main.

— Je n'ouvrirai pas le feu dans une pièce d'habitation, ni sur une dame, dit-il sans quitter des yeux le second pistolet, que braquait sur lui son interlocuteur.

— Ma femme et moi utilisons des armes anglaises, mises au point par Robert Wogden, dit Sébastien comme pour satisfaire sa curiosité.

— Il demeure que la présence d'un malfaiteur évadé me pose le problème de son arrestation, poursuivit Stone.

— Mon Dieu, mon Dieu ! soupira le juge en se laissant tomber sur un siège sans y avoir été invité, ce n'est donc pas fini !

Aux frontières de la défaillance, il s'épongeait le front, en émettant des gloussements de détresse. Lady Ursula, qui semblait bouillir d'une étrange impatience, l'interpella avec une roborative familiarité.

— Vous me faites pitié, mon pauvre Henry. Redressez-vous, bon sang, faites-vous respecter ! Vous êtes le glaive de la loi, le garant de son respect. Alors écoutez, de toutes vos oreilles !

— Lady Castlereigh... Ecouter quoi ? gémit Halsey.

— Des choses étonnantes. Mais... que vois-je ?

Lady Ursula jeta sur les mercenaires amassés un regard scandalisé. Son œil d'aigle les foudroya.

— Vous n'avez rien à faire ici, disparaissez !

Il y eut un flottement.

— Je suggère que ces messieurs aillent attendre dehors, ils en ont l'habitude, dit Lambeth.

— Mais je souhaite, dit Ursula, qu'avec l'accord de maman Richard et son policier assistent à notre entretien.

Des protestations diverses fusèrent. La comtesse les fit cesser d'un geste.

— Je crois en effet qu'outre celle du juge la présence d'un témoin peut être utile, et nous n'avons rien à cacher à Richard Montford, notre lointain cousin. Si ces armes pouvaient disparaître, je ne m'en plaindrais pas.

Alexandra posa ostensiblement son pistolet sur une crédence, et Richard fit à Stone un signe d'assentiment. Stone posa sa carabine sur la même crédence, et d'un geste congédia ses hommes, qui disparurent. Sébastien remit l'autre pistolet dans sa boîte ouverte, derrière la comtesse.

— Nous allons pouvoir poursuivre, dit lady Exmoor. Jack, votre mère vous parlait-elle de votre père ?

En présence de cet aréopage disparate et trop nombreux, Jack éprouvait de toute évidence un vif malaise, dont on discerna bientôt l'origine.

— Ils sont décédés depuis longtemps, milady, et je n'ai pas connu mon père. Les propos tenus par une femme du peuple à son jeune enfant ne sauraient avoir d'importance, pas plus que cette bague, mon unique héritage.

— Laissez-moi le soin d'en juger, mon garçon. Si désagréable que cela vous paraisse, dites-moi ce que l'on vous a appris de votre père.

Visiblement tenté de s'insurger contre cette insistance, Jack affronta le regard de la comtesse, et y vit luire une telle lumière qu'il ne put taire la vérité.

— Que Dieu lui pardonne, j'ai toujours eu le sentiment que ma mère ne savait pas de qui je suis le fils.

On entendit quelques soupirs de compassion. Mais Nicole n'y prit pas garde. Elle observait l'attitude presque douloureuse de la comtesse, et surtout la contention extrême qui pétrifiait lady Ursula, que Jack fascinait. Alexandra elle aussi venait de réagir, et ses yeux s'écarquillaient. Dans un état de vive agitation, elle vint prendre la main de la comtesse.

— Bonne-maman ! C'est lui !

Le visage d'Alexandra était en pleine lumière. Jack poussa une exclamation et blêmit en titubant.

— Eh bien, qu'avez-vous ? dit la comtesse, en se dressant à demi.

— Pardonnez-moi, madame, un vertige. J'ai cru voir... Je ne sais pas. C'est tout ce monde, sans doute. Cette dame si belle, en la voyant à vos pieds, j'ai cru me souvenir... Mais non.

— Moi aussi, dit la comtesse, j'ai eu cette réaction violente, lorsqu'il y a quelques mois j'ai aperçu pour la première fois depuis plus de vingt ans ma petite-fille Alexandra. Je me suis même évanouie. Mais dites-moi, tout à l'heure, je vous ai vu aussi réagir à la voix de ma fille Ursula. Pour quelle raison ?

— Ce fut une réaction absurde, murmura Jack, gêné. Elle ne mérite pas d'être rapportée.

— Eh bien, dites-la-moi pourtant.

— J'ai eu envie de répondre à milady : « Non, ce n'est pas moi qui l'ai cassé ».

— Quoi ?

— C'est la phrase qui m'est venue à l'esprit : « Non, ce n'est pas moi qui l'ai cassé ».

— Mais cassé quoi ?

Douloureusement impressionné par le tour absurde que semblait prendre l'interrogatoire, et par le caractère puéril de ses propres réponses, Jack se sentait emporté dans la spirale de l'extravagance.

— Un cheval, un petit cheval de verre. C'est ridi...

— Mon Dieu ! C'est bien lui !

Lady Ursula, comme frappée au cœur y porta la main et fit un pas en arrière, rencontrant heureusement le secours efficace de son futur gendre, sur lequel elle s'appuya, pendant que Pénélope s'affolait.

— La licorne ! s'écria Ursula. Ce n'était pas un cheval de verre, c'était une licorne de cristal. Je voulais l'offrir à Marianne, qui devait avoir quatre ans. Je l'ai montrée à Simone, et je l'ai laissée sur cette crédence, dans cette pièce même où nous sommes. Et quand je suis revenue, la licorne était en mille morceaux. John l'avait cassée, j'en étais certaine. Il a nié, bien sûr. Plus tard, mon frère Emerson m'a dit : « Mon fils ne saurait mentir. S'il avait cassé ce bibelot inutile et dangereux, il le dirait. »

Personne ne respirait plus. La comtesse devint blême et, à la stupéfaction générale, des ruisseaux de larmes inondèrent ses joues.

— John, mon petit-fils ! Tu es revenu parmi nous !

Au silence absolu succéda le tumulte. Des exclamations fusaient de toutes part, Nicole défaillait, Pénélope poussait des « hourras ! » suraigus, lady Buckminster hennissait de bon cœur. Jack, suffoqué d'incompréhension, tentait de se défendre contre les assauts hystériques de lady Thorpe et de Marianne Montford, lesquelles sous l'œil approbateur, qui de son mari, qui de son fiancé, prétendaient l'étreindre et prendre possession de lui à pleins bras, en le couvrant de baisers.

— Non ! C'est trop... Mesdames !

— Mon frère ! criaient Alexandra et Marianne, c'est lui, c'est toi ! Quel bonheur !

— Laissez-moi... Que signifie... Tout cela est absurde, parfaitement absurde !

En se débattant vaillamment, car les deux sœurs, également grandes et vigoureuses, ne le ménageaient pas, Jack avait crié. Sa voix couvrit le brouhaha général. Richard, qui aux côtés de Stone, médusé, assistait à la scène joyeuse en témoin atterré et furieux, se hâta de prendre le relais.

— Absurde, en effet, c'est le mot ! Ce bandit ne ment pas, pour une fois ! Comment John Montford pourrait-il être ressuscité d'entre les morts ? Gilles Martin, qui se fait maintenant appeler Jack Moore, né d'une servante, élevé par une sorcière, a dû entendre parler de Chilton lorsqu'il était palefrenier à Tidings. Le voilà qui vient profiter... de la mode du temps pour bénéficier de vos bontés, comtesse.

— Jamais il n'a cherché à me voir, et je doute qu'il ait connu mon existence jusqu'à ce soir. Aussi bien ne comprend-il rien à nos histoires de famille.

Richard, que Stone observait avec ahurissement, haussa les épaules. Son regard, d'ordinaire agressif comme celui d'un prédateur, se faisait fuyant. Il demeura cependant assez près de la comtesse pour l'entendre, anxieux sans doute de ce qui allait suivre. Revigoré par l'ambiance, Halsey eut le courage de manifester sa présence.

— Madame la comtesse, je ne comprends pas bien, moi non plus. Voulez-vous dire, avec lady Ursula, que le « Gentleman » ne serait autre que votre petit-fils, celui qui est mort avec lord Chilton son père à Paris, en 1789 ?

— Nous savions déjà qu'il avait échappé au massacre, comme ses deux sœurs, que j'ai retrouvées si récemment. Une Américaine, Mme Ward, avait été chargée de ramener chez moi, à Londres, les trois enfants. Nous étions persuadés que l'aîné, le garçon, y était mort des suites d'une maladie. C'était une erreur, Halsey. Grâce à Dieu, John est bien vivant. Il a vécu à Fingle Manor les six premières années de sa vie. Vous venez d'assister à la réminiscence d'un événement ancien qui l'opposait à sa tante. Il se souvient de cette demeure, qui fut jadis la sienne.

— Une bonne âme lui aura raconté cet épisode, suggéra Exmoor. Il n'en manque pas...

— Je l'ignorais ! s'exclama Nicole, qui ne perdait rien du dialogue.

— Et cette bague ? reprit la comtesse en brandissant le pendentif que lui avait confié Nicole. Vous la reconnaissez, Richard ? John, il faut que vous le sachiez, elle appartient traditionnellement, chez les Montford, à l'héritier du titre. Mon fils Emerson Chilton la portait, du vivant de son père. Lorsqu'à Paris il a appris sa mort, nul doute qu'il ne vous l'ait donnée.

— Je ne peux le croire, protesta Jack. Je ne suis jamais allé à Paris, et ma mère n'était qu'une humble servante.

Richard voulut l'approuver, mais Alexandra, d'un geste souverainement méprisant, lui imposa le silence.

— J'ai entendu au moment de sa mort, l'année dernière, la confession de Willa Everhart, dame de compagnie de ma grand-mère. Nos parents ont été victimes de la révolution, John. Lorsque Rhea Ward, celle qui devait m'adopter par fraude, moi la plus jeune, a confié Marianne et son frère à Willa, celle-ci a caché leur présence à leur grand-mère.

— Le garçon était malade, et on l'a cru mort, poursuivit Marianne. Moi, à cinq ans, j'ai été enfermée dans un orphelinat par un ami de Richard, celui-là même que Richard a abattu d'un coup de pistolet il y a deux mois, au moment où Fuquay, c'était son nom, allait faire des révélations compromettantes.

On entendit les murmures indignés et approbateurs des témoins qui se souvenaient en effet de la scène.

— Mensonge ! s'écria Exmoor pour les couvrir. Vous n'avez aucune preuve, aucun témoignage !

— Mme Ward me l'a dit, Richard, rappela la comtesse. Elle a prétendu Alexandra disparue, pour l'emmener avec elle en Amérique, mais elle a confié John, qui était très malade, et Marianne, à Willa, qui régentait Exmoor House à Londres pendant mon deuil. Et Willa les a remis entre vos mains.

— La parole d'une folle et celle d'une hystérique, morte de surcroît, contre la mienne ! ironisa cruellement Richard.

— Rhea Ward n'est pas folle ! protesta Alexandra. Elle vient de nous recevoir magnifiquement, à Boston.

— Fuquay ne parlera pas, lui non plus, dit lord Lambeth. Je regrette qu'il soit mort si vite, et de votre main.

— C'était un criminel, dit sombrement Richard.

— Inspiré par vous.

— Prouvez-le !

Une étrange atmosphère régnait dans le salon. Jack, étourdi par une accumulation de surprises et d'émotions intenses, éprouvait une sensation d'irréalité. Etroitement encadré par celles qui se disaient ses sœurs, il abandonnait sa main à la comtesse, qui trônait sur son siège, recrue de bonheur. Stone fronçait les sourcils, dans l'attitude d'un enquêteur qui enregistre des dépositions. Près de lady Buckminster, qui semblait ronger son frein, la pauvre Deborah ne quittait pas des yeux son mari, et son regard noyé de chagrin disait toute la détresse du monde. Un instant, elle avait tenté d'intervenir, mais comme personne ne lui prêtait attention, elle s'était résignée au silence.

Pénélope, que les interventions de sa mère avaient pour une fois enthousiasmée, suivait avec passion la joute oratoire. Aux abois, Richard se défendait encore avec férocité. La fiancée d'Archibald Buckminster se souvint d'un indice matériel que chacun semblait avoir oublié. De sa voix claire, elle posa une question qui surprit l'assemblée.

— Personne ne parle des bijoux, lança-t-elle.

— De quels bijoux ? s'étonna Marianne.

— Outre ses trois enfants, la malheureuse lady Chilton avait confié à Mme Ward, pour le mettre en lieu sûr, le coffret qui contenait ses bijoux. Des bijoux de famille, mais ceux aussi que lui avait offerts son mari.

— Ma mère... Je veux dire Mme Ward, ma mère adoptive, me l'a souvent confirmé, ajouta Alexandra. Elle a déposé le coffret entre les mains de Willa, en même temps qu'elle lui laissait Marianne et John, qu'elle croyait mourant. Si Willa a livré les enfants à Richard, qui était son amant, elle a pu tout aussi bien lui donner les bijoux.

— Pures affabulations ! se récria Richard. Accusations ridicules !

— Il est dommage que ces bijoux aient disparu, dit Sébastien. Mme Ward, que nous avons récemment vue à Boston, à l'occasion de notre voyage de noces, nous en a longuement parlé. Il s'agissait d'un véritable trésor, n'est-ce pas ?

La comtesse hocha pensivement la tête.

— Simone ma bru en était fière. Il y avait un saphir

énorme, taillé en poire, une rivière de diamants... et bien d'autres merveilles.

— Une parure d'émeraudes, une topaze montée en solitaire, des bracelets...

La voix qui poursuivait l'énumération et complétait l'inventaire du trésor avait fait sursauter chacune des personnes présentes, et au premier chef Richard, qui contemplait, livide, sa femme. Deborah venait de se lever, les yeux dans le vide, et semblait réciter une litanie sans s'adresser à personne en particulier.

— ... plusieurs rangs de perles, et un diadème de saphirs.

— Taisez-vous, Deborah, je vous l'ordonne !

— Ces bijoux, je les ai vus souvent, conclut Deborah sans s'émouvoir. Il m'a suffi de vous surprendre une nuit, perdu dans leur contemplation, Richard. A chacun de vos séjours à Londres, je prends votre petite clé dans sa cachette, j'ouvre le tiroir secret de votre meuble ancien, et je les regarde.

— Taisez-vous, pauvre folle !

— Folle, je ne le suis pas, quoi que vous en pensiez. Rien ne m'échappe, Richard. Je sais écouter et voir, et percer vos misérables mystères. Ces bijoux, j'aime les regarder. Vous n'avez pas voulu me les offrir, me les faire porter. Secrètement, je vous en tenais rigueur. Je comprends maintenant vos raisons.

Elle se tut. Richard, le visage blafard, secouait la tête, comme pour sortir d'un cauchemar.

— Si Fuquay était encore de ce monde, dit Marianne, il pourrait nous dire s'il avait pour mission de tuer John, l'héritier légitime. Le courage lui a manqué, sans doute, et il a préféré laisser faire la nature, en abandonnant un petit garçon mourant à celle qui est parvenue, contre toute attente, à le faire vivre.

— Ce n'est pas possible, murmura Jack en se tenant la tête à deux mains.

— Mais si ! s'exclama Nicole en lui prenant le bras. La fièvre a détruit votre mémoire ancienne. Et cependant vos réminiscences sont la preuve d'une existence antérieure, très différente. La cachette dans le grenier, la chambre d'enfants, vous y êtes allé sans réfléchir, parce qu'avant leur voyage à Paris, où ils ont trouvé la mort, c'est à Fingle Manor que résidaient vos véritables parents. Fuquay ou quelque autre complice ne connaissait pas l'existence de Mamie Rose, et ses pouvoirs. En vous abandonnant à votre mère, je veux dire à Hélène, il n'a pas supposé que vous puissiez survivre.

— Mais il aurait pu revenir la voir, et constater son erreur.

— A moins qu'elle ne lui ait dit que vous étiez mort, dans le seul but de vous protéger, suggéra Alexandra. En Fuquay, elle pouvait deviner l'exécuteur de basses œuvres. Un célibataire qui se débarrasse d'un enfant malade ne peut vouloir son bien.

— Et n'oubliez pas la bague, rappela lady Ursula. Elle est unique !

— Un simple anneau sans ornement, balbutia Richard.

— Et pourtant très reconnaissable, s'exclama Nicole. Il y a dix ans, au bord de la falaise, je vous ai cru jaloux, lorsque vous me l'avez arraché pour le jeter dans le torrent. En fait, vous aviez reconnu l'anneau des Montford, et c'est aussi pour cela que vous avez voulu faire disparaître Gilles !

Richard s'efforça de lui tenir tête.

— Un homme de ma condition, s'inquiéter d'un palefrenier, d'une bague !

— D'une bague assez précieuse pour que vous tentiez de me la dérober ! Cet homme masqué qui est entré de nuit dans ma chambre à Tidings pour fouiller en vain parmi mes épingles et mes peignes, c'était vous, Richard ! Vous cherchiez la bague sur ma table de toilette, faute de savoir que je la portais pendue à sa chaîne en permanence, et même pendant mon sommeil !

— A supposer qu'elle soit authentique, cette bague ne signifie rien, affirma Richard. N'importe qui peut se l'approprier, sans qu'elle puisse emporter la décision d'un tribunal, ou de la chambre des Lords.

Thorpe et Lambeth se récrièrent, et lady Exmoor l'écrasa d'un regard menaçant.

— L'un et l'autre auront pourtant bientôt à rendre leurs arrêts, déclara-t-elle avec solennité. Et s'il en est besoin, sachez que John porte sur lui le sceau de sa naissance, une marque si nette que son grand-père l'a mentionnée dans le livre de nos chroniques familiales : « Sur l'omoplate droite, le dessin du fer d'une francisque double ». Sur le bébé, sa mère et moi nous voyions plutôt celui d'un papillon. Mon mari s'est obstiné, bien sûr. Vous portez bien cette marque, n'est-ce pas, John ?

Jack, égaré, opina de la tête.

— Pour en donner confirmation à nos témoins, et notamment à Henry Halsey, montrez-leur votre dos, je vous prie, poursuivit la comtesse.

Emporté par le flot d'événements qu'il ne contrôlait pas, Jack, embarrassé et confus, ne songea pas à protester. Lorsqu'il eut enlevé sa chemise, un murmure s'éleva, accompagné d'exclamations admiratives et joyeuses. Le juge Halsey, conscient de sa fonction de témoin privilégié, s'approcha et se guinda sur la pointe des pieds, pour observer de près la tache sombre.

— Deux fers de hache symétriques, ou deux ailes de papillon, en effet, murmura-t-il. Vous êtes donc bien...

— John, mon John, tu es revenu, ils te reconnaissent ! dit la comtesse en caressant le visage de son petit-fils, qu'emportait un vertige.

Tous acteurs, à des degrés divers, du spectacle extraordinaire dont ils étaient les témoins, et violemment émus d'un bonheur plein de promesses, les différents personnages de cette scène focalisaient leur attention sur le groupe central, dans un silence recueilli.

Une clameur sourde retentit soudain. Bousculant Halsey et Stone, Richard Montford, dans un paroxysme de rage, s'enfuyait.

Torse nu, Jack bondit, et avant que Richard n'ait pu ouvrir la porte il le saisit par l'épaule, le fit volter et des deux poings lui martela le visage. Comme foudroyé, Richard s'écroula, à demi renversé sur le bras d'un fauteuil.

— Impressionnant, dit Sébastien.

— Il ne nuira plus, ajouta Justin. Bien des choses vont changer dans sa vie...

— Si le véritable comte d'Exmoor le veut bien, dit la comtesse, nous éviterons tout scandale, de manière à préserver la tranquillité de lady Deborah, qui ne doit en aucune façon pâtir des fourberies et des crimes de Richard. Pour l'instant, réjouissons-nous. Je n'étais rentrée à Fingle Manor que pour préparer les mariages de mes petites-filles...

— Et bientôt, nous célébrerons celui de mon frère, dit Alexandra. La chapelle familiale n'a pas connu de longtemps pareille animation.

La comtesse, radieuse, était restée debout, discrètement appuyée à la commode, et contemplait, tout près d'elle, les divers groupes constitués par tous ceux qu'elle aimait, réunis dans une sorte d'apothéose de félicité. Nicole et Jack, toujours sous le coup de la surprise, mais plus émus encore que le reste de la famille, se tenaient gauchement par la main.

Pénélope poussa un cri suraigu. Dans un sursaut, tous les regards suivirent le sien. Seul dans le fond de la pièce, hagard et féroce, un œil fermé pour mieux viser, Richard s'appuyait à la crédence où Alexandra et Stone avaient déposé leurs armes. Il levait le pistolet tout à l'heure brandi par lady Thorpe, et tenait Jack dans sa ligne de mire. Dans un éclair de stupéfaction, personne n'eut le temps de réagir. Son doigt se crispait sur la détente.

Un coup de feu retentit, assourdissant. Le bras de Richard retomba, l'étonnement écarquilla ses yeux. On vit la broderie de son gilet s'assombrir, ensanglantée d'une effusion soudaine. Il s'abattit en avant.

— Son destin est accompli, dit la comtesse.

Elle reposa le second pistolet de duel sur la commode, dans le coffret où elle venait de le prendre.

tout à l'heure devant [illegible]. [illegible], et tenant Jack dans sa ligne de mire. Dans un éclair de lucidité, [illegible] personne n'eut le temps de [illegible] [illegible] se [illegible] sur l'échelle.

Le coup de [illegible] [illegible]. Le [illegible] de Richard [illegible] [illegible] ses yeux. On vit la [illegible] de son [illegible] [illegible] d'une [illegible] soudaine. Il s'abattit [illegible].

— [illegible] la [illegible] de la [illegible].

Elle [illegible] [illegible] [illegible] commode, [illegible] [illegible] de [illegible].

Épilogue

— John, mon neveu, n'oubliez pas la bourse, et les anneaux !

— Monsieur le comte, les voitures sont prêtes.

— Jack, mon cher, n'aie pas cet air affolé, voyons. C'est à toi seul que ces discours s'adressent !

En habit de cérémonie, Perry semblait fort à l'aise dans le grand hall de Tidings, où régnait une agitation fiévreuse. Lady Ursula, vêtue de soie pervenche et parée de saphirs assortis, occupait assez d'espace pour que chacun reconnaisse en elle la belle-mère la plus épanouie du royaume. Emue et souriante, très élégante en soie gris perle, la comtesse sa mère attendait sur un sofa, près de la rougissante Pénélope, le départ vers la chapelle familiale. Alexandra riait aux éclats au spectacle de Marianne qui, de crainte de déranger l'échafaudage extraordinaire de sa chevelure flamboyante, n'osait s'asseoir et se tenait toute droite, en se gardant de partager la bonne humeur démonstrative de sa sœur.

Une moue dubitative aux lèvres, John Montford, dixième comte d'Exmoor, hocha la tête en faisant des yeux ronds sous ses sourcils soulevés.

— Il me semble ne plus savoir qui je suis. Ce château, cette famille extraordinaire, ces festivités...

Lady Ursula Castlereigh, saisissant le mot au vol, brandit son éventail fermé, tel un bâton de commandement.

— Le double mariage était prévu de longue date, rappela-t-elle, enfin, disons, depuis deux mois. Ce ne sont pas des événements heureux, comme la restauration de notre famille dans tous ses droits, sous l'autorité de son chef légitime, qui doivent retarder le bonheur de ces enfants. N'oubliez pas, John, que vous conduirez d'abord à l'autel Marianne, et que pour aller chercher Pénélope sur le parvis vous m'offrirez votre bras. Montescue, vous observerez bien la manœuvre, puisque le mois prochain ce sera à vous de conduire Nicole. John, vous aurez soin d'éviter la bousculade à la sortie en jetant les pièces au bon peuple aussi loin que possible. Quelle recommandation pourrais-je encore... Mais que vois-je ? Pénélope, lorsque tu seras mariée, je cesserai de t'importuner, mais...

Dans un envol de volants et de manches, elle fendit l'étendue qui la séparait de sa fille, tel un navire de haut bord chargé de toutes ses voiles.

— J'aurais aimé entendre la suite, ironisa Perry.

— Elle veut exercer jusqu'au dernier instant ses prérogatives de despote maternel, dit Nicole qui sortait d'un petit salon en même temps qu'une escouade de femmes de chambre, qu'une voiture devait transporter jusqu'à l'église. Perry, je veux dire monsieur le baron, vous me semblez resplendissant.

— Grâce à vos soins diligents, ma chère, et grâce aussi à l'indulgence de notre roi, qui a bien voulu restaurer les privilèges dont ma famille m'avait écarté. Mon pédantisme va désormais pouvoir s'exercer dans les salons, et non plus aux dépens, c'est le cas de le dire, des nouveaux riches du Nouveau Monde, assoiffés de culture et de bonnes manières.

— Si tu étais encore roturier, ironisa le jeune comte, tu pourrais me présenter ta note. N'as-tu pas fait de moi un « gentleman » ?

— Jack Moore a depuis longtemps réglé ta dette, rassure-toi. Mais attention, ces dames font mouvement.

La comtesse s'était levée. Son petit-fils se hâta d'aller lui offrir son bras, qu'elle refusa en souriant.

— Avec Ursula, j'accompagne Alexandra, Pénélope et Marianne. N'abandonne pas Nicole, John.

— Des fiancés seuls dans la même voiture ? Il n'en est pas question, protesta lady Castlereigh. Dans un mois, tant qu'ils voudront ! Montescue, évitez-nous cette avanie !

Perry s'inclina avec un empressement proche de la courtisanerie.

— A vos ordres, milady.

— Allons, dit la comtesse en souriant, partons les premières. Buckminster et Lambeth s'impatientent, sans doute.

La berline où s'entassaient les femmes de chambre rieuses s'élançait au grand trot de l'attelage enrubanné. Les calèches s'avançaient.

— J'aperçois là-bas, en conversation avec Saunders et Quillen, le juge Halsey, dit Nicole. Je vais le prendre comme chaperon pour me rendre à l'église. Le témoignage qu'il a fourni à la comtesse mérite bien cette récompense. Vous me suivrez, messieurs !

Perry descendit les degrés, pour aller notifier au juge l'honneur qui lui était dévolu.

— J'ai hâte de voir la fin de ces embarras, maugréa John.

— C'est l'affaire de quelques heures, dit Nicole. La cérémonie sera superbe. J'irai en faire le compte rendu à Deborah et à Gladys Owens dès la sortie de l'église. Puisque sa petite fille est née la semaine dernière, ma sœur pourra assister à notre mariage. Dans un mois...

Malgré l'agitation ambiante, Jack et Nicole, les yeux dans les yeux, se trouvèrent un instant seuls au monde, communiant dans la même pensée.

— En ce lieu, murmura Jack, rien ne nous est possible. Mais je connais au cœur de la forêt une chaumière si tranquille...

— Vraiment ?
— J'y dormirais si volontiers...
— Si quelque intruse venait troubler votre solitude ?
— Je l'apprivoiserais, je pense.

Bien que la baronne de Buckminster fût à l'église en compagnie de son fils, on entendit des sons de trompe. Lady Ursula, debout dans la calèche des dames, faisait le sémaphore. Un laquais envoyé par elle accourut.

— Milady vous dit de presser le mouvement, monsieur le comte !

Depuis le haut du perron, Jack, qui affectait de se tenir à une distance respectueuse de Nicole, adressa un grand signe d'acquiescement à sa tante.

— Je vous aime, dit-il à mi-voix, les yeux dans le lointain. Je vous prends dans mes bras et vous embrasse la nuque.

Nicole fit un signe amical à Dirk, qui faisait caracoler un cheval noir, en tête du cortège en formation.

— Et moi, répondit-elle sur le même ton, je me retourne et je vous baise le cou, aussi fort que je vous aime.

— Alors ce soir, à la chaumière, il faudra me soigner.
— Comme chaque jour de notre existence, mon aimé.

Collection Les Historiques

HARLEQUIN

PROCHAINS RENDEZ-VOUS LE

1er Octobre 2001

L'IMPOSTEUR, ***de Candace Camp* • *N°197***
Angleterre, 1812. Plus de vingt ans ont passé depuis ce jour maudit de 1789 où le petit John Chilton a été brutalement privé de l'affection de ses parents, des aristocrates anglais assassinés à Paris pendant la Terreur. Devenu adulte, John, pour survivre, est contraint de devenir bandit de grands chemins. Une existence périlleuse dont son tempérament frondeur se satisfait fort bien _ jusqu'à cette nuit fatale où il commet l'erreur d'attaquer une diligence transportant, croit-il, l'épouse du comte d'Exmoor, son ennemi juré...

UN BONHEUR EN PÉRIL, ***de Judith Stacy* • *N°198***
Amérique, 1886. Dès sa première rencontre avec Jess Logan, Sarah ressent pour lui une vive sympathie. D'emblée, elle est touchée par le courage de cet homme qui, du jour au lendemain, a renoncé à sa chère liberté pour se consacrer à l'éducation des enfants de sa sœur défunte. Oh, bien sûr, Logan a mauvais caractère, mais sa bonne volonté est évidente. Elle aimerait l'aider, devenir son amie, lui confier ses propres difficultés — mais hélas, c'est impossible. Car comment pourrait-elle avouer à cet inconnu qu'elle, Sarah, la respectable institutrice du village, a tué son mari?

LE CLAN DES SEIGNEURS, ***d'Elaine Coffman* • *N°199***
Écosse, 1785. Lorsque leurs destins se croisent, lady Meleri, fleuron de la noblesse anglaise, et lord Robert Douglas, un seigneur écossais, ont pour seul point commun d'être tous deux en fâcheuse posture: afin d'échapper à une union forcée, Meleri s'est enfuie du château paternel tandis que Robert, pour conserver son fief, se voit contraint d'épouser une Anglaise. Bénissant le Ciel pour cette rencontre providentielle, ils décident de se fiancer — sans imaginer un instant que, très vite, les affres de la passion vont tout compliquer...

PASSION BLESSÉE, ***de Susan Wiggs* • *N°200***
Virginie, 1854. Lester, un riche planteur de Virginie, a vu sa vie brisée par la mort de sa femme. Désormais solitaire, il néglige ses enfants et la gestion de son domaine pour se consacrer à son unique passion: l'élevage des chevaux. L'un de ses protégés, toutefois, un fougueux pur-sang irlandais, refuse obstinément tout dressage et, en désespoir de cause, Lester est contraint de solliciter l'aide d'Eliza Flyte, une jeune sauvageonne vivant sur une île déserte et dont la rumeur prétend qu'elle possède le don exceptionnel de murmurer à l'oreille des chevaux...

L'AIGLE ET LA COLOMBE, ***de Margaret Moore* • *N°201***
Angleterre, 1227. De sir George de Gramercie, auquel son père compte la marier, lady Aileas a une piètre opinion: comment cet être nonchalant, soucieux seulement de son confort et de son élégance, pourrait-il être un chevalier digne de ce nom? Elle ne voulait point d'un époux qui dépensait plus d'argent pour ses vêtements que pour ses armes! En outre, l'indolence de sir George et son inaltérable courtoisie lui portaient sur les nerfs! Même s'il ne manquait pas d'une certaine séduction, il n'était pas du tout son genre d'homme et, n'en déplaise à son père, elle allait s'employer à le lui signifier...

Collection Historiques

HARLEQUIN

PROCHAINS RENDEZ-VOUS LE

1er Décembre 2001

LE LIBERTIN AMOUREUX, *de Deborah Simmons* • *N°202*
Angleterre, 1820
C'est le cri horrifié d'une chambrière qui, au lendemain d'une soirée trop arrosée, réveille en sursaut le vicomte de Raleigh, en visite chez un ami. Médusé, Raleigh découvre alors qu'il n'est pas seul dans le lit : la belle-soeur de son hôte est étendue à son côté – et ne semble pas comprendre davantage que lui comment ils en sont arrivés là !

INTRIGUE ET PASSION, *de Gayle Wilson* • *N°203*
Londres, 1826
Désireux de commercer avec l'Angleterre, John Staven, un audacieux industriel américain, se met en tête d'épouser une aristocrate qui l'introduira dans le beau monde. Très vite, il jette son dévolu sur lady Catherine, une pétulante héritière dont il demande la main à son père, le redoutable duc de Montford... Mal lui en prend ! Sa Grâce le congédie en le menaçant des pires représailles s'il persiste à courtiser sa fille. Staven s'obstine pourtant : il enlève la demoiselle et, pour la convaincre de l'épouser, lui fait une stupéfiante révélation...

LA RANÇON DE LA COURONNE, *d'Ana Seymour* • *N°204*
Angleterre, 1193
Sommé par le roi Jean – qui a profité de l'enlèvement de Richard Coeur de Lion pour usurper le trône – de convoler avec l'un de ses hommes liges, Alyce se révolte : c'est à elle, et à elle seule, qu'il revient de choisir son époux et de gouverner son fief ! Surviennent alors au château un certain Thomas Brand et ses chevaliers qui, lui expliquent-ils, sillonnent le pays afin de réunir la rançon exigée pour la libération de Richard...

L'ENFANT DE L'ESPOIR, *de Cheryl St.John* • *N°205*
Nebraska, 1875
Venu chercher sa nièce Zoé à l'orphelinat où elle a été placée après la mort de ses parents, victimes de la terrible épidémie de grippe qui a ravagé New York en 1875, Booker Hayes apprend avec effroi que la petite fille a été emmenée dans le Nebraska afin d'y être placée dans une famille d'accueil. Bouleversé, Booker se rend aussitôt sur place avec l'intention d'adopter la fillette – et découvre qu'il a été devancé par une certaine Thea Coulson, laquelle se refuse à lui rendre l'enfant...

LA COMTESSE INFIDÈLE, *de Nan Ryan* • *N°206*
La Nouvelle-Orléans, 1854
Quand elle embarque pour La Nouvelle-Orléans, lady Cavendish, une jeune comtesse, n'a d'autre projet que d'y retrouver son fiancé, lord Desmond Chilton. Mais pendant le voyage, elle fait la connaissance d'Armand de Chevalier, un séduisant aristocrate dont le charme sulfureux la fascine malgré elle. Vaincue, elle cède à ses avances peu avant le naufrage du navire lors d'une terrible nuit de tempête...

31,15 F
au lieu de 32,75 F
par volume

Les Historiques

Pour prolonger le plaisir de l'aventure et de l'Histoire...

- ❐ *n° 121 : D'AMOUR ET DE FEU, de Louisa Rawlings*
- ❐ *n° 122 : UN SECRET D'ALCOVE, de Georgina Devon*
- ❐ *n° 123 : LE LION DE L'AMIRAUTÉ, de Miranda Jarrett*
- ❐ *n° 124 : NOCES BARBARES, d'Elizabeth Mayne*
- ❐ *n° 125 : LES FUGITIFS, de Lucy Elliot*
- ❐ *n° 127 : CAP ESPÉRANCE, de Susan Wiggs*
- ❐ *n° 128 : LES CHEVAUX DE FER, de Rae Muir*
- ❐ *n° 130 : LES AILES DE L'OUBLI, de Nina Beaumont*
- ❐ *n° 131 : LE SECRET DE L'AUBE, de Deborah Chester*
- ❐ *n° 132 : NUIT MAGIQUE, de Claire Delacroix*
- ❐ *n° 133 : LA VALSE INACHEVÉE, de Nina Beaumont*
- ❐ *n° 135 : LE LIEN DE VELOURS, De Deborah Simmons*
- ❐ *n° 137 : MIRAGE VÉNITIEN, de Nina Beaumont*
- ❐ *n° 139 : FIANÇAILLES IMPROMPTUES, de Tori Phillips*
- ❐ *n° 141 : LE SONGE FLORENTIN, de Nina Beaumont*
- ❐ *n° 142 : LA GRIFFE DU DESTIN, de Catherine Archer*
- ❐ *n° 143 : PIÈGE POUR UN DANDY, de Margaret Moore*
- ❐ *n° 146 : LE TOURBILLON DES JOURS, de Susan Wiggs*
- ❐ *n° 149 : SCANDALE ET VOLUPTÉ, de Margaret Moore*
- ❐ *n° 150 : LES CONJURÉS, de Susan Wiggs*
- ❐ *n° 151 : L'HÉRITIÈRE EN FUITE, de Kit Gardner*
- ❐ *n° 152 : LE PACTE BRISÉ, de Jacqueline Navin*

❒ *n° 153 : LE DÉBAUCHÉ, de Catherine Archer*
❒ *n° 156 : LE SECRET DE LA CITADELLE, de Sharon Schulze*
❒ *n° 157 : VENGEANCE ET SÉDUCTION, de Candace Camp*
❒ *n° 158 : LE GAGE D'AMOUR, de Barbara Leigh*
❒ *n° 159 : NUIT DE JASMIN, de Sandra Chastain*
❒ *n° 160 : LA DAME GALANTE, de Lyn Stone*
❒ *n° 162 : LE BAL DE L'OUBLI, de Susan Spencer Paul*
❒ *n° 163 : L'ÉTÉ DES SORTILÈGES, de Sally Cheney*
❒ *n° 164 : UNE PROMESSE DE BONHEUR, de Muriel Jensen*
❒ *n° 165 : TRAÎTRISE ET PASSION, de Susan Wiggs*
❒ *n° 167 : LES CŒURS MASQUÉS, d'Ana Seymour*
❒ *n° 168 : NOCES POURPRES, de Patricia Potter*
❒ *n° 169 : LA PLUME ET L'ÉPÉE, de Laurel Ames*
❒ *n° 174 : UN CŒUR EN JEU, de Julia Justiss*
❒ *n° 175 : LA CITADELLE DES PASSIONS, Catherine Archer*
❒ *n° 177 : LE BONHEUR EN PARTAGE, d'Ana Seymour*
❒ *n° 178 : LE GLAIVE ET LA SOIE, de Ruth Langan*
❒ *n° 179 : TERRE PROMISE, de Maura Seger*
❒ *n° 180 : L'INCONNU DE LA DILIGENCE, de Louisa Rawlings*
❒ *n° 182 : L'ÉCOLE DU BONHEUR, de Liz Ireland*
❒ *n° 183 : UN LIEN DE CŒUR, d'Erin Yorke*
❒ *n° 184 : LE CERCLE D'AMOUR, de Sharon Schulze*
❒ *n° 185 : LE MAÎTRE DU JEU, de Laurel Ames*
❒ *n° 186 : FILLE DU DESTIN, de Nan Ryan*
❒ *n° 187 : L'HÉRITIÈRE IMPROMPTUE, de Candace Camp*
❒ *n° 188 : LE CŒUR EN FLAMMES, de Judith Stacy*
❒ *n° 189 : LE CHARDON ET LE LYS, de Susan Spencer Paul*
❒ *n° 190 : LE HORS-LA-LOI, de Susan Wiggs*
❒ *n° 191 : LA RANÇON DU DÉSIR, de Merline Lovelace*

Ces volumes sont disponibles auprès du Service Lectrices dans la limite des stocks. Si vous souhaitez commander certains titres, cochez les livres choisis et indiquez vos coordonnées ci-dessous. Chaque volume est vendu au prix de 31,15 F auxquels s'ajoutent 12 ,90 F par colis pour la participation aux frais de port et d'emballage. N'envoyez pas d'argent **aujourd'hui, une facture accompagnera votre colis.**

Renvoyez de ce bon à : Service Lectrices HARLEQUIN
CÉDAP / BP 77 - 94232 CACHAN CEDEX.

Je suis abonnée Harlequin : ❒ non ❒ oui : N° └┘ └┴┴┴┴┴┴┴┘

Mme ❒ Mlle ❒ Date d'anniversaire : └┴┘└┴┘└┴┴┴┘

NOM ____________________

Prénom ____________________

Adresse ____________________

Code Postal └┴┴┴┴┘ Ville ____________________

____

Tél. : └┴┘└┴┘└┴┘└┴┘└┴┘

e-mail : ____________________

Signature indispensable

Le **Service Lectrices** est à votre écoute au
01.45.82.47.47 du lundi au jeudi de 9h à 17h
et le vendredi de 9h à 15h.

Conformément à la loi Informatique et Libertés du 6 janvier 1978, vous disposez d'un droit d'accès et de rectification aux données personnelles vous concernant. Par notre intermédiaire, vous pouvez être amené à recevoir des propositions d'autres entreprises. Si vous ne le souhaitez pas, il vous suffit de nous écrire en nous indiquant vos nom, prénom, adresse et si possible votre référence client.

RC Paris. Siret 31867159100010

Offre valable uniquement en France métropolitaine • Prix susceptibles de changement

Composé sur le serveur d'Euronumérique, à Montrouge
par les Éditions Harlequin
Achevé d'imprimer en septembre 2001

BUSSIÈRE
GROUPE CPI
à Saint-Amand-Montrond (Cher)
Dépôt légal : octobre 2001
N° d'imprimeur : 14377 — N° d'éditeur : 8910

Imprimé en France